Felicity Green

EBERESCHENZAUBER

Das Geheimnis von Connemara
Buch 3

2. Auflage, 2018
© Felicity Green
www.felicitygreen.com
Felicity Green, Jestetten
Felicitygreenauthor@hotmail.com

Umschlaggestaltung: CirceCorp design – Carolina Fiandri, circecorpdesign.com
Coverbild: Depositphotos © heckmannoleck, FlexDreams, DanFLCreativo
Korrektorat: Wolma Krefting, bueropia.de
Satz: Corinna Rindlisbacher, ebokks.de

www.felicitygreen.com

Herstellung und Verlag: BoD - Books on Demand, Norderstedt

ISBN: 9783746059051

pRoloᴢ

moRRIᴢan

22. Juli 1691

Vor der Silhouette des Felsens tanzten die Lichter auf den schwarzen Wellen gleich Abertausenden von Glühwürmchen im Dunkel der Nacht.

Einen gefährlichen Moment lang nahm mich der Anblick gefangen. Zu frisch waren die Erinnerungen daran, wie das Mädchen, das ich noch vor wenigen Stunden gewesen war, seine Umgebung wahrgenommen hatte. Wie sie die Schönheit in solchen Naturphänomenen gesehen, sich von Emotionen hatte mitreißen lassen. Jeden Tag aufs Neue hatte sie Dutzende Wunder erlebt, über sie gestaunt und sich an ihnen erfreut oder unter ihnen gelitten.

Ach, die menschliche Essenz: wie ich sie liebte, hasste, brauchte.

Gerade noch rechtzeitig wurde ich mir gewahr, dass dieses Mädchen nicht mehr lebte, dass ich nicht länger in seinem Körper gefangen war. Denn das Blatt hatte sich gewendet und ich hatte ihren Körper gefangen genommen. Ihre Seele war immer noch in mir, ich würde mich noch ein Menschenleben lang an ihren Erinnerungen laben können. Aber ich hatte endlich die Kontrolle. Ich war wieder ich: Morrigan, Phantomkönigin der Sidhe.

Und die Lichtpunkte waren keine Glühwürmchen, sondern die Seelen der über siebentausend Soldaten, die gerade bei der Schlacht von Aughrim gefallen waren. Ich beobachtete hier kein wundersames Naturereignis, im Gegenteil; die Natur war von meiner Schwester hier und heute aufs Übelste pervertiert worden.

Schon kam sie aus dem Tunnel geflogen, der in der Mitte gleich einem Loch quer durch den Felsen ging.

Meine geliebte Schwester, Badb.

Ich duckte mich hinter einem Felsvorsprung, bevor sie mich auf der kleinen Insel unweit des Felsens stehen sah, von der aus ich sie und die Seelen beobachtete. Ich brauchte einen Augenblick, um zu überlegen, was zu tun war. Dafür hatte ich bislang keine Zeit gehabt. Seit ich vom Plan meiner Schwester erfahren hatte, war eine panische Impulshandlung der anderen gefolgt. Aber wie hätte ich auch anders reagieren können? Meine Schwester hatte den Zeitpunkt, für was immer sie gleich vorhatte, gut gewählt. Ich war das schöne, schwarzhaarige Mädchen in der Menschenwelt gewesen. Ich war so nahe der Schlacht, deren Ausgang sie so blutig wie möglich gestalten wollte, und doch unfähig gewesen, sie daran zu hindern, Geschichte umzuschreiben.

Es hatte mich all meine Kraft und mein Können gekostet, an die Oberfläche des Bewusstseins dieses Menschenmädchens zu dringen, um den jakobitischen Soldaten vor dem Verräter zu warnen. Eine Warnung, die einfach ignoriert worden war. Die Erinnerung des Mädchens, wie es auf dem vom Blut schlüpfrigen Gras ausrutschte und fassungslos die Leichen der Soldaten um sich herum wahrnahm, trieb mir Tränen in die Augen. Pure Verzweiflung hatte mich angetrieben, das Mädchen zum Festungsgraben gehen zu lassen, sich die Kapuze des Umhangs mit Steinen zu beschweren und sich im Wasser des tiefen Grabens zu ertränken. Wie furchtbar auch die Konsequenzen dieser unsäglichen Handlung sein mochten, nur als Morrigan in der Anderswelt würde ich Badb stoppen können. Deshalb hatte ich mir das Menschenleben selber nehmen müssen.

Dann war ich an diesen Ort geeilt, den Donn geschaffen hatte, um die Seelen vor ihrer letzten Reise nach Tír na nÓg zu versammeln. Hier würde Badb die Früchte ihrer grausamen Arbeit ernten. Doch zu welchem Zweck? Was hatte sie mit ihnen vor?

Die schwarze Krähe umrundete den Felsen ein paarmal, so als würde sie ihre Schäfchen zusammentreiben. Denn die Seelen trieben alle auf eine Längsseite des Felsens vor die Öffnung zu. Die Krähe ließ sich auf einem Vorsprung über dem Tunnel nieder. Ich konnte im Schein des Lichtermeers deutlich sehen, wie sie sich nach und nach in eine Greisin verwandelte.

Badb war die älteste von uns drei Schwestern, aber wir waren alle *alt*. Macha und ich hatte beide unsere eigenen Methoden, ein jüngeres Erscheinungsbild zu bewahren, doch Badb versteckte ihr Alter nicht. Sie hatte die wenigen grauen Haarsträhnen, die ihr geblieben waren, zu zwei langen, rattenschwanzdünnen Zöpfen geflochten. Die Kopfhaut schimmerte an vielen Stellen durch. Ihr Gesicht hätte beinahe skelettartig gewirkt, so scharf waren die Wangenknochen, so tief lagen die Augen, wenn es nicht eine überproportional große Hakennase verunzieren würde, aus der weiße Haare sprossen. Die lederartige weiße Haut warf derart Falten, dass dicke Warzen darin verschwanden. Ihr Körper war ebenso alt und sie hatte einen Buckel, doch davon sollte man sich nicht täuschen lassen. Badb war genauso agil wie ich, die jüngste der drei Anand-Schwestern, in der immer wiederkehrenden Gestalt des jungen, anmutigen Mädchens.

Gespannt wartete ich, was Badb als Nächstes tun würde. Ich hatte keine Ahnung, was genau sie unternehmen würde, um die Welten zu erobern und mich zu vernichten, deshalb wusste ich noch nicht, wie ich sie daran hindern sollte. Ich befürchtete, es hatte etwas mit Tír na nÓg zu tun, wo die Seelen der Soldaten hinkommen sollten. Würde sie versuchen, mit ihnen zu gehen? Nur mir hatten die Götter die Gabe gegeben, Tír na nÓg zu betreten. Eines von vielen Privilegien, die Badb mir neidete.

Badb sprach ein paar Worte – ein Zauberspruch, den ich schnell zu deuten versuchte. Es war unsere Sprache, aber nicht unsere Magie. Es war, was wir *schwarze Magie* nannten. Kaum waren die Worte ausgesprochen, verwandelte sich meine Schwester wieder in eine Krähe. Sie flog zu den Lichtern hinunter und pflückte sie mit dem Schnabel von den Wellen. Während ich noch fieberhaft über den Zauberspruch nachdachte, strengte ich mich an, zu sehen, wo sie die Seelen hinbrachte. Nirgendwohin. Es war, als ob sie in ihrem Schnabel verschwanden. Als ich verstand, was sie da tat, lähmte mich der Schock.

Sie konsumierte sie. Badb fraß die Seelen der toten Soldaten auf. Noch nie hatte ich von so etwas gehört, geschweige denn gesehen. Eine dunkle, dunkle Ahnung machte sich in mir breit.

Ohne es zu bemerken, musste ich mich vor lauter Faszination aufgerichtet haben. Denn die Krähe hielt inne, blieb mitten in der Luft stehen und schaute mich an. Es war vielleicht nur noch die Hälfte der Seelen auf dem Wasser, dennoch gaben sie genug Licht, sodass ich die Augen der Krähe glutrot aufleuchten sah. Es waren Badbs Augen, die mich anstarrten.

Bevor ich reagieren konnte, kam sie auf mich zugeschossen. Ich verstand nicht wieso, aber die Krähe wurde größer und größer, bis sie mir so groß wie der Felsen erschien, auf dem sie gerade noch gesessen hatte. Waren es die Seelen, die ihr diese Kräfte verliehen hatten?

Ich konnte mich nicht bewegen, war mir aber dumpf bewusst, dass ich ihr sowieso nicht ausweichen könnte. Es gab nur eins, was ich tun konnte. Meine tauben Lippen formten die Worte, die mich die Götter gelehrt hatten. Ich würde sie nur ein einziges Mal aussprechen können. Die riesige schwarze Krähe war keine Armlänge von meinem Gesicht entfernt, als sie sich in Luft auflöste.

Ich wagte nicht zu atmen. Hatte ich es tatsächlich getan? Ich blieb auf der kleinen Felsinsel stehen, bis die Sonne aufging. Erst da begriff ich, dass es mir gelungen war.

Ich hatte Badb, meine Schwester, aus der Anderswelt verbannt. Sie würde mich nicht vernichten können, nicht, solange ich in der Anderswelt weilte. Sie würde die Herrschaft über diese Welt nicht an sich reißen können. Ich hatte mein Volk, die Sidhe, vor ihrer schwarzen Magie beschützt.

Doch es gab keinen Anlass zu jubilieren. Meine Welt war gerettet, aber andere Welten musste ich damit verdammt haben. Irgendwo musste Badb schließlich hingegangen sein. Ich war mir auch bewusst, welche Welt am meisten darunter leiden würde.

Die der Menschen. Denn die Seelen der toten Soldaten von Aughrim würden nicht von den weißen Pferden geholt werden, die sie nach Tír na nÓg geleiteten. Ein dunkler Sog entstand vor dem Tunnel im Felsen des Donn. Dort wurden die Seelen hineingezogen, eine nach der anderen. Wo auch immer sie hinkommen würden, es konnte nichts Gutes verheißen.

Denn ich hörte ihre schrillen Schreie, als ich mich vom Felsen abwandte und mich auf den Weg nach Hause, nach Connemara machte.

kapitel eins
alice

Auf dem Gipfel des Berges Lurigethan blies ein eisiger Wind. Ich zog meinen Mantel enger um mich und trat näher an die raue, aber schützende Mauer des Forts. Mein Gesicht war jetzt schon kalt; ich hätte daran denken sollen, Schal und Mütze anzuziehen. Es war schließlich früh am Morgen und der Sonnenaufgang noch fern. Außerdem war es bereits ... Mitte Dezember.

Mitte Dezember! Ich hatte in letzter Zeit keinen Gedanken daran verschwendet, welchen Monat, geschweige denn, welches Datum wir hatten. Schließlich gab es für mich wichtigere Dinge, um die ich mich sorgen musste. Aus dem Palast der Sidhe-Königin zu fliehen, beispielsweise. Herauszufinden, was Königin Morrigan mit der Seele des Mädchens Ciara vorhatte, die immer noch in mir wohnte und die Morrigan um jeden Preis haben wollte. Wieder ins Dublin der Menschenwelt zu gelangen, um mich zu vergewissern, dass es meiner Familie und meinen Freunden dort gut ging. Meine beste Freundin Bridget zu retten, die von einem bösen Sidhe besessen worden war. Vor Badb, Morrigans Schwester, zu fliehen, die dafür verantwortlich gewesen war und finstere Pläne für mich hatte. Einen Weg zu finden, Ciaras Seele nach Tír na nÓg zu bringen, wo sie hoffentlich ewigen Frieden finden würde.

Ich seufzte. Die Liste meiner Sorgen war endlos. Kein Wunder, dass so etwas wie das bevorstehende Weihnachtsfest in der Menschenwelt völlig in den Hintergrund getreten war. Jetzt, an diesem dunklen, kalten Dezembermorgen, an dem ich, von einem Fuß auf den anderen tretend, auf Colleen wartete und nichts anderes zu tun hatte, als über die letzten Tage nachzudenken, fiel mir auf einmal ein, dass ich Weihnachten und meinen Geburtstag am 1. Februar nicht mit meiner Familie feiern würde. Eine Konsequenz meiner Entscheidung, Familie und Freunde zurückzulassen und in die Anderswelt zurückzukehren. In Anbetracht der Tatsache, was sonst gerade für mich und für sie auf dem Spiel stand und wie sehr ich um ihre Sicherheit besorgt war, war so etwas natürlich völlig nichtig. Nichtsdestotrotz liefen mir beim Gedanken daran sofort heiße Tränen das kalte Gesicht hinunter. In dem Augenblick sehnte ich mich nach nichts mehr als einem ordinären Weihnachten, mit Bauchschmerzen von zu viel Schokolade und Plätzchen, kitschiger Weihnachtsdeko, immer denselben nervigen Weihnachtsliedern und all den blöden Traditionen meiner Eltern, wie Toast Hawaii am Heiligabend und dem Abschließen der Wohnzimmertür, bis »das Christkind dagewesen war«. Als ob ich mit mittlerweile achtzehn immer noch daran glaubte. Dieses Jahr würden wir Weihnachten buchstäblich in verschiedenen Welten verbringen und ich hatte noch nicht einmal die Möglichkeit, ihnen ein frohes Fest zu wünschen, selbst wenn ich gewusst hätte, wo sie sich aufhielten. Zu ihrem Schutz war es besser, wenn ich das nicht wusste. Wann ich sie überhaupt wiedersehen würde, stand in den Sternen.

Meine Laune wurde immer düsterer und ich drohte, vollends in Depressionen zu versinken, als mich Colleens zarte Stimme aus den Gedanken riss.

»Alice!«

»Ich bin hier«, rief ich leise und wischte mir schnell die Tränen weg.

Colleens lange Haare waren so hell, dass sie sogar im Dunkeln leuchteten, und so konnte ich ihre schmale Gestalt schnell ausmachen, als sie um die Ecke kam. Ich winkte und trat einen Schritt vor. »Hier.«

»Brrr«, schüttelte sie sich, als sie schnellen Schrittes auf mich zu-eilte. »Kalt.«

»Ja, tut mir leid. Es gibt bestimmt einen gemütlicheren Ort, um sich zu unterhalten. Und eine angenehmere Uhrzeit. Aber ich wollte unbedingt ungestört mit dir reden, bevor weitere Pläne geschmiedet werden, und da drin«, ich zeigte auf das Fort, »haben die Wände ganz bestimmt Ohren.«

»Auf ein paar Stunden Schlafentzug mehr kommt es jetzt auch nicht an«, winkte Colleen fröhlich ab. Das Feenmädchen erlebte noch immer ihr gefühlsmäßiges Hoch. Vor wenigen Stunden hatte sie ihre außerordentlichen magischen Fähigkeiten dafür benutzt, eine Spionin als solche zu erkennen und im Glenariff-Tal am Fuße des Berges zu finden und zu ergreifen. Das Mädchen Rosie, das sich als Menschensklavin ausgegeben hatte und im nahegelegenen Flüchtlingslager untergekommen war, war in Wirklichkeit halb Mensch, halb Sidhe. Im Auftrag ihrer Mutter Maggie – die Schwester der Königin – hatte sie so das Lager der Anti-Royalisten infiltriert und wäre beinahe mit wichtigen Informationen entkommen. Dank Colleen war diese Gefahr abgewendet worden. Rosie lag jetzt in Ketten im Verlies des Forts. Die sonst so unsichere Colleen hatte sich den Anti-Royalisten als nützliche Verbündete erwiesen. Kurz nach Rosies Gefangennahme war Tio, Colleens Freund, nach mehrtägiger Abwesenheit von einem Auftrag zurückgekommen – mit mir und Dylan im Gepäck. Die Wiedersehensfreude war groß gewesen. Kein Wunder also, dass Colleen immer noch entsprechend aufgekratzt war.

Ich hingegen war mit mehr als gemischten Gefühlen hier angekommen. Aber ich freute mich aufrichtig darüber, wie gut es Colleen ging und wie viel selbstsicherer sie war – kein Vergleich mehr zu dem schüchternen Dienstmädchen, mit dem ich mich vor wenigen Wochen im Palast der Königin angefreundet hatte. Keine Frage: Wieder mit Colleen vereint zu sein, war einer der wenigen wirklich schönen Aspekte meiner Rückkehr in die Anderswelt. Lächelnd umarmte ich das Feenmädchen. »Ich bin froh, dass du hier bist.«

»Und ich kann dir gar nicht sagen, wie sehr ich mich darüber freue, dass du zurückgekommen bist«, antwortete Colleen aufgeregt. »Heißt das, du wirst dich den Anti-Royalisten anschließen und sie zusammen mit Fionn anführen, wie es Mog Ruith prophezeit hat?«

Genau die Frage hatte mir Fionn, Anführer der Anti-Royalisten, vorhin auch gestellt, als ich im Fort eingetroffen war. Ich war einer Antwort geschickt ausgewichen. Es herrschte sowieso Aufregung im Fort, nachdem die Krieger mit der Jagd auf Rosie endlich etwas zu tun gehabt hatten. Die Nachricht, dass ich wieder da war, trug zur ausgelassenen Stimmung bei. Die Rebellen klopften mir auf die Schulter und schüttelten mir die Hand. Fionn kam gar nicht dazu, nachzufragen. Außerdem war er gleichzeitig damit beschäftigt, Dylan misstrauisch zu beäugen. Es schien ihm wohl nicht zu passen, dass ich meinen Freund mitgebracht hatte. Dann stürmten Colleen und Tio in den Speisesaal, wo wir alle versammelt waren. Dylan und ich mussten natürlich sofort berichten, wie wir durch das Ebereschentor in die Anderswelt gekommen waren und uns von dort nach Tara durchgeschlagen hatten, wo Sympathisanten der Anti-Royalisten im Ältestenrat dafür gesorgt hatten, dass Tio uns abholte und mit zum Fort nahm.

Als sich endlich alles etwas beruhigte, schürzte ich Müdigkeit vor – es war schließlich mittlerweile spät in der Nacht, oder besser gesagt früh am Morgen. Ich versprach Fionn, dass wir am nächsten Tag alles ausführlich besprechen würden. Gottseidank erwischte ich auf dem Weg zu dem Zimmer, das Dylan und mir zugeteilt worden war, Colleen noch allein. Wir verabredeten uns eine Stunde später zu einem geheimen Treffen draußen, hinter dem Fort. Ich wollte sehr gerne ungestört mit ihr bereden, was ich vorhatte, bevor ich Fionn irgendetwas versprach. Ich wusste, auf Colleens Loyalität konnte ich auf jeden Fall zählen. Schließlich war sie nicht nur meine gute Freundin, sondern sie hatte sich in meinen Dienst gestellt. Klar war es mir unangenehm, Mog Ruiths komische Prophezeiung auszunutzen, die mir immer noch lächerlich unrealistisch vorkam. *Wie bitte? Es war mir vorherbestimmt, Königin der Anderswelt zu werden? Na klar!* Dennoch wusste ich, dass Colleen ein solches Versprechen immer ernst nehmen würde. Auch wenn sie noch so viel Selbstbewusstsein gewonnen, sich noch so sehr von Fionns Reden hatte beeindrucken lassen; sie war schließlich eine Sidhe und ihre Berufung als Cailín, Dienerin, machte ihre Identität aus.

»Mir bleibt im Moment wohl nichts anderes übrig, als mich den Anti-Royalisten anzuschließen«, seufzte ich jetzt. Trotz der Dunkelheit konnte ich Colleen ansehen, dass sie sich darüber freute.

»Was ist aus deinem Plan geworden, Badb zu finden und Ciara nach Tír na nÓg zu bringen?«, fragte sie.

Eben das war es, wovon ich Colleen im Vertrauen berichten wollte. Sie war die einzige hier, die über mein Vorhaben Bescheid gewusst hatte – und dabei sollte es auch bleiben. Denn auch wenn ich eine bittere, bittere Niederlage hatte erleiden müssen, hatte ich meinen Plan ganz sicher nicht aufgegeben. Je weniger davon wussten, desto besser.

»Oh, Badb habe ich gefunden – oder besser gesagt, sie hat mich gefunden.« Meine Antwort hörte sich gallig an, was Colleen nicht entging.

»Ich ahne Böses.«

»Böse ist der richtige Ausdruck. Colleen, Badb hat mit Tír na nÓg nichts zu tun, im Gegenteil.« Wir hatten irrtümlicherweise angenommen, dass die dritte der Anand-Schwestern auch die dritte Welt regiert, oder sich zumindest dort aufhielt. Schließlich war Morrigan Königin der Anderswelt, Maggie sorgte angeblich in der Menschenwelt für Recht und Ordnung und Badb ward schon ewig nicht mehr in der Anderswelt gesehen worden. Da lag die Vermutung nahe, dass Badb irgendwas mit Tír na nÓg zu tun hatte, die Seelen aller Sidhe und Menschen nach ihrem Tod hinkamen.

»Wir dachten, Morrigan und Maggie wären schlimm. Und das sind sie auch. Skrupellos. Gemein. Despotisch. Morrigan unterdrückt ihr eigenes Volk, indem sie ihm vormacht, Schicksal und Berufung eines jeden Einzelnen seien vorherbestimmt. Die königliche Familie und die Adligen leben in Palästen, während die ordinären Sidhe für sie ackern müssen. Die Menschen werden ebenfalls für ihre undurchsichtigen Zwecke benutzt. Ganz zu schweigen davon, wie sie ihre Menschensklaven behandeln. Was Maggie angeht: Ich werde nie vergessen, wie kalt sie Ciara in den Selbstmord trieb. Und du hast vorhin erzählt, dass Maggie ihrer eigenen Tochter, Rosie, Liebe und Zuneigung vorenthält, damit sie darum kämpfen und sich ihr beweisen muss. Keine Frage, die beiden sind böse. Aber nicht so böse, wie Badb, Colleen. Die fällt noch mal in eine ganz andere Kategorie.«

Ich erzählte Colleen von den enttäuschenden Antworten, die mir die Druidinnen Claire Brennan und Avalynn Wannaugh in der Menschenwelt bezüglich Badb gegeben hatten. In der irischen Mythologie wurde Badb als blutrünstige Alte dargestellt. Als Krähe auf dem Schlachtfeld, die sich an Kriegen und blutigen Kämpfen erfreute. Ich hatte gehofft, dass die Legenden irrten, bis mir meine Freundin Bridget aus erster Hand von Badb berichtet hatte.

Colleen hörte mit offenem Mund zu, als ich erzählte, was meiner Gastfamilie, den O'Tools, zugestoßen war. Sie zitterte längst nicht mehr. Auch ich hatte Kälte und Dunkelheit schnell vergessen, als ich die schmerzhaften Erinnerungen wieder aufkommen ließ.

Professor Seamus O'Tool, den ich liebevoll Prof nannte, war es überhaupt erst zu verdanken gewesen, dass ich in Dublin eine zweite Heimat gefunden hatte. Und jetzt hatte meine Bekanntschaft die O'Tools ins Unheil gestürzt.

Vor einigen Monaten war ich in meiner Heimat Deutschland nach einem Unfall im Krankenhaus aufgewacht. Ich konnte niemanden mehr verstehen und sprach auf einmal eine andere Sprache. Bald stellte sich heraus, dass es Irisch war. Ein Doktor im Krankenhaus rief seinen irischen Bekannten an, der bestätigte: Ich war auf einmal einer Sprache mächtig, mit der ich noch niemals zuvor in Berührung gekommen war. Mehr noch, ich beherrschte sie, als sei sie meine Muttersprache. Der irische Bekannte erzählte seinem Kollegen am Trinity College, Professor O'Tool, von mir. Der Linguistik-Professor war fasziniert von meiner urplötzlichen Sprachbegabung und lud mich nach Dublin ein. Meine Eltern, die beide auf ihre unterschiedliche Weise versuchten, damit fertigzuwerden, wie sich ihre Tochter von ihnen entfremdete, kamen mit. Es entstand eine Freundschaft zwischen den Familien Lohmann und O'Tool, insbesondere zwischen Professor O'Tools Tochter Bridget und mir. Mit Bridgets und Professor O'Tools Hilfe wurde ich Studentin am Trinity College. So entkam ich meinem alten, mir fremd gewordenem Leben.

Natürlich wusste Colleen längst, dass das Problem nicht nur meine neuen Sprachkenntnisse gewesen waren. Ich fühlte mich wie eine andere Person, weil ich die Träume und Erinnerungen eines Mädchens namens Ciara hatte, deren Seele in mir wiedergeboren worden war. Es war ihre Sprache, die jetzt meine Muttersprache war, ihre Erinnerungen, die meine Persönlichkeit ausmachten. Die Familie O'Tool, die mich als Gasttochter bei sich aufgenommen hatte, hatte mir auch dabei geholfen, nach Ciara zu suchen, erzählte ich Colleen jetzt.

Die Spuren führten nach Roundstone, Connemara, wo Ciara Anfang der 1950er-Jahre gelebt hatte und auf mysteriöse Weise gestorben war. Gemeinsam mit den O'Tools reiste ich dorthin. Sie unterstützten mich unvoreingenommen bei meinen Nachforschungen, selbst als solch mysteriöse Dinge wie Hexenbeutel mit Druidenzaubern in unserem Cottage in Roundstone auftauchten. Wieder zurück in Dublin schuf Vera O'Tool ein gemütliches zweites Zuhause für mich, in dem ich mich sehr wohlfühlte. Bridget und ich wurden schnell beste Freundinnen. Sie stand mir emotional zur Seite, als jemand als mein Kommilitone an der Uni auftauchte, den ich aus Ciaras Erinnerungen kannte: Dylan, ihre große Liebe. Bridget erklärte mich nicht für verrückt, sondern glaubte mir, als ich ihr erzählte, dass Dylan ein Sidhe, ein Feenwesen aus der Anderswelt, war und dass er immer noch so aussah wie in den 1950er-Jahren, weil Feenwesen theoretisch unsterblich waren. Bridget vertraute mir ihrerseits an, dass sie eine geheime Affaire mit Padraig O'Cadhla, meinem Seminarleiter hatte. Leider musste ich ihr berichten, dass O'Cadhla ebenfalls ein Sidhe war. Der Ältestenrat der Sidhe hatte den Garda geschickt, um mich in Dylans Gegenwart zu beobachten. Menschen, die von den Sidhe wussten,

»verschwanden«. O'Cadhla sollte einschätzen, ob ich durch Ciara zu viel wusste. Gleichzeitig arbeitete er auch für Maggie, wie wir später erfuhren. Als sie hörte, wer der gut aussehende Seminarleiter wirklich war, erklärte sich Bridget mutig dazu bereit, für Dylan und mich bei ihm zu spionieren.

Nach meiner Entführung in die Anderswelt durch Maggie wurde das Zuhause der O'Tools auch ein Zufluchtsort. Für meine Eltern, auf der Flucht vor Maggie, denen die O'Tools schonend beibrachten, warum ich mich so sonderbar verhalten hatte. Für Claire und Avalynn, die sich vor O'Cadhla verstecken mussten. Mit ihren Schutzzaubern schützten die beiden Druidinnen das Haus der O'Tools vor Maggie und Morrigan. Leider nicht vor Badb, einer Feindin, von der wir gar nicht wussten, dass wir sie hatten. Und die auf ganz perfide Weise in diesen Zufluchtsort eingedrungen war und das Leben der O'Tools für immer verändert hatte.

Bridget, ein lebendiges, etwas wildes und abenteuerlustiges Mädchen mit einem Kopf voller blonder Locken, war schon seit einiger Zeit wie ausgewechselt gewesen, so hatte man mir erzählt, als ich vor wenigen Tagen in die Menschenwelt zurückgekommen war. Während wir alle davon ausgegangen waren, dass O'Cadhla mit Maggie im Bunde war, hatte er längst aufgegeben, um Morrigans Gunst zu buhlen. Ihm war wohl der Geduldsfaden gerissen, als er immer nur hingehalten wurde. O'Cadhlas Hunger nach Macht hatte ihn zu einem Bündnis mit Badb getrieben. Sie hatte ihn gelehrt, wie er von Bridget Besitz ergreifen konnte, damit er für Badb im Hause O'Tool spionieren konnte. Bridget war tatsächlich nicht mehr *sie selbst* gewesen. Sie war O'Cadhla gewesen.

Bis zu diesem Zeitpunkt hatte Colleen mir schweigend zugehört. »Moment mal«, unterbrach sie mich jetzt. »Du meinst, O'Cadhlas Geist war die ganze Zeit in Bridgets Körper? Und wo war O'Cadhlas Körper?«

»In einer komischen Konservierungsflüssigkeit in der Badewanne in seiner Wohnung. Maggie, die Bridget schnappen wollte, um mich unter Druck zu setzen, ist ihr eines Tage gefolgt und war überrascht, als sie in O'Cadhlas Wohnung ging. Maggie hat Bridget mit einem Immobilisierungszauber gelähmt und hat dann die O'Tools kontaktiert. Dylan und ich sind sofort dorthin. Maggie hat nur mich in die Wohnung gelassen und hat mir O'Cadhlas Körper in der Badewanne gezeigt – sie wusste selber nicht, was das alles zu bedeuten hatte.«

Colleen schüttelte ungläubig den Kopf. »Von so etwas habe ich ja noch nie etwas gehört.«

»Es ist ja auch keine Sidhe-Magie. Badb beherrscht noch eine andere, eine schwarze Magie. Maggie musste den Immobilisierungszauber lösen und wurde von Bridget in eine schwarze Katze verwandelt, bevor sie überhaupt ein weiteres Wort herausbringen konnte. Sie ließ die große Maggie, erste Druidin in der Menschenwelt, wie eine Amateurin dastehen. Es war natürlich Badbs Zauber, den sie O'Cadhla alias Bridget beigebracht hatte. O'Cadhla gab sich mir gegenüber zu erkennen und verwandelte sich zurück. Ich bekam nichts davon mit, denn die Druckwelle dieses Zaubers haute mich um und ich schlug mir den Kopf an. Aber Dylan gelang es, in die Wohnung zu kommen, O'Cadhla – jetzt wieder in seinem Körper – zu überwältigen und Bridget gerade noch rechtzeitig ins Krankenhaus zu bringen.«

»Bridget ist also nichts passiert?«, fragte Colleen erleichtert.

»Wie man's nimmt. Körperlich stand es kurz vor knapp. Sie konnte gerade so gerettet werden. Aber seelisch …« Ich brach ab. Die Erinnerung daran, wie ich Bridget im Krankenhausbett vorgefunden hatte, überwältigte mich, und ich musste mich an der Steinmauer des Forts festhalten. »Ihre Augen waren so leer gewesen, Colleen. Ich weiß gar nicht, wie ich das beschreiben soll … so als sei sie innerlich tot. Als sei ihr inneres Licht, das so hell gebrannt hatte, erloschen … Es war nicht mehr Bridget, die da lag.«

Colleen legte einen Arm um meine Schulter und drückte mich. »Das tut mir so leid, dass deine Freundin das durchmachen musste. Meinst du, sie hat irgendwie mitbekommen, was mit ihr geschehen ist?«

»Das meine ich nicht nur, das weiß ich. Das ist ja das Schlimmste daran. Bridget hat mir erzählt, dass sie ab und zu in ihm wach war, und das, was er getan hat, wie einen Albtraum miterleben musste. Sie meinte, der Horror für sie war, die Gedanken einer so bösen Person im eigenen Kopf zu haben. Und sie war wie gefangen in ihrem eigenen Körper, konnte gegen seine Gräueltaten nichts unternehmen. Ich weiß nicht, ob sie sich je wieder davon erholen wird.«

Dann erzählte ich Colleen von Bridgets Warnung vor Badb, die sie in O'Cadhlas Körper kennengelernt hatte, und meinem Versprechen, dass ich mich vor Badb in Acht nehmen würde. »Das war einer der Gründe, warum ich in die Anderswelt gekommen bin. Badb wurde aus der Anderswelt verbannt, sie kann mich hierher nicht verfolgen.«

»Und jetzt gibst du dir die Schuld daran, was Bridget passiert ist«, stellte Colleen fest.

»Ihr Leben wird nie wieder dasselbe sein. Ich weiß, wie sehr der Professor seine Anstellung am Trinity College liebt, und womöglich muss er sie aufgeben. Die O'Tools werden sich vielleicht gezwungen sehen, ihr Zuhause zu verlassen. Wer weiß, ob Bridget ihr Studium weitermacht, am Trinity oder sonst wo. Womöglich wird Badb Bridget etwas antun, wenn sie erfährt, dass sie das Ganze überlebt hat. Schlimm genug, dass meine eigenen Eltern in Gefahr sind, aber ich habe das Leben dieser Familie zerstört.«

»Du hast es nicht zerstört«, widersprach mir Colleen sanft. »Du kannst doch selber nichts dafür, dass dir das alles passiert ist, dass Maggie, Morrigan und Badb dich verfolgen.« Sie hielt kurz inne. »Hmm. Warum Maggie und Morrigan hinter dir her sind wissen wir ja. Morrigan will Ciaras menschliche Essenz. Sie wurde in Ciara wiedergeboren, hat nun ihre Gestalt und will aus irgendwelchen Gründen unbedingt ihre Seele. Du musst sie ihr aber freiwillig geben. Sie kann sie nicht mit irgendwelchem Zauber aus dir herausholen. Maggie hilft ihr, dieses Ziel zu erreichen. Aber was wollte Badb mit ihren Taten bezwecken?«

»Bridget hat mir gesagt, dass Badb sich an ihren Schwestern rächen will. Wegen ihnen wurde sie wohl aus der Anderswelt verbannt. Sie will Morrigan zerstören und sie sieht mich irgendwie als Instrument dafür.«

Colleen starrte mich mit großen Augen an. »Aber wie? Wie sollst du ihr Instrument sein?«

Ich zuckte mit den Schultern. »Offen gestanden hoffe ich, dass ich mich nicht damit auseinandersetzen muss. Hier kann sie mich ja für nichts benutzen, schließlich hat sie hier keinen Einfluss auf mich. Und ehrlich gesagt, habe ich schließlich genug mit Morrigan zu tun. Ciara nach Tír na nÓg zu bringen, das Richtige für sie zu tun, ist immer noch meine Priorität.«

Colleen sagte nichts und ich sprach aus, was sie wahrscheinlich dachte. »Natürlich beunruhigt mich, dass Badb durch Bridget wirklich alles über mich weiß. Nicht nur von den O'Tools, meinen Eltern und Dylan, sondern direkt von mir. O'Cadhla hat mit uns am Küchentisch gesessen, als ich allen von meinen Erlebnissen hier erzählt habe, inklusive der Anti-Royalisten-Bewegung und wie ich darin involviert bin. Mir ist ganz und gar nicht wohl bei dem Gedanken, dass Badbs Ziele sich mit denen der Anti-Royalisten decken. Es sieht ganz so aus, als ob auch Badb will, dass ich Ciaras Erinnerungen dafür benutze, Morrigans wunden Punkt zu finden und so den Rebellen dabei helfe, Königin und Adel zu stürzen. Vielleicht bin ich damit auch ihr Instrument. Ich weiß es nicht.«

»Aber trotzdem bist du hierhergekommen. Trotzdem willst du Mog Ruiths Prophezeiung erfüllen und den Anti-Royalisten helfen?« Colleen klang hoffnungsvoll und ich wusste, dass sie sich das wünschte.

»Es ist meine beste Option. Wenn es den Anti-Royalisten gelingt, Morrigan zu stürzen oder wenigstens zu schwächen, bin ich vielleicht in einer Position, dass Morrigan mir helfen kann. Schließlich hast du mir selber gesagt, sie kann oder konnte Tír na nÓg betreten. Bislang scheint sie die Einzige zu sein, die weiß, wie Ciara dorthin gelangen könnte. Außerdem scheint sich Mog Ruith ja sicher zu sein, dass Ciara irgendwelche Erinnerungen daran hat, dass Morrigan in ihr war. Oder zumindest irgendwas weiß, irgendein Bewusstsein hat. Das hat Ciara in ihrem Leben sehr gut verdrängt. Ich bin gespannt darauf, wie Mog Ruith plant, an dieses Wissen, das Morrigan ja verwundbar machen soll, heranzukommen. Vielleicht kann mir das auch irgendwie dabei helfen, das Richtige für Ciara zu tun.«

»Mal ganz davon abgesehen, dass wir für eine gerechte Sache kämpfen«, grinste Colleen.

Ich nickte nur. »Komm, wir gehen rein, meine Nase fühlt sich ja fast wie ein Eiszapfen an.« Ich hakte mich bei Colleen unter. Am Horizont bildete sich schon ein roter Streifen. Viel Schlaf würden wir nicht abbekommen, bis ich das leidige Gespräch mit Fionn führen würde. Mich Fionn und den Rebellen anzuschließen, war tatsächlich meine beste Option, auch wenn ich mich nicht hundertprozentig festlegen und ihn ein bisschen hinhalten würde.

Ich war mir noch nicht ganz sicher, ob ich Mog Ruith, der die Anti-Royalisten-Bewegung ins Leben gerufen hatte, trauen konnte. Aber Morrigan war tatsächlich eine despotische Herrscherin, die ihr Volk belog. Und die Anti-Royalisten halfen dabei, Menschensklaven zu rehabilitieren und wieder in die Menschenwelt zu bringen. Alles in allem konnte ich mich hinter die Sache der Rebellen stellen – wenn ich mich auch schwer damit tat, als ihre Anführerin oder gar Königin gehandelt zu werden. Ich war schließlich ein Mensch. Durch Ciara war ich in die Angelegenheiten der Sidhe verwickelt worden, aber das ging doch ein bisschen zu weit. Ich wollte Ciaras Seele in den Himmel bringen, wo sie den Frieden hatte, den sie verdiente. Aber ich tat das nicht aus reiner Selbstlosigkeit.

Nachdem ich Ciaras Seele abgegeben hatte, wäre ich frei. Niemand wäre wegen irgendwas an mir interessiert und meine Freunde und Familie wären wieder in Sicherheit. Das war mein Ziel.

Nicht, eine heroische Schlacht gegen die Königin der Feen zu anzuführen und dann die Anderswelt zu regieren.

kapitel zwei
alice

Ich nahm einen Schluck Ziegenmilch und versuchte, ein Gähnen zu unterdrücken. Zum ersten Mal wünschte ich mir, dass es in der Anderswelt Kaffee geben würde. Ich stellte mir vor, wie mir der aromatische Duft von frischgebrühtem Kaffee in die Nase stieg, wie das heiße, bittersüße Getränk …

»… was hältst du davon, Alice?«

»Hmm?« Ich schaute Fionn an, der neben mir saß und wohl anscheinend gerade mit mir geredet hatte.

Der Rebellen-Anführer unterbrach sein Frühstück und rutschte ein bisschen näher. Erst jetzt wurde mir bewusst, dass er nicht wie üblich, an der Kopfseite des großen Tisches Platz genommen, sondern sich neben mich auf die lange Bank gesetzt hatte. Besser gesagt, zwischen mich und Dylan. Und dem war es auf jeden Fall aufgefallen, denn er saß mit rotem Kopf über seinen Teller gebeugt.

»Ich habe gesagt, dass ich am besten mitkomme, wenn du Mog Ruith nach dem Frühstück im Tal triffst.«

Schnell versuchte ich, meine Müdigkeit abzuschütteln und mich zu konzentrieren. Dann hatte man schon ein Treffen mit dem zauberkundigen Druiden organisiert. Meine Rückkehr wurde anscheinend so gedeutet, dass ich voll kooperieren würde. Ich musste hier einiges klarstellen, bevor man mir, ohne dass ich es merkte, eine Rüstung überziehen, ein Schwert in die Hand drücken und mich auf ein Pferd setzen würde – oder so etwas. Ich wusste ja noch nicht einmal, wie ein Feldzug in der Anderswelt überhaupt aussah. »Mit Mog Ruith würde ich erst einmal gerne allein sprechen«, beeilte ich mich zu sagen. Ein Treffen mit dem Druiden war mir sehr recht. Ich musste mir irgendwie ein besseres Bild von ihm machen, was schwierig war, da Mog Ruith mich einschüchterte. Fionn dabei zu haben, würde mich nur noch nervöser machen. »Colleen hat mir erzählt, dass er ihr geholfen hat, sich auf ihr Inneres zu konzentrieren und so ihre Fähigkeiten besser zu nutzen. Ich hoffe, dass er mir auch dabei helfen kann, tiefer in Ciaras Bewusstsein einzudringen und so an ihr Wissen über Morrigan zu kommen. Das ist doch schließlich das, mit dem ich euch helfen kann, nicht wahr?«

Fionn schaute mich amüsiert an. Das rotblonde, schulterlange Haar fiel ihm in die Stirn, als er den Kopf schief legte. Er hatte sich mittlerweile so zu mir gedreht, dass Dylan hinter seinem breiten Rücken völlig verschwand. Dylan tat mir ein bisschen leid; neben dem großen, breitschultrigen, muskulösen Rebellen-Anführer wirkte er geradezu schmächtig. Fionns nächster Kommentar ließ bei mir den Gedanken aufkommen, ob er sich extra neben meinen Freund gesetzt hatte, um ihn so aussehen zu lassen.

»Du kannst mir mit vielen Dingen helfen, Alice. Ich sehe dich nicht nur als Informantin, dank der wir eine Strategie gegen die unbesiegbar erscheinende Morrigan entwickeln können. Laut der Prophezeiung bist du viel mehr als das. Du wirst eine entscheidende Rolle im Kampf gegen die Königin spielen. Und ich vertraue darauf. Ich sehe dich an meiner Seite. Im Kampf ... und auch sonst.«

Ich verschluckte mich fast an dem Bissen Haselnussbrot, den ich gerade im Mund hatte. Hustend griff ich nach dem Glas Milch. Bevor ich den Bissen heruntergeschluckt hatte, kam mir Dylan mit einer Antwort zuvor.

»Wollten *wir* nicht zusammen ins Glenariff-Tal gehen, Alice?«, vernahm ich seine Stimme hinter Fionn. Der ignorierte ihn völlig.

»Ich kann nachvollziehen, wie ich euch mit Informationen über Morrigan helfen kann. Alles andere … müssen wir dann sehen.« Mir lag auf der Zunge, zu sagen, dass ich keine Ahnung von Kämpfen hatte. Dass ich nur ein Mensch war, ein junges Mädchen, ohne Kampferfahrung. Die Anti-Royalisten, die hier um den Tisch versammelt waren, waren alles Krieger mit besonderen Fähigkeiten. Selbst Colleen, ein zierliches Feenmädchen, hatte magische Fähigkeiten, die den Rebellen bei einer Schlacht anscheinend zugutekommen würden. Zumindest hatte ihr Mog Ruith prophezeit, dass sie der Erlenschild für die Krieger sein würde – und als solchen hatte sie sich gestern schon bewiesen. Ich hatte keine solchen Fähigkeiten. Wieso sollte ausgerechnet ich die Rebellen bei einer Schlacht anführen? Diese Prophezeiung ergab überhaupt keinen Sinn, ja, sie schien mir lächerlich. Aber all das sagte ich nicht. Denn ich wollte ja tatsächlich an Fionns Seite sein, wenn Morrigan besiegt wird – damit ich ihre geschwächte Position ausnutzen und von ihr etwas über Tír na nÓg erfahren konnte.

»Eins nach dem anderen. Auf jeden Fall möchte ich mitkommen, wenn ihr heute zu dem neuen Lager weiterzieht«, versuchte ich ihn zu beschwichtigen.

Dylan räusperte sich.

»Möchten *wir* mitkommen. Wie du weißt, sind Dylan und ich zusammen hergekommen … und äh … ja, zusammen.« Ich starrte auf meinen Teller und zupfte den Rest der Scheibe Brot auseinander. Vielleicht hatte ich Fionns Andeutung auch falsch verstanden, da war es mir peinlich, zu betonen, dass Dylan und ich ein Paar waren. Wieso sollte Fionn an mir auf diese Weise interessiert sein? Mit meinen glatten braunen Haaren und blaugrünen Augen sah ich wirklich durchschnittlich aus. Und so ein gut aussehender, charismatischer Mann – in Menschenjahren wäre Fionn bestimmt schon dreißig – , zu dem alle Rebellen aufsahen und der von einem mächtigen Druiden als Anführer ausgewählt wurde, dem liefen die Frauen doch wohl hinterher. Aber anscheinend hatte ich ihn ganz und gar nicht missverstanden.

Ohne mit der Wimper zu zucken oder sich umzudrehen, sagte Fionn: »Dylan, könntest du uns bitte für einen Moment allein lassen, damit Alice und ich etwas Wichtiges besprechen können?« Allein? Ich schaute mich um. Tatsächlich hatten die meisten der Rebellen den großen Speisesaal in der Mitte des runden Forts schon verlassen, einschließlich Colleen und Tio. Auch wenn ich beim Frühstück die meiste Zeit noch geschlafen zu haben schien, war mir beim Hineinschlurfen in den Saal nicht entgangen, dass alle anderen im Gegensatz zu mir äußerst motiviert schienen. Colleen hatte mir erzählt, dass die Anti-Royalisten voller Tatendrang waren, der durch die Aufregung letzte Nacht wohl noch mehr angekurbelt worden war. Vielleicht waren alle schon am Packen – dass die Rebellen bald weiterziehen mussten, schien unausweichlich, wo klar war, dass die Königin über ihren Aufenthaltsort Bescheid wusste. Nachdem die Spionin Rosie nicht zurückkehren würde, wäre es nur eine Frage der Zeit, bis Maggie und Morrigan mit einem Großaufgebot hier einmarschieren würden, Eisenberge hin oder her. Die gesamte Rebellen-Bewegung einschließlich ihres Anführers saß hier auf dem Berg praktisch auf dem Präsentierteller.

Dylan stand auf. Seine moosgrünen Augen funkelten gefährlich. Oh oh. Einen Hahnenkampf zwischen Fionn und Dylan konnte ich im Moment wirklich nicht gebrauchen. Ich warf ihm einen flehenden Blick zu. Fionn, der mich unverwandt ansah, entging das natürlich nicht. »Dylan, warte doch am besten auf unserem Zimmer auf mich. Ich rede noch kurz mit Fionn und dann gehen wir zusammen ins Tal, wie besprochen.«

Dylan zögerte einen Moment, entspannte sich dann aber. Demonstrativ gab er mir einen Kuss und verließ den Speisesaal.

Fionn sah ihm nach und schüttelte den Kopf. »Ich verstehe nicht, warum du ihn mitgebracht hast, Alice.«

»Dylan ist mein Freund.« Ich zuckte mit den Schultern. Mehr musste ich doch wohl dazu nicht sagen. Mein Liebesleben ging ihn ja auch wirklich eigentlich nichts an. Er kannte mich kaum – die paar Tage, die ich nach meiner Flucht vom Palast hier verbracht hatte, war ich hauptsächlich bei den entlaufenen Menschensklaven gewesen – und sein sonderbares Interesse an mir konnte höchstens auf der Prophezeiung beruhen. Wahrscheinlich würde er das Interesse sehr bald verlieren.

Fionn zog eine Augenbraue hoch. »Das ist doch der Dealan, der so unsterblich in Ciara verliebt war, dass er für ihre Wiedergeburt gesorgt hat. Ihre Wiedergeburt in dir. Und jetzt hat er sich zufällig auch in dich verliebt? Entschuldige meinen Zynismus, aber du kannst mir doch wohl nicht verübeln, dass ich die Echtheit seiner Gefühle für dich anzweifle. Und was deine Gefühle für ihn angeht: Bist du sicher, du bringst da nicht etwas durcheinander?«

Ich seufzte. Es war mir klar, dass es von außen so aussehen konnte, als ob Dylan nur mit mir zusammen war, weil Ciaras Seele in mir wohnte. Und dass es in Wirklichkeit Ciaras Liebe war, dich ich für ihn fühlte. Aber ich wusste, dass beides nicht stimmte. Im Gegenteil. Gerade weil ich Ciaras Liebe zu Dylan von meiner unterscheiden konnte, wusste ich, dass meine Gefühle wirklich *meine* waren. Es hatte mir sogar dabei geholfen, Ciaras Persönlichkeit von meiner abzugrenzen – etwas, womit ich in den ersten Wochen nach dem Koma meine Schwierigkeiten gehabt hatte.

Und Dylan war auch aus anderen Gründen mit mir zusammen, als denen, die ihn mit Ciara verbunden hatten. Er beschrieb seine Liebe zu Ciara wie einen Rausch, wie eine wilde erste Liebe. Liebe auf den ersten Blick, die auf reiner Anziehungskraft beruhte. Ciara kam damals mit Dylans Geständnis, ein Sidhe zu sein, nicht klar. Damit sie ihn vergessen konnte, verließ er sie. Doch dann ertrank sie im Meer – es sah wie Selbstmord aus. Dylan nutzte seine magischen Fähigkeiten für Ciaras Reinkarnation.

Nach eigener Aussage hatte er ihr damit die Chance auf ein zweites, gutes Leben, einen natürlichen Tod und die Möglichkeit auf ewigen Frieden in Tír na nÓg geben wollen. Insgeheim hatte er doch wohl gehofft, dass er in mir seine große Liebe Ciara wiedertreffen würde. Aber Ciara und ich hätten unterschiedlicher nicht sein können, auch wenn mich ihre Persönlichkeit beeinflusste und veränderte. Ein großer Unterschied zwischen uns bestand darin, dass Ciara passiv gewesen war, wohingegen ich nicht davon abzubringen war, allem auf den Grund zu gehen und dafür zu kämpfen,

Ciara Gerechtigkeit zu verschaffen. Besonders als ich herausfand, dass Maggie für Ciaras Tod verantwortlich gewesen war.

Dylans ursprünglicher Plan, als er seine Magie aufgegeben hatte, um am Trinity College an meiner Seite zu sein, war es gewesen, mir zu helfen. Wenn ich mir vier Jahre lang in nächster Nähe von Dylan nichts anmerken lassen würde, hätte ich den Test des Ältestenrates bestanden. Da machte ich aber nicht mit. Ich hatte nicht vor, eine so lange Zeit untätig zu bleiben und anderen die Bestimmung über mein und Ciaras Schicksal zu überlassen. Und so verliebte sich Dylan in die eigenwillige Alice, die so anders war als Ciara.

Nach meiner Entführung hatte er alles unternommen, um mich zu retten. Er war sogar bereit gewesen, Ciara zu opfern, damit ich frei sein konnte und damit wir zusammen sein konnten. Er hatte Morrigan in Ciaras Gestalt widerstehen können. Und der größte Liebesbeweis für mich: Am Schluss hat er mich meinen Weg gehen lassen. Dann war er zu mir zurückgekehrt und hatte mir versichert, immer an meiner Seite zu bleiben, komme, was wolle.

Ich streckte den Rücken durch und schaute Fionn direkt in die Augen. Ich wollte ihm sagen, dass er sich irrte, dass Dylan und mich eine starke Liebe verband, zwischen die nichts und niemand kommen würde. Ich wollte Fionn als Verbündeten und riskierte, ihn damit vor den Kopf zu stoßen. Aber so etwas würde er bestimmt schnell verschmerzen.

Doch Fionn missverstand mein Schweigen und den Augenkontakt und nahm mein Gesicht in seine großen Hände. Ich war so verdutzt, dass ich wie gelähmt dasaß.

»Du brauchst doch einen richtigen Mann an deiner Seite, Alice. Nicht so einen liebeskranken ... Jungen.« Fionn ließ Dylan tatsächlich wie einen Jungen aussehen, das musste ich zugeben. Fionn war so imposant – ich konnte schon verstehen, dass manche Frauen bei seinem Anblick weiche Knie bekamen. Ich wollte nicht behaupten, dass ich seinem Charme gegenüber immun war. So wie er jetzt in meine Augen schaute, seine raue Hand an meine Wange schmiegte ... Doch dann erinnerte ich mich an Dylans süßes

Lächeln, bei dessen Anblick mir immer das Herz stehen blieb. Er hatte zwei Grübchen auf der linken Wange, die sein Lächeln leicht schief aussehen ließen – ich fand das unwiderstehlich!

Sanft löste ich mich von Fionns Händen. »Damit keine Missverständnisse aufkommen. Dylan und mich gibt es nur im Doppelpack. Wir sind ein Paar, ob du es verstehen magst oder nicht. Und eigentlich, Fionn«, ich rückte ein Stück von ihm ab, »hätte ich gedacht, dass du dich mit wichtigeren Dingen als solchen zu beschäftigen hast. Dylan ist nicht nur als mein Freund hier. Er genießt das Vertrauen des Ältestenrates. Er wurde sogar von ihnen eingeschworen.«

Fionns Gesichtszüge entgleisten. Ich konnte mich nicht erinnern, ihn mal überrascht gesehen zu haben. Es war mir doch tatsächlich gelungen, den Rebellen-Anführer zu verdutzen.

»Wir haben gerade ein Bündnis mit ein paar Mitgliedern des Ältestenrates geschlossen. Da hat man mir nichts davon gesagt. Es hieß nur, dass man uns unterstützen wird, wenn du dich uns anschließt.«

»Dylan hatte seine Unterredung mit Riordan und Tlachtga«, sagte ich vorsichtig. Er nickte nur. Tlachtga war Mog Ruiths Tochter. Ich konnte mir vorstellen, dass das Bündnis deshalb zustande gekommen war. Wenn Tlachtga darüber Bescheid wusste, dass alle Sidhe in Wirklichkeit das Potenzial für *alle* magischen Fähigkeiten hatten, dann wusste es Mog Ruith auch.

»Es stimmt doch, dass Mog Ruith dich sozusagen erleuchtet hat, oder? Er hat dir gesagt, dass Berufung nicht in den Sternen steht, dass Morrigan die Sidhe mit dieser Behauptung in Schach hält, damit niemand aufmuckt und höher hinaus will, als ihm oder ihr angeblich vorherbestimmt ist. Er hat dir prophezeit, dass du die Sidhe von der Herrschaft der Königin und der Unterdrückung des Adels befreien wirst, dass du das Volk auf den Weg der Selbstbestimmung führst. Dann hat er dir bestimmt auch nicht verschwiegen, dass die magischen Fähigkeiten, die ihr besitzt, überhaupt nichts mit Berufung zu tun haben? Dass ihr theoretisch zu allen magischen Fähigkeiten in der Lage seid, für manches nur mehr, für anderes weniger Talent besitzt? Und dass ihr von Kindesbeinen an dazu erzogen werdet, alles andere zu unterdrücken, außer das, was für eure Berufung nützlich ist?«

Fionn hatte die Stirn in Falten gelegt. Sein Kiefer sah angespannt aus. Ich legte das als eine negative Antwort aus.

Mog Ruith hatte Fionn also auch nicht alles gesagt. Wieso würde er den Anti-Royalisten, einer Bewegung, die er selbst gegründet hatte, etwas so Fundamentales vorenthalten?

»Dylan hat das selber herausgefunden«, fuhr ich fort. »Nachdem er seine Magie eigentlich aufgegeben haben sollte, musste er feststellen, dass er sie doch noch hatte. Und dann fand er heraus, dass er sogar noch andere magische Fähigkeiten hat. Dylan hat den Ältestenrat zur Rede gestellt. Und da hat man es ihm gesagt. Tlachtga meint, Dylan hätte besonders viel Energie. Es fällt ihm leicht, magische Fähigkeiten, die mit Energie zusammenhängen, auszubilden. Natürlich trifft das nicht auf jeden zu. Ein Talent wie Colleens, die Wünsche und Bedürfnisse anderer zu lesen, braucht wahrscheinlich jahrelange Übung. Und bestimmt hilft dabei auch gute Intuition. Aber das Entscheidende ist, dass alle Sidhe das Potenzial haben, viel mehr zu können, als ihnen vorgemacht wird. Dylan ist mit seinen leicht demonstrierbaren Fähigkeiten ein lebender Beweis dafür, dass Morrigan ihr Volk unterdrückt. Er könnte sehr nützlich für euch sein … schließlich müssen die Anti-Royalisten die Masse hinter sich bringen, um genug Dynamik für eine Revolution zu erlangen, oder?«

Fionn schwieg einen Moment. Dann sagte er mit angespannter Stimme: »Es ist Zeit, dass du dich zum Wasserfall im Tal aufmachst, um mit Mog Ruith zu sprechen. Ich weiß, Dylan wollte dich begleiten, aber schick ihn zu mir. Wenn er wirklich nützlich für unsere Bewegung sein will, dann sieht er ein, dass das wichtiger ist.« Ich stand auf und kletterte über die Bank. Ich hatte Fionn verärgert, ihn in seinem Stolz verletzt. Das war vielleicht kein so kluger Schachzug gewesen. Dabei hatte ich nur gewollt, dass er Dylan ernst nimmt. »Und, Alice?«

Ich drehte mich um.

»Bitte berichte Mog Ruith von dem, was du mir gesagt hast. Ich komme nachher selber ins Tal, um mit ihm darüber zu reden. Er kann mich an dem Ort erwarten, an dem wir uns immer treffen.« Ich nickte. »Fionn, ich wollte damit sagen, dass Dylan und ich uns bewusst entschieden haben, hierher zurückzukommen und uns den Anti-Royalisten anzuschließen. Du vertraust auf eine Prophezeiung. Ich kann dir ehrlich nicht sagen, ob ich daran glaube. Aber lass uns doch einen Schritt nach dem anderen machen. Wir helfen gerne und zwar so, wie wir es können. Ich wollte dir damit klarmachen, dass Dylan auch einiges beizutragen hat.«

Ein Lächeln breitete sich auf Fionns angespanntem Gesicht aus. »Und dass ihr im Doppelpack kommt. Ich hab's verstanden.«

Erleichtert wandte ich mich ab. Da hatte ich wohl noch mal die Kurve gekratzt. Fionn wusste, wo ich stand, ich hatte meine und Dylans Loyalität bewiesen und wir würden zur Sache der Anti-Royalisten beitragen, ohne dass die Erwartungen an mich zu hoch geschraubt waren.

Na ja, ob ich wirklich helfen konnte, stand noch nicht fest. Alle behaupteten, ich könnte etwas über Morrigan wissen, das sie verwundbar machen würde. Aber Ciara hat zu Lebzeiten alles abgeblockt, mit dem sie nicht klarkam. Dazu gehörte auch alles, was mit Morrigan und den Sidhe zu tun hatte. Erst in letzter Zeit hatte ich die eine oder andere Erinnerung Ciaras, die mich vermuten ließ, dass Morrigan des Öfteren in Ciaras Bewusstsein aufgetaucht war. Doch Ciara hatte ihr Bestes getan, sonderbare Vorkommnisse, die sich nicht rational erklären ließen, zu verdrängen.

Nachdem ich Dylan dazu überredet hatte, nicht mitzukommen, sondern sich mit Fionn zu treffen, ging ich mit gemischten Gefühlen ins Glenariff-Tal. Mog Ruith war mir suspekt – aber wenn es jemanden gab, der mir helfen konnte, an Morrigan in Ciaras Bewusstsein heranzukommen, dann er.

Die Frage war, ob ich ihm genug trauen konnte, um Ciaras Erinnerungen mit ihm zu teilen.

kapitel drei

ciara

Eine sandblonde Locke hatte sich vorwitzig über seine Stirn gelegt. Darunter funkelten die moosgrünen Augen, in denen ich mich immer wieder verlieren konnte. Wir sahen uns für eine Ewigkeit einfach nur an. Es hätten Minuten, vielleicht Stunden sein können. Zeit spielte keine Rolle. Ich konnte mich an ihm nicht sattsehen. Es gab so viel zu entdecken. Ich wollte jede Farbnuance seiner Iris, die Beschaffenheit jeder einzelnen der langen seidigen Wimpern erkunden.

Er streckte eine Hand aus und legte sie an meine Wange. Die Berührung setzte jeden Nerv in meinem Körper unter Strom. Dann kam er näher, legte seine perfekten Lippen auf meine. Er bewegte sie kaum, in einem Kuss so sanft, wie ich ihn noch nie erlebt habe.

Wärme breitete sich in meinem Körper aus und die Hitze sammelte sich bald in meiner Mitte, wo sie ein Feuer entfachte. Es war mir nicht unbekannt, das Gefühl, und ganz sicher nicht unangenehm, aber in dieser Intensität hatte ich es noch nie gespürt. Etwas nagte am Rande meines Bewusstseins, das mir den Genuss des Feuers verbot.

Ich durfte mich ihm nicht hingeben … es war verboten …
Das Feuer …

Ich löste mich von ihm und lief davon, so schnell ich mit meinen Stiefeln im feinen Sand vorwärtskam. Ich verstand selber nicht, warum ich das getan hatte, und lachte verlegen. Er verstand es als Einladung, mich wieder einzufangen. Der stürmische Küstenwind zerrte an meinen Haaren und in diesem Moment liebte ich ihn dafür, dass er so wild und frei war. Ich wollte mir etwas von seiner Wildheit ausborgen. Mein Lachen wurde zu einem Jubelschrei, als ich auf die schäumende Brandung zulief, zu dem schmalen Streifen nassen Sandes, auf dem ich schneller rennen konnte.

Trotzdem holte er mich bald ein und als ich seine Hand auf meiner Schulter spürte, ließ ich mich völlig außer Atem, aber immer noch lachend in seine Arme fallen.

Vergessen war das verbotene Feuer und ich spürte nur noch den Rausch der Freiheit, die allein in diesen Momenten zu finden war.

***

Die Sonne schien warm vom blauen Himmel und der Wind hatte sich heute zu einer leichten Brise zusammengenommen. Hand in Hand gingen Dylan und ich am Strand spazieren. An diesem ungewöhnlich schönen Tag waren auch noch andere Spaziergänger unterwegs und wir hatten uns etwas von Roundstone entfernt.

Es war mir egal, wenn Bekannte uns so zusammen sehen würden, aber Dylan nicht. Mehrfach hatte er angefangen, mir zu erklären, warum wir unsere Liebe geheim halten mussten, doch jedes Mal war er bald wieder verstummt, hatte nachdenklich das Meer angestarrt und dann eine ganze Weile gar nichts mehr gesagt. Ich drängte ihn nicht – was immer es war, das uns davon abhielt, unsere Liebe öffentlich bekannt zu geben, es konnte nur bedeutungslos sein. Für mich zählten nur die Momente, in denen wir zusammen waren. Doch in letzter Zeit waren die immer mehr getrübt, weil er gedanklich mit etwas anderem beschäftigt war. Wie jetzt gerade.

Vielleicht war es besser, wenn wir das Gespräch, das er so zu fürchten schien, hinter uns brachten. Ich wollte wieder zu der Unbeschwertheit zurückkehren, wollte, dass er sich wieder so frei fühlte wie ich in diesen Momenten. Er würde mir sagen, was ihn bedrückte. Dann würde ich ihm versichern, dass es mir nichts ausmachte, was immer es war.

Also stellte ich eine Frage. Die Antwort interessierte mich nicht wirklich, denn ich wusste alles, was über ihn zu wissen war, ohne sie zu kennen.

»Wo kommst du her, Dylan?«

Er blieb mit einem Ruck stehen, sagte aber immer noch nichts. Ich ließ nicht locker.

»Was machst du hier in Roundstone? Wo lebst du eigentlich?«

Er seufzte und führte mich zu einem flachen Felsen. Wir setzten uns darauf und streckten die Beine im Sand aus.

Die ganze Zeit, während er die schreckliche Geschichte erzählte, ließ er meine Hand nicht los.

Erst wollte ich glauben, dass er mir einen Bären aufband. Aber ich musste ihn noch nicht einmal anschauen, um zu wissen, dass er die Wahrheit sprach. Ich kannte ihn. Ich wusste alles über ihn. Nur das wusste ich nicht. Wollte ich nicht wissen.

»Ich komme nicht aus dieser Welt«, begann er, »sondern aus der Welt, die bei den Menschen als Anderswelt bekannt ist. Ich gehöre zu den Sidhe, den Feen, die von den Túatha Dé Danann abstammen.«

Natürlich kannte ich die Legenden, von denen er jetzt erzählte. Aber sie waren eben nur das: Mythen und Sagen.

»Fakt ist, dass heutzutage viele von uns in eurer Welt wandeln, aus verschiedenen Gründen hier sind, aber sich als Menschen ausgeben«, schloss er ab. »Wir brauchen euch, um sterben zu können. Es stimmt, dass Feen in der Anderswelt nicht altern wie Menschen.«

Ich starrte auf die Wellen und versuchte zu verarbeiten, dass Dylan, der Junge, den ich bedingungslos liebte, 250 Jahre alt war und nicht wirklich altern oder sterben würde.

Etwas Bitteres stieg in mir hoch, als ob sich Ironie zu Gallenflüssigkeit manifestiert hätte. Uns gehörten wirklich nur die Momente, die Augenblicke, die Gegenwart. Wir hatten keine Zukunft.

Ich hätte fast lachen müssen, aber der bittere Geschmack in meinem Mund hielt mich davon ab. Ich hatte gedacht, dass, was immer Dylan beschäftigte, keine Bedeutung hatte. Dass unsere Liebe so weiter existieren musste wie bisher. Dass nichts sie ändern konnte. Was er mir hier sagte, änderte nichts an unserer Liebe. Aber es änderte alles.

Es *war* bedeutungslos, dachte ich trotzig. Denn nur die Gegenwart, die Momente würden weiterhin existieren.

Als er mit seiner Geschichte fertig war, schaute ich ihn an. Ich gab ihm einen schnellen Kuss auf den Mund, der diese Entscheidung für mich besiegelte.

Ich sprang auf. »Komm, lass uns um die Wette laufen. Lass uns so tun, als ob es windig wäre. Lass uns Wind spielen. Lass uns frei sein.«

Dann rannte ich davon. Ich rannte und rannte, bis ich ihn endlich hinter mir hörte.

Ich lächelte.

***

alice

Mir wurde mehr und mehr bewusst, dass ich nicht richtig atmen konnte. Dieses Empfinden schlich sich in Ciaras Erinnerung ein gleich einer Funkstörung.

Ich schnappte nach Luft.

In dem kleinen Zelt schien es keine mehr zu geben und ich verließ es fluchtartig. Auf allen vieren krabbelte ich nach draußen.

Endlich konnte ich meine Lungen mit Sauerstoff füllen.

»Bist du schon zu ihr durchgebrochen?«, vernahm ich Mog Ruiths Stimme. Ich schüttelte nur den Kopf. Die Augen hatte ich immer noch geschlossen.

»Dann musst du wieder rein. Du bist noch nicht fertig.«

»Unmöglich«, keuchte ich. Ich hob den Kopf und öffnete meine tränenden Augen. Mog Ruith stand völlig ungerührt vor mir. Auf seinen mit kunstfertigen Schnitzereien verzierten Stock gestützt, sah er genauso aus, wie man sich einen Druiden vorstellte. Sein helles Gewand und seine schlohweißen langen Haare und Vollbart hoben sich vor dem Grau und Grün der moosbewachsenen Felsen hinter ihm ab. Er hatte die kleine, versteckte Schlucht unweit des großen Wasserfalls für die Rückführung gewählt, weil wir hier an diesem kalten, nassen Dezembermorgen ungestört sein würden. Von den kühlen Temperaturen spürte ich nichts mehr. Der Schweiß lief mir immer noch das Gesicht hinab. »Ich ersticke da drin«, versuchte ich zu erklären. Er konnte mich schließlich nicht sehen. Zumindest hieß es, dass der Druide blind war und seine milchig grauen Augen hatten weder Iris noch Pupille. Doch manchmal konnte ich das Gefühl nicht abschütteln, dass er mehr sah als andere. Wie jetzt zum Beispiel.

»Du hast deine Augen geschlossen gehabt.«

Ich konnte mir einfach nicht vorstellen, dass man nicht instinktiv die Augen schloss, wenn beißender Rauch sich in die Netzhäute grub. »Der Rauch …«

»Der Rauch soll dich *sehen* lassen. Du musst es noch mal versuchen. Gib noch mehr Kiefernnadeln in das Feuer.« Mog Ruiths Stimme klang weder herrisch noch bedrohlich, trotzdem ließ sie keine Widerworte gelten.

Ich holte tief Luft, krabbelte zurück zum Zelt – eigentlich nur ein paar aufgestellte Äste, über die eine Tierhaut gelegt worden war – und schob den Sack mit Kiefernnadeln durch die Öffnung. Es war im Inneren schon weniger rauchig, was sich schlagartig änderte, als ich die Nadeln in das kleine Feuer in der Mitte gab. Ich wusste, dass in der Baummagie der Druiden Kiefer daran erinnerte, was man war, bevor man geboren wurde und was man sein würde, nachdem man gestorben war. So hatte es mir die Expertin für keltische Ikonografie, Dr. Claire Brennan, am Trinity College erklärt, als sie von Ogham, dem Baumalphabet, erzählt hatte. Denn in Ciaras und meinem Namen kam das Ogham-Symbol für A wie *ailm*, die Kiefer, vor. Die Kiefernnadeln in diesem Druiden-Ritual ergaben für mich also Sinn. Warum ich Eicheln hatte essen müssen, war mir nicht ganz so klar. Es musste etwas mit Morrigan zu tun haben, die ihre Magie und Kraft aus einer heiligen Eiche zog. Diese Eiche stand mitten im Eichensaal in ihrem Palast. Vielleicht war es auch nur etwas Essenzielles für Druidenmagie. Eichen waren nicht nur für Morrigan, die oberste Druidin, heilig, sondern für alle Druiden, ob Sidhe oder ihre Menschenjünger.

Das Zelt füllte sich wieder mit Qualm und ich wischte mir über die schweißbedeckte Stirn. Die Symbole, die Mog Ruith mit Blut auf mein Gesicht gemalt hatte, waren bestimmt schon von Schweiß und Tränen verschmiert worden, daran konnte ich jetzt nichts mehr ändern. Ich wollte nicht weiter darüber nachdenken, wessen Blut das war. Bei einem anderen Ritual, um für Morrigan zu orakeln, wie sie mich dazu bringen konnte, Ciaras menschliche Essenz aufzugeben, hatte Mog Ruith mir einmal das Herz einer frisch erlegten Hirschkuh in die Hand gelegt. Sie war vor meinen Augen abgeschlachtet worden – wenn ich daran dachte, musste ich würgen. Wenigstens war mir dieses Mal erspart worden, mitzuerleben, wie das Blut gewonnen wurde. Mog Ruith war mit allen Zutaten für das Ritual auf seinem Luftschiff, dem Roth Ramach, hier angekommen. Wie immer hatte er einen spektakulären Auftritt hingelegt und war mit dem Luftgefährt über dem rauschenden Wasserfall erschienen. Es glich einem Schlitten, nur dass sich hinten ein hölzernes Rad gleich einem Propeller drehte. Keine Ahnung, wie es angetrieben wurde, aber es zog einen Feuerschweif hinter sich her, was es noch beeindruckender machte. Wie immer hatte Mog Ruith gleich einer Gallionsfigur vorne am Ruder gestanden und das Roth Ramach sanft vor dem Wasserfall abgesetzt – sicher und genau, trotz seiner angeblichen Blindheit.

Auch Mog Ruith schien meine Rückkehr in die Anderswelt als

Bereitschaft gedeutet zu haben, dabei zu helfen, Morrigan zu stürzen. Und es schien ebenso klar für ihn gewesen zu sein, dass er mir dabei mit Ciaras Erinnerungen helfen musste. Ich war gar nicht dazu gekommen, ihm irgendwelche Fragen zu stellen, mich vorsichtig an seine Motive heranzutasten, wie ich eigentlich vorgehabt hatte.

»Wir haben keine Zeit zu verlieren«, hatte er gesagt, die Zutaten für das Ritual ausgeladen und mir erklärt, wo ich sie hinbringen sollte. Dann hatte er mir in der kleinen Schlucht Instruktionen gegeben, wie ich die kleine Feuerstelle und das Zelt aufzubauen hatte.

Ich hatte alle seine Anweisungen für das Ritual bereitwillig befolgt, weil ich das Gefühl hatte, dass endlich jemand Ahnung davon hatte, was zu tun war. Zu lange war ich falschen Fährten gefolgt, waren meine Fragen unbeantwortet geblieben und war ich von Wenns und Vielleichts geplagt worden. Es gefiel mir, dass hier mal jemand Nägel mit Köpfen machen wollte und nicht daran zu zweifeln schien, dass sich mir etwas Handfestes offenbaren würde. Doch wieder schienen nur Ciaras Erinnerungen an Dylan in mir hochzukommen. Das kannte ich alles schon; das half mir nicht weiter. Somit begann ich dieses ganze Ritual und damit auch Mog Ruith wieder infrage zu stellen.

Das letzte Ritual, das mit der Hirschkuh, hatte er für Morrigan vollzogen. Hinterher war es mir wie eine große Showeinlage vorgekommen, nur damit er Morrigan etwas zu zeigen hatte. Seine ach so vage Deutung: Ich musste Ciara freiwillig aufgeben. Morrigan konnte mich weder mit Magie noch mit Erpressung dazu zwingen, ihr Ciaras menschliche Essenz zu überlassen. Seitdem hatte Morrigan alles daran gesetzt, mich davon zu überzeugen, dass Ciaras Seele ihr gehörte. Bislang natürlich ohne Erfolg. Im Vertrauen hatte Mog Ruith mir dann noch prophezeit, dass ich einmal mithilfe des Ebereschenzaubers die Rebellen anführen und rote Königin sein würde.

Mog Ruith hatte Morrigan gegenüber so getan, als ob er ihr helfen würde; hinter ihrem Rücken plante er ihren Untergang, zettelte eine Rebellion an. Konnte ich ihm überhaupt trauen? Er spielte eindeutig ein doppeltes Spiel. Und er spielte mit verdeckten Karten. Vielleicht machte er auch mir mit dieser Schwitzhütte nur etwas vor. Was hatte er wirklich mit mir vor?

Mich in diesem Zelt elendig ersticken zu lassen, womöglich. Ich bekam schon wieder keine Luft mehr. Ich hatte die Wahl: Ich könnte wieder aus dem Zelt flüchten und damit ganz am Anfang stehen, ohne zu wissen, wie ich mit Ciara weiterkommen sollte. Oder ich konnte mich sozusagen nach vorne flüchten und mich diesem Ritual voll und ganz hingeben. Egal, was Mog Ruith mit mir und Ciaras Erinnerungen bezweckte. Es war immer noch etwas, das nur ich erlebte. Er mochte trotz seiner Blindheit einiges sehen, aber in meinen Kopf sehen konnte er ja wohl nicht. Oder?

Ich dachte an Ciara und riss die Augen auf. Sofort füllten sie sich mit Tränen, die ich nicht versuchte, wegzublinzeln. Der beißende Rauch verursachte ein unerträgliches Brennen. Bald fühlte es sich so an, als ob mir jemand mit einem Stahlschwamm die Netzhäute wegscheuern würde.

Der Rauch. Bald konnte ich an nichts anderes mehr denken, nichts anderes mehr sehen.

Der Rauch.

***

morrigan

Der Rauch.

Ich stand im Nachthemd neben meinem Bett und sah dabei zu, wie der Rauch sich unter der Tür in mein kleines Kämmerlein schlängelte. Der große runde Mond vor dem Fenster erhellte das Zimmer. Die Rauchspiralen schienen hellgrau im Mondschein, schwarz in den Schatten.

Genauer gesagt: Ciara stand wie festgewachsen mit nackten Füßen auf den Holzdielen und starrte wie fasziniert von Farbe und Form der Rauchschwaden auf den Spalt unter der Tür. Ich, ich wollte die Beine in die Hand nehmen und so schnell wie möglich aus dem Fenster klettern, um Maggies und meinen Plan erfolgreich zu Ende zu bringen. Aber mein Körper wollte sich nicht bewegen lassen, obwohl ich wusste, ja, dafür gesorgt hatte, dass Ciaras Geist noch schlummerte. Ich hatte die Kontrolle übernehmen müssen, was ich in meinen Menscheninkarnationen selten tat. Die Gefahr war zu groß, dass sich das Mädchen daran erinnern würde, ihre geistige Gesundheit infrage stellen und anderen davon erzählen würde. Neuerdings war man in der Menschenwelt zu der Überzeugung gelangt, dass eine zweite Persönlichkeit oder Stimmen im Kopf eine Krankheit war. Doch das änderte auch nicht viel daran, wie man mit denjenigen verfuhr, die ein solches »Krankheitsbild« aufwiesen. Früher, als man Dämonen dafür verantwortlich gemacht hatte, war ähnlich mit ihnen umgegangen worden. Wenigstens hatte man manchmal kurzen Prozess gemacht und junge Frauen, die solche Symptome hatten, einfach verbrannt oder ertränkt. Das war mir des Öfteren gelegen gekommen. Ich ließ meine Mädchen gerne jung sterben. Und sie durften sich nicht selber das Leben nehmen.

Das war eine der Regeln. Ich ließ andere, auch Maggie, gerne in dem Glauben, dass ich bei meinen Wiedergeburten nach Lust und Laune verfuhr, aber in Wirklichkeit musste ich mich an strenge Regeln halten. Nur einmal, einmal war ich gezwungen gewesen, gegen sie zu verstoßen – und ich hatte es bitter, bitter bereut. Noch einmal würde man mir keine zweite Chance geben. Nein, es war wichtig, dass die Regeln eingehalten wurden. Deshalb musste ich Ciara dazu bringen, sich zu bewegen. Würde ich in dem Feuer sterben, das ich selber gelegt hatte, dann … dann …

Ein Klopfen am Fenster riss mich aus meiner Konzentration.

Ciara drehte sich nicht um. Ich wusste, es war Maggie. Sie hatte die Aufgabe gehabt, Fenster und Türen von außen zu schließen – mit Magie, versteht sich, der Brand musste schließlich wie ein Unfall aussehen – damit Ciaras Eltern dem Feuer nicht entkommen konnten.

Ciaras Eltern – Margaret und Michael Buchanan. Ich hasste sie und ihre bäuerliche Voreingenommenheit und Ignoranz! Meines Erachtens waren sie eindeutig selber schuld daran, dass ihnen das hier widerfuhr. Ciara hatte natürlich gemischte Gefühle. Sie konnte nicht anders, als Liebe für ihre Eltern zu empfinden und auch Liebe von ihnen zu fordern. Doch Ciaras Andersartigkeit befremdete ihre Eltern – manchmal hatten sie sogar Angst vor ihr.

Ciaras Lippen verzogen sich zu einem höhnischen Lächeln – *na also, geht doch, jetzt nur noch der Rest des Körpers. Keine Reaktion* – zu Recht hatten ihre Eltern Angst. Ihre Tochter war tatsächlich ein Wechselbalg, wie sie immer befürchtet hatten. Und jetzt hatte ich sie wirklich das Fürchten gelehrt. Aber vor ihrer Tochter, der schönen, talentierten Ciara, hätten sie keine Angst haben müssen. Sie hätten ihr Talent fördern können. Und das nahm ich ihnen übel. Wie konnten sie nicht sehen, was für eine außergewöhnliche Gabe Ciara hatte! Sie konnte Schönheit in der Natur wirklich sehen, konnte sie auf Papier bannen. Statt Zeichnen und Malen als Zeitverschwendung abzutun, hätten Margaret und Michael ehrfürchtig über die Kunst ihrer Tochter staunen sollen.

Ciara war etwas Besonderes. Ihr fast perfekt symmetrisches Gesicht wurde von pechschwarzen wallenden Locken umrahmt, in ihren weiten grauen Augen spiegelte sich ihre Künstlerseele wider. Und der Blick für Ästhetik war ihr in die Wiege gelegt worden. Nicht umsonst war sie mir als Menscheninkarnation vorherbestimmt worden. Ich wusste das, ich spürte das – es konnte kein Zufall sein, dass die Mädchen, die ich in der Menschenwelt war, die Welt mit dieser speziellen Sichtweise betrachteten. Die in ordinären Dingen, wie einem Stein, einer Welle, einem Sandkorn, das Einzigartige, Schöne sehen konnten. Seit Jahrtausenden musste ich das Große, Ganze im Blick behalten, konnte mir nicht leisten, mich in kleinen Details zu verlieren. Nur hier, in der Menschenwelt, als Menschenmädchen, war mir das vergönnt. Ich brauchte das.

Ciaras Eltern wollten mir das nehmen. Schlimm genug, dass Ciara ihre Zeichnungen vor ihnen verstecken musste, weil ihre Eltern sie schalten, die Zeit dafür verschwendet zu haben, statt sich im Haushalt zu betätigen. Jetzt wollten sie mich auch noch verheiraten. An irgend so einen Bauerntölpel im Dorf. Mich, Ciara! Mich, Morrigan! Wir waren zu Größerem bestimmt. Ciara musste Jungfrau bleiben, so waren die Regeln, die ich ganz sicher nicht wieder verletzen würde. Die Existenz meines Volkes hing davon ab. Ich war noch nicht bereit, zu gehen. Ciara sollte noch nicht sterben, deshalb würden wir diesmal nicht – wie es auch schon des Öfteren nötig gewesen war – voreilig mein Menschenleben beenden. Denn es gab die wunderbare Chance, ihr künstlerisches Talent weiterzuentwickeln. Ciaras Onkel Bryan würde es fördern. Wenn Ciaras Eltern starben, dann würde er seine talentierte Nichte ganz sicher bei sich in Roundstone aufnehmen. Ciaras Eltern mussten wir dafür opfern. Ciara würde darüber hinwegkommen. Im Großen und Ganzen war es ein kleines Opfer. Ich hatte schon einiges mehr hingeben müssen.

Wieder ein Klopfen, diesmal lauter. Ciara zuckte zusammen. Ganz langsam wandte sie sich vom Rauch ab, der sich nun wie ein Teppich im Zimmer ausbreitete, und drehte den Kopf zum Fenster. Maggie füllte das Fenster fast ganz aus. Ihr schwangerer Bauch wölbte sich deutlich unter ihrem schwarzen Umhang. So kurz vor der Geburt hatte sie genug Magie, um Ciara zu beschwören, zum Fenster zu gehen. Gut, denn ich würde es nicht aus eigener Kraft schaffen. Maggies Lippen bewegten sich und endlich setzte Ciara einen Fuß vor den anderen. Das rote Haar meiner Schwester flatterte im Wind, der vor einigen Augenblicken noch nicht geweht hatte.

Ciaras Hand am Fenstergriff hielt inne.

Obwohl Maggies Zauber stark war, hatten die Schreie ihrer Eltern ihren Effekt. Ich konnte spüren, wie sich Ciaras Gesicht zu einer Grimasse des Entsetzens verzog.

Margaret und Michael Buchanan starben unter entsetzlichen

Schmerzen im Feuer. Sie verbrannten bei lebendigem Leibe. Natürlich hätten sie auch im Rauch ersticken können, das war der Plan gewesen. Aber Maggies Zauber hatte buchstäblich einen so großen Wirbel verursacht, dass der Wind die Flammen angefacht hatte. Hinter Ciara hatten sie schon die Tür zu meinem Zimmer erobert; sie konnte die Hitze spüren. Fast taten mir Ciaras Eltern ein bisschen leid. Das musste Ciara in mir sein. Für einen Augenblick hielt ich an dieser Emotion fest, brannte sie sich mir ins Gedächtnis. Eines Tages würde ich mich daran erinnern, an die Pein, solche Schmerzensqualen mitanhören zu müssen. An die aufkeimende Panik, an die verzweifelte Resignation, nichts dagegen tun zu können. Es waren so schreckliche Gefühle, dass mir schon wieder schön erschienen. So schön menschlich.

Ciara öffnete das Fenster. Maggie nahm sie bei der Hand und half ihr hinaus, zog sie ein paar Meter mit sich. Dann verschwand meine Schwester. Ciara ließ sich ins Gras fallen.

***

CIARA

Das erste, was ich spürte, war das taunasse Gras unter mir. Die Feuchtigkeit drang durch mein dünnes Nachthemd und die Empfindung bildete einen sonderbaren Kontrast zu der Hitze in meinem Rücken.

Wo war ich? Ich hob den Kopf. Auf dem Hügel hinter unserer Hütte. Es war Nacht; der Mond stand rund und voll am Himmel. So voll, dass es hell wie am Tag erschien.

Ich drehte mich um.

Nein, es waren die Flammen, die die Nacht erleuchteten, wurde mir bewusst. Mit einem Ruck setzte ich mich auf.

Unsere Hütte brannte lichterloh.

Ich starrte mit offenem Mund auf das Inferno. Aus dem Augenwinkel sah ich, wie Nachbarn angelaufen kamen, aber ich reagierte auf ihre Rufe nicht.

Fieberhaft versuchte ich nachzuvollziehen, was geschehen war.

Ich hatte meinen Eltern Gute Nacht gesagt, war in meine Kammer gegangen, hatte mich gewaschen, umgezogen und mich dann schlafen gelegt.

Und jetzt saß ich auf dem Hügel hinter unserer Hütte. Die in Flammen stand.

Wie war ich hierhergekommen?

Wie betäubt stand ich auf.

Die Nachbarn hatten mich jetzt entdeckt. Einige kamen auf mich zugelaufen.

»Ciara!«, rief jemand. »Um Gottes Willen, was ist passiert?«

Ich konnte noch nicht einmal mit den Schultern zucken, sondern starrte immer noch auf die orangeroten, qualmenden Flammen, die miteinander um die Wette zu züngeln schienen.

»Wo sind deine Eltern?«, fragte jemand anders.

Meine Lippen bewegten sich ohne mein Zutun. »Sie sind da drin«, sagte ich mit einer sonderbar festen Stimme. »Sie waren da drin. Sie haben das nicht überlebt.«

Ich war mir dessen sicher. Aber ich erinnerte mich nicht, warum ich es wusste.

kapitel vier
alice

Wir reisten in kleine Gruppen und meistens nachts.

Fionn fuhr mal hier, mal dort mit, ging streckenweise zu Fuß. Er sagte, er würde am liebsten nur mit mir reisen, aber es sei zu gefährlich. Wir mussten einmal das ganze Land durchqueren, bis wir unsere sichere Destination erreicht hatten: Dairbhre. Die Insel im Süden hieß in der Menschenwelt Valentia Island und war vor der Küste Kerrys gelegen. Die Eisenberge befanden sich ganz oben im Norden des Landes, bei uns im County Antrim, in Nordirland. Es war eine lange Reise und wir würden viele Zwischenstopps einlegen. Jederzeit liefen wir Gefahr, von Morrigans Leuten aufgegriffen zu werden, und in dem Fall sollten nicht alle Anführer der Rebellen zusammen sein.

Fionn sah mich immer noch in dieser Rolle, obwohl ich ihm wiederholt gesagt hatte, dass ich mich diesbezüglich lieber zurücknehmen würde. Ich taugte nicht als Anführerin – als Mensch hatte ich keine Verbindung zum Sidhe-Volk, warum sollten sie mir folgen? Ich war schwach und hatte keine besonderen Fähigkeiten, die mich für eine solche Rolle qualifizierten. Er, Fionn, ließ sich von keinem meiner Argumente überzeugen.

Eines Abends platzte mir einfach der Kragen. Wir hatten unser

Lager auf einer Lichtung inmitten eines dichten Nadelwaldes aufgeschlagen. Meinen Schätzungen nach befanden wir uns etwa auf Höhe der irischen Grafschaft Leitrim, obwohl ich mir ziemlich sicher war, dass es in der Menschenwelt in diesem County gar nicht mehr so viel Waldfläche gab. In der Anderswelt war viel weniger abgeholzt worden. Colleen und Tio waren mit dem Wagen schon weiter zum nächsten Ort gefahren, wo ein Anti-Royalisten-Treffen stattfinden sollte. Colleen *hörte sich um* – was hieß, sie schaute in die Sidhe dort hinein, um sicherzugehen, dass uns niemand verraten und unsere Teilnahme an dem Treffen sicher sein würde.

Dylan und ich hatten uns eigentlich auf einen romantischen Abend zu zweit gefreut, aber Fionn machte uns wie immer einen Strich durch die Rechnung. Er stellte sein Zelt direkt neben unserem auf und die Krieger, die ihn immer wie Leibwächter begleiteten, machten es ihm natürlich nach. Statt mit Dylan in trauter Zweisamkeit unter eine Decke gekuschelt in die Flammen zu schauen, saßen wir nun also zusammen mit Fionn und seinen Kriegern um das Lagerfeuer herum. Ich konnte Dylan ansehen, dass er sich sehr zusammennehmen musste, um nichts zu sagen. Auch ich ärgerte mich darüber, dass er uns anscheinend absichtlich unsere seltenen Momente zu zweit ruinieren musste. Als er wieder davon anfing, dass wir bald genug Sidhe im Land rekrutiert hatten, um eine ordentliche Armee gegen die Königin zu stellen und diese Armee mit uns an der Spitze in Connemara auflaufen würde, unterbrach ich ihn:

»Ehrlich, Fionn, wieso fängst du immer wieder mit dieser Prophezeiung an? Wieso kannst du überhaupt daran glauben, sie ergibt gar keinen Sinn!«

Wieder lächelte der Rebellen-Anführer nur wissend, aber diesmal ließ ich nicht locker. Ich kannte ihn mittlerweile zu gut, als dass ich mich von seiner charmanten Ausstrahlung beeindrucken ließ.

»Der Sinn dieser Bewegung ist doch, dass das Volk über sich selbst bestimmen kann, von Fremdherrschaft befreit wird. Morrigan macht ihnen vor, dass sie dieses oder jenes sein müssen. Die Idee, dass ihre Berufung in den Sternen steht, ist nur ein Instrument von ihr. Das hat dir Mog Ruith beigebracht. Angeblich ist das der Grund, warum er diese Bewegung ins Leben gerufen hat. Aber wieso sollte dann ausgerechnet mein Schicksal in den Sternen stehen? Warum soll ausgerechnet ich – noch nicht mal Sidhe! – eine vorherbestimmte Rolle haben? Kannst du nicht sehen, wie sich Mog Ruiths Behauptungen widersprechen?«

»Ich vertraue Mog Ruith«, war alles, was er dazu zu sagen hatte.

»Wie? Wie kannst du ihm so vertrauen? Hast du keine Angst, einen machthungrigen Herrscher gegen den anderen einzutauschen? Wer sagt denn, dass Mog Ruith solche Prophezeiungen nicht genauso benutzt, wie Morrigan es getan hat? Vielleicht nutzt er dich einfach nur aus, führt uns alle an der Nase herum, um die Königin und den Adel zu vernichten, nur damit er dann über die Anderswelt herrschen kann. Schließlich sagt er dir nicht alles. Schließlich hat er dir schon etwas Entscheidendes vorenthalten.«

Ich wusste, dass das ihn wurmte. Fionn war nicht erfreut darüber gewesen, dass Dylan mehr wusste als er. Während meiner Rückführung mit Mog Ruith im Glenariff-Tal hatte Fionn Dylan über seine neuen magischen Fähigkeiten ausgequetscht und versucht, alles aus ihm herauszubekommen, was er vom Ältestenrat erfahren hatte. Ich bin mir sicher, dass Dylan es genossen hatte, ihm sagen zu müssen, dass er bestimmte Dinge nicht verraten könnte, weil er Geheimhaltung geschworen hatte.

»Ich habe das mit Mog Ruith besprochen«, ließ sich Fionn nicht von mir provozieren. »Er hielt uns noch nicht bereit dafür. Er hatte vorgehabt, uns gezielt andere magische Fähigkeiten beizubringen, wenn wir einen Plan haben. Nachdem wir Morrigans Schwachstelle gefunden haben und gezielt ansetzen können.«

Damit wollte er wohl bei mir ein bisschen sticheln. Ich hatte Morrigans wunden Punkt noch nicht gefunden. Zumindest nicht das, was ich für *den* wunden Punkt hielt. Die Erinnerung an Ciaras Trauma, den Tod ihrer Eltern selber verursacht zu haben, war ein Durchbruch gewesen. Nachdem das Blackout aus der Nacht, in der Ciaras Eltern gestorben waren, mit Morrigans Erinnerung gefüllt worden war, kamen weitere Blackouts zum Vorschein. Ich träumte jede Nacht von Ciaras Morrigan-Erinnerungen. Oft waren es dieselben, die sich immer und immer wieder in meinen Träumen abspielten, als ob Ciara versuchte, sie zu verarbeiten. Natürlich lernte ich Neues, zum Beispiel wie sehr Morrigan während ihrer Menscheninkarnationen auf Maggie angewiesen war, aber das brachte uns hier nicht weiter. Wir wollten schließlich nicht darauf warten, bis Morrigan in einem Menschen wiedergeboren wurde. Bislang war noch nichts in den Träumen aufgetaucht, das ich als militärischen Vorteil für die Anti-Royalisten erachtete.

»Ich habe Morrigan-Erinnerungen, aber bislang habe ich noch nichts gesehen, was uns meiner Meinung nach weiterhelfen könnte«, antwortete ich ihm also jetzt. »Es würde vielleicht nützen, wenn ich ungefähr wüsste, wie so eine Schwachstelle aussehen könnte. Hat dir Mog Ruith *dazu* vielleicht mal was gesagt? Gibt es da keine Prophezeiung darüber?«, brummelte ich.

Ich konnte sehen, wie Dylan, der neben mir saß, ein Lächeln unterdrückte. Es gefiel ihm, wenn ich nicht in der Stimmung war, Fionn nach dem Mund zu reden, um meine Loyalität zu beweisen. Ein Punkt, über den wir uns seit der Abreise vom Fort schon öfter gestritten hatten.

»Nein, hat er nicht«, antwortete Fionn völlig ernst. »Aber ich bin mir sicher, er wird alle Erinnerungen mit dir durchgehen, wenn wir erst einmal auf Dairbhre sind. Übrigens der Vertrauensbeweis, nach dem du vorhin gefragt hast.«

Ich schaute Fionn überrascht an. Dann hatte der Rebellen-Anführer Mog Ruith tatsächlich um einen Vertrauensbeweis gebeten? Ich hatte wirklich angenommen, dass Fionn ihm blind vertraute. Aber dass ihm der Druide das mit den magischen Fähigkeiten vorenthalten hatte, musste ihm schwer zugesetzt haben. Und dumm war Fionn auf jeden Fall nicht. Er war ein ausgezeichneter Stratege. Natürlich: Er hatte nach einem sicheren Versteck gesucht, nachdem das Fort in den Eisenbergen kompromittiert worden war. Gab es ein sichereres Versteck als die Insel des Druiden selber? Dairbhre war die Insel, auf die sich der Druide zurückgezogen hatte, nachdem ihn die Menschen so schwer enttäuscht hatten und er in die

Anderswelt zurückgekommen war. Seine vorgespielte Loyalität gegenüber der Königin kam uns jetzt zugute. Der Druide wurde so sehr geachtet, dass niemand es wagen würde, seine Insel zu durchsuchen. Und selbst wenn einmal herauskommen würde, dass er den Anti-Royalisten Unterschlupf gewährte, es war seine Insel, die wahrscheinlich mit den mächtigsten Schutzzaubern gesichert war. Auf Dairbhre sollten sich alle Rebellen versammeln, die jetzt im ganzen Land verstreut waren. Ich wusste nicht, wie groß die Insel war, aber ich hoffte, sie war groß genug. Denn Fionn baute eine Armee auf. Seine Strategie, auf die er neuerdings vertraute – Infiltrieren und Rekrutieren – hatte Früchte getragen. Im ganzen Land hatten sich Rebellen-Grüppchen gebildet, die von den Kriegern aus dem Fort, welche auf dem Weg nach Dairbhre waren, jetzt besucht und organisiert wurden. Überall gab es geheime Treffen, bei denen das Sidhe-Volk über die Anti-Royalisten-Bewegung und ihre Ziele aufgeklärt wurde. Viele schlossen sich den Rebellen an und reisten selber nach Dairbhre oder versicherten zumindest ihre Loyalität, sollte es zu einem Aufstand kommen. Wir waren morgen wieder bei einem solchen Treffen dabei.

Ich schaute zu Dylan rüber, der nachdenklich ins Feuer starrte. Wahrscheinlich war auch er schon in Gedanken bei der morgigen Vorführung – bestimmt fragte er sich, wie viele ihm noch bevorstanden, bis wir Dairbhre endlich erreichten. Ich hatte Fionn gesagt, dass Dylan nützlich sein konnte, ja, ihn praktisch gebeten, ihn ernst zu nehmen und einzusetzen. Und Mann, hatte er mich beim Wort genommen! Dylan hatte bislang die Zähne zusammengebissen, sich mir zuliebe nicht dagegen gewehrt. Aber ich fragte mich, wie lange er das noch durchhalten würde – und wie lange ich ihn das noch durchhalten lassen sollte.

Ohne mich von Fionn zu verabschieden oder allgemein Gute Nacht zu sagen, stand ich auf und nahm Dylans Hand. Er schaute mich fragend an, ließ sich aber von mir aufhelfen. Ich nahm die Decke, auf der wir gesessen hatten, und ging mit Dylan zu unserem Zelt. Ich nannte es so, weil es am ehesten dem entsprach, was wir in unserer Welt verwenden würden, aber es handelte sich dabei um eine weitere der Sidhe-Erfindungen, die auf Biomimetik beruhten. Nicht nur die Architektur in der Anderswelt, sondern auch Gebrauchsgegenstände waren nach diesem Prinzip entwickelt, dass die Natur die beste Vorlage für das lieferte, was Sidhe herstellen konnten. Sidhe lebten in Harmonie mit der Natur, ein Grundsatz, von dem alles in der Anderswelt beeinflusst war. Die Zelte, die wir uns beim Wandern auf den Rücken schnallten, waren wie Kokons. Außen hart und wasserdicht, innen wollig weich und warm. Sie waren leicht und schienen trotzdem unzerstörbar. Man konnte sie zum Transport zusammenschieben und darin noch ein paar der dünnen, aber sehr warmen Decken aufbewahren, die es in der Anderswelt gab. Man passte höchstens zu zweit rein und Dylan und ich kuschelten uns immer zusammen in eins.

Jetzt nahm ich demonstrativ unser Zelt hoch, ging tiefer in den Wald hinein und stellte es gute zwanzig Meter abseits von den anderen auf.

»Heute Nacht möchte ich gerne mal mit dir allein sein«, sagte ich zu Dylan und grinste ihn an.

»Da habe ich sicher nichts dagegen«, freute er sich.

Wir legten die äußeren Lagen unserer Kleidung ab – in meinem Fall Stiefel, Mantel, Mütze, Kleid – und schlüpften in den Kokon. Ich schmiegte mich an Dylans Brust.

»Hast du schon genug davon, an meiner Seite zu sein?«, fragte ich leise.

»Niemals«, antwortete er mir mit Nachdruck. Dann, kleinlauter: »Ich habe nur langsam genug davon, für Fionn den Zirkusfreak zu spielen.«

»Ich weiß.« Ich verzog das Gesicht. »Er spannt dich ganz schön ein.«

»Da habe ich ja gar nichts dagegen. Aber … er genießt es, mich als Demonstrationsobjekt vorzuführen. *Schaut her, was ich diesem ordinären Sidhe für tolle Tricks beigebracht habe*«, sagte er mit betont tiefer Stimme, die wohl Fionns imitieren sollte.

Ich lachte und hielt mir dann die Hand vor den Mund. »Tut mir leid. Ich weiß, es ist nicht lustig.«

»Ich warte nur noch jedes Mal darauf, dass er mich durch einen Ring aus Feuer springen lässt und mir dann zur Belohnung ein Leckerli zuwirft«

Wieder kicherte ich.

»Ach, ich weiß auch nicht«, wurde Dylan ernst. »Ich habe mir den Anführer der Anti-Royalisten einfach ein bisschen anders vorgestellt. Ich dachte, ich würde zu ihm aufsehen.«

»Viele sehen zu ihm auf. Er genießt die Achtung aller seiner Krieger. Er hat das nötige Charisma für einen Anführer. Nur dir gegenüber schaltet er seinen Charme gerne mal aus«, gab ich zu.

»Für dich lässt er ihn deshalb umso mehr spielen.«

»Lass uns nicht schon wieder davon anfangen«, versuchte ich einen Streit zu unterbinden. »Du weißt genau, dass er da gehörig auf dem Holzweg ist. Früher oder später wird er es von alleine merken. Mal davon abgesehen«, wollte ich das Thema so schnell wie möglich wechseln, »militärisch hat er wirklich etwas drauf. Als Anführer eines Feldzugs gegen Königin und Adel ist er ganz sicher zu gebrauchen.«

»Ja, aber je mehr ich darüber nachdenke, desto mehr muss ich mich fragen: Ist es das, was unser Volk braucht?«

Ich hob den Kopf und sah ihn erstaunt an. Er konnte meinen fragenden Blick im Dunkeln nicht sehen, spürte aber trotzdem meine Verwirrung und erklärte: »Ich meine ja nur, wieso wird denn davon ausgegangen, dass es einen Krieg braucht, eine Schlacht, um Morrigan und den Adel zu stürzen? Irgendwie finden das alle selbstverständlich. Aber wir sind doch gar kein Volk von Kämpfern. Zumindest nicht mehr. Wir waren es als Túatha Dé Danann. Aber die Sidhe haben noch nie einen Krieg geführt. Noch nie einander Gewalt angetan. Vielleicht vereinzelt, aber nicht auf so organisierte Weise. Wir *können* einander gar nicht wirklich verletzen. Wenn es doch mal passiert: Sogleich kommt ein Heiler und macht uns wieder gesund. Wir sind unsterblich. Was soll da eine Schlacht bringen? Haben wir nicht immer und immer wieder in der Menschenwelt beobachtet, wieviel Leid und Zerstörung ein solcher Krieg anrichtet?«

Ich richtete mich auf, so gut es in unserem engen Kokon ging. »Wow. Hört sich so an, als hättest du schon länger darüber nachgedacht.« Ich spürte, wie er im Dunkeln mit den Schultern zuckte und fuhr fort: »Hmm, ehrlich gesagt dachte ich, dass genau das meine Rolle ist. Dass der Schlüssel irgendwo in Ciaras Erinnerungen liegt. Vielleicht gibt es doch etwas, das Morrigan sterblich macht. Oder etwas, mit dem sie oder die Adligen zumindest besiegt werden können. Du weißt schon …«, zögerte ich, »irgendwas Magisches. Das ist es doch, was ihr den Menschen voraushabt, die auf Gewalt und Krieg zurückgreifen müssen. Ihr habt magische Fähigkeiten.«

Dylan schwieg weiter und ich legte meinen Kopf wieder auf seine Brust. Das rhythmische Klopfen seines Herzens hatte mich fast schon zum Einschlafen gebracht, als er meinte:

»Und ich habe eher das Gefühl, dass es nichts Magisches ist, das Morrigan am Ende besiegen wird. Sonst wäre es einer von uns, ein Sidhe mit besonderen magischen Fähigkeiten. Aber du bist es, die sie besiegen wird, Alice. Ein Mensch.« Er hauchte einen Kuss auf mein Haar. »Nein, je mehr ich darüber nachdenke, desto mehr habe ich das Gefühl, es wird nichts Spektakuläres sein, keine monumentale Schlacht und keine mächtige Magie. Der Schlüssel zu Morrigans Verwundbarkeit liegt in deinen Erinnerungen an Morrigan als Mensch. Wenn du sie mit etwas besiegen kannst, dann mit etwas Menschlichem.«

In der Nacht träumte ich nicht von Ciara. Ich träumte von einem Mädchen, das inmitten unzähliger Soldatenleichen stand. Es war so grauenvoll, dass ich – das Mädchen – den Blick nicht abwenden konnte. Abgetrennte Körperteile lagen überall verstreut. Das Gras war so blutig, dass ich immerzu ausrutschte. Selbst der Himmel, so schien es, war blutgetränkt. Als ich hinfiel, wusste ich nicht mehr, wo oben oder unten war. Die letzten Meter zum Wassergraben kroch ich auf allen vieren. Der Anblick der Opfer dieser schrecklichen Schlacht allein hätte wohl genügt, um einem den Magen umzudrehen. Aber die Übelkeit, die mich plagte, hatte eine andere Ursache. Ich hatte das ungute Gefühl, dass ich dieses Gemetzel hätte verhindern können. Ich dachte immerzu: *Hätte man auf mich gehört. Hätte man auf mich gehört.* Am Ende war es weder das Entsetzen noch das Schuldgefühl, das mich dazu trieb, Steine einzusammeln und die Kapuze meines Mantels damit zu füllen, in den Graben zu gehen und mich auf den Grund ziehen zu lassen. Ich kämpfte nicht, nicht mal im letzten Moment. Es war etwas anderes in mir, das mich dazu trieb. Als ob ich in dem Moment eine andere war, die wusste, was zu tun war.

Kurz bevor ich in dem Traum ertrank, wachte ich auf. Ich musste leise geweint haben, denn mein Gesicht war nass, aber Dylan schien nicht aufgewacht zu sein. Ich konnte nicht wieder einschlafen und lag bis zur Dämmerung einfach nur so da.

Was mich an dem Traum störte, war nicht nur, dass ich nicht wusste, wer das Mädchen war. Mich beschäftigte auch, ob ich ihre Zukunft oder ihre Vergangenheit gesehen hatte.

kapitel fünf
alice

Ich schaute mich um, ob mich jemand beobachtete, bevor ich vorsichtig mit dem Finger über das große Zahnrad strich. Es fühlte sich wie gewöhnliches Holz an. Die Getreidemühle, in der wir uns befanden, schien tatsächlich aus Holz gebaut worden zu sein. Oder aus einem Material, das genauso beschaffen war wie Holz. In der Anderswelt wusste man das nie so genau. Die Mühle konnte ganz alt oder auch ganz modern sein. Langsam, um keine Aufmerksamkeit zu erregen, schlängelte ich mich durch die Sidhe, die hier versammelt waren, und sah mir alles genauer an. Es schien sowieso niemand sonderlich an mir interessiert. Alle starrten wie gebannt auf Dylan, der gerade mal wieder seine Geschichte erzählte und magische Kunststücke vorführte.

Die geheimen Treffen der Anti-Royalisten-Sympathisanten fanden gewöhnlich in einer Art Scheune oder einer anderen landwirtschaftlichen Produktionsstätte statt. Ich war unheimlich fasziniert von diesen Orten und von den Sidhe, die sich dort versammelten, und nahm jede Gelegenheit wahr, mehr darüber zu lernen.

Von der Anderswelt kannte ich bislang nur Morrigans Palast, das steinerne Fort auf dem Gipfel des Lurigethan, die kleinen, mit Gras bewachsenen Hütten, in denen Menschensklaven untergebracht waren, und die weißen, igluartigen Reisehütten. Diese standen reisenden Sidhe zur freien Verfügung. Natürlich hatte ich noch nie eine von innen gesehen, aber Dylan über sie ausgefragt. Wann immer ich von einem Ort zum anderen gereist war, beispielsweise vom Fort zu einem Steinkreis nördlich von Dublin, durch den ich in die Menschenwelt gelangt bin, hatte man natürlich darauf geachtet, Ortschaften zu umgehen. Wir waren nachts, unter dem Deckmantel der Dunkelheit und fernab von üblichen Reiserouten, gereist. Oder ich war hinten in Tios Lieferwagen versteckt gewesen, wo ich nichts von meiner Umgebung sehen konnte.

Bislang war die Anderswelt für mich Natur und Wildnis gewesen. Vielleicht wie Irland vor Tausenden von Jahren ausgesehen hatte, bevor die grüne Insel von der Zivilisation eingenommen worden war. Meine vage Vorstellung von Behausungen war von den fantastischen Sidhe-Erfindungen geprägt, die ich schon gesehen hatte. Wände aus Poren, die atmeten und somit Temperatur und Luftfeuchtigkeit im Palast regulierten, zum Beispiel. Als Maggie mich entführt hatte, hatte sie mich in London in ein gewöhnlich aussehendes Flugzeug gezerrt, das zu einem Vogel mutiert war, als wir in der Anderswelt angekommen waren. Eben diese Nachbildungen der Strukturen, die in der Natur zu finden waren, wo sie sich im Laufe der Evolution als vorteilhaft herausgebildet hatten. Biomimetische Technologien, die in der Menschenwelt gerade erst entdeckt wurden. In meiner Fantasie hatten alle Behausungen in der Anderswelt diese Sidhe-Architektur. Ich hatte einfach angenommen, das Flüchtlingslager hatte einen solch menschlichen Charakter, weil dort eben Menschen lebten. Ansonsten stellte ich mir vor, Paläste und sonderbare Häuser waren überall einzeln im Land verstreut. Über das gewöhnliche Sidhe-Volk und wie es lebte, hatte ich mir bislang ehrlich gesagt wenig Gedanken gemacht. Erst später fiel mir ein, Dylan zu fragen, wo er überhaupt in der Anderswelt ansässig war, wenn er sich nicht in der Menschenwelt aufhielt. (Die Antwort war übrigens nirgendwo. Dylan war ein Nomade, was bei Sidhe mit bestimmten Berufungen gar nicht so selten vorkam.)

In der Anderswelt lebten tatsächlich viel weniger Sidhe als Menschen in der Menschenwelt und somit gab es weniger Ortschaften. Aber, so lernte ich auf unserer Reise nach Dairbhre, Behausungen und Siedlungen der gewöhnlichen Sidhe unterschieden sich gar nicht so sehr von denen in der Menschenwelt. Auf den ersten Blick zumindest.

Die Orte, die wir bislang besucht hatten, konnte man am besten als Streusiedlungen mit diversen landwirtschaftlichen Betrieben beschreiben. Im Zentrum einer Streusiedlung gab es meist ein kleines Dorf mit einem runden Platz in der Mitte. Hier fanden private Märkte statt, bei denen Sidhe ihre Waren tauschten, so wurde mir erklärt. Den Großteil ihrer Waren gaben die Produzenten ab. Diese wurden dann in Warenhäusern, von denen ich bislang noch keins zu Gesicht bekommen hatte, gesammelt und von dort an die Bevölkerung verteilt. Aber einen Teil behielten die Produzenten selber – für den Eigengebrauch und zum privaten Tausch auf Märkten. Um den runden Dorfplatz herum standen die Häuser und Arbeitsstätten von Bäckern, Fleischern, Schmieden, Handwerkern und so weiter, Betriebe eben, die man vor einigen Jahren auch in unserer Welt angetroffen hätte.

Obwohl diese Siedlungen mittelalterlichen Dörfern glichen, fielen einem bei genauerem Hinsehen kleine, aber feine Unterschiede auf. Ja, die Häuser sahen weit weniger spektakulär und fantastisch aus als Morrigans Palast. Aber einige, modernere waren zum Beispiel aus Backsteinen gebaut, die aus Bakterien gezüchtet worden waren. Was auf den ersten Blick wie Efeu aussah, der eine Wand hochkletterte, entpuppte sich als ausgeklügeltes Fotovoltaik-System: kleine Solarzellen, die überlappten und sich wie Efeublätter an Mauern schmiegten. Manche einfachen Hütten hatten ein grünes Dach, das wie ein Blatt aussah. Über dieses Dach wurde Regenwasser gesammelt und gefiltert. Dylan hatte mir von Tara, der Hauptstadt, erzählt, wo die Entwicklung der biomimetischen Architektur in der Anderswelt zu sehen war. Die ältesten Behausungen glichen noch denen, die die Túatha Dé Danann gebaut hatten, als sie vor gut viertausend Jahren in die Anderswelt verbannt worden waren. Die Bauweise unterschied sich also nicht allzusehr von der, die zu der Zeit in der Menschenwelt üblich gewesen war und entwickelte sich erst mal auch ähnlich. Dann begannen sich die Sidhe immer mehr an der Natur zu orientieren, während in der Menschenwelt eher Raubbau betrieben wurde, und Architektur in den Welten entwickelte sich dementsprechend in unterschiedliche Richtungen. Sehr gerne hätte ich Tara einmal besucht, um diese Entwicklung selber nachvollziehen zu können. Es ergab für mich Sinn, dass die Adligen und Sidhe mit höher gestellten Berufungen wahrscheinlich auch in moderneren Häusern lebten und andere Vorzüge dieser biomimetischen Techniken genossen, wohingegen die einfachen Sidhe mit Berufungen, in denen sich über die Jahrtausende wahrscheinlich sowieso nicht viel geändert hatte, auch in älteren, rückständigeren Behausungen lebten.

Eine der Ungleichheiten, die Sidhe über Jahrtausende einfach so hingenommen hatten, weil sie nie auf die Idee gekommen wären, die gesellschaftlichen Strukturen in der Anderswelt zu hinterfragen.

Bis jetzt.

Ich hatte an Dylan und Colleen selber miterleben müssen, wie schwierig es für einen Sidhe war, das infrage zu stellen, was seit Generationen von Sidhe und von Kindesbeinen an indoktriniert worden war. Mit Logik war dem erst einmal nicht beizukommen. Warum mussten die Adligen nicht arbeiten, sondern konnten in Saus und Braus von den Abgaben leben, für die das gemeine Volk geschuftet hatte? Sie schufteten gerne, zuckten Sidhe gewöhnlich mit den Schultern. Es war ihre Aufgabe, das, wozu sie geboren waren. Sie sahen es nicht als Schuften, nicht als Arbeiten, sondern als das Erfüllen dieser Aufgabe, als ihren Lebensinhalt. Sie sahen die Ungleichheit nicht, die herrschte, denn ein Bauer, der tagein, tagaus dieselben Felder bestellte, beneidete den Dealan nicht darum, in den Welten herumzureisen. Eine Cailín bediente andere gerne – sie war sogar stolz darauf, wie gut sie darin war. Berufung und magische Fähigkeiten, die mit der Berufung zusammenhingen, machten ihre Identität aus.

Diese Weltanschauung war natürlich abhängig von dem unerschütterlichen Glauben an Schicksal. Ihre Berufung war den Sidhe vorherbestimmt. Beharrlich hatten die Anti-Royalisten an den Grundmauern dieses Glaubens gerüttelt und immer wieder verlauten lassen, dass Berufung eben nicht in den Sternen stand, dass die Sidhe selbst bestimmen konnten, wer oder was sie waren. Zuerst waren nur Einzelne Fionns Ruf gefolgt. Sidhe wurden nicht zu Rebellen erzogen, auch wenn sich eine rebellische Natur nicht immer aberziehen ließ. Aber die meisten ließen sich nicht von solchen Behauptungen von ihrem Glauben abbringen. Warum sollte die Königin, die von den Göttern als solche bestimmt wurde, sich so etwas willkürlich ausdenken? Undenkbar.

Erst als Fionns Strategie, bei den Sidhe anzusetzen, die näher am Adel dran waren, gefruchtet hatte, bildeten sich mehr und mehr Gruppen von Anti-Royalisten-Sympathisanten. Diener und Dienerinnen in der Anderswelt hatten dieses oder jenes gehört, das, von Fionn in einen Zusammenhang gestellt, sie jetzt doch mal nachdenklich werden ließ, ob ihre Herrschaften wirklich so fein waren, wie sie vorgaben. Richtig überzeugt wurden die gewöhnlichen Sidhe aber erst von etwas anderem. In jüngster Zeit war die Anhängerschaft der Rebellen-Bewegung gehörig gewachsen.

Berufung und magische Fähigkeiten gehörten in den Augen der Sidhe zusammen. Was gab es für einen besseren Beweis dafür, dass ihre Berufung richtig für sie war, als dass sie magische Fähigkeiten besaßen, die ihnen beim Erfüllen ihrer vorherbestimmten Rolle nützlich waren?

Der Sidhe, der jetzt vorne neben Dylan stand, war von Berufung Müller. Dies war seine Mühle. Er beherrschte die magische Fähigkeit, einen Windstrudel zu erzeugen. Praktisch, um die Flügel einer Windmühle in Betrieb zu bringen. Zufälligerweise – Zufall und Schicksal waren in Morrigans Welt meiner Meinung nach austauschbare Begriffe – hatte vor ihm sein Vater diese Fähigkeit auch schon. Da lag es doch nahe, dass es diesem Sidhe vorherbestimmt war, Müller zu werden. Es ergab Sinn. Auch dieser Müller hätte seine Rolle im Leben nie infrage gestellt.

Jetzt hatte sich sein Gesicht vor Aufregung rot gefärbt, seine dunklen Locken standen vom Kopf ab, als wäre er sich mehrfach vor Erstaunen mit den Händen durchs Haar gefahren. Mit leuchtenden Augen schaute er zu Dylan auf, der auf einem kleinen Podest von aufgestapelten Kisten stand. Noch vor ein paar Stunden hatte er ihn skeptisch betrachtet, diesen Dealan, der behauptete, jeder habe das Potenzial für das Erzeugen von Windstrudeln, ja, das Potenzial für jegliche Magie, und er konnte es ihm beweisen. Abwartend hatte er seine Arme vor der Brust verschränkt und sie langsam sinken lassen, als Dylan die Energie des Windes sammelte. Sein zusammengekniffener Mund hatte sich langsam geöffnet, als er staunend dabei zusah, wie der Wind einen Strudel formte, der vereinzelt herumliegende Blätter erfasste und herumwirbelte. Die Flügel der Mühle hatten sich kaum angefangen zu drehen, als er sich schon dazu bereit erklärt hatte, seine Mühle für ein geheimes Rebellen-Treffen zur Verfügung zu stellen.

Hier beeindruckte Dylan jetzt nicht nur den Müller, sondern auch die anderen Sidhe, die sich in der Mühle versammelt hatten. Fionn hatte Dylan bei der Unterredung im Fort gesagt, welche magischen Fähigkeiten er schnurstracks zu erlernen hatte, um die Sidhe in den Dörfern zu beeindrucken. Alles, was mit Energie zu tun hatte, fiel Dylan leicht und er übte in jeder freien Minute. Der Schmied – ich erkannte ihn an seiner dicken Schürze, die er auch zu diesem Treffen trug – traute seinen Augen nicht, als Dylan ein Feuer entfachte und eine solche Hitze erzeugte, dass Metall darin schmolz. Er brachte Maschinen, die für bestimmte handwerkliche Arbeiten benutzt wurden, durch reines Handauflegen zum Laufen. Er ließ Teig innerhalb von Sekunden gären und formte die Masse mit der puren Kraft seiner Gedanken, ohne sie anzufassen, zu einem Brotlaib.

Mit jedem magischen Kunststück heizte sich die Atmosphäre mehr auf. Die Sidhe, die so zurückhaltend die Mühle betreten hatten, sich kaum getraut hatten, sich etwas zuzumurmeln, waren jetzt außer Rand und Band.

Auftritt Fionn.

Der Anti-Royalisten-Anführer kam in den Raum und Dylan bedeutete der Menge, sich zu teilen. Diese folgte prompt seinen Anweisungen. Dylan sprang vom Podest, um Fionn Platz zu machen. Der rotblonde Riese hatte einfach eine Präsenz, die ihre Wirkung nie verfehlte. Sofort hatte er die Aufmerksamkeit eines jeden Sidhe im Raum auf sich gezogen. Selbst ich konnte meine Augen nicht von ihm abwenden. Als er langsam die Hand hob, um die Menge zu beruhigen, war das Zusammenspiel seiner Oberarm- und Schultermuskulatur einfach ein optischer Hochgenuss. Obwohl es Winter war und die meisten von uns daher blasse Haut hatten, schien sein Teint goldbraun und schimmerte im Schein der Lampen, die das Innere der Mühle erhellten.

»Was ihr gerade gesehen habt«, begann er mit einer Stimme, die bis in den letzten Winkel des Raumes zu hören war, »das könnt ihr alle auch. Vielleicht lernt ihr das nicht so schnell wie mein Freund Dylan hier, aber ihr alle seid dazu fähig. Ich wiederhole. Ihr alle könnt *alle* magischen Fähigkeiten erlernen.« Ein Raunen ging durch die Menge. »Schaut, was Dylan eurem Müller heute Abend in kürzester Zeit beigebracht hat.« Mit majestätischer Geste zeigte er auf den Müller, dem die Nervosität ins Gesicht geschrieben stand. Die Hand des Müllers zitterte, als er sie hob. Man hätte die Anspannung im Raum mit dem Messer schneiden können. Nichts geschah. Fionn hatte den armen Mann anscheinend etwas zu sehr aufgeregt. Gut, dass Dylan überhaupt nicht einschüchternd wirkte. Es war eine seiner Stärken, die Fionn sonst belächelte, in solchen Situationen aber ausnutzte. Dylan legte dem Müller eine beruhigende Hand auf die Schulter und nickte ihm aufmunternd zu. Ich hatte das schon öfter gesehen und hegte ein bisschen den Verdacht, dass Dylan dabei etwas von seiner Energie abgab und so nachhalf. Der Müller holte tief Luft und nach zwei Anläufen gelang es ihm tatsächlich, mit purer Gedankenkraft den Docht einer Kerze anzuzünden.

Es reichte der Menge voll und ganz. Sie flippte nahezu aus. Sie klatschten und stampften so heftig mit den Füßen, dass der feine Getreidestaub, der in der Mühle alles bedeckte, aufgewirbelt wurde und ich niesen musste. Fionn hatte diese Gruppe nun ganz auf seiner Seite. Denn es war immer noch eine Sache, wenn jemand, der nur bestimmte magische Fähigkeiten haben sollte, daherkam und die magischen Fähigkeiten mehrerer Berufungen bewies. Was jedes Mal überzeugte, war, wenn jemand, den die anwesenden Sidhe kannten, von dem sie wussten, dass er nur das eine konnte, was er können sollte, auf einmal zu so etwas imstande war. Die Masseneuphorie, die durch eine solche Demonstration erzeugt wurde, trug ihr Übriges dazu bei, am eigentlich so festverankerten Glauben der Sidhe zu rütteln.

Von da an war es immer ein Leichtes für den geborenen Anführer Fionn, die anwesenden Sidhe davon zu überzeugen, ihm zu folgen oder ihm Loyalität zu versprechen.

Die Menge hatte sich nach vorne gedrängt und hing kollektiv an Fionns Lippen, als der Anti-Royalisten-Anführer ihnen ausmalte, wie ihre Zukunft aussehen könnte.

Ich stand hinten, gegen einen Balken gelehnt und konnte nun zu Colleen hinüberschauen, die ebenfalls zurückgeblieben war. Sie hatte einen äußerst konzentrierten Gesichtsausdruck. Ich wusste, wie ermüdend diese Treffen für sie waren, was sie hier für Arbeit leistete. Obwohl Dylan und Fionn die Gruppen am besten mobilisierten – andere Gruppen im Land wurden von Kriegern besucht, die mit dem Rekrutieren nicht immer so erfolgreich waren – gingen wir hiermit ein großes Risiko ein. Wenn jemand hier dazu geneigt war, uns zu verraten oder uns trotz der Vorsichtsmaßnahmen schon verraten hatte … Es war Colleens Aufgabe, jeden Anwesenden sozusagen zu durchleuchten und festzustellen, ob seine Wünsche und Bedürfnisse, die sie so lesen konnte, auf Verrat hinwiesen.

Colleens Gesichtsausdruck änderte sich. Sie schien verwirrt. Ich folgte ihrem Blick. Sie hatte einen jungen Mann im Visier, der sich etwas zurückhielt, obwohl er auch sehr auf Fionn fokussiert zu sein schien. Schnell durchquerte ich den Raum, ging um die Zahnräder in der Mitte herum und stellte mich neben Colleen. Von hier aus konnte ich den Mann besser erkennen. Er hatte blonde Haare, eine schmale Statur und bernsteinfarbene Augen wie Colleen. Ich stutzte und studierte seine Gesichtszüge genauer.

»Was ist denn? Was schaut ihr den so an?«, fragte Tio, der wie immer an Colleens Seite war. »Stimmt irgendwas nicht mit ihm? Soll ich jemanden alarmieren?«

Colleen sagte gar nichts, aber ihre Augen weiteten sich, als der Mann sich ganz umdrehte und uns ebenfalls anstarrte.

»Colleen«, flüsterte ich ihr zu. »Der Mann, er sieht aus wie …«

»… dir aus dem Gesicht geschnitten«, fiel jetzt auch Tio auf.

Der Mann kam auf uns zu. Er schien selber etwas verwirrt. Zögernd blieb er vor uns stehen. Tio und mich beachtete er gar nicht.

Colleen und der Mann schauten sich eine Weile nur an.

Schließlich breitete sich ein Lächeln auf dem Gesicht des Mannes aus.

»Hallo, Schwesterherz«, sagte er.

kapitel sechs
alice

»Dean. Dean, Dean, Dean«, wiederholte Colleen, so als ob sie den Klang des Namens austesten würde. Schließlich hakte sie sich vergnügt bei mir ein. »Das gefällt mir.«

Gerade hatten wir den Fluss Sionann überquert, der in der Menschenwelt anglisiert Shannon hieß. Als ich Colleen davon erzählte, kamen wir darauf, dass auch sie für sich den anglisierten Namen angenommen hatte, den ich aus Cailín gemacht hatte. Als sie mich gefragt hatte, was ich aus dem Namen ihres Bruders machen würde, war mir spontan Dean eingefallen.

Colleen war merklich aufgeregt, dass wir ihren Bruder gleich treffen würden. Gestern Abend, bei der geheimen Versammlung in der Mühle hatten sie nicht viel Zeit gehabt, sich auszutauschen. Und Colleen hatte auch nicht viele Worte hervorgebracht, sondern nur mit großen Augen ihren Bruder angestarrt, der ein bisschen von sich erzählt hatte, bevor Fionn wie immer abrupt das Treffen für beendet erklärte und uns in ein sicheres Versteck für die Nacht brachte.

Wie die meisten Sidhe-Kinder war Colleen mit vierzig Jahren – vergleichsweise drei Jahre in unserer Welt – auf eine Schule gekommen, wo sie zur Cailín ausgebildet wurde. Ihre Eltern, von Berufung Schafhirten, hatte sie seitdem nicht mehr gesehen. Das war in der Anderswelt so üblich, wenn Kinder eine andere Berufung als ihre Eltern hatten. Sie wusste wohl, dass sie einen älteren Bruder hatte. Den hatte sie aber noch nie zu Gesicht bekommen. Jetzt stellte sich allerdings heraus, dass ihr Bruder sehr wohl des Öfteren bei seinen Eltern vorbeigeschaut und auch verfolgt hatte, was mit seiner kleinen Schwester passiert war. Obwohl er sie länger schon nicht mehr gesehen hatte, erkannte er sie doch an ihren glatten weißblonden Haaren und den bernsteinfarbenen Augen – und die Ähnlichkeit zwischen den beiden Geschwistern war wirklich unverkennbar. Verwandtschaft ließ sich in diesem Fall wirklich nicht leugnen.

Kein Wunder, dass er sich etwas abseits der Menge in der Mühle gehalten hatte, denn er gehörte nicht zu dem Dorf. Ungleich den Sidhe, die Fionn mit diesen Treffen erreichen wollte – das gemeine Volk – gehörte Colleens Bruder einer Berufung an, die in der Anderswelt sehr geachtet und respektiert wurde. Eine Berufung, dank der er viele Privilegien genoss und mit der er eine höhere Stellung in der Sidhe-Gesellschaft beanspruchte.

Colleens Bruder war ein Heiler. Die hießen hier alle Dian Cecht, nach dem ersten Heiler der Túatha Dé Danann, dem Leibarzt des Königs Nuada. Bei der Invasion Irlands, der ersten Schlacht von Mag Tuired der Túatha Dé Danann gegen die Fir Bolg wurde König Nuada der Arm abgeschlagen. Dian Cecht fertigte für ihn einen Arm aus Silber an, eine Art bionische Prothese und erlangte damit Berühmtheit. Die Anti-Royalisten gaben sich selber Namen, um sich wie Individuen zu fühlen und sich von dieser kollektiven Berufungsidentität abzugrenzen. Colleen, die mittlerweile mit sich selber im Reinen darüber war, dass ihr besonderes Talent, welches sie als Cailín ausgezeichnet hatte, nichts Verwerfliches war, sondern etwas, auf das sie stolz sein konnte, mochte es, dass ihr individueller Name trotzdem an ihre frühere Berufung angelehnt war. Sie wollte dasselbe für ihren Bruder. Als Heiler besaß er sicherlich herausragende Fähigkeiten. Nur weil Berufung als Instrument der Unterdrückung erkannt und abgelehnt worden war, hieß das noch lange nicht, dass man sich dann aus Prinzip von seinen besonderen

Fähigkeiten, mit denen man sich in seiner Berufung auszeichnete, distanzieren musste. Und so kam Dean zu seinem Namen, ohne dass er bisher von seinem Glück wusste.

Colleen und ich waren an diesem Abend allein unterwegs, weil die Überquerung des Flusses Sionann immer ein gewisses Risiko barg. Fionn hatte es für weiser gehalten, dass wir uns aufteilten. Morrigan war die Königin der gesamten Anderswelt, aber der Fluss markierte eine Grenze, hinter der Morrigans Territorium so richtig begann. Die Region, die in unserer Welt als Provinz Connaught bezeichnet wurde, gehörte sozusagen Morrigan, während im Norden, Osten und Süden der Insel auch andere Adlige wohnten. Der Fluss Sionann bildete eine natürliche Grenze, die es leichter für Morrigans Leibgarde machte, ein Auge darauf zu behalten, wer sich in Morrigans Territorium – und damit in ihrer Nähe – aufhielt. Natürlich hätten wir diese Region umgehen und östlich des Flusses weiterreisen können. Allerdings wollte Fionn auch gerne riskieren, Versammlungen im Westen zu besuchen, da Anti-Royalisten-Sympathisanten in Morrigans Territorium besonders wertvoll sein würden. Die Vernunft diktierte, dass wir uns dafür besser aufteilten. Besonders in Anbetracht der Tatsache, dass Morrigan sehr an mir interessiert war.

Also war Fionn, gut versteckt in Tios Lieferwagen, schon vor einigen Stunden losgezogen, um den Fluss über eine der wenigen Brücken zu passieren. Ich hatte Dylan vorgeschickt, um den Treffpunkt, den wir mit Dean ausgemacht hatten, auszukundschaften. Ich hatte keinen besonderen Grund, Colleens Bruder zu misstrauen, aber besonders die jüngste Vergangenheit hatte mich gelehrt, lieber extra vorsichtig zu sein. Später hatten Colleen und ich schweigend im Schutze der Dämmerung den Fluss an einer schmaleren Stelle mit einem kleinen Ruderboot überquert. Unser Ziel war eine zerfallene Ruine, etwa zwei Stunden Fußmarsch vom Fluss entfernt. Wir hatten selbst im Dunkeln keine Schwierigkeiten, den Weg zu finden. Erstens waren wir mittlerweile geübt darin, uns nachts möglichst unauffällig fortzubewegen. Zweitens hatte Dean die Route dorthin sehr gut beschrieben.

Endlich erblickten wir die grauen Mauern der Ruine auf einer Anhöhe ein paar hundert Meter vor uns. Colleen zappelte förmlich herum, so nervös war sie, und ich drückte ihre Hand. Auch ich war etwas angespannt. Schließlich hatten Dylan und ich uns seit unserer Ankunft in der Anderswelt nicht voneinander getrennt. Ich hoffte bloß, dass er auch hier angekommen war.

Meine Erleichterung war groß, als wir sahen, dass Dean und Dylan versteckt in der Ruine ihr Lager aufgeschlagen hatten. Auf einem Stock über dem Lagerfeuer brutzelte ein Hase und Dean goss gerade eine dampfende Flüssigkeit in einen Becher, den Colleen in Empfang nahm. Glücklich fiel ich Dylan in die Arme. Er hielt mich einfach nur für einen langen Moment. Obwohl wir nur wenige Stunden getrennt gewesen waren, hatte ich ihn vermisst. Er flüsterte mir ein paar liebevolle Worte ins Ohr.

Wir setzen uns um das kleine Feuer, genossen die zubereitete Mahlzeit und tauschten uns darüber aus, was wir auf unserer Reise hierher erlebt hatten. Als wir aufgegessen hatten, konnte Colleen nicht länger an sich halten.

»Wir nennen dich Dean. Gefällt dir der Name?«, platzte es unvermittelt aus ihr heraus. Als ihr Bruder nur amüsiert die Augenbrauen hochzog, erklärte sie ihm, wie der Name zustande gekommen war.

»Klar«, lachte er. »Dann bin ich Dean.«

»Wie geht es Mutter und Vater«, wurde Colleen nun ernst. Die Frage hatte ihr sicher schon den ganzen Abend auf der Seele gebrannt. »Sind sie auch …«

»Anti-Royalisten-Sympathisanten? Nein«, nahm Dean ihr die Hoffnung. »Es geht ihnen gut«, beeilte er sich zu sagen, als er ihr Gesicht sah. »Ich habe sie über die Jahre ein paar Mal besucht. Sie sind unheimlich stolz auf uns beide, darauf, was wir für Berufungen haben. Als Schafhirten leben sie etwas abgeschieden von der restlichen Welt. Sie beschäftigen sich nicht mit solchen Dingen wie der Königin und dem Ältestenrat. Das tägliche Leben mit den Schafen erfüllt sie.«

»Sie sind also glücklich?«

»Sehr glücklich, Colleen. Und sie haben zwei kleine Kinder. Ein

Junge und ein Mädchen. Unsere Geschwister. Ihnen wurde als Berufung ebenfalls Schafhirte prophezeit. Es ist eine glückliche kleine Familie.«

Im Schein des Feuers sah ich in Colleens und Deans Augen denselben Ausdruck. Sehnsucht, überschattet von Trauer. Ich konnte mir vorstellen, dass sie beide gerne wieder Teil dieser Familie sein wollten. Aber sie mussten beide nicht aussprechen, wie unwahrscheinlich das je sein würde. Sie beide hatten zu viel erlebt, wussten zu viel, waren zu anders als die Familie, von der sie als Kinder getrennt worden waren. Mit ihnen heile Welt zu spielen, würde auf die Dauer einfach nicht gut gehen.

»Eines Tages«, flüsterte Dean, »werde ich dich zu ihnen bringen.« Colleen nickte und eine Träne lief ihre Wange herunter, die sie schnell wegwischte. Wenigstens hatten die beiden sich gefunden; vielleicht sah Colleen das in diesem Augenblick nicht, aber ich wusste, es würde ihr ein großer Trost sein.

Ich beschloss, mich einzumischen, bevor die beiden immer schwermütiger wurden.

»Also, Dean. Wie lange bist du schon ein Sympathisant der Anti-Royalisten?«

»In meiner Berufung reise ich viel herum und bekomme einiges mit. Seit ein paar Wochen besuche ich Versammlungen, wenn ich die Gelegenheit habe, um mir anzuhören, was die Rebellen zu sagen haben. Bislang habe ich mich da aber immer im Hintergrund gehalten. Ich bin mir noch nicht so ganz sicher, was ich von ihnen halten soll.« Er warf Colleen einen entschuldigenden Blick zu.

»Ich erzähle dir gerne ein paar Dinge, die du bei den Treffen bestimmt nicht erfahren hast. Das wird dich sicher überzeugen«, meinte seine Schwester aufgeregt. Ich unterbrach sie, bevor sie sofort damit loslegen konnte. Natürlich vertraute Colleen ihrem Bruder vorbehaltlos, doch ich fand, wir wussten zu wenig über ihn.

»Du bist ein Heiler, richtig?«, sagte ich hastig. »Und du sagst, du kommst deshalb viel herum. Wie genau muss man sich das denn vorstellen? Wie erfährst du von Verletzten, die du heilen sollst?«

»Wenn ein Sidhe verletzt ist oder aus sonst irgendeinem Grund die Hilfe eines Heilers benötigt, sendet er einen telepathischen Hilferuf aus«, erklärte er. »Heiler, die sich in der Nähe aufhalten, empfangen diesen Hilferuf und teleportieren dorthin, wo sich der Hilfsbedürftige aufhält.«

Ich runzelte die Stirn. »Aber da könnten ja auch auf einmal zehn Heiler bei einer Person auftauchen, wenn die gerade in der Nähe sind. Und wenn keiner in der Nähe ist?«

»Der Hilferuf hört sich stärker an, wenn die Person näher dran ist. Und je schlimmer die Verletzung oder die Krankheit, desto intensiver der Hilferuf. Dadurch kann man entscheiden, auf welchen Ruf man antwortet. Und natürlich hört der Ruf sofort auf, wenn ein anderer Heiler bei dem Sidhe angekommen ist. Wenn sich zum Beispiel ein schwacher Hilferuf weiter wiederholt, weiß ich, ist niemand in nächster Nähe und ich muss reagieren.« Er überlegte kurz. »Aber natürlich ist es möglich, dass zwei oder mehrere Heiler an einem Ort gleichzeitig auftauchen. Das ist mir bislang selten passiert.«

»Ja, und dann?«, fragte ich fasziniert. »Dann musst du das, was du zum Heilen benötigst, ja immer bei dir haben?«

»Habe ich auch«, grinste er und öffnete seinen Mantel. Dean hatte einen Gürtel mit mehreren Taschen daran um die Hüfte gebunden. Ich rutschte etwas näher an ihn heran, um mir den Gürtel im Schein des Feuers näher anzusehen. Er sah aus, als ob er aus Leder gemacht wäre. Dean öffnete eins der kleinen Fächer. »Ein Magnetverschluss«, erklärte er. »So kann nichts herausfallen.« Er zog ein paar kleine Fläschchen und Röhrchen heraus. »Und die hier sind aus einem besonderen Material, das praktisch unzerbrechlich ist. Darin bewahre ich meine Tinkturen und Kräuter auf, die ich dann zum Heilen verwende.« Er steckte alles wieder sorgfältig weg und öffnete eine andere Tasche. Darin befanden sich diverse kleine Instrumente, einschließlich einem, das wie ein Skalpell aus Keramik aussah. »Falls ich operieren muss.«

Ich musste an die mit allen möglichen Geräten ausgestatteten Arztpraxen und Krankenhäuser in unserer Welt denken, und an die mit unzähligen Medikamenten gefüllten Apotheken. Es wollte mir nicht in den Kopf, dass ein Heiler in der Anderswelt mit so wenigen Mittelchen und Instrumenten auskam, dass er sie alle an seinem Leibe tragen konnte. »Und das reicht dir für alle möglichen Verletzungen und Krankheiten, die dir unterkommen?« Meine Ungläubigkeit war mir deutlich anzuhören.

»Ich war schon in der Menschenwelt und habe gelernt, was Menschen alles befallen kann«, erklärte Dean geduldig. »Aber das ist nun mal in der Anderswelt anders. Wie du weißt, sind Sidhe eigentlich unsterblich. Wenn jemandem ein Unfall passiert, zum Beispiel sein Bein unter einen Baumstamm einquetscht, dann erliegt er dieser Verletzung nicht, wie es bei einem Menschen schnell der Fall sein kann. Das heißt nicht, dass er keine Qualen erleidet. Vielleicht muss das Bein abgenommen werden. Vielleicht gibt es eine Infektion, die ihn tagelang mit Fieber im Bett liegen lässt. Wochenlang, wenn sie nicht behandelt wird. Der Punkt ist, wir haben theoretisch Zeit, diesen Sidhe zu pflegen und wieder gesund zu machen. Zeit, die einem Menschen in der Menschenwelt nicht gegeben ist. Brauchen wir etwas, das wir nicht bei uns haben, können wir es besorgen. Ähnlich dem hippokratischen Eid, den Ärzte bei euch in der Menschenwelt schwören, haben auch alle Heiler in der Anderswelt geschworen, jedem zu helfen, egal wann. Wir sind immer auf Abruf. Und wir tun alles, was nötig ist, um zu heilen, egal, um wen es sich handelt und wie lange es dauert. Außerdem sind es oft dieselben Krankheiten, die wir behandeln. Wie gesagt, meist geht es um Verletzungen, die bei Unfällen passieren können. Allerdings habe ich auch schon einige Verletzungen durch Fremdverschulden erlebt.« Dean legte die Stirn in Falten und seine sonst so hellen, fast goldenen Augen wurden etwas dunkler. »Es gibt keinen Grund, warum ein Sidhe einem anderen wehtun sollte. Aber dennoch passiert es ab und zu. Und ich wurde schon in Kerker gerufen, wo Sidhe von Adligen oder Ältesten gefoltert worden waren. Rebellen, die mir das eine oder andere erzählten, was ich kaum glauben konnte, hätte ich nicht mit eigenen Augen gesehen, wie mit diesen Sidhe verfahren worden war. Sie sind der Grund, warum ich angefangen habe, mich für die Anti-Royalisten-Bewegung zu interessieren.«

Ich hätte Dean gerne noch viele weitere Fragen zu seiner faszinierenden Berufung gestellt, aber ich war gedanklich mit etwas anderem beschäftigt. Mir spukte etwas im Kopf herum, das ich nicht richtig greifen konnte. So hörte ich nur mit halbem Ohr zu, als Colleen ihrem Bruder weitere Fragen zu seinem Leben stellte. Das, was Dean gerade über seine Berufung berichtet hatte, erinnerte mich an etwas. Ich hatte das dumpfe Gefühl, dass ein Heiler eine Rolle spielen könnte, wenn es um Morrigans wunden Punkt ging. Aber ich konnte nicht genau nachvollziehen, wieso ich das Gefühl hatte. Es hing irgendwie mit einem Traum zusammen, den ich vor längerer Zeit geträumt hatte, da war ich mir sicher, aber welcher? Ich kam einfach nicht drauf. Es ergab auch nicht wirklich Sinn. Schließlich taten Heiler alles dafür, einem Sidhe zu helfen, nicht, jemanden zu verwunden.

kapitel sieben
alice

In der Nacht hatte mein Unterbewusstsein verzweifelt nach diesem einen Traum gesucht und Traumfetzen über Traumfetzen verworfen. Am nächsten Morgen wachte ich völlig gerädert und verschwitzt auf. Schnell befreite ich mich von dem Kokon und streckte mich in der wohltuend kalten Winterluft. Dylan war schon wach und kam gerade über die Mauer der Ruine geklettert. Seine Augen leuchteten, als er mich sah. Er zeigte auf Dean und Colleen, die beide noch schliefen, legte einen Finger über die Lippen und deutete mir an, ihm zu folgen. Ich schnappte mir meinen Mantel und ging zu ihm. »Komm mit zum Bach«, flüsterte er.

Dylan schien sehr aufgeregt, so als ob er es kaum abwarten könnte, mir etwas zu sagen oder zu zeigen, aber ich lief erst einmal schweigend hinter ihm her und genoss die Stille und die frische Luft, um mich ein wenig von meiner unruhigen Nacht zu erholen. Schließlich kamen wir zu dem Bach und ich schöpfte das glasklare Wasser in meine Hände und trank davon. Dann band ich mir die Haare zum Pferdeschwanz und wusch mich. Das Wasser war eiskalt und wunderbar erfrischend.

»Also«, sagte ich schließlich zu Dylan und schaute ihn abwartend an. »Was ist los? Du vibrierst ja förmlich vor Energie.«

»Dean hat mich auf eine Idee gebracht«, sprudelte es förmlich aus ihm heraus. »Bei den Anti-Royalisten haben wir nun einige andere Sidhe kennengelernt, die es wagen, frei zu denken und sich nicht von der Gesellschaft definieren zu lassen. Für mich immer noch ein starkes Stück, dass es so viele von uns gibt. Und es kommen immer mehr dazu. Wir konzentrieren uns auf das gemeine Volk, weil davon ausgegangen wird, dass sie ganz unten in der Gesellschaft stehen und sich am meisten betrogen fühlen würden, wenn man ihnen sagt, dass das nicht so sein muss und dass man sie damit unterdrückt hat.«

Ich nickte. Das war Fionns Mobilisierungsstrategie. Andererseits machten diese gewöhnlichen Sidhe ja auch die Masse des Volkes aus und Fionn wusste, dass er die Unterstützung der Masse gewinnen musste, wenn es je einen solchen Umsturz in der Gesellschaft geben sollte.

»Dean ist allerdings ein gutes Beispiel dafür, dass das nicht zwingend so sein muss. Nur weil Sidhe in höheren Berufungen mehr Privilegien haben, muss das nicht zwangsläufig heißen, dass sie glücklich sind. Vielleicht haben sie das Potenzial zu mehr, wie es bei mir der Fall war, das sie vielleicht auch unbewusst nach größerer Erfüllung suchen lässt. Dealan ist eine angesehene Berufung. Man kommt viel in den Welten herum. Wie wir mittlerweile wissen, braucht man dafür ein großes Potenzial für magische Fähigkeiten, welche mit Energie zu tun haben. Nur wird so vieles unterdrückt, weil es natürlich gefährlich wäre, einem Dealan zu viele Fähigkeiten zuzugestehen und damit zu viel Macht zu geben.«

Schon bei einem unserer ersten Gespräche auf der Ha'penny-Brücke hatte Dylan mir erzählt, wieviel Verantwortung seine Berufung mit sich brachte. Wiedergeburt war für Sidhe theoretisch die einzige Möglichkeit zu sterben – wollte man einen Sidhe loswerden, konnte man ihn gemeinerweise als Mensch reinkarnieren lassen und somit frühzeitig in den Tod schicken. Um so etwas zu vermeiden, wurde die Verantwortung für eine solch wichtige Sache aufgeteilt und Dealans arbeiteten immer mit einem Coimeádaí, einem Hüter der Seelen, und einer Realta, einer Sternendeuterin, zusammen.

»Selbst wenn sie von ihrer Aufgabe erfüllt sind, wie es bei Dean anscheinend der Fall ist«, führte Dylan seine Überlegungen weiter aus, »können sie doch sehen, dass etwas in der Gesellschaft nicht stimmt. Alice ...« Dylan setzte sich jetzt neben mich auf den umgestürzten Baumstamm am Ufer des Baches, auf den ich mich mittlerweile niedergelassen hatte, und nahm meine Hand. »Colleen wäre sicher auch nie auf den Gedanken gekommen, dass ihr eigener Bruder, ihre Familie, sie in dem wahnwitzigen Unternehmen unterstützen würde, das wir hier gerade wagen. Dass er auch so quer denken könnte wie sie. Wir müssen uns für diese Sache hier nicht unbedingt von den Sidhe abwenden, die wir lieben. Aber genau das habe ich getan – obwohl mir Coimeádaí und Realta immer gute Freunde waren und mich selbst als Abtrünnigen unterstützt haben. Trotzdem habe ich mich allein gefühlt. Aber jetzt habe ich verstanden, dass wir nicht allein sein müssen. Wieso sollten Coimeádaí und Realta nicht auch verstehen, worum es geht, die Missstände in der Anderswelt nicht auch sehen können?« Dylan wurde immer aufgeregter. »Ich möchte die beiden davon überzeugen, sich uns auch anzuschließen. Ich kenne meine Geburtsfamilie nicht, weiß nicht, wer meine Eltern sind und habe keine Ahnung, ob ich Geschwister habe. Aber Coimeádaí und Realta sind meine Familie.«

Dylan sah so süß aus, wie er mich wie ein kleines Kind mit glänzenden Augen ansah, und ich nahm ihn in den Arm und drückte ihn. Seit wir uns den Anti-Royalisten angeschlossen hatten, hatte er zähneknirschend mir zuliebe Fionns Anweisungen befolgt. Wir sind brav zu den Treffen gegangen, zu denen Fionn uns geschickt hat, damit Dylan die dort anwesenden Sidhe mit seinen Showeinlagen, wie er sie nannte, für Fionns Rekrutierungsreden in Stimmung bringen konnte. Er hatte sich tatsächlich von großem Nutzen für die Anti-Royalisten erwiesen – im Gegensatz zu mir. Man hatte Erwartungen an mich gehabt, wie ich mit Ciaras Erinnerungen den Rebellen helfen könnte. Als ich im Fort auftauchte, wurde ich von den Rebellen bejubelt. Die Erwartungen hatte ich bislang nicht erfüllen können, ich hatte noch nichts Nützliches zustande gebracht, und mittlerweile war Dylan – den man anfangs ja nur wegen mir geduldet und eher belächelt hatte – zum Star aufgestiegen. Unsere Teilnahme an den Versammlungen war notwendig, damit wir in Fionns engerem Zirkel blieben. Das war mir wichtig. Aber Dylan war mir wichtiger. Wenn er es zu seiner Priorität machen wollte, Coimeádaí und Realta zu besuchen und sie davon überzeugen wollte, sich uns anzuschließen, dann wollte ich es ihm nicht verwehren. Dann musste Fionn bei den nächsten Versammlungen eben ohne uns auskommen. Ich würde es schon irgendwie hinbiegen, dass wir trotzdem noch eng an Fionn dranblieben. Schließlich schien er immer noch felsenfest von Mog Ruiths Prophezeiung überzeugt. Das sagte ich auch Dylan. »Wen willst du denn zuerst besuchen?«, schloss ich und gab ihm einen Kuss auf die Wange.

Dylan sprang auf. »Das ist ja das Tolle. Eigentlich müssen wir nirgends hinreisen. Ich werde Coimeádaí einfach rufen. Wir haben eine gute telepathische Verbindung nach all den Jahren Zusammenarbeit und beim letzten Mal, als ich ihn aus Verzweiflung gerufen hatte, ist er ja auch gekommen.«

Ich konnte mir gar nicht vorstellen, wie so etwas funktionieren sollte und war sehr gespannt darauf, zu sehen, wie jemand sich aus dünner Luft vor unseren Augen materialisierte. »Dann mal los.«

Dylan holte ein paar Mal tief Luft, setzte sich im Schneidersitz auf den Boden und schloss die Augen.

Ich wartete gespannt.

Nichts geschah.

Nach einer Weile machte er die Augen wieder auf. »Hmmm«, meinte er sichtlich enttäuscht.

»Vielleicht kannst du dich nicht richtig konzentrieren, weil ich auch hier bin«, bot ich eine Erklärung an.

»So etwas ist sonst eigentlich kein Problem. Ich habe eher das Gefühl, dass ich ihn nicht erreiche.« Dylan runzelte die Stirn.

»Also, ich gehe mal zu der Ruine zurück und lasse Dean und Colleen wissen, wo wir sind und was wir machen. Bestimmt sind die mittlerweile schon auf.«

Als ich nach einer guten halben Stunde zurückkam, um nach Dylan zu sehen, hörte ich seine Stimme schon, bevor ich den Bach erreicht hatte. Ich hatte Dylan sein Frühstück mitgebracht und trug eine Tasse dampfenden Tee in der einen und ein Stück Brot in der anderen Hand.

»... und es tut mir wirklich leid, dass ich dich einfach in der Hütte zurückgelassen habe, ohne dir zu sagen, wo ich hin bin.« Er hörte sich zerknirscht an. »Aber lass mich dir erzählen, was ich erlebt habe, dann verstehst du bestimmt ...«

»Ich verstehe dich überhaupt nicht mehr und, ehrlich gesagt, will ich das auch gar nicht«, wurde er unterbrochen. Die andere Person, ich nahm an, Coimeádaí, hörte sich nicht glücklich an. Oh oh. Ich blieb stehen, unsicher, ob ich die beiden nicht lieber allein lassen sollte. »Ja klar, du warst von Alice enttäuscht worden. Aber es hätte eine Möglichkeit gegeben, deinen Fehler mit Ciara wieder gutzumachen. Ich meine unseren Fehler. Schließlich habe ich dir dabei geholfen, sie in Alice zu reinkarnieren. Du hast versucht, das Mädchen davon zu überzeugen, Ciaras Seele an die Königin abzugeben. Damit alles so gekommen wäre, wie es von Anfang an hätte sein sollen. Statt dass diese Alice sich darüber freut, die Seele loszuwerden und wieder frei zu sein, entschied sie sich dafür, diese Lösung nicht anzunehmen und ist einfach abgehauen. Ohne dich. Du hast dein Bestes gegeben. An dieser Stelle hättest du die Sache abhaken können.« Coimeádaís Ton wurde immer anklagender. »Ich hätte an deiner Stelle nicht hinterfragt, warum ich meine Dealan-Magie wieder zurückbekommen habe, sondern mich einfach darüber gefreut, es als zweite Chance gesehen. Es hätte doch alles wieder zur Normalität zurückkehren können. Wir hätten wieder zusammenarbeiten können. Es hätte alles wieder werden können wie früher.«

»Aber Coimeádaí«, entgegnete Dylan sanft. »Ich konnte doch nicht einfach so tun, als ob mir das alles nicht passiert wäre. Die Augen vor der Realität verschließen und einfach so weitermachen wie bisher.«

Vorsichtig drehte ich mich um. Ich wollte wieder zur Ruine zurückgehen; die beiden hatten anscheinend einiges miteinander auszumachen. Dabei wollte ich lieber nicht stören. Doch die Tasse Tee rutschte mir in dem Augenblick aus der Hand und die immer noch dampfende Flüssigkeit ergoss sich über meine Stiefel.

»Autsch«, entfuhr es mir.

»Alice, bist du das?« Mist. Ich hob die Tasse wieder auf und kehrte um.

»Ich habe dir einen Tee mitgebracht, aber den habe ich gerade aus Versehen ausgeleert«, erklärte ich, sobald ich auf der anderen Seite des Gebüschs war, wo Dylan und ein junger Mann mit schulterlangen braunen Haaren neben dem Bach standen. »Hallo, ich bin Alice«, stellte ich mich ihm vor. Er reagierte nur mit einem knappen Nicken.

Das Schweigen dehnte sich aus und ich trat unschlüssig von einem Fuß auf den anderen. Schließlich erinnerte ich mich an das Stück Brot, das ich bei mir trug und drückte es Dylan in die Hand.

»Ich dachte, vielleicht hast du Hunger«, sagte ich verlegen. »Ich könnte auch noch mal zurückgehen und dir einen neuen Tee holen. Coimeádaí, für dich vielleicht auch?«

Bevor Dylans Freund antworten konnte und ich eine Chance hatte, der ungemütlichen Atmosphäre zu entfliehen, sagte Dylan: »Nein, nein, bleib mal hier, Alice. Ich glaube, Coimeádaí hat ein völlig falsches Bild von dir und ich möchte gerne, dass ihr euch kennenlernt.«

Coimeádaí sagte gar nichts dazu. Er hatte seine Arme vor der schmalen Brust verschränkt und kickte kleine Steine vom Ufer in den Bach. Das schien so viel Konzentration zu erfordern, dass er weder mich noch Dylan anschauen konnte.

Dylan seufzte.

»Okay, Coimeádaí, ich verstehe, dass du sehr enttäuscht von mir bist und es gerne so hättest, das alles wieder zur Normalität zurückkehrt. Aber diese Normalität ist eine Illusion. Ich wollte dir gerne alles genau erklären, aber ich falle jetzt einfach mal mit der Tür ins Haus. Du glaubst, wir hatten ein gutes Leben, konnten uns glücklich schätzen, solch angesehene Berufungen zu haben. Dass ich ein bisschen gesponnen habe. Dass Ciara mir den Kopf verdreht hat. Dass Alice einen schlechten Einfluss auf mich und mir einen Floh ins Ohr gesetzt hat. Dass ich jetzt wieder Vernunft annehmen und zu meinem alten Leben zurückkehren könnte. Dass es so, wie es früher war, wieder sein sollte. Aber ich kann dir beweisen, dass das nicht so ist. Ich habe am eigenen Leibe erlebt, dass das alles eine Lüge ist. Der Ältestenrat selber hat es mir gesagt. Berufung gibt es nicht. Unser Schicksal steht nicht in den Sternen. Willst du weiter eine Lüge leben, Coimeádaí, willst du, dass ich weiterhin eine Lüge lebe, willst du, dass wir die Augen vor der Wahrheit verschließen, nur weil wir es mal gut hatten und es wieder gut haben könnten?«

Der Junge hatte aufgehört, Steine in den Bach zu treten und sah Dylan jetzt mit seinen braunen Augen erschrocken an.

»Unser Leben war doch keine Lüge. Wie kannst du so etwas sagen. Wir hatten eine wichtige Aufgabe, Dylan.«

»Doch. Die Königin hat uns belogen. Wir haben nicht nur ein, zwei magische Fähigkeiten, die unsere Berufung definieren. Ich kann dir zeigen, zu welcher Magie ich fähig bin. Nicht die Götter bestimmen, welche Rolle wir in der Gesellschaft einnehmen, sondern Morrigan und ihre Leute, die willkürlich unsere Berufung auswählen, weil sie gerade Sidhe von der und der Berufung brauchen. Wer weiß, womit sie uns noch anlügt. Vielleicht sollte es gar keine Wiedergeburt der Sidhe in Menschen geben. Vielleicht ist alles, was wir in unseren Berufungen getan haben, völlig willkürlich und sinnlos.«

Coimeádaí sah traurig aus. »Dylan, ich weiß nicht, wo du das alles her hast. Möglich, dass du andere magische Fähigkeiten gelernt hast, als Blitze in Bäume zu leiten, um Energie umzulenken. Ich glaube gerne, dass du dazu fähig bist. Aber wie kannst du infrage stellen, dass es unsere Berufung gibt, dass wichtig ist, was wir tun. Wie kannst du die Götter infrage stellen?«

»Wir wissen doch gar nicht, ob es diese Götter überhaupt gibt. Morrigan kann sich auch das alles ausgedacht haben, Mythologie und Sage zu Geschichte, zu Fakten gemacht haben …«, mischte ich mich ein.

»Stopp.« Coimeádaí stand jetzt vor uns, sah erst Dylan, dann mich an.

»Es stimmt einfach nicht, was du da sagst. Ich weiß, dass es die Götter gibt und dass das Schicksal der Sidhe in den Sternen steht. Ich weiß, dass Wiedergeburt der Sidhe in Menschen der natürlichen Ordnung entspricht und dass die Königin nicht lügt. Komm mit mir mit, Dylan, und du wirst sehen, dass du mit all dem falsch liegst. Bring sie meinetwegen mit. Soll sie es doch auch sehen. Vielleicht ist dann endlich mal Schluss mit dem Unsinn. Ich will euch was zeigen. Dann werdet ihr sehen, dass ihr der Königin unrecht tut und völlig auf dem falschen Weg seid.«

kapitel acht
alice

Coimeádaí warf einen sehnsüchtigen Blick in Richtung Reisehütte, deren weiße Fassade zwischen den Bäumen aufblitzte. Uns zuliebe hatte er darauf verzichtet, mit dem üblichen Komfort zu reisen. Mittlerweile hatten wir Connemara erreicht und wollten hier, in Morrigans Territorium, besonders vorsichtig sein. Deshalb hielten wir uns an eine Route, die parallel zu den Straßen und Wanderwegen lief, welche Coimeádaí normalerweise genommen hätte. Wir übernachteten nicht in den gemütlichen Kojen in den igluartigen Gebäuden, in die reisende Sidhe einkehrten, sondern in unseren Kokons. Coimeádaí hatte sich Colleens Zelt geborgt, die mit Dean zum nächsten Treffpunkt gereist war.

Nur ungern hatte ich mich von meiner Freundin getrennt, aber es war ausgeschlossen, dass sie mitkam. Erstens war Fionn auf sie angewiesen, wenn er bei den geheimen Versammlungen einigermaßen sicher sein wollte. Sie nahm ihre Aufgabe als Erlenschild durchaus ernst. Zweitens konnte sie es nicht ertragen, noch länger von Tio getrennt zu sein. Drittens musste ja auch jemand Fionn beibringen, dass Dylan und ich bis auf Weiteres nicht mehr an den Versammlungen teilnehmen würden. Darüber würde er sicherlich nicht erfreut sein, schließlich verließ er sich mittlerweile ganz schön auf Dylan. Jetzt musste er eben mal ganz auf seinen Charme bauen. Damit war er früher ja auch gut gefahren. Und bei anderen Versammlungen im Land waren die Krieger ganz auf sich alleine gestellt und schafften auch, weitere Anhänger der Bewegung für sich zu gewinnen, versuchte ich mein schlechtes Gewissen zu beruhigen. Allerdings hatte ich Colleen gesagt, dass sie Fionn ausrichten sollte, es handle sich um etwas, das mit Ciara und Morrigan zu tun habe. Sozusagen einer Spur, der Dylan und ich nachgehen würden, weil ich mir noch nicht genau sicher war, wie meine Informationen helfen würden. Wir würden dann auf direktem Wege nach Dairbhre kommen, hoffentlich mit einem Plan, wie wir Morrigan angreifen konnten. Ich hoffte, diese Erklärung würde er am ehesten akzeptieren. Jetzt musst mir nur tatsächlich bald etwas einfallen!

Wir liefen noch eine gute Stunde in der Dunkelheit und schlugen dann auf einer kleinen Lichtung unser Lager auf. Coimeádaí hatte bislang sehr wenig gesagt, aber schweigend zu reisen, statt sich laut zu unterhalten, war sowieso sicherer. Jetzt, nachdem wir unsere Vorräte durchstöbert und eine recht karge Mahlzeit aus Dörrobst, Brot und Schinken verzehrt hatten – Coimeádaí konnte sich nicht verkneifen, mit einem Seufzer daran zu erinnern, dass der Vorratsschrank in der Reisehütte wie üblich bestimmt gut gefüllt gewesen wäre –, saßen wir mit jeder mit einem Becher heißem Tee vor unserem kleinen Feuer. Und schwiegen uns weiter an.

Schließlich hielt es Dylan nicht mehr länger aus. Er berichtete seinem Freund von seinen neu erworbenen magischen Fähigkeiten, von seiner Unterhaltung mit dem Ältestenrat in Tara, ja, sogar von den Anti-Royalisten und Mog Ruith. Bei letzterem Thema wurde mir etwas unbehaglich, denn obwohl ich wusste, dass Dylan davon überzeugt war, sein Freund würde ihn nie im Leben verraten, kannte ich Coimeádaí zu wenig, um ihm dasselbe Vertrauen entgegenzubringen. Der schlaksige Junge, den ich etwas jünger als Dylan schätzte, kam mir eher wie ein bockiger Teenager vor als ein ehrwürdiger Hüter der Seelen. Wer wusste schon, ob er nicht aus einer Trotzreaktion heraus einfach etwas weitererzählen würde.

Dylan würde er vielleicht nirgendwo anschwärzen, um ihrer alten Freundschaft willen, aber er hatte überhaupt keinen Grund, mir gegenüber loyal zu sein. Er schien mich nicht besonders zu mögen und mir teilweise die Schuld daran zu geben, dass sein Freund jetzt so komische Anwandlungen hatte, von denen er nicht mehr abzubringen war. Dabei gab er sich keinerlei Mühe, mich kennenzulernen; offensichtlich hatte er sein Urteil über mich schon gefällt.

Als Dylan ihm von Mog Ruiths Prophezeiung erzählte, dass ich die Rebellen gegen die Königin anführen und selber rote Königin sein würde, schaute er mich zum ersten Mal interessiert an. »Sie?«, fragte er skeptisch. »Aber sie ist doch ein Mensch.«

Ich zuckte mit den Schultern. Ich wollte verhindern, dass Dylan noch mehr über mich erzählte, davon, dass ich durch Ciaras Träume Zugang zu Morrigans Bewusstsein hatte, zum Beispiel, und kam deshalb wieder auf das Streitthema zurück. »Da sind wir uns zum ersten Mal einig. Ich weiß auch nicht, ob ich an diese Prophezeiung glauben kann. Und nicht nur, weil ich ein Mensch bin. Für mich widerspricht es sich auch, dass ausgerechnet meine Zukunft in den Sternen stehen soll. Ich glaube daran, dass jeder seine eigene Zukunft gestaltet. Menschen wie Sidhe. Wieso sollte ich hinnehmen, dass es mein Schicksal ist, rote Königin zu werden, was immer das auch bedeuten soll? Ich bin auch nicht dafür, Mog Ruith und den Anti-Royalisten deshalb blind zu folgen, alles zu machen, was sie sagen, und, ohne mir mein eigenes Urteil gebildet zu haben, eine Armee gegen Morrigan anzuführen. Es gibt noch einiges, was ich über Morrigan herausfinden muss, bevor ich aktiv einen solchen Schritt gegen sie unternehmen würde. Und ich gedenke auch, das selber herauszufinden, statt auf das Bild zu vertrauen, das andere mir von Morrigan malen. Diejenigen, die das tun, haben nämlich ein Motiv dafür, sie als despotische Tyrannin darzustellen. Ich bin offen dafür, dass du uns etwas zeigst, was diesem Bild der Anti-Royalisten von Morrigan widerspricht. Denn ich habe gelernt, dass man bei Morrigan immer zweimal hinschauen muss.«

»Das klingt ja gar nicht so unvernünftig«, brummelte Coimeádaí und stocherte in der Glut herum, zu der das Feuer mittlerweile niedergebrannt war. Er hatte mich während meiner kleinen Rede aufmerksam angesehen und ich hatte das Gefühl, dass sich sein Bild von mir ein wenig gewandelt hatte.

»Aber vergiss nicht, Coimeádaí«, fuhr ich fort. »Ich habe Morrigan persönlich kennengelernt. Sie ist eine undurchschaubare, komplexe … Person … Sie ist vielleicht nicht durch und durch schwarz, aber die gute, weise Königin, für die du sie hältst, ist sie bestimmt nicht.« Mich schauderte, als ich daran dachte, wie kompromisslos und vor allen Dingen gefühllos sie Ciaras Eltern ihren größeren Plänen geopfert hatte. »Eins weiß ich: Mit Ciaras Seele kann sie nichts Gutes vorhaben. Deshalb habe ich sie ihr nicht gegeben. Und habe auch nicht vor, sie ihr zu geben. Was immer ihr hier in der Anderswelt für Sitten und Gesetze habt, ob ihr an Schicksal und Berufung glaubt oder nicht, du hast recht, als Mensch geht sie mich eigentlich nichts an. Aber was ihr mit den Menschen macht, geht mich was an. Ihr habt kein Recht, das Leben von Menschen zu zerstören, indem ihr sie als Gefäße verwendet, als Hüllen, um euren Lebensabend in unserer Welt zu verbringen. Du behauptest, Wiedergeburt von Feen in Menschen entspricht eurer natürlichen Ordnung. Das kann einfach nicht richtig sein. Aus eigener Erfahrung weiß ich, dass man die andere Seele spürt, die in einem angeblich schläft. Man ist nicht einfach nur man selber, sondern kämpft immer mit dieser anderen Persönlichkeit in einem. Jeder Mensch hat das Recht auf ein eigenes Leben, ohne diesen Fremdkörper. Morrigan, mit ihren ständigen Menscheninkarnationen, treibt es damit am Schlimmsten – ohne Achtung für die Mädchen, deren Leben sie damit zerstört. Ihr gehört Ciaras Seele nicht.«

Coimeádaí lächelte nur geheimnisvoll. »Du wirst deine Meinung darüber ändern. Du wirst schon sehen.«

***

Noch ein weiterer Tagesmarsch und wir hatten Galway erreicht. Es hatte fast den ganzen Tag geregnet und obwohl die Mäntel in der Anderswelt aus einem atmungsaktiven, aber wasserdichten Stoff gemacht und wir einigermaßen trocken geblieben waren, war ich doch froh, als wir den Ort erreichten, der in der Anders- und der Menschenwelt denselben Namen trug und der Coimeádaís Heimatort war.

Doch das war wohl doch nicht unser Ziel. Wir umrundeten Galway und gingen dann direkt an der Küste Richtung Süden weiter. Coimeádaí schwieg sich aus. Dylan wurde immer aufgeregter. »Ich glaube, ich habe eine Ahnung, wo es hingeht. Aber … ich kann es kaum glauben. *Das* willst du uns zeigen? Ist das nicht verboten?« Coimeádaí zuckte mit den Schultern. »Wenn es hilft, dich wieder zur Vernunft zu bringen, ist mir das egal. Außerdem hast du indirekt ja auch damit zu tun.«

Die beiden sprachen für mich in Rätseln, aber ich war mittlerweile so erschöpft, dass mir alles gleichgültig war, Hauptsache, wir kamen bald dort an, wo es trocken und gemütlich war. Leider wusste ich da noch nicht, dass der Ort, zu dem Coimeádaí uns führte, genau das nicht war.

Ich erkannte die Gegend als die Burren, eine Karstlandschaft an der Küste des Countys Clare. Die flache Oberfläche der grauen Felsen sah aus wie die rissige Haut eines Elefanten. Etwa knietiefe Karren teilten die Oberfläche in unregelmäßige Rechtecke ein. Wenn man über diese Platten lief, knacksten sie ab und zu, als würden sie sich weiterhin spalten und aufteilen.

Schließlich kletterten wir eine Felswand runter. Gut, dass mir Dylan half, denn die Felsen waren vom Regen recht rutschig. Mein Magen knurrte und ich hatte langsam genug von unserem kleinen Abenteuer. Coimeádaí kletterte geübt bis zum Eingang einer Höhle, vor der er wartete, bis auch Dylan und ich sie erreicht hatten.

»Hmm«, brummelte ich. »Da drin wartet wohl keine warme Mahlzeit auf uns, was?«

Coimeádaí quittierte meine Bemerkung nicht mal mit einem müden Lächeln, sondern ging einfach in die Höhle hinein. Dylan und ich schauten uns an, zuckten mit den Schultern und folgten ihm.

In der Höhle war es kalt und feucht. Ich zog meinen Mantel enger um mich. Die tief stehende Wintersonne spendete gerade noch genug Helligkeit, sodass die Höhle hier und dort durch das Licht, das durch die Spalten im Gestein über unseren Köpfen drang, beleuchtet wurde. Dennoch zündete Coimeádaí eine Lampe an, die ein paar Meter hinter dem Eingang in einer Nische aufbewahrt wurde. Hier legten wir auch unsere Kokons und Rucksäcke ab. Er ging zügig weiter, sodass mir wenig Zeit blieb, die langen Stalaktiten und Stalakmiten rechts und links von uns zu bewundern. Ab und zu plätscherte ein kleiner Wasserfall die Felswände hinunter. Der Boden war stellenweise nass und ich passte auf, dass ich nicht ausrutschte. Es roch modrig und die Luft wurde dünner, je tiefer wir in die Höhle eindrangen. Coimeádaí schien sich bei jeder Abzweigung, die er in dem Höhlenlabyrinth nahm, sehr sicher, aber ich wagte mir nicht auszumalen, was passieren würde, wenn er uns hier allein zurücklassen würde. Würden wir je wieder zurückfinden? Wir waren bestimmt schon gute anderthalb Kilometer gelaufen.

Schließlich kamen wir in eine geräumige Höhle. Das erste, was mir auffiel, war der große Glasschrank. Wer den wohl hier reingetragen hatte? Bestimmt nicht Coimeádaí allein. Darin lagen hunderte Objekte, die alle schwach in unterschiedlichen Farben leuchteten. Ich trat näher und erkannte, dass es Edelsteine waren, die von innen heraus leuchteten, ja, leicht mit Licht pulsierten. Da ein Rosenquarz, der pink schimmerte, hier ein blutroter Rubin. Ein ganz kleiner Smaragd warf ein strahlend grünes Licht und stahl damit dem großen schwarzen Onyx, der neben ihm lag, die Show. Jeder Edelstein war an einem kleinen beschrifteten Kärtchen festgemacht. Auf manchen standen nur ein Wort, ein Datum und eine Zahlenkombination. Bei genauerem Hinsehen, fiel mir auf, dass das erste Wort jeweils eine Berufungsbezeichnung war. Auf manchen Karten erkannte ich die Namen von Orten in der Menschenwelt wieder.

Fragend drehte ich mich zu Coimeádaí um. »Was ist das?«

»Das sind die Seelen der Feen, die wiedergeboren werden«, antwortete er. Ungläubig starrte ich wieder die Edelsteine an. Sie sahen aus wie kostbare Schätze, aber ich hatte keine Ahnung gehabt, wie kostbar sie waren. »Stell dir vor«, meinte Dylan ehrfürchtig, »auch Ciaras Seele war einmal an einen solchen Stein gebunden worden. Ein Opal. Der lag auch hier, in diesem Schrank, bis es Zeit war, in der für sie vorherbestimmten Person wiedergeboren zu werden: in dir.«

Ich konnte es mir nicht vorstellen. Die gesamte Essenz eines Menschen, alles, was seine Persönlichkeit, sein Sein, ausmachte, sollte in einen kleinen Stein passen? Einem winzigen Objekt, das so einfach zu verlieren oder wegzuwerfen war? Jetzt verstand ich, warum Dylan kaum glauben konnte, dass Coimeádaí uns hier herführen würde. Dieser Ort musste geheim sein. Die Sidhe, die ihre Seele an einen Edelstein binden ließen, mussten ein unheimliches Vertrauen in den Hüter der Seelen haben, der diese Steine aufbewahrte. Eine kleine Seele, so verletzlich … die Steine durften nicht in falsche Hände geraten. Ich sah Coimeádaí ernst an.

»Danke, dass du uns hierhergebracht und diese Steine gezeigt hast.« Ich hatte unzählige Fragen und wusste gar nicht, wo ich anfangen sollte. »Wie kommen die Seelen da hinein?«

»Es gibt ein Ritual, bei dem die lebensmüde Fee ein Getränk zu sich nimmt, welches sie in eine Art Komazustand versetzt. Dann kann ich die Seele an den Stein binden, indem ich ihn der Person auf die Stirn, zwischen die Augen lege, die Seele zuzusagen herausziehe. Das ist meine Magie.«

»Ich kann mir vorstellen, dass es etwas ganz Besonderes ist, so etwas zu können«, räumte ich ein. »Bestimmt ist es sehr schwer, so etwas zu lernen und man muss ein spezielles Talent haben. Wenn jeder einfach Seelen aus Körpern ziehen könnte, müssten sich die Sidhe ganz schön in Acht nehmen. Aber das ist noch kein Beweis, dass Berufung …«

»Das will ich damit auch gar nicht beweisen«, unterbrach Coimeádaí mich. »Ich möchte euch damit etwas ganz anderes zeigen. Schaut mal, hier.« Er zeigte auf die Rückwand der Höhle. Ich war so fasziniert von dem Glasschrank gewesen, dass ich die vielen anderen Steine, die dort einfach auf Felsvorsprüngen lagen, gar nicht bemerkt hatte. Diese hier waren nach Steinart sortiert. Jeweils in

Haufen lagen dort Opale, Smaragde, Rubine, Quarze in jeglichen Farben. Sie pulsierten allerdings nicht. »Was ist mit denen hier? Wieso leuchten die nicht?«

»Das hier sind leere Gefäße, die sozusagen darauf warten, mit einer Seele gefüllt zu werden. Man kann Seelen nicht einfach aus einem Körper herausziehen. Man kann auch keinen beliebigen Edelstein verwenden. Es müssen spezielle Steine sein. Diese Steine, die ihr hier seht, wurden alle im Kessel des Dagda geweiht. Nur sie vermögen es, Seelen zu binden, denn der Kessel der Wiedergeburt verlieh ihnen diese Magie.«

Ich starrte die Steine an und kaute auf der Unterlippe herum. Es dauerte einen Moment, bis ich begriffen hatte, was Coimeádaí damit sagen wollte. Natürlich wusste ich, was der Kessel des Dagda war. Claire Brennan hatte mir am Trinity College davon erzählt. Er war einer der vier Talismane der Túatha Dé Danann. Sie hatten diese magischen Objekte bei der Invasion Irlands mitgebracht. Es gab Dagdas Kessel der Wiedergeburt, den Stein von Fal, der aufschrie, wenn der rechtmäßige König ihn berührte und die einzigen Waffen, die der Legende nach auch für Sidhe todbringend waren: das Schwert des Königs Nuada und der Speer des Lugh. Dr. Brennan hatte mir vom Kessel erzählt, weil das Symbol dafür auf dem Hexenbeutel gewesen war, den Maggie damals in Roundstone für mich hinterlassen hatte. Bisher hatte ich ihn auch nur als Symbol verstanden. Er war, wie die anderen Talismane auch, Legende. Coimeádaí sprach von diesem Kessel, als ob er tatsächlich existierte.

»Du meinst, diese Edelsteine wurden tatsächlich in den Kessel getaucht und haben dadurch irgendwelche magischen Eigenschaften angenommen?«, hakte ich nach.

»Ganz genau. Königin Morrigan bringt diese Edelsteine selber aus Tír na nÓg mit, wo sich der Kessel des Dagda jetzt befindet. Ich habe diese Steine schon, seit ich von meinem Vorgänger diese Höhle übernommen habe. Irgendwann wird mein Vorrat wohl einmal aufgestockt werden. Natürlich bringt Morrigan diese Steine nicht selber vorbei, sondern lässt sie von Vertrauten an Hüter der Seelen im Lande verteilen«, gab er zu. »Ich sage das, weil ich nicht den Eindruck erwecken will, dass ich Morrigan persönlich kenne, wie du. Aber nur sie kann Tír na nÓg betreten. Den Kessel des Dagda gibt es dort. Die Götter sind dort, und sie verleihen uns mit dem Kessel die Magie der Wiedergeburt. Nur so kann das doch alles funktionieren. Nur so können die Seelen gebannt und in Menschen übertragen werden. Es ist pure Sidhe-Magie. Und wenn ihr euch das hier anschaut, diese wertvollen Steine, die Seelen in den Steinen, wie könnt ihr dann verleugnen, dass es Kräfte gibt, mächtige Kräfte, die dafür sorgen, dass diese Wiedergeburten passieren? Nicht eine einzige Sidhe ist dafür verantwortlich, eine Königin, die sich das alles ausdenkt, weil es ihr so passt, und aus reiner Willkür bestimmt, dass unser Leben so zu Ende zu gehen hat. Nein, etwas Größeres, Göttliches, das wir nicht mal begreifen können, sorgt dafür, dass das alles hier möglich ist.«

Dylan und ich sahen uns an. Was Coimeádaí uns zeigte, war tatsächlich beeindruckend, nicht von dieser oder von meiner Welt. Es war eigentlich einleuchtend, dass er es für den natürlichen Lauf der Dinge hielt und seine Aufgabe als eine sehr wichtige, die ihm anvertraut wurde. Mir spukten so viele Gedanken im Kopf herum. Was passierte mit den Körpern der Sidhe, nachdem ihre Seelen extrahiert worden waren? Wie war das alles organisiert – gingen lebensmüde Feen irgendwohin, in eine Art Hospiz, zu der ein Coimeádaí gerufen wurde? Wie lange blieben manche dieser Feen-Seelen in den Steinen gefangen, bis sie wiedergeboren wurden? Wie bei mir und Ciara über 60 Jahre? Oder sogar noch länger? Aber die Antworten auf diese Fragen mussten warten. Ich musste mich jetzt aufs Wesentliche konzentrieren.

Coimeádaí war der zweite Sidhe, von dem ich hörte, dass Morrigan nach Tír na nÓg ging. Sie konnte den Himmel betreten. Es ergab für mich auch Sinn, weil sie angeblich das Geheimnis von Leben und Tod kannte. Ich hatte keine Idee, wie Ciaras Seele dort hinkommen sollte. War so ein Edelstein vielleicht eine Möglichkeit?

»Könntest du denn Ciaras Seele aus mir herausziehen und an so einen Stein binden?«, fragte ich also. Zu meiner Enttäuschung schüttelte Dylans Freund den Kopf.

»Wenn ich das bei dir machen würde, dann würde ich ja deine Seele binden, nicht ihre.« Er zog die Augenbrauen zusammen und überlegte. »Oder würden beide Seelen zusammen an den Stein gebunden werden? Ehrlich gesagt, wurde das meines Wissens noch niemals probiert. Selbst eine Menschenseele zu binden, ist etwas Ungewöhnliches. Ich wusste, dass es schon mal getan wurde. Aber eine wiedergeborene Menschenseele in einem Menschen. Nein, ich denke nicht.«

So ganz unmöglich erschien es mir nicht. Aber ich behielt diese Informationen erst einmal im Hinterkopf. Mir war noch eine andere Idee gekommen.

»Wenn Morrigan wiedergeboren wird, dann muss das doch theoretisch auch jedes Mal so vonstattengehen, oder? Sie wird in einen Komazustand versetzt und ihre Seele wird an einen Stein gebunden? Der Stein liegt dann in einem solchen Glaskasten?« Wir suchten schließlich nach einem Moment, in dem Morrigan verwundbar war. Was wäre verwundbarer, als nichts mehr als ein kleines pulsierendes Licht in einem Stein zu sein?

»Na ja, theoretisch schon.« Coimeádaí wiegte den Kopf hin und her. »Aber ihr Seelenstein wird dann bestimmt an einem besonderen Ort aufbewahrt und auch nicht lange. Bei einer solch wichtigen Sidhe ist sicher alles schon vorher genauestens arrangiert und das Seelenbinderitual findet erst kurz vor der Wiedergeburt statt.«

Außerdem müssten wir warten, bis die nächste Wiedergeburt anstand. Wer wusste schon, wann das sein würde? Und sie einfach kidnappen und einen Coimeádaí dazu zu zwingen, dieses Ritual durchzuführen? Da waren wir wieder bei dem Problem, dass wir sie erst mal in einem Moment erwischen mussten, in dem das möglich war. Na ja, es war wenigstens eine Idee, die ich Fionn und Mog Ruith präsentieren konnte. Auch wenn sie mir nicht in einem Ciara-Traum gekommen war …

Als wir die Höhle wieder verließen, war auch Dylan in Gedanken versunken. Ich ahnte, dass er über anderes nachdachte, als ich. Er hatte gar nicht mehr versucht, Coimeádaí von der Sache der Anti-Royalisten zu überzeugen. Dachte er selber darüber nach, ob seine Berufung vielleicht doch irgendwie vorherbestimmt war? Ob das alles nicht doch Sinn ergab, was Coimeádaí, Realta und er so lange zusammen getan hatten? Stellte er wieder infrage, was er vom Ältestenrat gelernt hatte?

Ich hoffte nicht. Ich musste die Anti-Royalisten vorerst als Verbündete behalten, auch wenn ich Mog Ruith noch so sehr misstraute. Sie waren immer noch die beste Chance, an Morrigan heranzukommen, ohne dass ich mich und vor allen Dingen Ciara ihr auslieferte. Würde Dylan weiterhin an meiner Seite bleiben, wie er es versprochen hatte?

kapitel neun
alice

Wir waren zu erschöpft, um noch am selben Abend wieder nach Galway zurückzulaufen und übernachteten deshalb in der Höhle. Obwohl wir in unseren Kokons warm eingepackt waren, konnte ich kaum schlafen, so ungemütlich war es. Die feuchte, kalte Luft, das unablässige Tropfen des Wassers an den Wänden, der muffige Geruch ... Außerdem knurrte mir unentwegt der Magen. Wir hatten nur noch zwei von dem in der Anderswelt beliebten Wegproviant übrig gehabt, das man vielleicht am ehesten mit großen Müsliriegeln vergleichen konnte. Die hatten wir uns geteilt. Wenigstens hatte ich Coimeádaí überreden können, nur zum Wasserabkochen und Teemachen ein kleines Feuer anzuzünden – es die ganze Nacht brennen zu lassen, wollte er nicht riskieren. Es war zwar unwahrscheinlich, dass jemand nachts am Strand vorbeikam, von wo aus der Lichtschein vielleicht zu sehen wäre, aber trotzdem. Angesichts des kostbaren Schatzes in der Höhle, verstand ich, dass er vorsichtig sein wollte.

Trotzdem sehnte ich mich die ganze schlaflose Nacht nach der Wärme und Behaglichkeit eines Feuers und war gar nicht böse, als wir schon vor Anbruch der Dämmerung unsere Sachen zusammenpackten und uns auf den Weg machten. Es erforderte meine ganze Konzentration, in dem übermüdeten Zustand, in dem ich war, nicht über die vielen Risse im Fels zu stolpern. Als rechts von uns erste Behausungen auftauchten, kam ich gar nicht dazu, sie wie üblich neugierig zu bestaunen. Wir folgten der Küste, statt querfeldein zu laufen und Ortschaften zu vermeiden. Es stellte sich heraus, dass Coimeádaís Haus nahe der Küste gelegen war, am Rande der Ortschaft Galway. Ich war etwas enttäuscht, hatte ich doch eine Stadt erwartet wie in der Menschenwelt – die erste größere, die ich in der Anderswelt zu Gesicht bekommen würde –, aber mir wurde erklärt, dass auch in größeren Ortschaften die Häuser eher verstreut und nicht so eng beisammen standen, mit Ausnahme der Hauptstadt Tara, wo sich tatsächlich Behausungen um den heiligen Hügel drängten.

Coimeádaí wohnte in einer kleinen Hütte, nicht unähnlich denen, die ich schon in den Versammlungsorten gesehen hatte. Graue Backsteine aus organischem Material und ein grünes Dach. Auch die Inneneinrichtung war wahrscheinlich aus besonderen Materialien hergestellt, sah für mich aber ganz normal aus. Ehrlich gesagt war meine Aufmerksamkeit schnell auf die dampfende Schüssel Porridge mit Honig gelenkt, den Coimeádaí für uns zubereitet hatte. Die letzte warme, sättigende Mahlzeit war zu lange her. Noch nie hatte Haferbrei so gut geschmeckt! Dylan zeigte mir das Gästezimmer, in dem kaum mehr Platz war als für das schmale Bett und den Schrank. Hier hatte er oft übernachtet, wenn er in der Anderswelt war, und in dem Schrank befanden sich einige seiner wenigen Habseligkeiten. Ich war neugierig darauf, was Dylan aufbewahrte. Aber mir fielen fast die Augen zu und ich ließ mich auf das weiche Bett fallen. Herrlich, sich mal wieder in ein richtiges Bett kuscheln zu können. In null Komma nichts war ich eingeschlafen und spürte gerade noch so, wie Dylan sich an mich anschmiegte.

Als ich nach komplett traumlosem Schlaf wieder aufwachte – ich fühlte mich ein bisschen schuldig, schließlich sollte endlich mal *der* entscheidende Traum kommen – war es draußen schon wieder dunkel. Dylan lag nicht mehr neben mir. Ich rieb mir die Augen und schlurfte in das Zimmer nebenan, in dem sich das Bad befand. Ich ließ mir Zeit in der Badewanne – wie lange war es her, dass ich das letzte Mal richtig gebadet hatte? – und genoss den Duft der Seifen, die Coimeádaí zur Auswahl neben der Wanne liegen hatte. Diese liebevoll handgemachten Seifen in der Anderswelt waren etwas ganz Besonderes und ich hatte schon in Morrigans Palast nie genug von ihnen bekommen können. In der Menschenwelt würde man sie sicher teuer verkaufen können. Als ich nach Maiglöckchen und Lavendel duftend wieder aus der Wanne kam und mich mit einem flauschigen Handtuch abgetrocknet hatte, fühlte ich mich wie ein neuer Mensch. Gerade wollte ich mit Bedauern in meine alten Klamotten schlüpfen, die ich schon seit Tagen trug, als ich sah, dass man mir frische Sachen hingelegt hatte. Erleichtert zog ich sie an – sie passten einigermaßen, nur die Strumpfhose war ein bisschen zu groß. Gewöhnliche Kleidung in der Anderswelt war selten eingefärbt und fast alles war eierschalenfarben. Eine Ausnahme waren Kleidungsstücke aus Leder und bei Frauen das Kleid, was ganz zuoberst getragen wurde – hier trug man dünne Stoffe in mehreren Lagen. Das Kleid, das man mir hingelegt hatte, war seegrün und betonte den Grünstich in meinen sonst eigentlich eher blauen Augen.

In der Wohnküche waren Dylan und Coimeádaí über den Esstisch gebeugt und lasen konzentriert. Dylan hob den Kopf und musterte mich anerkennend. »Guten Morgen, Dornröschen. Na, endlich aufgewacht? Hübsch siehst du aus.«

»Ich hoffe, die Kleidung passt dir, die ich dir aus der Stadt mitgebracht habe«, sagte Coimeádaí, ohne den Kopf zu heben. »Ich dachte, du hättest vielleicht gerne etwas Frisches zum Anziehen.« Er zeigte auf eine Schale neben dem Herd. »Winteräpfel habe ich auch besorgt. Ihr habt bestimmt genug von Dörrobst.«

Ich schnappte mir einen Apfel und auch gleich eins der süßen Brötchen, die neben der Schale lagen.

»Danke. Was lest ihr denn da?«, fragte ich genüsslich kauend und setzte mich an den Tisch. »Ist das eine Zeitung?«

»So ähnlich.« Dylan legte die Stirn in Falten. »So etwas wie eine

Tages- oder Wochenzeitung gibt es bei uns nicht. Es gibt schließlich keine freie Presse wie in der Menschenwelt. Aber es gibt Mitteilungsblätter, die vom Ältestenrat herausgegeben werden. Selten auch mal von der Königin.« Er fuhr sich mit den Händen durch das sandblonde Haar. »Das hier ist von der Königin.«

»Es ist der Königin natürlich nicht verborgen geblieben«, erklärte Coimeádaí, »dass in den letzten Wochen immer mehr antiroyalistische Sympathisantengruppen gebildet worden sind. Die Versammlungen sind vielleicht geheim, aber was dort gehört und gesehen wird«, er warf Dylan einen bedeutsamen Blick zu, »spricht sich doch schnell herum. Ich nehme an, die Königin hat die Anti-Royalisten weitgehend ignoriert, solange es sich dabei um eine Randgruppe handelte und die Bewegung nicht als Gefahr eingeschätzt wurde. Aber jetzt kann man wohl nicht mehr von Randgruppen reden. Das ist die Reaktion der Königin. Eine Mitteilung an ihr Volk.«

»Morrigan hat also einen offenen Brief an das Sidhe-Volk geschrieben?«, fragte ich erstaunt. »Und, was sagt sie?«

»Lies am besten selber«, meinte Dylan mit einem Seufzer und schob mir das Mitteilungsblatt rüber, das wie eine altmodische Zeitung aussah. Gespannt las ich:

Mein Volk,
In letzter Zeit schießen Sympathisantengruppen der Anti-Royalisten im ganzen Land wie Pilze aus dem Boden. Bei geheimen Versammlungen werde ich diffamiert. Ich werde als despotische Herrscherin dargestellt, als Tyrannin.
Es wird behauptet, dass ich, eure Königin, euch systematisch vorenthalten habe, zu was ihr alles in der Lage seid.
Das ist eine Lüge.
Unsere Gesellschaft hat sich gewandelt, seit wir aus der Menschenwelt vertrieben worden sind. Vor Tausenden von Jahren gab uns Danu, weil sie ihr Volk so sehr liebte und es nicht ertragen konnte, es untergehen zu lassen, eine neue Welt.
Diese Welt war leer – wir haben ganz von vorne angefangen.

Viele andere Völker wären daran zugrunde gegangen, hätten es nicht geschafft, eine Welt zu besiedeln, zu bewirtschaften, eine Gesellschaft von Grund auf neu aufzubauen. Als mächtige Túatha Dé Danann verließen wir die Menschenwelt, als Sidhe bauten wir eine neue, die Anderswelt. Wenn Danu von Tír na nÓg auf unsere Welt blickt, wird es sie mit Stolz erfüllen, was wir aus uns gemacht haben.

Einige von euch leben schon seit vielen, vielen Jahren und können bezeugen, welch wunderbare Verwandlung unsere Welt und unsere Gesellschaft durchgemacht hat. Ist es für euch so undenkbar, dass wir uns auch als Sidhe weiterentwickeln? Ich, eure Königin, beherrsche, wie die Adligen die alte Magie, die Magie unserer Ahnen. Sidhe, die in dieser Welt geboren wurden, hatten ein, zwei besondere magische Fähigkeiten, die für die Ausübung ihrer Berufung besonders hilfreich waren. Jetzt demonstriert ein junger Sidhe bei Versammlungen der Anti-Royalisten, dass er auch zu anderen magischen Fähigkeiten in der Lage ist. Er bringt euch bei, wie auch ihr neue Fähigkeiten erlernen könnt. Nun stellt sich für einige von euch heraus: Ihr könnt viel mehr, als ihr in der Schule gelernt habt. Ihr könnt viel mehr, als man euch gesagt und beigebracht hat.

Es gibt keine Verschwörung, wie euch die Anti-Royalisten glauben machen möchten. Man hat nicht schon immer gewusst, dass alle Sidhe alle Fähigkeiten haben können – eine Behauptung, die bislang auch noch nicht bewiesen wurde, schließlich haben bisher nur einige von euch festgestellt, dass sie mehr Magie haben als gedacht. Es wurden nicht auf meinen Befehl hin systematisch bei allen Sidhe-Kindern im Land bestimmte magische Fähigkeiten an- und aberzogen. Stattdessen haben wir eine magische Evolution durchgemacht, die jetzt erst transparent wird. Auch ich, eure Königin, stelle jetzt zum ersten Mal diese Veränderung in euch fest. Ich missgönne euch diese neuen magischen Fähigkeiten nicht, im Gegenteil, ich bejubele sie. Unser Volk konnte des-

halb überleben, weil wir eine geordnete Gesellschaft sind, in der jeder eine kleine Rolle übernimmt. Eine Rolle, zu der er geboren wurde. So hat Danu uns Sidhe erschaffen und so hat sie erreicht, dass wir uns hier in der Anderswelt etablieren konnten. Sie hat damit verhindert, dass die Sidhe-Gesellschaft im Chaos versinkt, bevor sie überhaupt überlebensfähig war. Offensichtlich sind wir in unserer Evolution so weit fortgeschritten, dass unsere Gesellschaft stabil ist. So stabil, dass einige von euch das Potenzial zu mehr entwickeln, damit ihr über eure kleinen, dennoch wichtigen Rollen hinauswachst. Das ist ein Beleg dafür, wie gut unsere Gesellschaft ist, nicht, wie die Anti-Royalisten behaupten, dass sie falsch ist und von Grund auf neu erfunden werden muss.

Die Anti-Royalisten werfen mir vor und bringen euch bei, mir vorzuwerfen, dass ich schon immer von eurem magischen Potenzial gewusst habe und euch dieses Wissen vorenthalten habe, um euch zu unterdrücken, um euch gefügig zu machen. Das einzige, was ihr mir vorwerfen könnt, ist, dass ich meinem Volk nicht nah genug war, um dieses Potenzial zu bemerken, bevor es die Anti-Royalisten bemerkt haben. Nun wird diese Entdeckung in Wirklichkeit von ihnen dazu benutzt, euch gegen mich aufzuwiegeln. Lasst euch nicht von den Anti-Royalisten benutzen – lasst eure neuen magischen Fähigkeiten nicht für ihren Zweck missbrauchen.

Sie haben sich entwickelt, weil wir als Volk hier in der Anderswelt so erfolgreich sind. Tausende Jahre haben wir in Frieden zusammengelebt, sind wir eine Gemeinschaft gewesen. Tausende Jahre lang habt ihr euer Vertrauen in mich, eure Königin gesetzt, die das alte Wissen in sich trägt und mit den Ahnen und Göttern in Kontakt steht, welche euch erschaffen haben.

Dies ist euer Lohn dafür.

Macht nicht den Fehler, all das, was wir zusammen aufgebaut haben, zu zerstören.

Macht nicht den Fehler, euch nun gegen eure Königin, gegen eure Götter, gegen eure Ahnen, ja, gegen eure Magie zu stellen, die euch das alles hier erst ermöglicht haben.

Macht nicht den Fehler, für die falschen Versprechen auf eine glorreiche Zukunft alles zu opfern, was schon in der Vergangenheit gut genug für euch war.

Macht nicht den Fehler, alles infrage zu stellen, was ihr eigentlich in eurem tiefsten Inneren wisst, nur weil die Anti-Royalisten euch neue Wege aufzeigen. Folgt nicht blind dem einen Weg, den sie als den richtigen proklamieren. Dieser Weg soll zu Selbstbestimmung führen. Nicht ihr, sondern die Anti-Royalisten bestimmen euch. Wahre Selbstbestimmung kommt von innen heraus – habt ihr den Ältestenrat schon einmal um mehr Selbstbestimmung petitioniert? Wir, eure Königin und der Ältestenrat, begrüßen euer Engagement auf regionaler Ebene und unterstützen es gerne. Ich werde in den nächsten Wochen mit dem Ältestenrat zusammensitzen, damit Regionalgruppen gegründet werden können. So kann Selbstbestimmung konkret aussehen. Haben euch die Anti-Royalisten konkrete Maßnahmen zur Selbstbestimmung gezeigt oder in Wahrheit nur mit leerem Gerede gegen eure Königin aufgehetzt?

Zum Schluss möchte ich euch noch über etwas aufklären, das ihr eigentlich schon wisst: Die Behauptung, es gäbe keine Berufung, stimmt schlichtweg nicht. Darauf zu schließen, nur weil sich bestimmte neue magische Fähigkeiten entwickeln, die euch zu mehr befähigen, ist falsch.

Prophezeiungen und Sterndeutungen sind tief in den Traditionen unseres Volkes verwurzelt. Wenn ihr tief in euch schaut, dann wisst ihr, dass eure Berufung euer Selbst, eure Identität ausmacht. Dann wisst ihr, dass sie nicht willkürlich für euch gewählt wurde. Ich werde diese abstruse Behauptung, eure Rolle in der Gesellschaft stünde nicht in den Sternen, gar nicht weiter mit Fakten widerlegen. Alle Berufungen, die mit der Deutung von Sternen zu tun haben, können das für mich tun. Auf den nächsten Seiten kommen

einige von ihnen zu Wort. Nein, es handelt sich wieder ein-
mal nicht um eine große Verschwörung, sondern um die
persönlichen Erfahrungen eurer Brüder und Schwestern. Wer
also nicht auf seine innere Weisheit hören kann und immer
noch Zweifel hat, kann diese Berichte konsultieren oder Sidhe
mit diesen Berufungen in der Nachbarschaft aufsuchen und
persönlich mit ihnen sprechen.

Vor Tausenden von Jahren habe ich den Auftrag bekommen,
euch, mein geliebtes Sidhe-Volk, zu regieren. Ich habe diesen
Auftrag bislang erfolgreich erfüllt und gedenke das auch wei-
terhin zu tun – mit eurer Hilfe.

Morrigan

Ich überflog die Berufungs-Berichte auf den nächsten Seiten. Später würde ich sie mir noch genauer ansehen. Ich hatte keine Ahnung, wie viel in der Anderswelt auf Sterndeutungen beruhte und
interessierte mich sehr dafür – besonders in Anbetracht meiner
Prophezeiung. Die persönlichen Berichte derjenigen, die mit Sterndeutung zu tun hatten, wurden mit einem Foto ergänzt. Als ich das
Mitteilungsblatt umdrehte, um die letzte Seite zu lesen, traf mich
der Schock.

Von einem großen Foto lächelte mir Dylan entgegen.

kapitel zehn
alice

Ich hatte doch ein ziemlich schlechtes Gewissen. Statt Richtung Süden weiterzureisen, um nach Dairbhre zu kommen, waren Dylan und ich jetzt in die entgegengesetzte Richtung unterwegs.

Unser Weg führte mitten durch Connemara, durch Morrigans Territorium, das wir doch eigentlich hätten meiden sollen, und wir bewegten uns direkt auf Morrigans Palast zu.

Wenn Fionn davon wüsste, würde er wahrscheinlich einen Tobsuchtsanfall kriegen, Colleen würde einfach nur enttäuscht sein und Mog Ruith ... wer wusste schon, was Mog Ruith dachte.

Aber ich hatte mich auf Dylans Vorschlag eingelassen und jetzt gab es erstmal kein Zurück. Ich musste zugeben, dass mich Coimeádaís Höhle doch sehr beeindruckt hatte und ich zu neugierig war, um die Chance einfach so in den Wind zu schlagen, mehr über das herauszufinden, was Mog Ruith und die Anti-Royalisten als eine Lüge deklarierten. Ich hatte es bereitwillig für eine Lüge gehalten. Alles in mir hatte sich von Anfang an dagegen gesträubt, es zu glauben. Wahrscheinlich würde ich völlig das Gleichgewicht verlieren, wenn es sich als Wahrheit herausstellte. Das Fundament meiner Weltanschauung würde einbrechen. Trotzdem ... diese ersten Risse im Mauerwerk konnte ich nicht ignorieren. Lieber würde ich alles, an das ich glaubte, mit einem Mal demolieren und die Zerstörung aus sicherer Distanz beobachten, als die Augen vor den Rissen zu verschließen, bis alles über mir zusammenbrach und ich unter Schutt und Asche begraben werden würde.

Hätte mich Dylan danach gefragt, wie genau ich meine Mission beschreiben würde, als wir in die Anderswelt zurückkehrten, dann hätte ich wahrscheinlich gesagt: Ciaras Seele vor Morrigan, Badb und Maggie zu beschützen. Sie nach Tír na nÓg zu bringen oder bringen zu lassen. Damit alle, die ich liebe, wieder sicher sind.

Aber tief in meinem Inneren hatte ich die ganze Zeit gewusst, dass ich eine weitere Mission hatte: die Wahrheit herauszufinden. Ich würde es nicht laut aussprechen, weil es sich so nebulös anhörte: die Wahrheit. Dabei wusste ich, dass es sie gab. Die Wahrheit war Morrigans Geheimnis, das sie mir nicht sagen durfte. Als Morrigan herausgefunden hatte, dass ich ihr Ciaras Essenz nur freiwillig überlassen konnte, hatte sie mir angeboten, mir alles zu geben, was ich mir wünschte, wenn ich im Gegenzug Ciara aufgab. Freiheit, ein glückliches Leben, Sicherheit für meine Familie und Freunde. Später hatte Dylan sie sogar dazu überredet, uns unsere Liebe zu erlauben. Das war eigentlich undenkbar, doch so weit wäre sie gegangen. Aber ich hatte alles ausgeschlagen. »Ich kann nur eine Entscheidung fällen, wenn ich die Wahrheit erfahre«, hatte ich gesagt. Und Morrigan hatte verstanden, was ich damit gemeint hatte. Sie hätte mir alles gegeben, um Ciara zu bekommen, aber die Wahrheit, die konnte sie mir nicht sagen.

Ich wusste nicht, ob es gut oder richtig war, mich von meinem ursprünglichen Plan, mich mit den Anti-Royalisten zu verbünden, erst einmal abzuwenden – und das Bündnis damit zu riskieren! – aber ich hatte das Gefühl, ich würde der Wahrheit ein kleines Stückchen näher kommen.

Ich hoffte bloß, Fionn würde glauben, dass meine längere Abwesenheit tatsächlich den von Colleen genannten Grund hatte. Solange ich mit dem Schlüssel zu Morrigans Verwundbarkeit zurückkam, würde er mir meinen und Dylans Alleingang hoffentlich verzeihen. Und schließlich hatte ich *den* Traum auch noch nicht gehabt. Hoffentlich konnte ich mit diesem Umweg noch etwas Zeit schinden.

Aus dem Augenwinkel warf ich Dylan einen Blick zu, der neben mir durch die wunderschöne Landschaft Connemaras stampfte. Seit wir heute Morgen bei Dämmerung aufgebrochen waren, hatten wir nicht mehr als ein paar Worte gewechselt. Ihm ging sehr viel im Kopf herum, das konnte ich ja verstehen. Aber ich wünschte mir, dass er mir seine Gedanken bald mal mitteilen würde. Langsam bekam ich Angst davor, in welche Richtung sie sich entwickelten. Es tat mir ja leid, dass ich gestern Abend etwas heftig reagiert hatte, aber es hatte mich einfach geschockt, Dylans Foto in Morrigans Mitteilungsblatt zu sehen, im Anschluss an die Berichte all derer, die Morrigan unterstützten und die Aussagen in ihrem offenen Brief bekräftigten.

»Hast du irgendwas hiervon gewusst?«, war meine erste Reaktion gewesen.

Dylan fuhr sich durch das mittlerweile sehr verstrubbelte Haar. »Natürlich nicht.«

»Wo kommt denn das Foto her?« Ich kniff die Augen zusammen und beugte mich vor, um das Bild näher zu betrachten.

»Keine Ahnung. Es sieht mir relativ neu aus. Vielleicht wurde es heimlich aufgenommen, als ich in Morrigans Palast war, um dich davon zu überzeugen, den Deal mit Morrigan einzugehen.«

Ganz falscher Zeitpunkt, mich daran zu erinnern, dass er mich davon überzeugen wollte, Ciaras Seele an Morrigan abzugeben! Ich legte die Stirn in Falten. »Aber du schaust direkt in die Kamera.«

»Ich weiß es auch nicht, okay?« Sein Ton grenzte an Verzweiflung und ich beobachtete ihn für ein paar weitere Sekunden, bevor ich endgültig die Meinung formte, dass Dylan genauso überrascht von dem Bericht im Mitteilungsblatt war wie ich.

Und es handelte sich ja auch nicht um einen persönlichen Bericht, wie die voranstehenden. Auf der letzten Seite meldete sich wieder Morrigan zu Wort.

Sie wollte Dylan als Held feiern.

Ein cleverer Schachzug. Schließlich waren wir davon ausgegangen, dass sie Dylan – und alle anderen Sidhe, die sich den Anti-Royalisten anschlossen – verfolgen und einsperren wollte. Natürlich fühlten wir uns auf der Flucht vor ihr. Jetzt versicherte Morrigan in aller Öffentlichkeit, dass sie gar nicht daran dachte, gegen irgendjemanden Gewalt anzuwenden. Es lag ihr angeblich fern. Damit erreichte sie zweierlei: Wenn sie die Anti-Royalisten als Feinde deklarierte, die sie gnadenlos verfolgen würde, würde sie sie damit zu ernst zu nehmenden Gegnern erheben. So gestand sie ihnen diese Machtposition gar nicht zu. Zweitens zementierte sie damit ihr Image als gute Königin, die immer Frieden in der Anderswelt gehalten hat. Sie ließ sich nicht dazu herab, dem Aufruf der Rebellen, sich gewaltsam gegen die Königin zu erheben, auch mit Gewalt zu begegnen.

Ich wusste, dass letzterer Punkt Dylan ganz besonders beschäftigte.

»Du weißt, dass ich mich nicht dabei wohlfühle, den Stimmungsmacher zu spielen, damit Fionn Sidhe bei den Versammlungen gegen die Königin aufwiegen kann«, hatte er gestern gesagt. »Natürlich bin ich dafür, dass man den Sidhe zeigt, was sie alles können. Dass man sie aufklärt. Aber das ist nicht, was bei den Versammlungen geschieht. Fionn benutzt mich, um die richtige Atmosphäre zu erzeugen, damit die Sidhe empfänglicher dafür sind, sich den Anti-Royalisten anzuschließen.«

»Ja, auf gewisse Weise tut er das schon. Für ihn ist das beides ja auch miteinander verbunden. Weil er davon überzeugt ist, dass die Anti-Royalisten den Sidhe das geben können, was Morrigan ihnen vorenthalten hat, wie das Potenzial für magische Fähigkeiten. Er muss die Sidhe mobilisieren und so funktioniert das eben. Das ist sein Job«, versuchte ich Dylan klarzumachen.

Der wiegte nachdenklich den Kopf hin und her. »Mir gefällt nicht, worauf das alles hinausläuft. Fionn stachelt die Sidhe zu einem Krieg an. Ich frage mich, ob das wirklich notwendig ist.«

»Du bist vielleicht ein bisschen empfindlich, was Fionn angeht. Ihr habt euch von Anfang an nicht ausstehen können …« Ich bereute sofort, dieses Thema angeschnitten zu haben, als ich Dylans Gesicht sah.

»Was heißt hier denn, nicht ausstehen können«, empörte er sich. »Ich bin ihm völlig unvoreingenommen begegnet. Aber er hat ja sofort praktisch in jede Ecke des Speisesaals pinkeln müssen, wie ein Tier, das sein Revier markiert, damit ich auch ja begreife, dass du angeblich zu ihm gehörst.«

Ich musste mir angesichts dieser treffenden Beschreibung ein Grinsen verkneifen, versuchte aber ernst zu antworten: »Ich gehöre aber zu dir. Du weißt, dass ich ihm niemals die Hoffnung gemacht habe …«

»Das weiß ich doch, Alice. Aber der Mann regt mich einfach auf. Und er legt es darauf an, weil er glaubt, es sei nur eine Frage der Zeit, bis ich aufgebe. Weil er ja ach so stark und wichtig und heldenhaft ist.«

»Du bist mein Held«, sagte ich, stand vom Tisch auf und nahm meinen Freund in die Arme.

»Was ich sagen will ist, dass ich kein Fionn bin, ein starker Krieger, der gegen die Königin in den Kampf zieht. Das reibt er mir dauernd unter die Nase, besonders gerne in deiner Anwesenheit. Aber das will ich auch gar nicht sein. Das bin ich nicht.«

»Ich weiß«, sagte ich und küsste ihn.

Zu dem Zeitpunkt hatte sich Coimeádaí geräuspert und signalisiert, dass er auf unsere öffentliche Zurschaustellung von Zärtlichkeiten gerne verzichten konnte. »Außerdem muss ich euch korrigieren«, hatte er gesagt und auf den Bericht im Mitteilungsblatt gezeigt. »Du bist wohl ein Held. Nicht nur für dich, Alice. Sondern für die ganze Anderswelt. Du bist der erste, der das Potenzial zu anderen magischen Fähigkeiten für dich entdeckt hat und ziehst im Land herum, um dieses Potenzial auch in anderen zu erwecken. Morrigan hat dich hiermit zum Volkshelden gemacht. Ob du einer sein willst oder nicht.«

Wir hatten uns bislang an die großen Fichten, Kiefern, Erlen und Eichen gehalten, die es im Connemara der Menschenwelt alle gar nicht mehr gab, um sozusagen in Deckung zu bleiben. Doch um Rast zu machen, wanderten wir mitten in ein Stück Heidelandschaft hinein, wo wir einen schönen Ausblick auf die um diese

Jahreszeit eher bräunlichen statt grünen Hügel, schneebedeckten Berge und Wälder um uns herum hatten. Das riskierten wir, weil wir schon länger niemandem begegnet waren.

Vom Wandern war mir eigentlich nicht kalt, aber ich freute mich trotzdem, dass Coimeádaí uns eine Thermosflasche mit heißem Tee mitgegeben hatte. Dylan packte die Apfelpfannkuchen aus, die Coimeádaí heute Morgen gebacken hatte und die auch kalt noch vorzüglich schmeckten. Wir aßen schweigend und hingen beide unseren Gedanken nach. Mein Blick fiel auf den Rest des Proviants, den Coimeádaí liebevoll für uns zusammengestellt hatte. Ich freute mich schon auf den frischen Ziegenkäse und die Haferplätzchen. Er war sogar früh aufgestanden, um uns eine Suppe aus Mohrrüben und Pastinaken zu kochen, welche wir später nur aufwärmen mussten. Anscheinend hatte er sich gemerkt, dass ich eigentlich Vegetarierin war – zumindest war ich das in der Menschenwelt gewesen. Ich aß immer noch nicht gerne Fleisch, aber auf unserer Reise vom Fort hatte die Hauptmahlzeit oft aus Jagdbeute bestanden und es war mir nichts anderes übrig geblieben, als es zu essen, wenn ich nicht mit knurrendem Magen in den Kokon gehen wollte.

Ich erinnerte mich an das Gespräch zwischen Dylan und Coimeádaí, das ich heute Morgen aus Versehen belauscht hatte und musste unweigerlich lächeln. Am Abend zuvor hatte ich unsere Wäsche gewaschen, damit sie über Nacht trocknen konnte. Ich war dabei gewesen, die Kleidungsstücke zusammenzulegen und einzupacken – dank Coimeádaí hatten wir jetzt richtige Wechselkleidung, statt nur ein extra Paar Unterwäsche und Socken, juchhe! – als mir auffiel, dass einer von Dylans Socken ein ziemlich großes Loch an der Ferse aufwies. Ich wollte in die Wohnküche gehen, um Coimeádaí um Nadel und Faden zu bitten, als ich vor der nur angelehnten Tür angekommen die beiden in ganz erstem Ton reden hörte und unsicher stehen blieb. Wenn sich die beiden aussprachen, dann wollte ich nicht stören.

»… mich keine zehn Pferde dazu bringen, mich den Anti-Royalisten anzuschließen«, hörte ich Coimeádaí voller Inbrunst sagen.

»Ich mag mein Leben nun mal, ich habe nichts daran auszusetzen, wie wir Sidhe leben und wie Morrigan die Anderswelt regiert. Ich halte meine Berufung für eine ehrenvolle Aufgabe, die ich gerne erfülle und es stimmt mich traurig, dass es dir nicht so geht. Ich glaube, einmal war es so. Vielleicht hast du zu viel Zeit in der Menschenwelt verbracht …«

»Du kannst weder Ciara noch Alice die Schuld geben, Coimeádaí«, unterbrach ihn Dylan »Es ist etwas, das in mir drin war, und früher oder später wäre es hervorgebrochen …«

»Ich habe nichts gegen Alice.« Ich war schon im Begriff kehrtzumachen und wieder ins Schlafzimmer zu gehen, als mich dieser Satz überraschte. Ich hatte gedacht, Coimeádaí könnte mich nicht ausstehen, weil ich ihm seinen Freund weggenommen hatte. Zumindest verhielt er sich mir gegenüber so. »Erst glaubte ich, sie hätte dir irgendwie den Kopf verdreht, aber mir wurde ziemlich bald klar, dass sie ein recht vernünftiges Mädchen ist. Sonst hätte ich sie nicht mit zur Höhle genommen und ihr die Seelen gezeigt.« Und mich in sein Heim eingeladen, mich gut verpflegt und mir schöne Kleidung gekauft, fiel mir ein. Manchmal zählten Gesten eben tatsächlich mehr als Worte.

»Aha«, musste auch Dylan belustigt feststellen. »Gib es zu, du magst sie in Wirklichkeit ganz gerne.«

»Kann schon sein«, brummelte der Hüter der Seelen.

Die beiden schwiegen einen Augenblick und ich entfernte mich auf Zehenspitzen, als Dylan ganz ernst wurde.

»Meinst du, ich soll Morrigans Aufruf folgen?« Ich erstarrte sofort wieder zur Salzsäule. Davon hatte Dylan gestern Abend nichts mehr zu mir gesagt. Ich hatte einfach gehofft, er würde das gar nicht erst in Erwägung ziehen und deshalb kein Wort darüber verlieren. Aber er schien tatsächlich darüber nachgedacht zu haben.

»Natürlich weiß ich, dass sie hauptsächlich damit ein Ziel verfolgt«, fuhr Dylan fort. »Sie lädt mich nicht aus purer Großzügigkeit in ihren Palast ein, weil sie mich tatsächlich für einen Helden hält. Sie will damit mein Vertrauen gewinnen und Alice zu sich locken. Aber trotzdem … vielleicht könnte ich etwas bewirken. Die

Königin sieht sich offensichtlich gezwungen, Veränderungen in der Sidhe-Gesellschaft vorzunehmen, ob sie selber glaubt, was sie in dem offenen Brief schreibt oder nicht. Sie macht Zugeständnisse, weil ihr nichts anderes übrig bleibt. Sie hat mich in diese Position als Volksheld manövriert, weil sie sich davon etwas verspricht. Aber ich könnte diese Position nutzen. Richtige Veränderungen bewirken ... von innen heraus. Ohne Gewalt.«

»Du meinst, Reformen statt Revolution«, brachte es Coimeádaí auf den Punkt.

Ich hätte Dylans Idee eine Überlegung wert gefunden. Wenn es mir um das Sidhe-Volk ginge. Aber ich musste doch vordergründig an meine Menschen und besonders an Ciara denken. Mal abgesehen davon, dass Morrigan die Menschenwelt und die Menschen für ihre Zwecke missbrauchte, benötigte ich sie in einer so geschwächten Position, dass sie mir das Gegenteile von dem zugestand, das sie selber um jeden Preis wollte.

»Respektier einfach, dass ich mich keiner Bewegung anschließen möchte. Auch nicht der Dylan-Reform-Bewegung. Trotzdem: Wie auch immer du dich entscheidest, du bist mein bester Freund und wirst es immer sein«, hatte Coimeádaí noch gesagt, als ich wieder ins Schlafzimmer gegangen war und die Tür hinter mir geschlossen hatte.

»Dylan, ich habe ein Geständnis zu machen«, sagte ich jetzt, als wir die Reste unserer Mahlzeit verstauten und die Rucksäcke wieder packten. Dylan sah mich mit fragendem Blick an.

»Ich habe dein Gespräch mit Coimeádaí heute Morgen belauscht«, gab ich zerknirscht zu. »Ich wollte in die Küche kommen, um deinen Socken zu flicken und habe gehört, dass ihr über Morrigans Einladung redet. Ich war einfach zu neugierig, was deine Gedanken dazu sind, um nicht zuzuhören. Tut mir echt leid.«

»Soll das etwa heißen, dass meine Socke immer noch ein Loch hat«, meinte Dylan trocken.

Ich boxte ihm in die Seite. »Ernsthaft bitte.«

»Du hättest mich einfach fragen können. Aber ich habe bislang von mir aus nichts gesagt, weil ich selber total unsicher bin«, gab

Dylan zu. »Coimeádaí habe ich um Rat gefragt, weil er einen ganz anderen Blickwinkel auf die Sache hat. Wie du dazu stehst, weiß ich ja …« Er sah mich prüfend von der Seite an. »Natürlich habe ich die Befürchtung, dass Morrigan nur durch dich an mich oder besser gesagt Ciara rankommen will. Du willst die Situation nutzen oder zu deinem Vorteil drehen, aber Morrigan ist eine mächtige Druidin und clevere Manipulatorin und ich weiß ehrlich gesagt nicht, ob du ihren Machtspielchen gewachsen bist«, sprach ich meine Bedenken aus. »Andererseits: Ich verfolge auch ein bestimmtes Ziel. Das Wohl des Sidhe-Volkes liegt mir nicht an erster Linie am Herzen, das muss ich ehrlich zugeben. Schon allein deshalb kommt mir diese Prophezeiung so absurd vor. Ich soll eure Königin werden? Ich würde es überhaupt nicht verdienen, eure Königin zu werden, weil ich andere Prioritäten verfolge.« Dylan wollte mich unterbrechen, aber ich war noch nicht fertig. »Warte, was ich eigentlich damit sagen will: Du bist nun mal ein Sidhe. Du hast mir versprochen, mir zur Seite zu stehen, komme, was wolle. Weil du mir vertraust, dass ich tue, was ich für richtig halte. Aber ich muss respektieren, dass du das tust, was *du* für richtig hältst. Und da ist es nur natürlich, dass du deinem Volk helfen willst. Mir gefällt das eigentlich ganz gut.« Ich stupste Dylan an. »Natürlich schmeichelt es mir, dass du alles für mich tun willst. Aber seitdem du deine neuen magischen Fähigkeiten entdeckt hast, bist du nicht mehr der passive Dylan, der nur reagiert. Du bildest dir deine eigene Meinung. Ich muss wohl zähneknirschend akzeptieren, dass die mir mal gegen den Strich geht«, grinste ich. »Nein, im ernst. Mir gefällt, dass du alles für mich tun willst, aber noch mehr gefällt mir, dass du für das einstehst, was du selber für richtig hältst.«

Dylan nahm mein Gesicht in seine Hände und gab mir einen langen, langen Kuss.

Danach sahen wir uns ein paar Sekunden lang in die Augen.

»Möchtest du Morrigans Einladung folgen und zu ihrem Palast gehen?«, flüsterte ich.

»Das weiß ich noch nicht«, antwortete er zu meiner Erleichterung. Dylan setzte sich seinen Rucksack auf, schnallte den Kokon darüber und half mir in meine Ausrüstung. »Aber, wie ich heute früh schon gesagt habe, besonders nach dem, was wir in Coimeádaís Höhle gesehen haben, sehe ich nichts Falsches daran, auf ihren Appell einzugehen und mit Sterndeutern unseres Vertrauens zu sprechen. Also gehen wir einmal zu Realta und finden heraus, was es mit Schicksal und Berufung wirklich auf sich hat.«

kapitel elf
das mädchen von aughrim

Leise sang ich immer wieder dasselbe Lied, genau wie ich dieselben Handgriffe immer wiederholte. Ich zog das nächste Kleidungsstück aus dem Bottich, der neben mir auf dem Karren stand, rieb und rieb es auf dem Waschbrett und wusch es im Fluss aus, bis es sauber war. Ich sang und rieb und wusch und rieb und wusch ...

Etwas Sonderbares geschah mit mir, so als ob sich mein Geist vom Körper löste, ich neben mir stand und mir selber bei den Handgriffen zusah, die zu meiner täglichen Arbeit gehörten. Ich sah mich, wie ich vor dem Waschbrett kniete. Eine schwarze Locke hatte sich aus meiner Haube gelöst und hing mir in der Stirn. Mir wurde kurz schwindelig, dann war wieder alles normal.

Ich hielt mitten in einer Bewegung inne.

Bevor ich mich über mich selber wundern konnte, wurde ich abgelenkt. Hufgeräusche kündigten die beiden Männer an, bevor ich sie über die Brücke kommen sah, neben der ich meine Wäsche wusch. Der eine trug die blau-rote Uniform der Jakobiten und der andere war gekleidet wie ein Diener. Der Soldat saß kerzengerade auf seinem Ross, den Blick konzentriert in die Ferne gerichtet. Er hatte nur sein Ziel vor Augen. Doch dem jüngeren Diener war ich aufgefallen. Ich senkte den Blick, wie es sich gehörte, aber in Wirklichkeit war ich es gewohnt, dass Männer mich gerne anschauten. Ich mochte ein einfaches Mädchen sein und der Diener war sicher den Anblick von Damen in feinen Kleidern gewohnt, aber alle sagten, ich wäre besonders hübsch anzuschauen. Manchmal gefiel es mir, aber oft verleitete es Männer, sich unanständig zu benehmen, was mir mehr als unangenehm war.

Ich summte wieder meine Melodie und versuchte, mich auf meine Wäsche zu konzentrieren. Ich rieb und rieb, doch ich konnte meinen Rhythmus nicht finden, und wieder stellte sich dieses sonderbare Gefühl ein. Bevor ich wusste, wie mir geschah, hatte ich Hemd und Waschbrett achtlos beiseitegeschoben, war aufgesprungen und hatte den beiden Männern, die gerade mein Ende der Brücke erreicht hatten, zugerufen: »Ihr werdet sterben. Ihr werdet alle sterben.«

Der jakobitische Soldat verzog nur verärgert die Stirn, aber in den Augen des Dieners zeigte sich echte Besorgnis.

»Was redest du?«, fragte er und hielt sein Pferd an.

»Ihr werdet sterben.« Ich wusste gar nicht, wo meine Worte herkamen. Irgendwo tief aus meinem Inneren.

»Hör nicht auf das verrückte Wäscherweib«, sagte der Soldat, der bis dahin den Mund grimmig zusammengepresst hatte. »Komm, wir haben keine Zeit zu verlieren.«

Der Diener gab seinem Pferd den Befehl, weiterzulaufen und folgte seinem Herrn.

Dieses dunkle Etwas, tief in mir drin, aus dem die Worte kamen, breitete sich immer mehr in mir aus. Ich bekam Panik, denn ich konnte nichts dagegen tun. Es fühlte sich an, als ob ich die Kontrolle über meinen Körper verlor. Nein, nicht meinen Körper, meinen Geist. Ich verlor mich.

»Henry Luttrell ist ein Verräter«, rief ich ihnen laut hinterher. Immer wieder wiederholte ich, bis ich heiser wurde: »Ihr werdet sterben. Warnt die anderen. Luttrell ist ein Verräter. Ihr werdet sterben.«

Doch die beiden Männer auf dem Pferd sahen sich nicht einmal mehr um.

***

morrigan

Ich trieb sie an und sie musste immer weiterlaufen. Den Karren mit der Wäsche hatte sie einfach stehen lassen. Das Menschenmädchen stolperte, weil es vor lauter Tränen, die ihm unweigerlich über das Gesicht liefen, nicht mehr richtig sehen konnte. Dennoch zwang ich sie aufzustehen.

Wir rannten immer weiter.

Der Soldat und sein Diener waren schon längst aus unserem Blickfeld verschwunden. Zu Pferd waren sie viel schneller als wir. Würden wir rechtzeitig ankommen, um die Jakobiten zu warnen? Würde überhaupt jemand auf uns hören oder uns für verrückt erklären, wie der Soldat mit dem grimmigen Gesichtsausdruck? Egal, ich musste es versuchen.

Viel Zeit, mir etwas zu überlegen, eine Strategie zu entwickeln, hatte ich nicht gehabt. Ich war erst vor ein paar Stunden in dem Mädchen aufgewacht.

Macha stand vor dem Mädchen, die Hand auf ihrer Stirn. Sie war so nah, dass ich die Strähnen ihres langen roten Haares, welche der Wind dem Mädchen ins Gesicht blies, beinahe selber spüren konnte. »Schwester!«, wollte ich rufen, doch ich erreichte sie nicht. Vielleicht gut so, denn es hätte zu erleichtert, zu erfreut geklungen und selbst vor meiner Schwester musste ich die Rolle der starken, selbstbewussten Königin spielen, die immer wusste, was zu tun war.

Macha gab dem Mädchen das Lied, das sie nun unablässig singen würde, bis ich es dadurch geschafft hatte, Kontrolle über sie zu gewinnen. Sie würde sich an die Begegnung mit meiner Schwester nicht erinnern. Es war ein mächtiger Zauber und als Macha einen Schritt zurücktat, sah ich, wie rund ihr Bauch war. Sie war zu solcher Magie in der Lage, weil sie kurz vor der Geburt stand. In ihren normalerweise so gleichgültig wirkenden blauen Augen sah ich, sah das Mädchen, sahen wir etwas, das uns bis ins Mark erschütterte.

»Es ist Badb«, hatte Macha gesagt. »Sie hat es wirklich getan. Du musst die Jakobiten warnen, dass Henry Luttrell ein Verräter ist. Sonst werden die Jakobiten die Schlacht verlieren. Tausende werden sterben. Tausende, mit denen Badb Undenkliches vorhat. Ich kann selber nichts weiter tun. Die Wehen haben schon eingesetzt.«

Und ich konnte jetzt nichts weiter tun, als das Mädchen anzutreiben. Für Stunden liefen wir und ich zwang sie dazu, in ihrem schmalen Körper letzte Kraftreserven zu finden. Doch als wir den Hügel endlich erreichten, wussten wir, dass wir zu spät kamen. Mit schreckgeweiteten Augen blieb das Mädchen stehen. Das Gras war nicht mehr grün, sondern dunkel gefärbt vom vielen Blut. Rot und Blau, so weit das Auge reichte – die Leichen der jakobitischen Soldaten.

Obwohl das Mädchen auf die Knie sinken wollte, konnte ich noch nicht aufgeben. Wir kämpften uns den Hügel hoch, rutschten auf dem blutigen Gras immer wieder aus.

Badb hatte darauf gewartet, wurde mir klar. Bis ich ein Mensch war. Schwach. Nicht irgendein Mensch, sondern ein Mädchen, das hier, in der Nähe lebte, beim Schauplatz eines Gemetzels. Ein Blutbad, das sie veranstaltet hatte und das ich hilflos mit ansehen musste.

Aber sie hatte die Rechnung ohne den Wirt gemacht.

Es gab noch eine letzte Möglichkeit, um Badb zu stoppen.

***

Das weiße Pferd kam und trug mich unter das Meer.

Als die kalten, nassen Wellen über meinem Kopf zusammenschlugen, war ich ekstatisch, dass mich die Götter erhört hatten.

Ich kam gar nicht dazu, mich wie sonst gegen den unangenehmen Impuls zu wehren, unter Wasser die Luft anhalten zu wollen. Das leichte Gefühl der Panik, gleich zu ertrinken, wurde völlig überschattet von der großen Erleichterung, dass das Pferd für mich gekommen war. Diese Situation hatte es noch nie gegeben, durfte es eigentlich nicht geben.

Normalerweise lebte die Menschenseele bis ans Ende ihres vorherbestimmten Menschenleben in mir, oft weitere sechzig Jahre oder mehr, bevor ich sie in Tír na nÓg abgab.

Jetzt hatte ich meine Menscheninkarnation selbst getötet.

Es war ein Wunder, dass die Seele des Mädchens überhaupt noch in mir war.

Genau genommen war es ein Wunder, dass ich noch lebte. Dass mein Volk nicht schon halb zugrunde gegangen war.

Aber als ich nach Badbs Verbannung von Donns Felsen nach Connemara geeilt war, stand unsere Welt noch. Nur die Götter konnten mir sagen, was passiert war und ich hatte sie gerufen, mit demselben Ritual, das ich am Ende eines jeden Zyklus dafür verwendete.

Und das Pferd war gekommen.

Ich hielt mich an seiner Mähne fest, während es über den Meeresgrund galoppierte, so schnell, dass ich nichts außer verschwommenem Blauschwarz gesehen hätte, selbst wenn ich die Augen offen gehabt hätte. Nach all den Reisen, die ich schon nach Tír na nÓg unternommen hatte, war ich nicht mehr neugierig, wie der Weg dahin aussah. Er war Wasser, das an mir vorbeischoss, sonst nichts, und irgendwann würden wir unweigerlich wieder auftauchen, an einen Strand trotten, der kein Strand war und vor dem Tor stehen, das höher war als der Himmel, den es nicht gab.

Ich schauderte, aber das lag nicht an der eisigen Kälte, die so tief unter der Meeresoberfläche herrschte. Vor meinem inneren Auge sah ich immer wieder den Felsen des Donn, mit dem Tunnel, in dem die Seelen verschwanden. Und Badb, wie sie auf mich zuflog und sich plötzlich in Luft auflöste, als ich den Verbannungszauber ausgesprochen hatte. So sehr hatte mich diese albtraumhafte Erinnerung im Griff, dass ich gar nicht merkte, dass wir längst wieder aufgetaucht waren. Erst als das Pferd stehen blieb und ich die Hitze spürte, die augenblicklich mein nasses Haar und durchtränkten Kleider trocknete, machte ich die Augen auf.

Tír na nÓg.

Gleich würde ich das Paradies betreten und alles würde sich zum Guten wenden. Ich lächelte den Wächter vor dem Tor zu. Doch er trat nicht wie sonst beiseite. Die Tore öffneten sich nicht.

Verärgert zog ich die Brauen zusammen.

»Ich darf dir keinen Einlass gewähren«, sagte der Wächter, ohne mich anzuschauen, als ich gerade meinen Mund aufmachen wollte.

»Wieso nicht?« Ich war empört. Man hatte mich doch geholt. Was wusste dieser Wächter schon? »Ich habe Wichtiges zu besprechen, gerade ist …«

»Es wissen alle, was passiert ist. Und du kennst die Regeln.« Der Wächter stand immer noch in seiner Position, die Hände hinter dem Rücken verschränkt, die Schultern breit, der Kopf mit dem silbernen Helm hoch erhoben. Er hatte nur ein Auge, in der Mitte seiner Stirn, das stur nach vorne schaute. »Du musst die Menschenseele abgeben.«

»Was passiert dann?« Ich versuchte, meine Stimme nicht zittrig klingen zu lassen. Nicht vor dem Wächter. Der zögerte mit seiner Antwort. Sein Auge trübte sich. »Danu weint«, sagte er schließlich.

»Warum sollen die Sidhe für etwas bestraft werden, was Badb angerichtet hat. Ich habe alles getan, um abzuwenden, was passiert ist. Und ich verstehe noch nicht einmal, was passiert ist.«

Der Wächter blieb stumm. Hinter ihm öffnete sich das Tor. Aber er trat nicht beiseite. Gerade, als ich vom Pferd absteigen und an ihm vorbeistürmen wollte – ich wollte um jeden Preis mit Dagda sprechen – ging es wieder zu. Ich hatte niemanden herauskommen oder hereingehen sehen. Doch als der Wächter mit mir sprach, kam mir der Gedanke, dass gerade etwas für mich Unsichtbares mit ihm gesprochen haben musste.

»Dir wurde eine Schonfrist gegeben. Du darfst mit der toten Menschenseele wieder in die Anderswelt zurückkehren, bis die

Götter entschieden haben, wie mit dir und deinem Volk verfahren wird.«

Das Pferd machte kehrt. Ich drehte mich auf seinem Rücken um und rief dem Wächter zu. »Sag mir nur, ob die Seelen der Soldaten hier sicher angekommen sind. Kannst du mir das sagen?«

Er schüttelte den Kopf und zum ersten Mal konnte ich eine Gefühlsregung im stoischen Gesicht des Wächters sehen. »Sie sind in der Unterwelt.« Das Pferd fing schneller an zu trotten und ich konnte gerade noch hören, wie der Wächter betrübt hinzufügte: »Badb hat sich dort direkten Zugang verschafft. Ein Schlund hat sich im Felsen des Donn geöffnet.«

kapitel zwölf
alice

Wie eine Schlafwandlerin stolperte ich hinter Dylan den Berg hoch. Ich fühlte mich mal wieder wie gerädert, weil ich so intensiv geträumt hatte. Es war eine Reihe von Träumen gewesen, von denen ich einige schon kannte, die jetzt aber irgendwie im Zusammenhang standen. Seit dem Aufwachen versuchte ich nun, diesen Zusammenhang zu ergründen. Zum ersten Mal hatte ich auch selber gesehen, dass Morrigan nach Tír na nÓg gehen konnte ...

Die Träume mit Dylan zu besprechen, würde vielleicht helfen, aber der Aufstieg wurde so beschwerlich, dass ich unmöglich gleichzeitig gehen und reden konnte. Der Berg Barr Sliabh na Raithe war zwar der höchste der Maumturk-Berge, aber keine tausend Meter hoch. Obwohl wir in den letzten Wochen viel gewandert waren, so war ich doch keine geübte Bergsteigerin und hatte Mühe. Immer wieder wurde ich aus den Gedanken gerissen, weil auf dieser Höhe schon fleckenweise Schnee und Eis den Berg bedeckten und ich aufpassen musste, wo ich hintrat. Besonders weil ich so übermüdet war, erforderte es bald meine ganze Konzentration. Ich blickte kaum auf, bis Dylan mir etwa zwanzig Meter entfernt von weiter oben zurief: »Schau mal, wir sind gleich da.«

Ich rieb mir die Augen – für einen Moment dachte ich, ich träumte immer noch. Auf dem Gipfel des Berges war eine Sternwarte montiert worden; aber so eine Sternwarte hatte ich noch nicht gesehen. Sie passte sich an den Berg an, als ob sie aus dem Gipfel gewachsen wäre. Kein Wunder, dass mir das Gebäude bislang noch nicht aufgefallen war. Selbst das Kuppeldach war grau wie Stein und wirkte genauso unbeweglich. Es müsste sich ja eigentlich nachts öffnen und ich war jetzt schon gespannt, wie das aussehen würde. Ich schleppte mich die letzten Meter hoch und sah mich um. Auf der anderen Seite des Inagh Valleys, hinter dem grauen Wasser des Lough Inagh, sah ich einige höhere Berge – das mussten die Twelve Bens sein. Ich wurde mir bewusst, wie nahe wir meinem Ebereschentor und damit auch Morrigans Palast waren, der auf der anderen Seite des Ballnahinch Sees lag. Ein halber Tagesmarsch Richtung Südwesten und wir wären schon dort. Ein Schauder durchzuckte mich. Ich beschloss, dass das am kalten Wind lag, der hier oben wehte und zog meinen Mantel enger um sich.

»Komm mit, gleich können wir uns schön aufwärmen«, sagte Dylan, der gesehen hatte, dass ich fror. Wir umrundeten das Gebäude auf dem Gipfel. Hinter der Sternwarte stand ein Zelt, das von außen fast so aussah wie die Reisehütten. Es war ebenfalls kuppelförmig und die Oberfläche glich weißen Bienenwaben. Es stellte sich heraus, dass es tatsächlich eine Art provisorische Reisehütte war.

»Hier müssen wir uns aufhalten, bis die Nacht anbricht«, erklärte mir Dylan. »Realta schläft tagsüber und geht nachts ihrer Arbeit nach.«

Das ergab Sinn, da man natürlich nachts die Sterne am besten sehen konnte. Ich selber war auch nicht böse darum, nach der unruhigen, traumintensiven Nacht ein paar Stunden Schlaf nachzuholen. Im Zelt war es warm, aber ich holte mir ein paar zusätzliche Decken aus dem Schrank. Dann machte ich es mir in einer Koje gemütlich und wachte erst am Nachmittag völlig erholt wieder auf.

Es gab die Möglichkeit, in der Hütte etwas zu kochen, also bereiteten Dylan und ich zusammen eine Mahlzeit zu. Wir würfelten einfach die Zutaten zusammen, die wir in den Vorratsschränken fanden und hatten großen Spaß daran. Nicht ein einziges Mal erwähnten wir Morrigan, die Anti-Royalisten, Berufung, Ciara oder sonst etwas, das uns andauernd beschäftigte. Abgesehen von dem einen Mal, kurz bevor ich in die Anderswelt entführt wurde, als Dylan und ich Pizza essen waren, hatten wir beide nie etwas ganz Normales unternommen. Einfach einmal nur gemeinsam zu kochen und herumzublödeln, war herrlich. Wir veranstalteten ein Drei-Gänge-Menü. Dylan schob rote Bete in den Steinofen, die er erst garen und dann mit Ziegenkäse überbacken würde. Ich fand im Schrank eine mir unbekannte Getreidesorte, die ich kurzerhand als Basis für ein Gemüserisotto erklärte. Zum Abschluss machte ich einen provisorischen Kaiserschmarrn mit Ziegenmilch und karamellisierten Äpfeln. Wir lachten uns darüber kaputt, als Dylan den Namen dieses österreichischen Gerichts mit übertrieben irischem Akzent aussprach und ich versuchte ihm zu erklären, was der Name bedeutete.

Nach dem Essen setzten wir uns auf eine Bank vor die Hütte und sahen dem Himmel dabei zu, wie er sich rot färbte. Wir wurden immer schweigsamer, als ob die Dämmerung auch dunkle Schatten über unsere Gemüter werfen würde. Als ob wir uns abgesprochen hätten, standen wir schließlich auf. Unsere Schonfrist war abgelaufen. Jetzt musste es weitergehen.

Dylan nahm eine Lampe und führte mich den schmalen Weg zum Eingang der Sternwarte hoch. Realta musste schon irgendwie mitbekommen haben, dass wir da waren, denn der Eingang öffnete sich wie von Zauberhand. Es sah aus, als ob sich der Felsen vor uns auftat, aber als wir näher kamen, konnte ich den Unterschied zwischen der Beschaffenheit des Gebäudes und des Berges erkennen. Das Material, aus dem die Sternwarte gebaut worden war, sah aus wie graue Schieferplatten, die zerstoßen und dann ungeschickt wieder zusammengeklebt worden waren. Auf jeden Fall passte sich das Gebäude tatsächlich chamäleonartig dem Berg an, bis auf die runde Kuppel, die eine Art unnatürlich glatten Gipfel bildete.

Die nächste Überraschung erwartete mich im Inneren der Sternwarte. Ich hatte etwas Ähnliches wie außen erwartet – Stein, grau, kahl, kühl – aber stattdessen herrschte hier die warme, gemütliche Atmosphäre einer Bibliothek, obwohl das Licht eher silbern als gelb war. Der Raum war rund und oben bis zum Kuppeldach offen. Auf drei Etagen gingen Galerien einmal rund herum. Eine Wendeltreppe, die rotgold funkelte, als ob sie aus Kupfer gemacht worden war, verband die drei Stockwerke miteinander.

Eine junge Frau kam die Wendeltreppe hinunter, ohne sich sonderlich zu beeilen, aber ein breites Lächeln auf dem Gesicht.

»Dylan! Wie schön, dich zu sehen!«

Realta war blass, wie man es sich vorstellen konnte bei jemandem, der nachtaktiv war und selten die Sonne sah. Sie trug ein fließendes Gewand, das ihre zierliche Figur umspielte. Ihr schwarzes Haar war zu einem Pixie-Cut geschnitten, so kurz, wie ich es bei Frauen in der Anderswelt bislang noch nie gesehen hatte.

Unten angekommen, umarmte sie Dylan und nahm dann meine Hände in ihre.

»Du musst Alice sein«, sagte sie. Ich konnte nur nicken, denn Realtas Augen irritierten mich völlig. Sie waren silber, aber nicht matt, sondern glänzend wie ein Spiegel. Wenn man ihr in die Augen schaute, sah man sich selbst darin, wie bei diesen Pilotensonnenbrillen.

»Ja … hallo«, stotterte ich und wusste gar nicht, wo ich hinsehen sollte. »Sorry, deine Augen …«

Sie lächelte. »Ich vergesse immer ganz, dass sie befremdlich auf jemanden wirken, der sie zum ersten Mal sieht.«

»Mir fällt es schon gar nicht mehr auf«, meinte Dylan.

»Sie ermöglichen mir, besser den Nachthimmel zu sehen«, erklärte die Sterndeuterin. »Wenn jemand mit solchen Augen geboren wird, ist es meist ein untrügliches Zeichen dafür, dass er oder sie von Berufung Realta wird.«

Überrascht schaute ich Dylan an. »Ein körperliches Merkmal als Anzeichen dafür, dass jemand eine bestimmte Berufung hat? Wieso hast du mir da noch nie etwas davon erzählt?«

Er zuckte mit den Schultern. »Es ist ziemlich einzigartig. Realtas haben eben solche Augen, da habe ich noch nie weiter drüber nachgedacht. Sonst gibt es keine Berufung, die man an körperlichen Merkmalen erkennen kann, soweit ich weiß.« Er legte nachdenklich die Stirn in Falten.

»Na, kommt erst mal mit, ich mache euch eine Tasse Tee«, wechselte Realta das Thema. »Dann können wir uns unterhalten«. Wir folgten der Sterndeuterin die Wendeltreppe hoch zur ersten Galerie. Sie führte uns zu einer gemütlichen Sitzecke, hinter der sich eine kleine Kochstelle für einen Teekessel befand. Während Realta den Tee zubereitete, sah ich mich um. Wie in einer Bibliothek standen überall Regale, aber statt Büchern befanden sich darin zusammengerollte Papierdokumente. Ich sah Dylan fragend an und zeigte darauf.

»Das sind alles Aufzeichnungen von Sternenkonstellationen«, erklärte er.

Wir setzten uns mit unseren Tassen Tee auf das Ecksofa und Dylan erklärte Realta, warum wir hier waren. Vielleicht hatte er von seiner Erfahrung mit Coimeádaí gelernt, aber er fiel nicht mit der Tür ins Haus, wie beim Hüter der Seelen. Wenn er tatsächlich vorhatte, Realta für die Sache der Anti-Royalisten zu begeistern, dann hielt er damit erst einmal hinter dem Berg. Jetzt schon schien es mir sowieso ungleich schwieriger. Wie wollte man denn jemanden davon überzeugen, dass ihre Berufung willkürlich für sie gewählt worden war, wenn sie augenscheinlich dafür geboren war?

Davon abgesehen hatte ich das Gefühl, dass Dylan selber immer mehr davon abrückte, seine Freunde für die Anti-Royalisten rekrutieren zu wollen – schließlich hatte er zugegeben, dass er mit dem Gedanken spielte, selber von der Bewegung Abstand zu nehmen. Wie ich hatte er es bei unserer Rückkehr in die Anderswelt als einzige Alternative zu Morrigan gesehen. Angesichts dessen, was er gelernt hatte und was ihm offenbart worden war, schien es sinnvoll, sich den Anti-Royalisten anzuschließen. Als er gesehen hatte, dass Colleens Bruder auch davon zu überzeugen war, hatte er voller Begeisterung auch an seine eigene Ersatzfamilie gedacht. Aber die Rivalität mit Fionn, Coimeádaís Höhle und Morrigans Stellungnahme hatten nach und nach seine Überzeugung von der

Sache untergraben. Er versuchte nicht, Realta dazu zu überreden, sich gegen die Königin zu stellen, erzählte ihr nur einfach, was er herausgefunden hatte und was uns seither passiert war. Dabei erwähnte er natürlich, dass wir uns den Anti-Royalisten angeschlossen hatten, sagte aber weder etwas über Fionn noch Mog Ruith. Realta reagierte allerdings nicht so abweisend wie Coimeádaí, sondern hörte ruhig zu.

»Gestern sahen wir bei Coimeádaí das Mitteilungsblatt der Königin«, schloss Dylan.

Realta nickte. Offensichtlich wusste sie, wovon er redete und hatte das Blatt auch bekommen, wie auch immer es an diesen verlassenen Ort gekommen war.

»Im offenen Brief der Königin an ihr Volk schrieb Morrigan von der großen Bedeutung der Sterndeutung in der Sidhe-Kultur. Ich würde gerne mehr darüber erfahren«, schaltete ich mich jetzt ein. Ich wollte noch nichts Genaueres darüber sagen, wie unsicher Dylan und ich uns mittlerweile waren, ob Berufung existierte oder nicht. Und auch die Prophezeiung wollte ich erst einmal unerwähnt lassen, sondern meine Fragen allgemeiner halten. »Ich wusste natürlich von euren Prophezeiungen und so weiter. Dass Druiden auch Seher sind. Aber bislang habe ich mehr über die Magie der Pflanzen und Bäume gelernt, von der Verbindung mit der Erde sozusagen. Ich kann mir immer noch nichts Konkretes unter diesen Sterndeutungen vorstellen.«

»Beides ist miteinander verbunden«, erklärte Realta. »Die Erde und alles Leben auf ihr kommt von den Sternen. Pflanzen und Bäume korrespondieren mit Planeten und Sternenkonstellationen. Druiden kennen nicht nur die Baum- und Pflanzenmagie, sondern sie sind auch Seher. Astronomie und Astrologie sind dabei äußerst wichtig und manche Druiden spezialisieren sich darauf.«

»Aber …« Ich kniff verwirrt die Augen zusammen. »Du bist doch keine Druidin, oder?«

»Nein, natürlich nicht«, winkte sie ab, als hätte ich etwas völlig Abwegiges gesagt. »Was ich tue, ist nur ein kleiner Teil von dem, was astronomiekundige Druiden können. Und sie haben noch viele andere Fähigkeiten; sie sind wahrhaft zauberkundig. Dennoch habe ich die Fähigkeit, Sternenkonstellationen zu deuten. Druiden zählten zu meinen Lehrern. Ich spezialisiere mich auf Wiedergeburten. Andere Realtas bestimmen Berufungen von Sidhe. Wieder andere erstellen Kalender, die insbesondere für die Landwirtschaft von Bedeutung sind.«

»Kalender, welche die Zukunft schon voraussagen?«, fragte ich erstaunt und stellte meine leere Tasse auf dem Beistelltisch neben dem Sofa ab. Ich konnte mir etwas Zynismus nicht verkneifen. »Wie praktisch.«

»Sie sagen die Zukunft nicht voraus«, antwortete Realta ganz ernst. »Aber es kann zum Beispiel festgestellt werden, welche Tage im Monat besonders gut für die Bewirtschaftung der Felder geeignet sind und welche nicht.«

»Hmm, meinst du wegen der Mondphasen?« Ich hatte schon gehört, dass alte Bauernregeln und biodynamische Landwirtschaft sich nach dem Mondkalender richteten.

»Auch die Mondphasen. Aber der Kalender in der Anderswelt richtet sich nach Mond- und Sonnenphasen. Beides spielt eine Rolle. Und die Konstellation der Planeten auch.«

Das erinnerte mich an etwas anderes, das ich mal gehört hatte: an den Kalender von Coligny, der eins der einzigen Überbleibsel von schriftlich festgehaltenem Druidenwissen in unserer Welt sein soll. Ende des 19. Jahrhunderts wurden in Frankreich Bruchstücke einer Bronzetafel ausgegraben, die einen keltischen Kalender aus der gallo-römischen Zeit darstellen sollte. Der Kalender enthält auch Vermerke zu den einzelnen Monaten und Tagen, die als gut oder schlecht – beispielsweise unfruchtbar – beschrieben werden. Ich erzählte Realta davon. Sie wiegte den Kopf. »Hört sich nach einer sehr primitiven Form unserer Kalender an.«

»Und wie muss ich mir das praktisch vorstellen? Wie arbeitest du?« Ich wollte endlich handfeste Belege für diese Sterndeuterei sehen, für diese Arbeit, die Realtas angeblich machten. Bislang kam mir alles so schwammig wie Astrologie vor.

Realta stellte ihre eigene Tasse ab und stand auf.

»Das zeige ich dir gerne. Dylan hat das ja schon öfter gesehen. Aber du kannst natürlich trotzdem mitkommen«, sagte sie zu ihm.

Dylan und ich folgten Realta zur zweiten Galerie.

»Oben, in der dritten Etage, befindet sich mein Wohnbereich. Und hier arbeite ich«, erklärte sie. Überall befanden sich astrononische Instrumente, wie ich sie schon einmal in einem Museum gesehen hatte. An den Wänden hingen alle möglichen großen Karten. Manche von ihnen zeigten die Welt aus Perspektiven, wie ich sie von Karten in der Menschenwelt nicht kannte. Andere zeigten Planeten, wieder andere sahen wie Mond- und Sonnenkalender aus. Auf einem großen Tisch befand sich ein riesiges Blatt Papier, auf dem irgendetwas aufgemalt worden war – wahrscheinlich eine Sternenkonstellation. Auf einem Pult daneben sah ich diverse Zeichengeräte.

Es sah hier so aus, wie ich mir ein altmodisches Observatorium in unserer Welt vorstellte. Nur eins fehlte.

»Und wo ist das Teleskop?«, fragte ich.

Bislang wirkte hier gar nichts so hightech wie auf einer modernen Sternwarte, aber als Realta nun an einem Armaturenbrett am Geländer ein paar Schalter umlegte, änderte sich meine Meinung. Von der oberen Galerie schwenkte ein großes Teleskop aus. Das Material der Stange und des Teleskops sah aus wie Kupfer, aber vom Gewicht her konnte das nicht hinkommen. Um das Teleskop zu halten, hätte eigentlich ein Gerüst hergemusst.

»Schau, ich kann das Teleskop von hier aus positionieren«, erklärte Realta und bewegte einen Steuerknüppel. Dann betätigte sie einen anderen Hebel und das Licht in der Sternwarte ging aus. »Die Sternwarte wird übrigens mit Lunarenergie betrieben.« Bevor ich nachhaken konnte, machte mich etwas anderes sprachlos. Ich starrte zur Kuppel über unseren Köpfen hinauf. Die Sterne waren so deutlich zu sehen, als ob sie greifbar wären. Realta hatte aber kein Dach geöffnet. Von außen sah die Kuppel grau wie Stein aus, aber innen war sie aus Glas. Realta brachte das Teleskop in Position und stellte am Armaturenbrett irgendetwas ein. »Jetzt sieh mal nach unten«, meinte sie zu mir. Es fiel mir schwer, meinen Blick vom Sternenhimmel zu lösen, doch ich wurde dafür mehr als belohnt. Dort wo Dylan und ich gestanden hatten, als wir in die Sternwarte eingetreten waren, zeigte sich deutlich wie auf einem Computerscreen der Ausschnitt des Nachthimmels, der durch die Linse des Teleskops zu sehen war. Jetzt erklärte sich für mich, warum die untere Etage vollkommen leer war. Je nachdem, wie das Teleskop positioniert wurde, sah man an irgendeiner Stelle dort unten das, was das Teleskop zeigte. Realta schnappte sich eine Rolle Papier und bedeutete uns, ihr nach unten zu folgen. Dort breitete sie das Blatt Papier auf der Stelle auf dem Boden aus, die den Teleskopausschnitt zeigte. Mir war vorhin schon aufgefallen, dass der Fußboden eine besondere Beschaffenheit hatte, so glatt und hart wie Marmor. Jetzt sah ich, dass es überhaupt keine Fugen gab, so als ob der gesamte Fußboden hier aus einem riesigen Stück rotbraunem Marmor bestehen würde.

»Tretet einen Schritt zurück und wartet hier«, sagte Realta und ging wieder in die zweite Etage. Dort stellte sie etwas auf dem Amaturenbrett auf der Galerie ein. Dünne Strahlen wie Laser schossen vom Teleskop herab. Sie zeichneten das Bild, das wir gerade auf dem Fußboden gesehen hatten, nach. Das Ergebnis glich einem Computerausdruck. Realta bat Dylan, das Papier zusammenzurollen und mit nach oben zu bringen.

Wieder oben angekommen, breitete sie es auf dem Tisch aus. »So entstehen meine Bilder, die ich deute.«

»Zeig ihr doch mal die 3-D-Funktion«, bat Dylan die Sterndeuterin.

»Ach so, klar, man kann das Ganze auch plastisch darstellen.« Sie betätigte einen Hebel und das Bild, das sich auf dem Fußboden abgebildet hatte, erschien nun dreidimensional mitten im Raum.

Ich kam aus dem Staunen gar nicht mehr heraus, als mir Realta weitere Funktionen des Teleskops erörterte. Nach den ganzen technischen Spielereien musste ich laut lachen, als die Sterndeuterin mir zeigte, wie sie mit anderen Realtas kommunizierte: Ein Türchen in der dritten Etage, in der sich das Teleskop befand und ihr Wohnbereich abgetrennt war, führte zu einem kleinen Taubenverschlag. »Brieftauben?«, frage ich ungläubig.

»Das schnellste und zuverlässigste Kommunikationsmittel«, bestätigte Realta. »Und wir haben bestimmte Kürzel für Planeten,

Sterne und Konstellationen, mit denen sich auf einem kleinen Stück Papier viel kommunizieren lässt.« Sie zeigte mir einen solchen Brief, auf dem ein für mich unentzifferbarer Code aus Buchstaben und Zahlen stand.

Schließlich gingen wir wieder in den Sitzbereich in der ersten Etage hinunter.

»Natürlich hat sich diese ganze Technik während unserer Zeit in der Anderswelt weiterentwickelt. Sie erleichtert meine Arbeit ungemein«, sagte Realta, die merkte, dass ich von den ganzen neuen Eindrücken ein wenig erschlagen war. »Die ersten Observatorien waren Steinkreise, wie sie damals von Druiden in eurer Welt errichtet wurden und von denen ja noch einige bei euch stehen. Und meine Augen funktionieren ein bisschen wie ein Teleskop. Mit ihnen kann ich auch ultraviolette Strahlung wahrnehmen. Ich könnte mich draußen hinstellen, vielleicht in einen Steinkreis, und vieles von dem sehen, was ich hier mit viel Technik besser fokussieren und aufzeichnen kann.«

Das war für mich noch schwerer zu begreifen als die tolle Technik.

»Setzt euch doch wieder. Jetzt zeige ich dir mal die Sternenkonstellation, die ich für deine Geburt ausgerechnet habe, Alice. Einen Moment.« Sie verschwand hinter einem der Regale und kam dann mit einer Rolle Papier zurück, die sie vor der Sitzecke auf dem Fußboden ausrollte. Die Enden beschwerte sie mit unseren Teetassen.

»Das ist der von mir errechnete Sternenhimmel am Ort und zum ungefähren Zeitpunkt deiner Geburt. Mithilfe der aktuellen Charts und den Informationen von anderen Realtas an anderen Orten rechne ich mir so etwas aus.« Realta erklärte mir, welche Planeten und Sterne ich dort sah. »Ich habe vorhin erwähnt, dass Planeten und Konstellationen mit Bäumen und Pflanzen korrespondieren. Du bist am 1. Februar und damit im Zeichen der Eberesche geboren.«

»Im Zeichen der Eberesche? Ist das so etwas wie unsere Sternzeichen?«, wollte ich wissen.

»So etwas in der Art. Der Baum hat bestimmte symbolische Eigenschaften, die auch für dich, dein Leben und dein Schicksal Bedeutung haben.«

Ich musste an die Prophezeiung denken, dass ich dank des Ebereschenzaubers rote Königin werden sollte. Die beiden Ebereschen am Ballynahinch Lake ließen angeblich nur mich und meine Begleiter in die Anderswelt durch. Diese Eberesche schien mich zu verfolgen. Andererseits: Wie bei unseren Sternzeichen waren schließlich noch viele andere unter diesem Zeichen geboren und etwas in mir wehrte sich dagegen, zu glauben, dass angeblich all diese Menschen die gleichen Charaktereigenschaften besitzen sollten oder in diesem Fall dann ja Eigenschaften, die sogar das eigene Schicksal bestimmten.

Ich versuchte mir wieder ins Gedächtnis zu rufen, was Dr. Brennan über die Eberesche gesagt hatte, deren L für *luis* meinen Namen von Ciaras unterschied. Der Legende nach wurde die erste Vogelbeere von den Feen aus der Anderswelt nach Irland gebracht. Die Beere fruchtete auf irischem Boden und jeder, der davon kostete, blieb auf ewig jung. Aber warum wir sie im Zusammenhang mit meinem Namen für signifikant gehalten hatten: Das Holz der Eberesche sollte angeblich vor der Entführung von Feen schützen.

Eine weitere Maßnahme Dylans, mich – oder besser gesagt, Ciaras Seele, die in mir verbotenerweise wiedergeboren wurde – vor den Sidhe zu schützen. Er hatte meinem Vater am Tage meiner Geburt diesen Namen dringendst empfohlen und so wurde ich von meinen Eltern Alice genannt. Jetzt erinnerte ich mich daran, wie Dylan an den Namen überhaupt gekommen war: Mog Ruith hatte ihn ihm gesagt. Dylan hatte mir davon erzählt, kurz bevor wir in die Anderswelt zurückgekehrt waren, und natürlich hatte ich Mog Ruiths Beteiligung an meiner Namenswahl schon sehr suspekt gefunden, aber seither war so viel passiert, dass ich nicht weiter darüber nachgedacht hatte.

Jetzt sprach ich Dylan darauf an.

»Stimmt. Und es war Realta, die mich damals an Mog Ruith verwiesen hat. Er hat mir deinen Namen genannt, Alice. Es sollte eine zusätzliche Schutzmaßnahme sein, dass in deinem Namen *luis*, die Eberesche, erscheint und andere Buchstaben aus Ciaras Namen auch vorkommen.«

Mein Misstrauen in Mog Ruith meldete sich wieder gleich einer schrillen Alarmsirene. Das konnte doch alles kein Zufall sein. »Du kennst also den alten Druiden?«, fragte ich Realta.

»O ja. Er ist einer der besten Sterndeuter in der Anderswelt. Jeder Sterndeuter, der von Mog Ruith besucht wird, kann sich glücklich schätzen. Das sind Unterrichtsstunden, die man nie wieder vergisst. Mich hat der weise Mog Ruith schon des Öfteren mit seiner Anwesenheit beehrt.« Realta senkte demütig den Kopf, konnte jedoch ein stolzes Lächeln nicht verbergen.

Ich musste die Frau mit den silbernen Augen nicht fragen, was sie von Mog Ruith hielt und ob er ihrer Meinung nach vertrauenswürdig war. Ihre Körpersprache und der Ton in ihrer Stimme verrieten, dass sie den Druiden verehrte.

Ich erzählte der Sterndeuterin, dass ich Mog Ruith selber getroffen hatte und er sozusagen ein persönliches Interesse an mir zeigte.

»Das wundert mich nicht. Schließlich war er es, der gesehen hat, dass du für die Wiedergeburt Ciaras bestimmt bist.«

Ich sah erst Realta, dann Dylan mit großen Augen an. »Wie bitte?«

»Ja, er war hier. Ich habe mich ihm anvertraut.« Mit einem zerknirschten Gesichtsausdruck wandte sie sich an Dylan. »Nimm es mir nicht übel, mein Freund, aber ich war mir sehr unsicher, was die Wiedergeburt eines Menschen in einem Menschen anging. Mog Ruith war wie ein Mentor für mich. Ich wusste, er würde uns nicht verraten. Sein Interesse galt allein dem, was in den Sternen stand. Gemeinsam haben wir den Zeitpunkt und den Ort für Ciaras Wiedergeburt bestimmt.«

Ich schaute zu dem Kuppeldach auf und betrachtete die hell funkelnden Sterne. Angeblich sollte tatsächlich mein Schicksal dort geschrieben stehen. Aber wer bestimmte dieses Schicksal? Ich kam nicht umhin, mich manipuliert zu fühlen. Mehr denn je kam ich mir vor wie eine Marionette. Kaum glaubte ich Morrigans Fadenziehen entkommen zu sein, übernahm der nächste Puppenspieler die Regie. Jetzt sah es ganz danach aus, als hätte Mog Ruith, und keine höhere Macht, mich für die Rolle ausgesucht, die ich laut seiner Prophezeiung spielen sollte.

kapitel dreizehn
alice

Ratlos standen Dylan und ich auf dem Gipfel des Barr Sliabh na Raithe. Es war früher Abend und die Sonne verschwand gerade hinter den Twelve Bens. Ich hatte in der vergangenen Nacht viel von Realta gelernt. Und obwohl Dylan einiges von dem, was die Sterndeuterin erzählt hatte, eigentlich wusste, hatte er es in typischer Sidhe-Manier als selbstverständlich hingenommen, nie nach Einzelheiten nachgefragt und es sich nicht wirklich bewusst gemacht. Völlig erschlagen von neuen Informationen waren wir in den frühen Morgenstunden in die Kojen in der provisorischen Reisehütte gefallen und hatten den Tag durchgeschlafen. Am Nachmittag war ich zu ihm in die Koje geklettert, hatte mich an ihn geschmiegt und wir hatten lange geredet. Dylan und ich hatten unterschiedliche Meinungen, wie wir weiter vorgehen sollten, aber über eine Sache waren wir uns einig. Je mehr wir erfuhren, desto weniger wussten wir.

Es war nicht ganz so schlimm wie nach meiner Rückkehr in die Menschenwelt, als ich mir sicher gewesen war, ich müsse nur Badb finden, um der ganzen Sache ein Ende zu setzen, und dann bitter enttäuscht worden war. Ich war in ein schwarzes Loch gefallen, weil alles völlig ausweglos erschien und ich keine Möglichkeit hatte, meine Familie und Freunde zu beschützen. Jetzt machte ich mir keine Illusionen mehr darüber, dass es eine einfache, schnelle Lösung geben würde und ich hatte mich damit abgefunden, dass ich nur für meine eigenen Handlungen verantwortlich sein konnte und ich es nicht auch für andere war. Meine Eltern, die O'Tools, Claire und Avalynn, sie alle mussten eben auf sich selber aufpassen. Aber als Dylan und ich durch das Ebereschentor in die Anderswelt zurückgekehrt waren, hatte alles sehr viel klarer ausgesehen. Dylan hatte diesen Moment der Erleuchtung gehabt, als er herausgefunden hatte, zu was er fähig war.

Der Gedanke brachte mich auf eine Idee. »Dylan, wir müssen mal alle anderen vergessen und bei uns selber anfangen«, sagte ich jetzt. »Wir wissen nicht, was wir glauben sollen, weil wir nicht wissen, wem wir glauben können oder ob diejenigen, die uns Informationen geben, den richtigen Leuten vertrauen. Wir können nichts anderes tun, als auf uns selber zu vertrauen.« Ich löste meinen Blick vom rosa-violetten Himmel und wandte mich ihm zu. »Lass uns doch schon mal loslaufen, solange es noch ein bisschen hell ist. Wo immer wir als Nächstes hingehen – vom Berg runter müssen wir sowieso.«

Dylan gab mir einen Kuss auf die Wange und schnallte sich seinen Rucksack auf. Ich tat es ihm nach und wir machten uns auf den Weg ins Tal.

»Ich fange mal an«, sagte ich. »Was weiß ich? Wiedergeburt ist möglich, Fee in Mensch sowie Mensch in Mensch. Ciaras Seele existiert in mir und ich kann ihre Erinnerungen selber erleben. Morrigan wurde in Ciara wiedergeboren und Ciara hat jegliches Bewusstsein Morrigans unterdrückt, aber es kommt jetzt, lange nach Ciaras Tod, zum Vorschein, so dass ich es sogar erleben kann. Dass Wiedergeburt von Feen in Menschen möglich ist, heißt noch lange nicht, dass es der natürlichen Ordnung entspricht, wie in der Anderswelt behauptet wird. Ich sehe bislang keine symbiotische Beziehung zwischen den Welten, wie es immer heißt, sondern nur Nachteile für die Menschen.« Ich überlegte kurz und kaute auf der Unterlippe herum. »Das kann ich bei allem, was ich bislang gelernt habe, verallgemeinern. Sidhe nutzen die Menschen für ihre Zwecke aus.«

»Oder wir wissen einfach nicht, was Sidhe damit für die Menschen tun«, gab Dylan zu Bedenken. »Schließlich kann das ja Morrigans Geheimnis sein ...«

»Stimmt, lassen wir das erstmal beiseite. Der Punkt ist, es ist beeindruckend, dass und wie Wiedergeburt funktioniert. Es steckt zweifelsohne eine große Magie dahinter. Ich glaube, wir waren beide gleich beeindruckt, als wir in Coimeádaís Höhle waren. Man ist verleitet, zu glauben, dass eine höhere Macht dafür verantwortlich sein muss, dass diese Edelsteine Gefäße für Seelen werden. Geweiht im Kessel der Wiedergeburt – das hört sich gut an. Aber es ist kein Fakt. Es kann genauso gut einfach Morrigans Magie sein. Das gleiche gilt für die Sterndeuterei. Haben wir Beweise für irgendwelche Prophezeiungen selber erlebt? Ja, ich kann durch das Ebereschentor in die Anderswelt gehen. Du alleine konntest das nicht. Aber wir hatten keine Möglichkeit auszuprobieren, ob andere Menschen dort durchgehen können oder ob ich tatsächlich die Einzige bin. Ja, Realta glaubt an das, was sie tut. Aber wie wir gesehen haben, wurde und wird sie von anderen gelenkt, die vielleicht bestimmte Beweggründe haben – zum Beispiel Mog Ruith. Nicht zu vergessen, auch ein mächtiger, zauberkundiger Druide. Es gibt keine Beweise für eine höhere Macht oder eine natürliche Ordnung. Abgesehen von ...«

Ich blieb stehen und Dylan drehte sich um. »Was?«

»Wenn ich diesen Morrigan-Erinnerungen trauen kann, dann gibt es Tír na nÓg.« Ich erzählte Dylan von dem sonderbaren Traum, als Morrigan vom Pferd nach Tír na nÓg getragen wurde und die Seele des Mädchens abgeben wollte. »Der Zutritt wurde ihr verwehrt. Es schien mir, als hätte sie eine zweite Chance bekommen, schließlich ist dem Sidhe-Volk nichts zugestoßen. Und es hatte mit Badbs Verbannung aus der Anderswelt zu tun. Genau verstanden habe ich das alles nicht. Aber Morrigan scheint tatsächlich ihre Menschenseelen in Tír na nÓg abzugeben. Sie ist dort jemandem Rechenschaft schuldig und dem Sidhe-Volk scheint Schlimmes zu drohen, wenn sie das nicht tut.«

»Na also«, sagte Dylan. »Das spricht doch für meinen Vorschlag, zu Morrigan zu gehen. Du willst ja schließlich Ciara nach Tír na nÓg bringen. Das ist doch eine gute Sache. Vielleicht ist es sogar eine Verhandlungsbasis dafür, dass sich die Dinge in der Anderswelt ändern.«

»Hmm.« Wieder kaute ich auf meiner Lippe herum, während wir weiterliefen. Ich glaubte, dass es da noch irgendetwas gab, was wir nicht wussten, etwas, dass das Ganze nicht so einfach machen würde. Etwas sagte mir, dass wir bei einer solchen Verhandlung den Kürzeren ziehen würden. »Wenn ich mir nicht vorkommen würde wie eine Maus, die direkt in die Falle läuft«, sagte ich schließlich.

»Besser den Feind, den man kennt …«, zuckte Dylan mit den Schultern.

»Als wen? Die andere Möglichkeit wäre, nach Dairbhre zu gehen. Würdest du jetzt schon so weit gehen und Fionn und Mog Ruith als Feinde zu bezeichnen?«, sagte ich ungläubig. »Bislang hatten wir nur einen Feind: Morrigan. Na ja, und ihre Schwestern. Die Anti-Royalisten waren bislang immer noch die Guten. Zumindest haben sie gute Absichten. Das einzige Problem ist, dass sie von Mog Ruith geleitet werden, bei dem immer undurchsichtiger wird, welche Ziele er verfolgt.«

»Sie wollen auf Teufel komm raus einen Krieg anzetteln. Bei dem viele Sidhe ihr Leben lassen. Das nennst du gute Absichten?«, antwortete Dylan entnervt. Na toll. Wir hatten so vernünftig angefangen, ganz sachlich zu debattieren. Trotzdem war es in einen Streit ausgeartet. Wir schwiegen, bis wir am Fuße des Berges angekommen waren. Und noch immer waren wir uns nicht einig darüber, ob wir Richtung Süden, nach Dairbhre, oder Richtung Westen, zu Morrigans Palast weitergehen würden.

Unschlüssig blieben wir stehen. Es war mittlerweile dunkel, aber der Himmel so klar, dass die Sterne hell funkelten wie unter Realtas Kuppeldach und der Mond genug Licht spendete. Dylan räusperte sich. »Ich habe gesagt, ich würde immer an deiner Seite bleiben, für was du dich auch entscheidest. Und dazu stehe ich auch. Wenn du entscheidest, wir sollten nach Dairbhre gehen, dann komme ich mit. Aber vor Kurzem hast du gesagt, dir gefällt, dass nicht mehr so passiv bin und meinen eigenen Weg gehen will. Deswegen schlage ich dir jetzt etwas vor: Du willst dich aus bestimmten Gründen mit den Anti-Royalisten verbünden, weil du es für die beste Taktik hältst, an eine geschwächte Morrigan heranzukommen. Ich kann verstehen, dass dir Morrigans Einladung an mich, in den Palast zu kommen, wie eine Falle für dich erscheint. Das ist es vielleicht auch. Sie rechnet damit, dass wir zusammen kommen. Was, wenn wir das nicht tun?«

»Was willst du damit sagen? Dass du alleine zu Morrigan gehst?« Ich merkte, wie die Tränen in meine Augen schossen.

»Für mich ist es das Richtige, Alice. Für mich sind Fionns Anti-Royalisten nicht das Richtige. Du hast doch auch von Anfang an gemerkt, dass wir nicht auf einer Wellenlänge waren. Und das lag nicht nur an dir. Jetzt, wo Morrigan mich als Held dargestellt hat, habe ich die Chance, etwas Gutes zu bewirken. Ohne Gewalt. Morrigan glaubt, es ist ein cleverer Schachzug, weil sie durch mich an dich kommen kann. Was, wenn wir ihr, was das angeht, einen Strich durch die Rechnung machen?«

»Aber … aber …«, stotterte ich. Dann bin ich doch ganz allein, wollte ich am liebsten rufen. Dann willst du mich verlassen? Ich versuchte, die Schluchzer runterzuschlucken, die in meiner Kehle aufstiegen. Mein Herz sagte mir, dass ich diesem Plan unmöglich zustimmen konnte. Blöderweise sagte mir mein Kopf, dass das, was Dylan sagte, Sinn ergab.

»Ich will aber nicht ohne dich gehen«, sagte ich trotzig.

Dylan seufzte. »Ich halte mein Versprechen. Dann komme ich mit dir mit.« Er wischte mir sanft ein paar Tränen von der Wange und nahm mich in den Arm.

Es wollte sich bei mir keine Freude darüber einstellen. Ich wusste auch, wieso. »Aber du hast recht«, flüsterte ich ihm leise ins Ohr.

Überrascht ließ er mich los und sah mir in die Augen.

»Du hast leider recht, dass es die beste Lösung für dich und für mich ist.«

Dylan nickte und wir umarmten uns für eine lange, lange Zeit.

Er sagte mir immer wieder, wie sehr er mich liebte. Ich ließ meinen Tränen freien Lauf.

Schließlich nahm ich mich zusammen und löste mich von ihm. »Egal, was passiert«, sagte ich mit brüchiger Stimme. »Treffen wir uns an meinem Geburtstag, am 1. Februar am Ebereschentor?«

»Egal, was passiert«, nickte Dylan und sah mir tief in die Augen. Ich küsste ihn, wie ich ihn noch nie geküsst hatte. All meine Liebe, mein Vertrauen, meine Zuversicht steckte ich in den Kuss.

Für einen kurzen Moment lang verlor ich mich in dem Gefühl, ein letztes Mal seine weichen Lippen auf meinen zu spüren, seinen Duft von frischem Gras und salziger Meeresluft in mich einzusaugen, unsere warmen Zungen auf so köstliche Weise beinahe verschmelzen zu lassen.

Dann riss ich mich los und ging ohne ein weiteres Wort, ohne einen weiteren Blick weg.

kapitel vierzehn
alice

Tio raste die Straße entlang. Ich saß hinten, auf der Lieferfläche und hielt mich an einer Kiste fest. Er hatte es eilig, das konnte ich verstehen, aber das hier versprach eine sehr ungemütliche Fahrt zu werden. Trotzdem hatte ich nicht vor, mich bei ihm zu beschweren. Es hatte meine ganzen Überredungskünste gebraucht, um ihn davon zu überzeugen, diesen Umweg zu fahren. Ein ziemlich großer Umweg, wenn man es genau nahm. Ob ich jemals nach Dairbhre kommen würde? Bislang war ich kreuz und quer durchs Land gereist und hatte den südlichen Zipfel tunlichst vermieden. Kein Wunder, dass Fionn mittlerweile auf heißen Kohlen saß.

Dylan und ich hatten mit Coimeádaí abgemacht, dass wir wieder bei ihm einen Stopp einlegen würden, wenn wir auf dem Weg nach Dairbhre waren. Deshalb war der Hüter der Seelen nicht sonderlich überrascht gewesen, mich zu sehen. Erstaunt hatte ihn nur, dass Dylan nicht dabei war. Mich erwartete wiederum die Überraschung, Tio bei Coimeádaí anzutreffen.

Als Fionn immer ungeduldiger wurde, hatte Colleen Tio geschickt, Coimeádaís Wohnort ausfindig zu machen und uns zu holen. So hatte sie Fionn vertrösten können. Tio hätte nichts lieber getan, als mich direkt in seinen Wagen zu stecken und nach Dairbhre zu bringen.

Ich hatte aber etwas anderes vor.

Die letzten vierundzwanzig Stunden waren die Hölle für mich gewesen. Ich kannte den Weg von den Maumturks bis zu Coimeádaís Haus am Rande von Galway, weil ich ihn ja gerade mit Dylan gelaufen war. Auch in Begleitung von Dylan und anderen Sidhe war die Reise durch die Anderswelt gefährlich genug gewesen und ich hatte in den letzten Wochen gelernt, möglichst unauffällig zu reisen. Trotzdem war es etwas völlig anderes, als Mensch allein durch die Anderswelt zu laufen. Man könnte mich für eine entflohene Sklavin halten. Oder was, wenn Morrigan oder Maggie mich aufspüren würden? Ich fühlte mich so schutzlos, dass ich mich nicht wirklich traute, irgendwo eine längere Pause einzulegen und richtig zu schlafen. Man hier, mal da, baute ich für eine Stunde oder so meinen Kokon auf. Bald fielen mir die Augen zu, aber ich schreckte immer nach kurzer Zeit wieder durch irgendein Geräusch auf.

Eigentlich wollte ich mich nur irgendwo verkriechen und heulen, aber gleichzeitig wollte ich auch so schnell wie möglich die Sicherheit von Coimeádaís Haus erreichen. Wobei ich versuchte, mich so leise wie möglich fortzubewegen. Da man schlecht geräuschlos schluchzen konnte, versuchte ich mein Bestes, meine Tränen zu unterdrücken.

Dazu nahm ich gedanklich die möglichst nüchterne Faktensammlung, die Dylan und ich so schön begonnen hatten, bevor die Debatte im Streit geendet hatte, wieder auf.

Was wusste Dylan aus seiner eigenen persönlichen Erfahrung? Dass er zu mehr magischen Fähigkeiten in der Lage war, als Blitze in Bäume zu lenken. In ihm steckte das Potenzial für mehr Magie, als er wusste – oder man ihm weismachen wollte. Da er auch anderen beibringen konnte, das Potenzial zu nutzen, galt das nicht nur für ihn, sondern für viele andere – womöglich alle – Sidhe auch. Die logische Schlussfolgerung war, dass es Berufung nicht gab, wenn alle alles konnten, statt nur Fähigkeiten zu haben, die der Berufung nützten. Das wiederum hatte Dylan zuerst davon überzeugt, sich den Anti-Royalisten anzuschließen, die genau das ja schon immer behauptet hatten.

Aber es war ja nicht nur eine logische Schlussfolgerung, fiel mir ein. Schließlich war Dylan beim Ältestenrat gewesen. Dort hatte man ihm bestätigt, dass alles eine Verschwörung war. Die mächtigen Sidhe, allen voran Morrigan, wussten von dem Potenzial und hatten es absichtlich unterdrückt. Man hatte Dylan gesagt, dass Berufung auch nur willkürlich gewählt wurde und nicht in den Sternen stand. Moment mal, wer hatte ihm das alles gesagt? Tlachtga, die Tochter von Mog Ruith.

Seitdem hatten wir ein paar Dinge gelernt, die uns anzweifeln ließen, ob das alles so stimmte, was der Ältestenrat Dylan gesagt hatte. Steckte da nur wieder Mog Ruith dahinter?

Angeblich hatte Fionn doch mit dem Ältestenrat ein Bündnis erreicht. Seitdem hatte der sich aber schön bedeckt gehalten und sich öffentlich zu keiner Seite geäußert.

Plötzlich fiel es mir wie Schuppen von den Augen, was der dritte Weg gewesen wäre, den Dylan und ich als Nächstes gemeinsam hätten gehen sollen. Auf der Suche nach der Wahrheit gab es noch eine weitere Station.

Am liebsten wäre ich umgekehrt. Aber auch wenn ich den ganzen Weg zurückgerannt wäre, hätte ich Dylan niemals einholen können. Vielleicht war er schon längst in Morrigans Palast angekommen.

Es war zu spät.

Ich musste allein nach Tara reisen.

***

Tio war in wenigen Stunden einmal quer durch das Land gerast und bevor ich michs versah, stand ich auf dem heiligen Hügel von Tara. Tio hatte vor den Toren des Forts, das auf dem Hügel stand und in dem der Ältestenrat tagte, warten müssen. Mich hatte man aber unverzüglich hineingelassen.

Ich stand mitten in einem großen Raum, der mich ein bisschen an Morrigans Eichensaal erinnerte, nur dass dieser eckig und nicht rund war. Auch hier war das Dach offen und in der Mitte des Raumes wuchsen Gras und eine Säuleneibe. Ich stand vor zwölf großen Thronen, von denen nur zwei besetzt waren, trat von einem Bein aufs andere und zupfte nervös an meinem Mantel herum. Was hätte ich dafür gegeben, Dylan bei mir zu haben! Dylan, der wenigstens schon einmal hier an diesem beeindruckenden Ort gewesen war und schon einmal mit diesen einschüchternden Sidhe gesprochen hatte.

Ich hatte mir auf der Fahrt hierher so schön zurechtgelegt, wie ich die Tochter von Mog Ruith zur Rede stellen würde, um ein für alle Mal herauszufinden, was an dem zauberkundigen Druiden Wahrheit und was Lüge war, aber jetzt fiel mir davon gar nichts mehr ein.

»Sprich, Kind«, polterte der alte Mann mit langen grauen Haaren und stechend blauen Augen. Es musste dieser Riordan sein, von dem Dylan erzählt hatte.

»Äh … emm«, fing ich an zu stottern. Mein Mund fühlte sich so trocken an. Dann atmete ich tief durch und fiel einfach mit der Tür ins Haus. »Ihr habt Dylan gesagt, dass Morrigan und ihr davon wusstet, dass jeder Sidhe das Potenzial zu allen magischen Fähigkeiten hat und dass ihr es der Bevölkerung absichtlich vorenthalten habt. Morrigan behauptet jetzt etwas anderes. Sie bezeichnet es als magische Evolution. Ihr habt auch gesagt, dass es Berufung nicht gibt und dass das Schicksal eines jeden einzelnen Sidhe nicht in den Sternen steht, wie die Königin dem Volk seit Jahrtausenden weismacht. Auch da haben wir Gegenteiliges erfahren. Dennoch sagt Mog Ruith, mein Schicksal stünde in den Sternen.«

Meine Stimme zitterte nicht mehr so sehr wie am Anfang und ich wurde mutiger. Warum sollte ich Ehrfurcht vor ihnen empfinden? Ich war ein Mensch. Es war an der Zeit, die Dinge beim Namen zu nennen.

»In meiner Welt gibt es ein Land, das als neutral gilt, weil es keine Partei für andere Länder ergreifen will, damit es keine Position beziehen muss. Die Schweiz. Ihr, der Ältestenrat, kommt mir vor wie die Schweiz. Ich möchte, dass ihr Position bezieht. Ich möchte die Wahrheit wissen. Ich will Beweise für das sehen, was ihr Dylan gegenüber behauptet habt.«

Ich holte tief Luft.

Schweigen.

Langsam sank ich wieder in mich zusammen.

»Was du willst, können wir dir nicht geben«, antwortete schließlich Tlachtga, eine junge Frau mit herzförmigem Gesicht und braunen Locken, die sie zu einer Hochsteckfrisur aufgetürmt hatte. »Was wir Dylan gesagt haben, stimmt. Was Morrigan behauptet, auch. Berufung ist willkürlich und das Schicksal eines jeden steht in den Sternen. All das klingt widersprüchlich, schließt sich aber in Wirklichkeit nicht aus. Die Wahrheit ist selten nur schwarz oder weiß.«

»Du hast zwar Tausende Jahre mehr Erfahrung als ich, aber selbst ich habe schon die Erfahrung gemacht, dass die Wahrheit meistens ganz einfach ist«, konnte ich mir nicht verkneifen zu sagen. »Es sind diejenigen, denen diese Wahrheit zu unbequem ist, die sie verdrehen und komplizierter machen.« Mir entging nicht, dass Riordans blaue Augen amüsiert aufblitzten. Tlachtga verzog keine Miene und sah mich nur mit undurchdringlichem Blick an.

Der Blick war besonders undurchdringlich, weil sie dieselben milchig-grauen Augen wie ihr Vater hatte. Keine Pupille, keine Iris, einfach nur Grau. Ich hatte vorher nicht darüber nachgedacht, sondern einfach angenommen, Mog Ruiths Blindheit hatte mit seinem Alter zu tun. Dass Tlachtga sich durch einen Zauber verjüngte, war mir schon klar, aber diese Augen in einem so jungen Gesicht waren irgendwie seltsam …

»Bist du auch blind, wie dein Vater?«, platzte es aus mir heraus. Wenn man mir schon ausweichende Antworten auf die großen Fragen gab, würde ich mich eben mit kleinen Fragen an das herantasten, was ich wissen wollte.

»Du möchtest wissen, ob du ihm vertrauen kannst«, verstand Tlachtga meinen Gedankengang hinter der Frage. Ich riss die Augen auf. Der Besuch versprach doch noch interessant zu werden.

***

»Mein Vater hat dir schon längst eine Antwort auf all deine Fragen gegeben. Schon vor längerer Zeit. Die Antwort ist so einfach, dass du sie nicht siehst. Mog Ruith hat selber Jahrtausende gebraucht, bis er sie verstanden hat.«

»So viel Zeit habe ich leider nicht«, murmelte ich.

Tlachtga und ich saßen allein in einem Vorraum, der an den Saal mit der Säuleneibe angrenzte. Sie hatte sich bereit erklärt, mir Mog Ruiths Geschichte zu erzählen.

Und ich war bereit, ihr alles zu glauben, was sie mir erzählte. Denn eben gerade, bevor wir in das Vorzimmer gegangen waren, hatte sie mir tatsächlich einen Beweis gegeben. Einen handfesten Beweis, dass an Mog Ruiths Prophezeiung etwas Wahres dran war. Mit Schaudern dachte ich daran, was passiert war, als ich die Säuleneibe berührt hatte.

Ich, Alice Lohmann, 18-jährige Studentin aus der Menschenwelt, würde die rote Königin sein und meine und die Anderswelt regieren.

Ich war immer noch geschockt von dem Erlebnis, versuchte mich aber darauf zu konzentrieren, was Tlachtga erzählte.

»Mog Ruith hatte großes Vertrauen in die Menschheit gehabt. Wie viele Druiden zu seiner Zeit, hatte er geglaubt, die Welten könnten voneinander lernen und vielleicht eines Tages wieder verschmelzen. Vor ziemlich genau zwei Jahrtausenden, zu Lebzeiten Jesus Christus und am Anfang eurer Zeitrechnung hatte mein Vater eine besondere freundschaftliche Beziehung zu einem Magier namens Simon aufgebaut.«

»Simon Magus?«, fragte ich. »Mit dem er das Roth Ramach gebaut hat?«

»Dann kennst du die Geschichte«, sagte Tlachtga. »Sie brachten sich gegenseitig Magie bei. Mog Ruith lehrte Simon Druidenwissen und Simon brachte meinem Vater eine andere Magie bei, die ihre Kraft nicht aus der Natur, sondern aus ihrer Antithese, etwas viel Dunklerem zieht. Heute nennen wir sie schwarze Magie. Mein Vater wusste damals nichts davon, musste aber auf bittere Weise erfahren, was solche Magie aus denen macht, die sie praktizieren. Auch ich musste es erfahren«, fügte sie traurig hinzu.

Das war der erste Anflug von Gefühlen, den ich bei Tlachtga

wahrnahm. Sie saß stocksteif auf ihrem Stuhl und wirkte sonst unbeteiligt. Nach kurzer Pause fuhr sie in ihrem üblichen gleichgültigen Ton fort.

»Simon brachte seinen Freund dazu, Johannes dem Täufer den Kopf abzuschlagen. Er zog Energie aus diesem Akt, den er für seine schwarze Magie brauchte. Doch mein Vater, der zu spät merkte, was für einen Fehler er begangen hatte, wandte sich sofort von Simon ab. Er schwor, nie wieder mit ihm Magie zu praktizieren. Aber Simon war auf Mog Ruith angewiesen, ohne ihn klappten seine Zauber nur halb so gut. Aus reiner Bösartigkeit stiftete Simon seine drei Söhne dazu an, mich brutal zu vergewaltigen.« Kaum merklich änderte sich der Ton ihrer Stimme. »Ich gebar drei Söhne, Halblinge, jeder von einem der drei Söhne. Ich musste sie auf Erden zurücklassen, wo sie ein kurzes Dasein fristeten. Damit Simon mich nicht länger als Druckmittel benutzen konnte, täuschte ich meinen Tod vor.«

»Und Mog Ruith war so von den Menschen enttäuscht worden, dass er sich in die Anderswelt zurückzog und nie wieder etwas mit ihnen zu tun haben wollte«, sagte ich leise. So hatte es mir Colleen erzählt. Tlachtga nickte.

»Er gab sich selber die Schuld daran, was ihm und mir in der Menschenwelt passiert war. Er war ein mächtiger Druide. Was half ihm seine ganze Magie, wenn er ein solch grausames Schicksal nicht voraussehen konnte? Mog Ruith zog sich auf eine einsame Insel zurück – Dairbhre – und konzentrierte sich dort ganz auf einen anderen Aspekt der Druidenmagie: Die Sterndeutung. Er wollte die Sterne wie ein Buch lesen können.«

»Er wollte die Zukunft voraussagen können, damit er so etwas Schlimmes, wie es ihm und dir passiert war, abwenden konnte?«, fragte ich.

»Es gibt Druiden, die haben eine besondere Begabung dafür, Seher zu sein. Mein Vater hat es sich selber angeeignet und ist darin ein Meister geworden. Dann hat er es mir beigebracht. Du hast mich nach meinen Augen gefragt; das passiert, wenn Druiden sehr gute Seher werden. Sie werden blind. Sie sehen so viel, dass sie ihre Umgebung, wie andere sie wahrnehmen, nicht mehr sehen können. Ihr Blick ist so sehr nach außen gelenkt, dass er sich nach innen richtet.«

Ich kräuselte die Nase. Es war mir nicht ganz klar, wie Blinde Sternkonstellationen sehen, die sie deuten sollen. Realta hatte schließlich Spiegel-Augen, damit sie besser sehen konnte. Für ihre ganze Arbeit schien mir Sehkraft eine sehr wichtige Voraussetzung. Das sagte ich auch Tlachtga.

Sie kicherte. Ich zuckte zusammen. Ein Laut, der gar nicht zu ihr passte, aber mich an Mog Ruith erinnerte. Vater und Tochter waren sich sehr ähnlich. »Aber wir sehen die Sterne. Nur nicht so, wie andere sie sehen. Vielleicht ist es besser zu sagen, dass wir sie fühlen.«

Irgendwie ergab das Sinn für mich. Bei Mog Ruith hatte ich immer den Eindruck, dass er genauso gut sah wie andere. Das ließ sich wohl damit erklären, dass er seine Umgebung fühlte.

»Für Jahrtausende studierte Mog Ruith also den Sternenhimmel, lernte alles, was er über die Sterndeuterei lernen konnte. Und besonders interessierte ihn der Zusammenhang zwischen der Anderswelt und der Menschenwelt. Er war von den Menschen bitter enttäuscht worden, aber seine Faszination mit ihnen hatte das nicht getrübt. Und die kurzen Lebensspannen der Menschen eigneten sich besonders dafür, Voraussagungen zu machen und diese zu überprüfen.«

»Du meinst, wir eignen uns vorzüglich als Testobjekte«, meinte ich zynisch. Typisch Sidhe.

»Mein Vater hatte dadurch vieles herausgefunden. Über das Schicksal der Welten und der Sidhe und Menschen darin. Nach vielen vielen Jahren fühlte er sich wieder, als ob er die Kontrolle hätte. Doch dann kam der Schock. Er musste etwas feststellen, das seine ganze These widerlegte. Deutungen von Sternenkonstellationen konnten sich verändern. Eine irgendwann gemachte Interpretation einer Konstellation ergab Jahre später etwas ganz anderes. Er musste sich fragen: War es wirklich nur eine Interpretation, völlig subjektiv? Mit anderen Worten, war es tatsächlich alles nur Zufall?

Gab es Schicksal überhaupt nicht? Allerdings fand Mog Ruith bald heraus, dass es viel weniger von diesen Abweichungen gab als konstante Sterndeutungen. Er erforschte, woran das lag. Und irgendwann hatte er verstanden, was diese Abweichungen verursachte.« Gespannt wartete ich darauf, was Tlachtga als Nächstes sagen würde. Doch sie wollte wohl, dass ich selber darauf kam.

»Was hat Mog Ruith gesagt, als Morrigan ihn um Hilfe bat, weil sie Ciaras Seele von dir haben wollte? Warum gab es keinen Zauber, der dich dazu bringen würde, Ciaras menschliche Essenz an Morrigan abzugeben?«

»Er hat gesagt, dass ich Ciara freiwillig aufgeben muss.«

»Und Morrigans Reaktion dazu?«

»Sie wunderte sich, dass sie nicht früher drauf gekommen war. Bei den Menschensklaven muss ja auch erst der Wille gebrochen werden. Sie wollte alles daran setzen, damit ich ihr Ciara freiwillig geben würde.«

Tlachtga sah mich zufrieden an, aber ich wusste immer noch nicht, worauf sie hinauswollte.

»Freier Wille«, sagte sie schließlich. »Das ist der Grund für die Abweichungen. Bei Menschen ist er besonders ausgeprägt. Sidhe exerzieren ihn nicht. Oder haben ihn bislang nicht ausgeübt, weil ihnen das von Anfang der Anderswelt an aberzogen wurde. Ihr Schicksal steht größtenteils sehr wohl in den Sternen. Sie leben das, was eine höhere Macht für sie bestimmt hat. Und das funktioniert ganz toll. Es ist viel einfacher so. Für alle Beteiligten. Aber das müssten sie nicht. Sie hätten auch freien Willen und könnten sich gegen ihr Schicksal stellen, selber bestimmen, was sie sein wollen.«

»Damit bringen sie aber sozusagen die Weltordnung durcheinander?«, fragte ich. »Genau wie die Menschen es tun? Willst du das damit sagen.«

Tlachtga zuckte mit den Schultern.

»Freier Wille ist ein Segen und ein Fluch. Jeder muss für sich selber individuelle Entscheidungen und Fügung für das Gemeinwohl aufwiegen.«

Ich ließ langsam die Luft aus meinen aufgeblasenen Backen. Das musste ich erst einmal sacken lassen, um alles vollständig zu verstehen. Aber dann hatte Tlachtga recht. Es traf alles zu: Es gab Schicksal und es gab es nicht. Es gab Berufung – und wiederum auch nicht. Doch was bedeutete das für mich? Ich konnte rote Königin werden – konnte mich aber auch dagegen entscheiden? Im Moment fiel es mir unheimlich schwer zu sehen, wie ich mich gegen die Prophezeiung stellen konnte.

Vor meinem Gespräch mit Tlachtga waren die Druidin und Riordan meinem Wunsch nachgekommen, mir doch bitte einen handfesten Beweis für irgendwas zu liefern. Sie hatten natürlich nicht wissen können, was dabei herauskommen würde. Aber für sie wäre es wohl ein Beweis gewesen, wenn das Gegenteil passiert wäre.

»Trete an die Säuleneibe heran«, hatte Tlachtga gesagt. »Wie du sicherlich weißt, steht an dieser Stelle in der Menschenwelt der Stein von Fal.« Ich nickte. Er war einer der Talismane der Túatha Dé Danann, der aufschrie, wenn der rechtmäßige König ihn berührte. Tlachtga erzählte mir, was ich schon wusste: Dass es bislang nicht gelungen war, diesen Talisman aus der Menschenwelt zu entfernen und in die Anderswelt zu bringen. An seine Stelle war hier die Säuleneibe gepflanzt worden.

Ich stand direkt vor dem Baum, der auch in die Form dieses hohen, schmalen, säulenartigen Steins geschnitten worden war.

»Berühre sie.« Tlachtgas Stimme klang heiser. Ich hatte eine Ahnung, was dieser Test aussagen sollte. Meine Hand zitterte, als ich sie ausstreckte. Eigentlich sollte es mir doch egal sein. Ich wollte gar keine Königin in der Anderswelt werden. Entschlossen fasste ich die Eibe an.

Im ersten Augenblick passierte gar nichts.

Dann veränderte sich meine Realität.

Ich stand in der Halle mit der Säuleneibe in der Anderswelt und am Stein von Fal in der Menschenwelt.

Es fühlte sich an, als ob ich in beiden Welten gleichzeitig wäre, als ob beide transparent und übereinander gelegt wären.

Mir wurde schwindlig.

Erst wusste ich nicht, wo das ohrenbetäubende Geräusch herkam. Ich hätte darauf gefasst sein sollen, hatte mir den Schrei aber anders vorgestellt. Ein Aufschrei, ein Kriegsschrei, ein Schmerzensschrei? Es war nichts von alledem.

Der Baum … der Stein, den ich immer noch anfasste, vibrierte vor Anstrengung.

Es gab keinen Zweifel. Der Stein schrie.

Er brüllte. *Luis.*

kapitel Fünfzehn
alice

In letzter Zeit hatte ich immer wieder einen Traum, den ich schon einmal geträumt hatte. Das erste Mal war es ein Traum im Traum gewesen. Ciara hatte davon geträumt, sich in eine Hirschkuh zu verwandeln. Ein befremdlicher Traum, in dem sie sich als eine andere fühlte. Morrigan. Es war das erste Mal, dass Morrigan in Ciaras Unterbewusstsein sozusagen zum Vorschein gekommen war. Zumindest das erste Mal, dass mir Ciara gezeigt hatte, dass Morrigans Bewusstsein irgendwo in ihr existierte.

Seither träumte ich den Traum in den unterschiedlichsten Variationen. Ich hatte ihm nicht viel Bedeutung beigemessen. Immer war es Nacht oder sehr früher Morgen. Ich ging in den Wald hinter dem Palast und zog mein Nachthemd aus. Dann verwandelte ich mich in eine Hirschkuh. Und dann rannte ich einfach, die unterschiedlichsten Strecken entlang. Manchmal trank ich aus dem glasklaren Ballynahinch Lake. Egal in welcher Stimmung ich mich aus dem Palast geschlichen hatte, ob ich traurig, ängstlich oder besorgt war – ja, Morrigan kannte all diese Emotionen –, sobald ich die frische Waldluft in meine Lungen gesaugt, das taunasse Gras unter meinen Hufen gespürt, die unterschiedlichen Gerüche eingeatmet hatte, fühlte ich mich besser. Als Hirschkuh durch den Wald zu laufen war das Gefühl purer Freiheit, ein berauschendes Gefühl. Nur für einen kurzen Augenblick konnte ich meine Sorgen und Pflichten im Palast lassen und einfach nur ich – Morrigan – sein.

Die Version, die ich in dieser Nacht in Tara träumte, war neu für mich.

Meinem belebenden Lauf durch den Wald wurde ein jähes Ende gesetzt, als ich in eine Falle trat.

Noch vor dem Schmerz kam der Zorn. Wie konnte es jemand wagen, eine Falle in meinem Wald aufzustellen! Es war ein einfaches Tellereisen, in dem mein Fuß hängengeblieben war. Die Zähne des Bügels gruben sich unbarmherzig in das Fleisch. Jetzt zuckten die Schmerzen wie heißes Feuer mein Bein hoch. Ich fluchte. Die Schmerzen waren so schlimm, dass ich meine ganze Konzentration aufwenden musste, mich zurückzuverwandeln. Dann rief ich den Heiler. Er kam unverzüglich. Ich kannte ihn; er lebte unweit des Palastes und war schon öfter mir zu Hilfe gekommen. Gut, dass ich ihm vertrauen und auf seine Verschwiegenheit zählen konnte, denn ich verzichtete gerne darauf, dass sich herumsprach, die Königin würde nachts nackt im Wald herumlaufen.

Der Heiler legte mir ohne viel Aufhebens seinen Mantel um und machte sich dann unverzüglich daran, die Schmerzen in meinem Fuß zu betäuben und ihn aus dem Tellereisen zu befreien. Er säuberte die Wunde, nähte sie und tränkte ein Stück Leinen mit einer Flüssigkeit, die stark nach Kräutern roch. Es duftete nach Thymian und Lavendel und ich war mir ziemlich sicher, dass auch Spitzwegerich ein Bestandteil war. Der Heiler wickelte meinen Fuß darin ein und verband ihn dann.

»Soll ich jemanden holen?« Es waren die ersten Worte, die er sprach.

Ich schüttelte den Kopf. Er half mir auf und ich sagte ihm, wo mein Nachthemd war. Der Heiler führte mich dorthin und brachte mich dann zum Rand des Waldes. Ich bedankte mich bei ihm, befahl ihm, niemandem von dem Vorfall zu erzählen und humpelte dann auf einem Stock, den der Heiler für mich im Wald gefunden hatte, über die Wiese, zum Seiteneingang des Palastes.

Bevor ich den Palast erreicht hatte, war ich aufgewacht.

Seitdem lag ich im Bett und grübelte immer wieder über diesen Traum nach. Bislang war ich davon ausgegangen, dass sich mir Morrigans Verwundbarkeit wie eine Vision offenbaren würde. Konnte es sein, dass ich schon längst im Besitz des Wissens war, das die Anti-Royalisten von mir haben wollten? Handelte es sich buchstäblich um eine Wunde, die man Morrigan zufügen konnte? Als ich Dean begegnet war, musste ich die Assoziation Verwundbarkeit, Wunde und Heiler schon gehabt haben. Seitdem hatte ich das Gefühl nicht mehr abschütteln können, dass da irgendetwas zusammengepuzzelt werden musste, doch mit den Besuchen bei Coimeádaí, Realta und dem Ältestenrat, war Dean bei mir gedanklich in den Hintergrund geraten.

Morrigan als Hirschkuh war verletzlich. Es war ihr Moment der Freiheit und das hieß, keine Wachen passten auf sie auf, sie war von niemandem umgeben. Sie konnte auf ihren Heiler vertrauen und bislang hatte sonst keiner von ihren kleinen Ausbrüchen erfahren. Außer Ciara und mir. Man könnte ihr Fallen stellen und Dean im Wald positionieren. Er wäre damit näher als der Heiler, der sonst kam und würde als Erster auf ihren Ruf reagieren. Sicherlich hatte Morrigan noch andere magische Waffen, um sich zu wehren, wenn man sie in einer solchen Situation zu entführen versuchte. Ich dachte daran, zu was Maggie alles in der Lage war. Zum Beispiel zu einem Immobilisierungszauber, wobei sich die mit dem Zauber belegte Person nicht mehr bewegen konnte.

Aber Mog Ruith war ein mächtiger, zauberkundiger Druide. Sicherlich wüsste er, wie er das Überraschungsmoment nutzen und die verletzte, von Schmerzen gepeinigte Morrigan fortschaffen konnte, bevor sie wusste, wie ihr geschah. Mit dem Roth Ramach zum Beispiel.

Es war ein Plan. Ein einfacher Plan. Auch wenn ich geglaubt hatte, dass das, was Ciara mir über Morrigans Verwundbarkeit sagen sollte, irgendwas mit einer Schlacht oder Krieg zu tun hatte, und das hier eine ganz andere Methode war, um an Morrigan zu kommen.

Für mich war sie allerdings umso perfekter. Wenn man Morrigan an einen durch Mog Ruiths Schutzzauber sicheren Ort bringen würde, vielleicht sogar nach Dairbhre, dann wäre sie in genau der schwachen Position, in der ich sie haben wollte.

Nur – damit wäre es vorbei mit einem rein diplomatischen Bündnis mit den Anti-Royalisten. Ich würde mich damit voll und ganz auf ihre Seite stellen, wenn ich ihnen diese »Waffe« in die Hand gab. Wollte ich das? Außerdem würde ich damit wahrscheinlich Dylans Plan durchkreuzen, der ja jetzt bei Morrigan war.

Unruhig warf ich mich in meinem Bett von einer Seite auf die andere. Aufzustehen und im Fort herumzulaufen, traute ich mich auch nicht. Tlachtga wollte mich am Morgen abholen. Ein Blick aus dem Fenster, das wie in den Schlafzimmern im Fort auf dem Lurigethan aus schmalen Schlitzen in der dicken Mauer bestand, verriet mir, dass die Morgendämmerung noch einige Stunden auf sich warten lassen würde. Bis dahin hatte ich Zeit, mir zu überlegen, ob ich nach allem, was ich in den letzten Tagen erlebt und erfahren hatte, Mog Ruith Vertrauen schenken wollte oder nicht.

***

Bevor ich Tara und das Fort auf dem heiligen Hügel so richtig auf mich wirken lassen konnte, war ich auch schon wieder weg. Dabei hatte ich mich eigentlich darauf gefreut, die Hauptstadt und den Tagungsort des Ältestenrates zu sehen, von denen mir Dylan erzählt hatte. Stadt und Fort waren eine Mischung aus Alt und Neu. Die ganze architektonische Entwicklung in der Anderswelt konnte man hier nachvollziehen. Im Fort war die Außenmauer noch eine ganz alte, aus Stein, und das Schlafzimmer, das man mir gestern Abend zugewiesen hatte, war auch im alten Teil gelegen. Doch es gab auch diese porenartigen Wände dort, die ich schon aus Morrigans Palast kannte und noch einige weitere kuriose Dinge. Leider hatte ich gar keine Gelegenheit nachzufragen.

Denn kurz nach dem Frühstück, das mir Tlachtga aufs Zimmer gebracht hatte, wurde ich schon wieder schnurstracks aus der Stadt befördert, ohne dass ich mir irgendetwas richtig anschauen konnte. Wahrscheinlich wollte man mich loswerden, bevor die anderen Mitglieder des Ältestenrats eintrafen, die nicht einen geheimen Coup gegen Morrigan planten.

Vielleicht hatte ich aber auch selber Schuld. Nachdem ich stundenlang überlegt hatte, wie ich weiter vorgehen wollte, war mir daran gelegen, meinen Plan auch unverzüglich in die Tat umzusetzen. So hatte ich Tlachtga, als sie mich am Morgen weckte, mir eine Karaffe Wasser zum Waschen und mein Frühstück brachte, gefragt, ob sie ihren Vater irgendwie erreichen könnte. Ich wollte gerne mit Mog Ruith sprechen.

Ich hatte ja nicht ahnen können, dass sie meiner Bitte prompt nachkommen würde. Kaum hatte ich den letzten Bissen Brötchen mit Marmelade heruntergeschluckt, war Tlachtga wieder zurück. Durch einen Seiteneingang schleuste sie mich aus dem Fort, wo Tio schon mit dem Wagen auf mich wartete.

Seine braunen Knopfaugen glänzten, wahrscheinlich, weil er kein schlechtes Gewissen mehr hatte, mich hierhergebracht zu haben. Denn er war schon darüber unterrichtet worden, dass er mich zu Mog Ruith bringen würde. Keine Umwege mehr für Alice.

Der Druide wollte mich außerhalb von Tara treffen. Ich war von ihm schon gewohnt, dass er Menschenansammlungen lieber vermied. Vielleicht lag es auch daran, dass das Roth Ramach mit seinem Feuerschweif und dem Luftrad schon ein auffälliges Gefährt war, das Aufmerksamkeit auf sich zog, wenn es irgendwo landete. In der Luft war es wohl durch einen Zauber unsichtbar, so hatte mir Fionn einmal erzählt. Aber ich konnte schon nachvollziehen, dass die Hauptstadt nicht der geeignete Ort war, das Luftgefährt zu landen, wenn man auf ein geheimes Treffen aus war.

So verließen wir Tara gen Osten und waren bald in einem Wald. Ich hatte keine Ahnung, wie Tio die Lichtung fand, die wohl als Treffpunkt ausgemacht worden war, aber er schien sich nicht besonders zu stressen, und als wir dort ankamen, stand das Roth Ramach schon da. Auf einem Felsen saßen und warteten geduldig Mog Ruith – und Fionn. Oh nein. Auf den war ich noch nicht vorbereitet gewesen. Als wir näher kamen, glättete sich meine Stirn aber wieder und ein Lächeln breitete sich auf meinem Gesicht aus. Denn hinter den Männern saß noch eine kleine Fee mit blonden Haaren.

»Colleen!«, rief ich. Ich lief auf sie zu und fiel ihr in die Arme. Auch Tio war sichtlich erfreut, seine Freundin zu sehen und hätte mich vor lauter Überschwang fast zur Seite geschubst.

Die Wiedersehensfreude wurde aber schnell von Fionn getrübt, der fragte: »Wo ist denn Dylan?«

Ich schluckte. Ich war so damit beschäftigt gewesen, selber damit klarzukommen und mich davon abzulenken, dass Dylan nicht mehr an meiner Seite war, dass ich mir noch gar nicht überlegt hatte, was ich den anderen sagen würde.

»Ähh …Der hat sich entschieden, einen anderen Weg zu gehen als ich«, sagte ich kryptisch.

»So so.« Fionn klang spöttisch, etwas verärgert, aber irgendwie auch schadenfroh. »Wir haben alle das Mitteilungsblatt der Königin gelesen. Unser Held will sich wohl nicht mehr mit uns abgeben, was? Hat er sich von Morrigans Propaganda einwickeln lassen?« Er wandte sich Mog Ruith zu. »Ich habe es doch von Anfang an gesagt. Ein Fähnlein im Winde.«

»So ist das nicht«, sagte ich wütend. Ich holte tief Luft. »Ich erkläre es später. Das ist jetzt im Augenblick auch nicht wichtig.«

Mit erhobenem Kopf trat ich auf Mog Ruith zu. »Jetzt würde ich aber erst mal gerne mit dir unter vier Augen sprechen.«

Der Druide verzog keine Miene und machte eine kurze Handbewegung. »Verlasst uns.«

Colleen und Tio liefen vergnügt in den Wald, glücklich darüber, dass sie etwas Zeit für sich hatten. Fionn entfernte sich zögerlich. Ich konnte es mir nicht verkneifen, ihm einen genugtuenden Blick zuzuwerfen, als er sich noch mal umdrehte. Doch das brachte den Rebellen-Anführer nur zum Lächeln.

Ich wartete, bis Fionn aus Hörweite war und setzte mich dann auf den Felsen neben Mog Ruith.

»Ihr habt jetzt lange darauf gewartet, dass mir Ciara eine bestimmte Erinnerung von Morrigan zeigt«, fing ich an. »Mir sozusagen Morrigans Verwundbarkeit offenbart. Ich habe letzte Nacht einen Traum gehabt, der mir das gezeigt hat. Es ist vielleicht nicht genau das, was ihr erwartet, aber ich bin mir ziemlich sicher, dass es die Lösung ist, nach der ihr sucht.«

Ich brach ab. Mog Ruith drängte mich nicht dazu, weiterzusprechen, sondern wartete geduldig.

»Morrigan wird euch damit schutzlos ausgeliefert sein. Ihr werdet sie gefangen nehmen können. Aber ich kann euch nicht einfach so vertrauen. Ich kann *dir* nicht einfach so vertrauen.« Ich schielte zu Mog Ruith rüber. So, jetzt hatte ich es zum ersten Mal ausgesprochen. Es fühlte sich gut an. War das ein Lächeln, das ich da um Mog Ruiths dünne Lippen spielen sah? Bei den vielen Falten konnte man es schlecht erkennen. Ich wurde mutiger.

»Warum tust du das alles hier? Was hast du davon, wenn Morrigan gestürzt wird? Warum hast du die Anti-Royalisten-Bewegung ins Leben gerufen?«

Jetzt lächelte der Druide tatsächlich.

»Damit das geschieht, was prophezeit wurde. Das Zeitalter der Königin, die Eichenzeit, ist vorbei. Die Ebereschenzeit wird bald anbrechen. Dafür muss dies alles geschehen.«

Ich verdrehte die Augen. Mog Ruith konnte das ja schließlich nicht sehen. Natürlich wieder eine Antwort, die mehr Rätsel aufwarf als meine Neugier befriedigte.

Mog Ruith war also im Auftrag des Schicksals unterwegs. Ich mochte immer noch nicht glauben, dass so ein altruistisches Motiv hinter seinen Intrigen steckte, aber dann erinnerte ich mich an das, was Tlachtga gestern über ihren Vater erzählt hatte und mein Herz wurde weicher.

Außerdem hatte ich ja sowieso schon beschlossen, dass ich die Sache jetzt durchziehen wollte. Ich fasste Mut und sagte, was gesagt werden musste.

»Ich möchte etwas von Morrigan. Wenn es euch gelingt, sie mit den Informationen, die ich euch gebe, in Gefangenschaft zu bringen, dann möchte ich mit ihr reden können. Sie muss in der Lage sein, etwas für mich zu tun, aber geschwächt genug sein, um sich auf einen Handel mit mir einzulassen. Ich weiß, Sidhe können sich eigentlich nicht gegenseitig umbringen. Aber … ich brauche irgendeine Versicherung, dass das nicht geschieht. Dass Morrigan mir geben kann, was ich brauche.«

Ich biss mir auf die Lippe und wartete gespannt seine Reaktion ab. Ich war auf alle möglichen Fragen eingestellt und hatte mir Antworten dazu überlegt. Was ich denn von Morrigan wollte, stand zum Beispiel ganz oben auf der Liste der Fragen, die ich an Mog Ruiths Stelle gefragt hätte.

Seine Antwort warf mich aus der Bahn.

»Nuadas Schwert.«

»Häh?«

Mog Ruith drehte sich seelenruhig zu mir um und schaute mich mit seinen undurchdringlichen grauen, blinden Augen an.

»Ich werde dir Nuadas Schwert geben. Du weißt doch, was das ist, oder?«

»Na ja. Ich kenne es aus der Mythologie. Aber meinst du das echte Schwert?« Nuadas Schwert war einer der vier Talismane der Túatha Dé Danann. Bislang hatte ich diese eher als Symbole betrachtet, weshalb ich auch nicht ganz glauben konnte, dass es den Kessel des Dagda wirklich gab. Aber …

»Du hast doch jetzt schon selber erfahren, dass die Talismane mehr als nur Mythologie sind, oder?«, sprach der Druide meine Gedanken laut aus. Der Stein von Fal schien ja auch tatsächlich zu existieren. Mich schüttelte es, als ich daran dachte, wie er unter meiner Berührung aufgeschrien hatte.

»Das Schwert des Nuadas wird auch Lichtschwert genannt. Es leuchtet mit einer unglaublichen Kraft, die Sidhe töten kann. Das Schwert und der Speer des Lugh sind die einzigen Waffen, mit denen man Sidhe umbringen kann.«

»Und wer hat das Schwert?«, fragte ich gleich.

Mog Ruith lächelte geheimnisvoll.

»Das Lichtschwert befindet sich in der Menschenwelt. Es ist dort an einem sicheren Ort versteckt, wo es seit Jahrtausenden darauf wartet, zu dem Einsatz zu kommen, der ihm vorherbestimmt ist.

Ich verrate dir, wo du das Schwert findest und du holst es. Die Person, die das Schwert findet, der gehört es auch. Es ist deine Rückversicherung. Mit diesem Schwert bist du in einer Machtposition. Du kannst mit ihm über die Königin wachen, bis sie dir gibt, was du brauchst. Und kein Sidhe kann Morrigan etwas antun, solange du mit dem Schwert in ihrer Nähe bist.«

Ich zog die Brauen zusammen und studierte aufmerksam Mog Ruiths Gesicht, das mir immer noch zugewandt war. Ein sonderbarer Vertrauensbeweis. Mir ein Instrument in die Hand zu geben, mit dem ich jeden Sidhe, ja, theoretisch auch ihn töten konnte. Und er schien überhaupt nicht besorgt darum zu sein, was ich denn von Morrigan wollte.

Aber er hatte mir ohne zu zögern und ohne meine Bitte zu hinterfragen das gegeben, worum ich gebeten hatte. Da konnte ich diesen Handel wohl kaum ausschlagen.

»Okay. Sag mir, wo ich Nuadas Schwert finden werde. Ich bringe es nach Dairbhre. Und dann werde ich euch erzählen, wie ihr Morrigan gefangen nehmen könnt.«

Ich dachte an Dylan und seine Hoffnungen, Veränderungen im Land durch Reformen statt mit Gewalt durchzusetzen. »Wenn ihr Morrigan dann habt und wir sie so unter Druck setzen können«, sagte ich zögerlich, »wird dann ein Krieg überhaupt noch nötig sein?«

»Oh ja«, antwortete Mog Ruith und kicherte. »Ein Krieg wird durchaus nötig sein.«

***

»Warum sagt sie uns nicht einfach, was sie geträumt hat«, hörte ich Fionns Stimme. Ich packte Colleen am Arm und legte einen Finger auf die Lippen. Wir waren gerade auf dem Weg vom Bach zurück zum Lager, das wir im Wald aufgeschlagen hatten. »Es ist doch in ihrem Interesse, Morrigan verwundbar zu machen. Und jetzt soll sie noch in die Menschenwelt reisen und das Schwert des Nuada finden? Dafür haben wir doch keine Zeit!«, redete er sich immer mehr in Rage.

»Wir haben noch gut zwei Wochen Zeit«, antwortete Mog Ruith gelassen. »Bis zu ihrem Geburtstag wird sie schon wieder zurück sein.« Mein Geburtstag? Was hatte der denn damit zu tun? Ich schaute Colleen mit gerunzelter Stirn an, die auch nur ratlos mit dem Kopf schüttelte. »Mach dir lieber Gedanken darüber, diese Zeit richtig zu nutzen«, fuhr der Druide in einem Befehlston fort, den ich gar nicht von ihm kannte. »Das Volk muss hinter uns stehen, wenn Morrigan gefangen genommen wird. Sonst wird sich einfach jemand anderes auf den Thron setzen. Maggie zum Beispiel. Oder jemand aus dem Adel wird den Thron an sich reißen. Das Volk wird es akzeptieren. Deshalb müssen wir erreichen, dass das Volk bis dahin aufgeklärt ist und wir genug Gefolgsleute haben. Trainiere deine Armee und sieh zu, dass sich genug Sidhe uns anschließen, damit der Adel besiegt werden kann. Bereite den Feldzug vor. Siehst du, du hast noch genug zu tun. Überlasse Alice ruhig mir.«

Fionn brummelte irgendetwas Unverständliches.

Ich machte Colleen ein Zeichen, ganz leise rückwärts zu gehen, damit wir die Stelle, an der sich Mog Ruith und Fionn unterhielten, unbemerkt umrunden konnten. Ich wollte nicht, dass Mog Ruith und Fionn mitbekamen, dass wir ihrem Gespräch gelauscht hatten. Es gab mir doch wieder zu denken.

Wir machten eine große Runde durch den Wald und waren schon fast wieder am Bach angelangt, als ich eine Gestalt zwischen den Bäumen ausmachte. Sie schien am Bach zu stehen. Tio hatte eigentlich gesagt, er wollte im Lager bleiben. Und der Mann – ja, es war ein Mann – war auch nicht so schlank wie Tio. Von dem, was ich durch die Bäume sehen konnte, wirkte er viel breitschultriger.

Wieder hielt ich Colleen am Arm fest und zeigte auf den Mann. Das Feenmädchen schnappte nach Luft. Ihre Augen weiteten sich vor Schreck. Für einen Augenblick schien sie wie gelähmt, dann versuchte sie mich wegzuziehen. Ich verstand ihre Panik nicht. Ja, es wäre besser, wenn wir unentdeckt blieben. Aber sie tat ja fast so, als ob der Mann hier wäre, um mich umzubringen. Dann begriff ich: Colleen musste gespürt haben, dass er hinter uns oder hinter mir her war. Doch bevor ich den Gedanken zu Ende gedacht hatte, rief der Mann meinen Namen.

»Alice! Komm raus, ich habe dir etwas Wichtiges zu sagen!«

Ich kannte diese Stimme.

Eigentlich hätte ich sofort weglaufen sollen.

Doch etwas sagte mir, dass ich hören musste, was er zu sagen hatte.

Ich löste meinen Arm aus Colleens Griff. Sie schaute mich verwirrt an.

Meine Beine trugen mich automatisch die paar Schritte zum Bach, wo er stand.

Er war einmal ein wunderschöner Sidhe gewesen. Muskulös, dunkelhaarig, mit grünen Augen, die mich immer etwas an Dylans erinnert hatten. Kein Wunder, dass meine Freundin Bridget ihn so attraktiv gefunden hatte, dass sie eine Affäre mit ihm anfing. Obwohl er mein Professor gewesen war.

Jetzt war Padraig O'Cadhla, wie er sich in meiner Welt genannt hatte, nur noch ein Schatten seiner selbst.

Sein einst kastanienbraunes Haar war schlohweiß. Er war dünner als noch vor ein paar Wochen und insbesondere sein Gesicht sah hager aus. Seine Augen hatten einen etwas irren Ausdruck. Und seine Hände waren immer noch pechschwarz.

Ich fragte mich, ob das alles an dem Stromschlag lag, den Dylan ihm verpasst hatte, als die beiden in O'Cadhlas Wohnung gekämpft hatten. Auch seine Stimme hörte sich irgendwie höher als sonst an, als er sagte:

»Bis man dich mal gefunden hat, Mädchen. Du bist ja nur unterwegs. Immer wenn ich den Ort wusste, an dem du dich aufhältst, warst du schon wieder weg. Ich musste ganze drei Mal den Suchzauber anwenden, den Badb mich gelehrt hat.«

Badb! Allein dieses Stichwort hätte ausreichen müssen, damit ich die Beine in die Hand nahm und vor O'Cadhla flüchtete. Aber ich stand wie angewurzelt da. Colleen ging es wohl nicht besser. Ich konnte spüren, wie sie zitternd hinter mir stand. Ich hatte ihr ja alles erzählt. Sie wusste, wer dieser Mann war. Grund genug, um wegzulaufen und Hilfe zu holen. Ob er uns mit einem Zauber daran hinderte? Ich konnte nicht weiter darüber nachdenken, denn was er als Nächstes sagte, erforderte meine ganze Aufmerksamkeit.

»Badb ist nicht glücklich mit dir. Leider kann sie nicht selber in die Anderswelt kommen, deshalb hat sie mich geschickt. Eigentlich hatte sie gedacht, sie müsse gar nicht eingreifen. Sie war sehr zufrieden damit, dass du vorhattest, Morrigan den Anti-Royalisten auszuliefern. Die Rebellen sind ihr natürlich egal, aber sie will, dass Morrigan unschädlich gemacht wird. Und du bist der Schlüssel dazu. Du und diese Ciara in dir. Es ist doch ganz einfach. Sag ihnen, wie sie Morrigan gefangen nehmen und vernichten können. Jetzt hast du dich seit Wochen geziert. Badb ist nicht bereit, noch länger zu warten. Deswegen hat sie dafür gesorgt, dass du einen … sagen wir, Anreiz hast. Damit du sie auch ernst nimmst, wenn sie sagt, als Nächstes sind deine Eltern dran, hat sie mich einen kleinen Unfall arrangieren lassen.«

Mir wurde schlecht. Der Wald um mich herum schien sich zu drehen.

»Es hat mir besondere Freude bereitet, der kleinen Bridget noch mal zu zeigen, was passiert, wenn man glaubt, mich zum Narren halten zu können.« O'Cadhla grinste süffisant. Ich hatte das Gefühl, dass mir der Boden unter den Füßen weggezogen wurde. Langsam sank ich auf die Knie.

»Professor O'Tool und seine Frau Vera sind tot. Wenn du nicht machst, was Badb sagt, müssen auch deine Eltern dran glauben.«

kapitel sechzehn
alice

Ich zog die fellbesetzte Kapuze tiefer ins Gesicht und befingerte nervös das Stück schwarze Seide in meiner Manteltasche, wobei ich aufpasste, die Alraunenwurzel nicht aus Versehen auszuwickeln. Mog Ruith hatte mir zwar versichert, dass mich dieser Zauber auf meiner Reise beschützen würde. Aber er war ja auch davon ausgegangen, dass ich mich direkt nach Glendalough begeben würde, wo ich Nuadas Schwert finden sollte, und somit sicher unterhalb Badbs Radar reiste. Stattdessen war ich aber nach Dublin gegangen – von dem kleinen Steinkreis im County Meath war es nicht weit gewesen – und riskierte damit, Badb direkt in die Arme zu laufen.

Vielleicht war O'Cadhlas Nachricht auch nur eine Falle. Ein kleiner Teil von mir hatte das zumindest bis jetzt noch gehofft. Ich war zumindest so vorsichtig gewesen, in eine Telefonzelle zu gehen und Claire Brennan und Avalynn Wannaugh in New Mexico anzurufen. Mein Herz war ganz schwer geworden, als ich hören musste: Ja, die O'Tools waren tatsächlich bei einem Autounfall ums Leben gekommen. Claire, die jetzt auch wie ihre Partnerin Avalynn an der Universität von New Mexico lehrte und extra dorthin gegangen war, um O'Cadhla zu entkommen, war anzumerken gewesen, wie schwer es ihr gefallen war, nicht zur Beerdigung nach Dublin zu fliegen. Claires verstorbener Vater war Professor O'Tools Mentor gewesen und sie kannte den Prof schon seit ihrer Kindheit. »Bridget hat darauf bestanden, dass wir nicht kommen«, hatte Claire Brennan mit gequälter Stimme gesagt. »Sie wollte nicht, dass wir uns in Gefahr begeben und noch mehr Menschen Opfer von Badbs Machenschaften werden.«

Demnach wusste Bridget Bescheid, dass Badb hinter dem sogenannten Unfall steckte.

Ich sah mich so unauffällig wie möglich in der Kirche um. Zu meinem Vorteil war es Winter und alle waren dick eingemummelt. Somit fiel ich inmitten der vielen Menschen, die zur Beerdigung gekommen waren, nicht auf. Die Bänke waren alle besetzt und ich stand hinten, mit einigen anderen Nachzüglern. Es wunderte mich nicht, dass so viele Abschied von den O'Tools nehmen wollten. Bridgets warmherzige Eltern hatten viele Freunde gehabt. Veras Kollegen im Krankenhaus hatten ihre ruhige und fürsorgliche Art geschätzt. Professor O'Tool hatte selber am Trinity College studiert und dort seit seiner Promotion gelehrt. Ich erkannte einige Gesichter aus der Linguistik-Abteilung der Universität wieder. Ganz vorne in der ersten Bank saß Bridget. Sie hatte den Kopf gesenkt, aber ich erkannte sie sofort an ihren blonden Locken. Ihre Schultern zuckten, so als ob sie leise weinen würde.

Nach dem Gottesdienst verließen alle geordnet zur Orgelmusik die Kirche, wobei Bridget und weitere Familienmitglieder aus den ersten Reihen den Anfang machten. Bridget hatte den Kopf jetzt gehoben und starrte geradeaus. Doch sie musste mich aus dem Augenwinkel entdeckt haben, denn kurz bevor sie aus der Kirche trat, drehte sie den Kopf und schaute mich für ein, zwei Sekunden lang an. Ihre Augen waren rot und ich konnte keine Emotionen darin erkennen.

Mein Magen machte einen Purzelbaum. Am liebsten wäre ich weggelaufen. Bridget musste mich hassen, nachdem was ihr und ihrer Familie um meinetwillen zugestoßen war. Aber ich zwang mich, der Trauergemeinde zum Friedhof neben der Kirche zu folgen, wo die Beisetzung stattfand. Ich schuldete es Bridget und auch Vera und Seamus, dass ich alles andere hintenan stellte, um hier herzukommen. Egal, was die Konsequenzen waren, ich würde versuchen, mit Bridget zu sprechen und alles tun, was sie von mir verlangte, um das hier irgendwie wieder gutzumachen. Ein dunkler Schatten legte sich über mein Herz. Was für ein lächerlicher Ausdruck. Natürlich könnte ich es nie wieder gutmachen. Die O'Tools hatten mich als Gastfamilie aufgenommen, mir ein Heim geboten und mich in allem unterstützt. Ich hatte sie in diese Sache hineingezogen. Bridget hatte schon genug leiden müssen – nur weil sie mir eine loyale Freundin gewesen war. Und jetzt waren wegen mir auch noch ihre Eltern tot. Auch während der Beisetzung hielt ich mich im Hintergrund, stand hinter anderen Grabsteinen, schaute mich immer wieder nervös um. Der Nieselregen war mittlerweile zu einem echten Schauer geworden und die Trauergemeinde beeilte sich nach dem letzten Gebet, den Friedhof zu verlassen und entweder nach Hause oder zum Haus von Bridgets Tante – Veras Schwester – zu fahren, wo nach Informationen von Claire Brennan die Beerdigungsfeier stattfinden sollte.

Ich zog den warmen schwarzen Mantel um mich, den ich mir wohlweislich nach meiner Ankunft gestern in Dublin gekauft hatte. Die Kleidung aus zwar atmungsaktiven und warmen, aber sehr dünnen Stoffen, die man in der Anderswelt trug, fiel doch im winterlichen Irland etwas zu sehr auf. Ich konnte nicht genau sagen, wieso, aber irgendwie tat es jetzt gut, mich vom Regen berieseln zu lassen. Vielleicht hatte ich das Gefühl, verdient zu haben, im Regen zu stehen. Bridget war eine der Letzten, die gingen, gestützt von ihrem Onkel und ihrer Tante. Ich beobachtete, wie sie sich bei ihnen aushakte und ihrer Tante etwas ins Ohr flüsterte. Dann nickte sie mir kaum merklich zu und ging allein in Richtung Kirche. Ich wartete einen Augenblick, bis der Rest ihrer Familie den Friedhof verlassen hatte und folgte Bridget dann.

Meine Beine zitterten und es kostete mich alle Kraft, die schwere Kirchentür aufzustoßen und in das kalte Halbdunkel des Kirchenschiffs zu treten. Im flackernden Licht der Altarkerzen, die noch brannten, konnte ich Bridget vorne in der ersten Reihe sitzen sehen. Entschlossen ging ich einen Schritt schneller und beeilte mich, den Mittelgang zu durchqueren. Was immer Bridget mir auch an den Kopf werfen würde, ich würde es mir anhören, bis sie all ihren Hass auf mich losgeworden war.

Als ich vorne angekommen war, schaute Bridget auf den Boden und sagte nichts. Wieder unsicher setzte ich mich neben sie. Zu meiner Überraschung fiel sie mir um den Hals. Ich war so perplex, dass ich für einen Moment stocksteif dasaß. Dann legte ich zögerlich meine Arme um sie. Bridget fing an zu weinen. Und hörte nicht mehr auf. Ihre Schluchzer wurden immer herzzerreißender und ich konnte nichts anderes tun, als ihr immer wieder über die Locken zu streicheln. Ich brachte keinen Ton und schon gar keine Tränen hervor. Aber etwas in mir sagte, dass das okay war. Dies hier war Bridgets Moment, ihre Trauer herauszulassen und es war gut, dass ich einfach da war.

Nach einer ganzen Weile verebbten ihre Tränen. Sie löste sich von mir. Ihr Blick blieb an meinem Mantel hängen.

»Der Mantel sieht ganz neu aus. Und ich habe ihn total vollgerotzt.« Dies waren ihre ersten Worte an mich, nach allem, was passiert war! Ich hatte alles erwartet, nur so etwas nicht. Vor Erleichterung musste ich lachen. Sofort hielt ich mir erschrocken die Hand vor den Mund.

Aber Bridget schien nicht geschockt. Sie zog ein Taschentuch aus der Tasche und putzte sich die Nase.

»Bridget, ich kann dir überhaupt nicht sagen, wie leid es mir tut«, sagte ich und brach ab. Obwohl meine Worte aus tiefstem Herzen kamen, hörten sie sich so abgedroschen an. Ich wusste nicht, wie ich meinen Kummer und meine Schuldgefühle ausdrücken konnte.

»Wie kommt es, dass du hier bist? Woher wusstest du, was passiert ist?«, fragte Bridget.

»O'Cadhla …« Mir versagte die Stimme und ich räusperte mich und versuchte es noch einmal. »O'Cadhla hat mich in der Anderswelt gefunden und mir mitgeteilt, dass Badb mir hiermit eine Warnung erteilen will. Wenn ich den Anti-Royalisten nicht bald die Informationen gebe, mit denen sie Morrigan zerstören können, werden als Nächstes meine Eltern ...« Ich schluckte.

Bridget sah mich an. »Hast du mit deinen Eltern schon gesprochen? Sind sie in Sicherheit?«

Ich schüttelte den Kopf. »Ich habe keine Ahnung, wo sie sind. Und das ist auch besser so. Nicht, dass sie über mich noch gefunden werden und dann ...« Ich biss mir auf die Zunge. Ich machte mir unheimliche Sorgen um meine Eltern, aber für Bridgets war es schon zu spät. Bridget war nicht so kaltherzig, als dass sie sich wünschen würde, es wäre andersherum, aber in diesem Moment der Trauer würde ich es ihr nicht einmal verdenken können. Aus ihrer Perspektive musste es ihr unheimlich unfair vorkommen. Besser ich wechselte das Thema.

»Also O'Cadhla hat im Auftrag von Badb ...«, fing ich an.

»... die Bremsen am Auto meiner Eltern manipuliert«, fiel Bridget mir ins Wort. »Sie wollten Freunde besuchen und waren auf der M1 unterwegs. Bei hoher Geschwindigkeit haben die Bremsen versagt. Ein weiteres Auto wurde in den Unfall involviert. Auch die Insassen dieses Wagens starben. Eine Familie mit zwei kleinen Kindern.«

Ich starrte Bridget an. Sie hatte sich an meiner Schulter ausgeweint und war jetzt in der Lage, mir das alles gefasst zu sagen. Doch als ich das hörte, kamen mir die Tränen. Ich weinte nicht laut, sondern saß mit offenem Mund einfach da. Dicke Tränen quollen aus den Augenwinkeln. Ich war so gelähmt, dass ich noch nicht einmal versuchte, sie wegzuwischen.

Bridget wartete, bis ich mich einigermaßen wieder beruhigt hatte. »O'Cadhla hat auch mir diese Nachricht überbracht.« Sie klang zynisch und hart. »Es hat ihm unheimliche Genugtuung bereitet. Er hat mich daran erinnert, dass er mich damals gewarnt hat, ich würde es noch einmal bereuen, einfach so Schluss mit ihm zu machen. Ich hatte ihn an der Nase herum geführt, ihn hintergangen. Jetzt würde ich den Preis dafür zahlen.«

»Ja«, sagte ich bitter. »Du hast das getan, um für mich zu spionieren, um mir zu helfen. Wenn ich es damals nicht zugelassen hätte, dann wäre das alles nie ...«

»Hör auf damit«, unterbrach mich Bridget barsch. »Wage es nicht, dir die Schuld für den Tod meiner Eltern zu geben und deshalb im Selbstmitleid zu schwelgen. Das kann ich jetzt nicht gebrauchen.« Überrascht schaute ich sie an.

Bridgets Mund war zu einer entschlossenen Linie zusammengepresst. Ihre Augen, die sonst immer so schelmisch gefunkelt hatten, schienen groß und dunkel, wie ein See, bei dem man sich nicht sicher sein konnte, was unter der spiegelglatten Oberfläche lauerte.

»Aber ich … ich bin doch schuld. Hättet ihr mich nie kennengelernt, hättet ihr mich nicht aufgenommen …«

Bridget schüttelte wild den Kopf. »Du bist in diese Sache genauso unschuldig hineingezogen worden wie wir auch und ich weigere mich, auch nur ein winziges Fünkchen Energie darauf zu verschwenden, dich oder sonst wen dafür verantwortlich zu machen. Nein, ich werde alles, was ich an Kraft noch übrig habe, darauf verwenden, mich an denen zu rächen, die tatsächlich meinen Eltern das Leben genommen und mein Leben zerstört haben.«

Bridget reckte das Kinn und ihre Stimme wurde, wenn das überhaupt möglich war, noch kälter:

»O'Cadhla und Badb.«

***

Bridget ging nicht zum Haus ihrer Tante, um an der Beerdigungsfeier teilzunehmen. Stattdessen gingen wir von der Kirche aus direkt in das Hotel, in dem ich die letzte Nacht verbracht hatte. Bridget nutzte das vom Hotel bereitgestellte Briefpapier, um ihrer Tante einen Brief zu schreiben.

Natürlich würde sich ihre Familie Sorgen machen, egal was Bridget ihnen mitteilte. Daran änderte auch so ein Brief nichts. Aber sie wollte verhindern, dass man sie suchte. Sie schrieb, dass sie nach diesem fürchterlichen Schock nicht in Dublin bleiben könne, sondern dringend Abstand brauchte. Allein die Beerdigungsfeier wäre zu viel für sie. Deshalb war sie kurzerhand nach New Mexico geflogen, um sich bei der Freundin der Familie, Claire Brennan, zu erholen.

Ich bezahlte das Hotelzimmer mit Geld aus meinem »Flüchtlingspaket«. Für entlaufene Menschensklaven, die durch Steinkreise wieder zurück in die Menschenwelt flüchteten, waren in der Nähe des Portals sogenannte Flüchtlingspakete gut versteckt worden, wenn es keinen Flüchtlingshelfer gab, der Dinge wie Geld, Kleidung und Transport für die Menschensklaven organisierte. Fionn hatte einen Steinkreis im County Mead für meine Rückreise in die Menschenwelt ausgewählt, der zu den bevorzugten Portalen des Flüchtlings-Netzwerkes gehörte, das er mit Higgins aufgebaut hatte. In einem Astloch in der Nähe des Steinkreises hatte ich das gut in Plastik eingepackte Päckchen gefunden. Energieriegel, Wasser, einen Regenponcho und Bargeld. Nachdem ich die Busfahrt nach Dublin, neue Kleidung, Essen und jetzt das Hotel bezahlt hatte, war nicht mehr viel davon übrig.

Aber Bridget hatte einen Plan.

Dafür mussten wir zum Haus der O'Tools. Das war riskant, wenn Badb es darauf abgesehen hatte, mich in eine Falle zu locken. Aber sie hätte mich auch schon bei der Beerdigung abfangen können, wenn sie darauf aus war. Ich hatte die Befürchtung, wenn Badb mich finden und mir etwas antun wollte, dann würde ihr das gelingen, auch trotz Mog Ruiths Schutzzauber. Vielleicht waren Badb und O'Cadhla auch einfach davon überzeugt, ihr schrecklicher Erpressungsversuch hätte mich so eingeschüchtert, dass ich nichts anderes im Sinn haben würde, als Badbs Befehl nachzukommen und meine Eltern zu retten.

Aber Badb hatte mich nicht dazu motiviert, ihr zu helfen. Im Gegenteil. Wie schlimm Morrigan auch sein mochte und wie sehr ich auch davon überzeugt war, dass es nicht das Richtige war, ihr Ciaras Seele zu geben, so hatte ich mittlerweile keinen Zweifel mehr daran, dass Badb das größere Übel war. Ich hatte gedacht, ich würde alldem ein Ende setzen, wenn ich Ciara nach Tír na nÓg bringen würde. Dass ich dann frei wäre und meine Familie und Freunde in Sicherheit.

Das war eine Illusion gewesen.

Ja, vielleicht wäre ich dann aus dem Schneider. Vielleicht auch

Bridget und meine Eltern. Ich hätte dann nichts mehr, das die Sidhe von mir wollten. Ich wäre nutzlos. Aber das würde den Machenschaften von Badb und ihren Schwestern kein Ende setzen. Andere würden leiden müssen. Andere, die ins Kreuzfeuer geraten würden, die vielleicht einfach nur zur falschen Zeit am falschen Ort waren, wie die arme Familie, die tragischerweise bei dem Unfall der O'Tools umgekommen war. Oder andere, denen es angeblich vorherbestimmt war, von den Sidhe für ihre Machtspiele benutzt zu werden, wie dem nächsten schönen, schwarzhaarigen Mädchen, in dem Morrigan wiedergeboren werden soll.

Genug.

Alledem musste ein Ende gesetzt werden.

Bridget und ich hatten eine Mission. Es war nicht so, dass wir nichts mehr zu verlieren hatten. Egal, was für schreckliche Dinge einem passierten, man hatte immer noch etwas zu verlieren. Aber daran durften wir nicht denken. Ich verdrängte jeden Gedanken an meine Eltern. Ich verbot mir, darüber nachzudenken, was Dylan wohl in der Anderswelt gerade tat.

Im Haus der O'Tools angekommen, musste ich schlucken. Die Behaglichkeit des engen Häuschens, in dem ich mich so wohlgefühlt hatte und das ein zweites Zuhause für mich geworden war, war so spürbar, dass es sich anfühlte, als würde ich durch dicken Sirup laufen. Alles erinnerte mich daran, wie viel Liebe, Zuneigung und Fürsorge mir Vera und der Prof entgegengebracht hatten. Bridget und ich standen mitten in der Küche, wo ich mit Vera Tee getrunken und Gespräche über mein Studium und meine Zukunft geführt hatte, und bewegten uns nicht. Für Bridget musste es noch Tausend, Millionen Mal schlimmer sein.

»Komm, bringen wir es so schnell wie möglich hinter uns«, sagte ich zu Bridget. Sie nickte entschlossen.

Wie ein Roboter bewegte sie sich durch die Wohnung, legte den Brief an ihre Tante auf den Küchentisch – hier, in ihrem eigenen Haus würde man sie zuerst suchen, wenn sie zur Trauerfeier nicht auftauchte – und ging ins Büro ihres Vaters, wo Geld und Pin-Nummern für EC-Karten zu finden waren. Währenddessen rief ich Claire Brennan an. Ich wusste nicht einmal, wie viel Uhr es in New Mexico war, ließ aber einfach so lange klingeln, bis eine verschlafene Claire antwortete. Ich schilderte ihr kurz die Situation. Es bedurfte nicht viel Erklärung. »Wenn sich Bridgets Onkel und Tante bei dir melden, dann sag bitte, dass Bridget bei dir ist«, schloss ich.

Einen Moment lang war die Leitung still.

Schließlich antwortete Claire Brennan. »Bridget will das so?«, fragte sie.

»Ja«, antwortete ich. »Sie ist fest entschlossen, O'Cadhla und Badb zu zerstören und ich werde alles tun, um ihr dabei zu helfen. Ich verstehe, wenn du nicht für uns lügen möchtest, aber es wird nichts an unserem Vorhaben ändern. Es würde es nur etwas einfacher für Bridget machen, wenn du uns hilfst.«

Claire schwieg. Dann antwortete sie: »Okay. Ich werde sagen, dass Bridget bei mir ist. Wenn ihr Hilfe braucht, dann meldet euch bei uns. Ich gebe dir eine Nummer von einem Prepaidhandy.«

Ich schrieb die Nummer auf, die Claire durchgab und verabschiedete mich.

»Oh, und Alice«, sagte Claire noch, »ihr könnt beide jederzeit tatsächlich zu uns kommen. Ich hoffe, das wisst ihr.« Ich bedankte mich und legte auf.

Claire meinte es gut, aber Flucht war keine Option für Bridget und mich.

Mittlerweile hatte Bridget alles gefunden, was sie gesucht hatte. Sie gab mir eine Reisetasche, in die sie schon für sich selber Kleider zum Wechseln und eine Kulturtasche gepackt hatte. Damit verschwand ich auf mein Zimmer, um selber das Nötigste zusammenzusuchen. Währenddessen rief Bridget eine Freundin an, die ihr einen Gefallen schuldete. Es brauchte wohl nicht viel Überredungskunst – einer Freundin, die gerade auf tragische Weise ihre Eltern verloren hatte, konnte man nichts abschlagen, Gefallen hin oder her.

Die Freundin wohnte nicht weit und schon hatten wir unseren fahrbaren Untersatz. Damit fuhren wir zum nächsten Supermarkt.

Während Bridget so viel Bargeld abhob, wie ihre Karten hergaben, kaufte ich Proviant, eine Landkarte und ein Prepaidhandy ein.

Als wir im Auto saßen, schauten Bridget und ich uns an.

»Haben wir an alles gedacht?«, fragte Bridget etwas atemlos.

Ich zuckte mit den Schultern. Für das, was wir vorhatten, gab es keine adäquaten Vorbereitungen.

Bridget gab Gas.

Unser erstes Ziel: Glendalough.

kapitel siebzehn
alice

Das Tal der zwei Seen – so hieß Glendalough übersetzt. In einem dieser Seen, dem unteren, sollte Nuadas Schwert zu finden sein.

Bridget und ich standen am Ufer eben jenes Sees und blickten zweifelnd auf seine glatte Oberfläche, auf der sich die Berge ringsherum und der graue Himmel über uns widerspiegelten. Es regnete nicht mehr, aber es war kalt, düster und ungemütlich. Ein Ast, der in der Nähe des Ufers halb aus dem Wasser ragte, erinnerte an die Hand eines Skeletts. Wenn ich die Augen etwas zusammenkniff, wirkte es fast so, als würde uns die Hand herbeiwinken. Mir stellten sich die Nackenhaare auf. Alles in mir sträubte sich, auch nur einen Zentimeter näher an diesen See heranzugehen, geschweige denn das Schwert dort *heraus*zuholen!

»Hmm. Vielleicht hätten wir Taucheranzüge besorgen sollen«, meinte Bridget neben mir.

Ich sah sie skeptisch an. »Mich kriegen keine zehn Pferde in diesen See. Außerdem – sollen wir den ganzen See absuchen? Das würde ja ewig dauern. Abgesehen davon haben wir keine Taucherfahrung und wer weiß, wie tief der Grund ist.« Ich schüttelte den Kopf. »Nein, es muss irgendwie anders gehen. Das Schwert hat mit

Sidhe-Magie zu tun. Dann muss es auch auf eine magische Weise aus dem See zu holen sein.«

Ich sah mich um. Glendalough war eigentlich eine beliebte Touristenattraktion. Etwa zwei Stunden Autofahrt südlich von Dublin, im Wicklow-Mountains-Nationalpark gelegen, war es berühmt für seine Klostersiedlung, die im 6. Jahrhundert von St. Kevin gegründet worden war. Man konnte einen Rundturm, eine Kapelle – genannt St. Kevin's Kitchen – und den Friedhof mit einem Keltenkreuz besichtigen. Zwischen den beiden Seen befanden sich die Überreste des Cahers, eines Forts aus der Bronzezeit. Doch an diesem kalten Januarabend waren die Touristen wohl schon wieder auf dem Weg nach Dublin – oder hatten irgendwo Unterschlupf in einem warmen, gemütlichen Pub gesucht. Ich konnte es ihnen nicht verübeln, denn an so einem Ort wäre ich jetzt auch gerne. Menschenleer wirkte Glendalough besonders unheimlich und ich hatte keine große Lust, um die gruselige Kapelle und die alten, schiefen Grabsteine herumzulaufen, um nach Hinweisen zu suchen, wie wir das Schwert finden sollten.

Bridget anscheinend auch nicht. »Erzähl mir doch noch einmal ganz genau, was Mog Ruith über diesen Ort gesagt hat. Vielleicht gibt uns das einen Anhaltspunkt, wo wir … keine Ahnung … mit der Suche anfangen könnten.«

Ich hatte Bridget auf der Fahrt hierher eine Zusammenfassung erzählt.

»Für mich war die Kernaussage natürlich, dass ein Ungeheuer im unteren See das Schwert bewachen soll.« Für einen kleinen Moment wurde mir bewusst, wie surreal es war, dass ich diese fantastische Aussage in einem komplett sachlichen Ton machte, aber auch Bridget verzog keine Miene. Wir hatten zu viel erlebt, um Mog Ruiths Behauptung als lächerlich abzutun. »Aber er hat mir eine ziemlich lange Geschichte über St. Kevin erzählt, bevor er zu dem Teil mit dem Schwert kam. Vielleicht ist irgendwas davon ja wichtig?«

Wir gingen zum Auto zurück, holten uns ein paar Decken und setzten uns auf eine Bank in respektvollem Abstand vom See. Ich versuchte das, was mir Mog Ruith erzählt hatte, so genau wie möglich wiederzugeben.

»Glendalough war schon immer ein heiliger Ort gewesen. Es war kein Zufall, dass Kevin sich dort niederließ«, begann ich. Kevin war ein Einsiedler, der nicht viel für Menschen übrig hatte. Die Einsamkeit, die majestätische Ruhe und die Spiritualität dieses Ortes sagten ihm sehr zu. Der Legende nach zeigte ihm ein Engel eine kleine Höhle am oberen See, die immer noch als St. Kevin's Bed bekannt ist. Natürlich war es in Wirklichkeit kein Engel, sondern ein Sidhe, der Kevin auf die Höhle aufmerksam machte, in welcher Kevin lange Zeit nächtigte, nachdem er beschlossen hatte, sich in Glendalough niederzulassen. Später baute er sich eine Rundhütte aus Stein – St. Kevin's Cell. Obwohl man in der Menschenwelt glaubt, St. Kevin's Bed wäre eine Grabstätte aus der Bronzezeit, ist die Höhle in Wahrheit viel älter. Sie wurde von den Túatha Dé Danann in die Felswand gehauen, welche über den oberen See ragte. Etwa zehn Meter über der Seeoberfläche gelegen, war sie gar nicht so einfach zu erreichen. Die Höhle war klein – keine anderthalb Meter breit und etwa einen Meter hoch. Man ging heute korrekterweise davon aus, dass die Höhle von St. Kevin hauptsächlich als Schlafplatz und zum Meditieren benutzt wurde.

Kevin wurde später von der Kirche heiliggesprochen. In der Tat folgten dem Einsiedler irgendwann Mönche hier an diesen heiligen Ort. Kevin gründete eine Abtei und lehrte seine Mönche ein asketisches Leben. Aber die Mythen und Legenden, die sich um Kevin rankten, verrieten, dass der eigentlich menschenscheue Kevin gar kein spiritueller Anführer sein wollte und einen ganz anderen Auftrag bekommen hatte, als er sich in Glendalough niederließ. Ein Auftrag, der ihm nicht von einem christlichen Engel, sondern von einem Druiden der Sidhe gegeben worden war, welcher ihn bei seiner Ankunft hier erwartet hatte.

Zum Beispiel wird in einem Volkslied erzählt, wie Kevin eine Eibe am Seeufer pflanzte – ein heiliger Baum für die Druiden. Derjenige, der diesen Baum abholzte, wurde mit einem Fluch belegt, denn die Asche aus abgebranntem Holz dieser Eibe würde einmal eine wichtige Bedeutung haben.

Kevins Naturverbundenheit und Tierliebe wurde oft am Beispiel der Amsel-Legende beschrieben. Dieser Legende nach stand Kevin öfter mit ausgestreckten Armen im kalten Wasser des Sees, um zu beten und zu meditieren. Eines Tages legte eine Amsel einen Zweig in seine Hand, dann noch einen. Kevin ließ es geschehen. Er stand einfach weiter dort, stoisch, mit ausgestreckter Hand und ließ ein Amselpaar ein Nest in seiner Hand bauen. Tag und Nacht harrte er in dieser Position aus, bis das Amselpaar Eier gelegt hatte und die Vögelchen geschlüpft waren.

Man erzählte sich heute auch immer noch von einem Seeungeheuer, welches im oberen See lebte und sich von Menschen ernährte. Weil Kevin Tieren so freundlich gesinnt war, ließ das Ungeheuer den Einsiedler aber in Ruhe. Es hieß sogar, dass es Kevin ganz recht war, wenn das Ungeheuer Menschen fraß, weil er Menschen nicht besonders mochte und lieber allein war. Die Menschen, die in der Nähe der Seen lebten, wollten das Ungeheuer umbringen, aber Kevin blutete das Herz, wenn er daran dachte, dass ein Tier sterben würde, selbst wenn es sich dabei um ein Ungeheuer handelte. Also dachte er sich einen Plan aus. In der Überlieferung hieß es immer nur kryptisch, Kevin gab dem Monster eine nützliche Aufgabe. Er machte sich dabei zunutze, dass die Glendalough-Bewohner ihre kranken Rinder durch die Seen trieben, weil das Vieh so angeblich von seinen Krankheiten gereinigt werden sollte. Kevin verbannte das Monster in den unteren See und erzählte den Menschen, dass die kranken Rinder nun durch den oberen See getrieben werden sollten. Von dort gelangten die Krankheiten in den unteren See, wo sich das Monster nun von den Krankheiten ernährte statt von Menschen. Dem unteren See aber sollten sie fernbleiben. Der See wurde seitdem auch Loch Peist genannt – Peist bedeutete Seeungeheuer.

Es gab noch eine andere Geschichte in der Menschenwelt über St. Patrick und Oisin, Sohn von Fionn mac Cumhail, der St. Patrick in Irland herumgeführt hat. Als sie in Glendalough ankamen, erzählte Oisin Patrick von dem Ungeheuer im See. Patrick fragte ihn, wieso Fionn das Monster nicht umgebracht hatte wie viele andere Monster auch. Oisin antwortete in Rätseln: Fionn hatte gewusst, dass Kevin in ein paar Jahrhunderten vorbeikommen und sich um das Problem kümmern würde.

Die nützliche Aufgabe für das Seeungeheuer war nämlich in Wahrheit, dass es auf das Lichtschwert aufpassen sollte. Dies war im unteren See versteckt und in weiser Voraussicht, dass Glendalough wie der Rest der Welt in den kommenden Jahren viel mehr bevölkert sein würde und es daher einen zusätzlichen Schutz brauchte. Nur der so unglaublich tierliebe Kevin würde die Gabe besitzen, das Monster dazu zu überreden, nach Loch Peist umzuziehen. So war es, wie auch Oisin wusste, Kevin prophezeit worden. Diesen Auftrag hatte der vermeintliche Engel beziehungsweise Sidhe Kevin in Wahrheit gegeben – und Kevin hatte ihn angenommen und ausgeführt.

Jeder, der versuchen würde, unrechtmäßig das Schwert aus dem See zu holen, musste sich erst einmal mit dem Seeungeheuer anlegen.

Natürlich hatte ich Mog Ruith als Erstes gefragt, ob er tatsächlich von mir verlangte, dass *ich* mich mit dem Seeungeheuer anlegte und wie ich das denn anstellen sollte.

Ja und nein, hatte der Druide mal wieder geheimnisvoll geantwortet. Ich würde das Seeungeheuer besiegen müssen, aber nicht auf die Art und Weise wie die armen Todgeweihten, die es *unrechtmäßig* aus dem See holten. Als ich noch einmal nachdrücklich nach dem Wie gefragt hatte, war nur ein mysteriöses Lächeln auf dem Gesicht des Druiden erschienen. »Die Lösung für das Problem wird dir erscheinen, wie auch Kevin Antworten auf seine Fragen erschienen sind.«

Mit dieser frustrierenden Antwort beendete ich meine Wiedergabe von Mog Ruiths Erzählung und schaute Bridget voller Erwartung an. Ich konnte nur hoffen, dass sie es auf irgendwelche Ideen gebracht hatte, denn ich hatte immer noch keine Ahnung, wie mir die Lösung für unser Problem hier erscheinen sollte. Mittlerweile war es dunkel und klirrend kalt. Ich kuschelte mich in die Decken. Wahrscheinlich sollten wir für heute aufgeben und uns eine Unterkunft suchen.

»Meinst du, dieser Sidhe-Engel war Mog Ruith?«, fragte sie. Ich zuckte mit den Schultern und gähnte. »Zu dem Zeitpunkt hatte er sich ja schon angeblich in die Anderswelt zurückgezogen. Ich glaube nicht. Ehrlich gesagt habe ich die Vermutung, dass Mog Ruith selber nicht weiß, wie ich an das Schwert kommen werde. Aber wahrscheinlich gibt es dazu wieder irgendeine Prophezeiung. Er vertraut bestimmt einfach darauf, dass ich hier irgendeine Erleuchtung habe. Habe ich aber nicht. Alle erwarten immer von mir, dass ich irgendwelche Visionen habe, die mir ganz klar sagen, was ich als Nächstes tun soll. *Ciara zeigt dir schon dieses und jenes. Sag den Anti-Royalisten, wie sie Morrigan besiegen können, schließlich steckt die Erinnerung an Morrigans Verwundbarkeit in dir. Die Lösung, wie du ein Seeungeheuer besiegen wirst, wird sich dir schon offenbaren.*« Ich hatte mich vor lauter Unmut in Rage geredet. »Wenn es nur so einfach wäre. Ist es aber nicht. Ich hätte gerne mal eine solche tolle Eingebung, die mir ohne jeden Zweifel signalisiert, was zu tun ist.«

Mir war kalt und ich war sauer, dass mich Mog Ruith auf eine Mission geschickt hatte, die sich anscheinend als undurchführbar erwies. Er hatte alles so einfach klingen lassen. »Mist, wahrscheinlich hätten wir einfach direkt zum Bull Rock fahren sollen«, sagte ich zu Bridget. »Das hier hält uns doch nur auf und es wird sich wahrscheinlich als unmöglich herausstellen.«

Bridget schüttelte den Kopf. »Nein, so leicht sollten wir nicht aufgeben. Das Schwert könnte wichtig für uns sein. Damit kann man O'Cadhla umbringen und Badb vielleicht auch, denn auch sie ist ja immer noch eine Sidhe.«

Ich schaute meine Freundin überrascht an. Ich hatte bislang nicht daran gedacht, mit dem Schwert tatsächlich jemanden umzubringen, sondern hatte es eher als Machtinstrument gesehen, mit dem man drohen konnte. Die alte Bridget, das lustige, umgängliche, etwas wilde Mädchen, das ich bei meiner Ankunft in Irland kennengelernt hatte, wäre auch nicht auf den Gedanken gekommen, ein Schwert in die Hand zu nehmen und jemanden damit kaltblütig und gewaltvoll zu ermorden, das wusste ich. Ich bekam Angst. Für einen Moment befürchtete ich, dass es nicht Bridget war, die neben mir saß, sondern dass wieder jemand meine Freundin besessen hatte. O'Cadhla wieder? Gar Badb selber, wenn das möglich war? Mich schauderte und ich bekam am ganzen Körper eine Gänsehaut. Ich studierte Bridgets Gesicht, das ich im Mondlicht gerade so ausmachen konnte.

Nein, stellte ich schließlich halb erleichtert, halb traurig fest. Das hier war Bridget. Natürlich war sie nicht mehr das einstig unbesorgte, lebensfreudige, naiv wirkende Mädchen, nach allem, was ihr zugestoßen war. In ihrem Blick lag etwas, das mir jeden Zweifel darüber nahm, ob diese neue Bridget tatsächlich in der Lage wäre, das Schwert gegen O'Cadhla oder Badb zu erheben. Sie würde es ohne zu zögern tun.

Auch wenn es mir das Herz brach, so wusste ich doch, dass das gut so war, wenn wir unseren Plan mit Erfolg umsetzen wollten. Dann würde auch ich gut daran tun, mehr so zu werden wie Bridget. Jede Faser in meinem Körper wollte sich von diesem gruseligem Ort entfernen – am liebsten würde ich in einem warmen Bett liegen – aber ich befahl mir, nicht so eine Memme zu sein.

»Also gut«, sagte ich bestimmt. »Irgendeine Idee, wie wir an das Schwert kommen sollen?«

Bridget runzelte die Stirn. »Mog Ruith hat dir diese ganze Geschichte über Kevin erzählt, obwohl er ja auch nur von dem Monster hätte erzählen müssen. Diese ganzen Einzelheiten über St. Kevin's Bed. Eigentlich ja unnötig. Und ein Sidhe hat Kevin damals zu der Höhle geführt. Vielleicht sollten wir dort nach Hinweisen suchen.«

Ich ließ mir noch einmal die letzten Sätze durch den Kopf gehen, die Mog Ruith zu mir gesagt hatte. Plötzlich ahnte ich, was er damit gemeint hatte.

»O nein«, stöhnte ich.

Bridget sah mich fragend an. »Komm, wir ziehen uns alle unsere Klamotten übereinander an und holen diesen Schlafsack aus dem Auto, den du bei deiner Freundin Gott sei Dank noch in den Kofferraum geworfen hast. Es wird eine sehr kalte, ungemütliche Nacht werden.«

»Was hast du vor?«

»Wir werden in einer winzigen Höhle in der Felswand über dem See dort übernachten, die wohl nicht umsonst für eine alte Grabkammer gehalten wird.«

»St. Kevin's Bed?«, fragte sie ungläubig.

»Genau, wir werden in Kevins Bett schlafen«, antwortete ich.

Wieder lief mir ein Schauder über den Rücken.

kapitel achtzehn
alice

Gut, dass ich nicht dazu neigte, Platzangst zu bekommen. Im Inneren der Höhle zu liegen, fühlte sich tatsächlich so an, als ob man lebendig in einem steinernen Sarg begraben worden wäre. Zu zweit war es hier drin natürlich noch enger, aber um nichts in der Welt hätte ich hier alleine übernachten wollen. Der Aufstieg zu St. Kevin's Bed war beschwerlich genug gewesen, besonders im Dunkeln. Im Licht unserer Taschenlampen waren wir seitlich den Berg hochgekraxelt, bis wir den rechteckigen Ausschnitt in der Felswand erreicht hatten, durch den man in die Höhle kriechen musste. Es blieb einem nicht viel weiter übrig, als sich von einer Einbuchtung im Felsen neben dem Eingang in den Tunnel zu ziehen – wenn man abrutschte, ging es steil zehn Meter in den oberen See hinunter. Wir hatten Schlafsack und Decken durchgeschoben und ich hatte meinen ganzen Mut zusammengenommen und war als Erste durch den Tunnel gekrochen, der keinen Meter breit, aber glücklicherweise auch nur kurz war. Die Höhle selber hatte zwar immer noch eine niedrige Decke, war aber immerhin tatsächlich etwa anderthalb Meter breit.

Wir hatten es beide vermieden, die Höhle mit den Taschenlampen auszuleuchten, aus Angst davor, zu sehen, was für Getier hier in den Ecken sonst so zu übernachten gedachte. Ich hatte mir die Decke praktisch über den Kopf gezogen, hatte aber trotzdem das Gefühl, etwas würde mir dauernd über die Haare krabbeln. Manchmal kam es mir auch so vor, als tropfte es von der Decke. Trotz des Schlafsacks, auf dem wir lagen, drang die Kälte bis auf die Knochen durch.

An Schlaf war hier natürlich erst mal nicht zu denken. Trotzdem unterhielten Bridget und ich uns nicht, sondern lagen einfach nur schweigend da. Vielleicht war es Kevin von Glendalough vor über vierzehnhundert Jahren ähnlich ergangen. Nur war der arme Kerl hier alleine gewesen. Aber anscheinend hatte es ihm ja gefallen, allein zu sein. Schließlich schlief ich doch ein – und träumte mir ein völliges Wirrwarr zusammen.

Fetzen des Traumes, in dem das Mädchen die Jakobiten warnen will, dann über das blutige Schlachtfeld stolpert und sich umbringt, wechselten sich in nicht-chronologischer Reihenfolge ab. Ich träumte von Badb, wie sie von einem Felsen mit einem Loch in der Mitte auf mich zufliegt und dann plötzlich verschwindet. Andere Traumfetzen schoben sich dazwischen. Ein Auto, das sich auf der Autobahn überschlägt, und Bridgets Lockenkopf, gesenkt in der Kirche. Zwischendurch erkämpfte sich eine Gestalt etwas Zeit und Raum in meinem Unterbewusstsein, die bis dahin noch nicht in meinen Träumen herumgegeistert war. Sie musste zu diesem Ort, zu Glendalough gehören. Es war eine Frau in einem altmodischen roten Kleid, die immer wieder versuchte, meine Aufmerksamkeit zu erlangen. Sie schien über dem unteren See zu schweben und konnte wohl nicht näher kommen. Ich irrte in meinem Traum zwischen den Grabmälern herum, war mal mitten auf dem runden Platz mit den Überresten des Caher, schaute vom runden Turm herunter, streckte den Kopf aus dem Eingang des Tunnels zu St. Kevins Bed. Immer winkte mir die Frau vom unteren See zu. Schließlich stand ich tatsächlich am Ufer des Sees und die Frau in Rot schwebte direkt vor mir. Sie hatte lange braune Haare und ein liebliches Gesicht.

»Wer bist du?«, fragte ich.

»Kathleen«, antwortete sie.

Sie streckte eine kleine zarte Hand aus und ohne darüber nachzudenken, nahm ich sie. Plötzlich war es nicht mehr die Hand einer Frau, sondern die eines Skeletts, ähnlich dem knorrigen Ast, den ich am Abend zuvor im See gesehen hatte. Ich konnte mich nicht aus dem Griff befreien und wurde von der Hand in den See gezogen. Das Wasser war dunkel und zäh wie Tinte. Voller Panik schaute ich auf, doch wo vorher Kathleens liebreizendes Gesicht gewesen war, sah ich jetzt drei Köpfe eines Seeungeheuers, einer großen roten, schuppigen Wasserschlange. Alle drei Köpfe hatten ihre Mäuler weit geöffnet und ich sah in jedem drei Reihen spitzer Zähne. Gerade als ich dachte, das Ungeheuer würde mich verschlucken und meine Knochen zwischen den vielen Zähnen zermalmen, regnete es Asche und das Monster klappte seine Münder zu. Reptilienartige Augen an jedem Kopf schauten erst irritiert von links nach rechts und spiegelten dann Schmerz und Qual wider. Die mit spitzen Zacken besetzten Hälse zuckten hin und her und der Schlangenkörper wand sich im Wasser, sodass der See meterhohe Wellen schlug.

Mir selber machte die Asche nichts aus, aber das Seeungeheuer reagierte, als würde statt Asche ätzende Säure vom Nachthimmel niederregnen. Nicht länger in den Klauen des Ungeheuers, wich ich langsam zurück, bis ich nur noch kniehoch im tintigen Wasser stand. Währenddessen schrumpfte das Seeungeheuer. Zwei seiner Köpfe verschwanden und unter ständigem Zucken verwandelte es sich in die Frau in Rot. Doch jetzt war Kathleen tot. Sie trieb auf der Oberfläche des Sees. Ich erkannte sie nur noch an ihrem Kleid. Ihr vormals vornehm blasses, liebreizendes Gesicht war jetzt ganz bleich und aufgedunsen wie bei einer halb verwesten Wasserleiche.

Als ob sie den See vergiften würde, trieben jetzt auf einmal tote Fische an die Oberfläche. Algen, Treibholz, totes Getier – bald war der vorher glasklare See ein Morast davon. Schnell watete ich rückwärts ganz heraus, bis ich am sicheren Ufer stand. In der Ferne blitzte im Mondlicht etwas auf. Ich kniff die Augen zusammen. Es war das Schwert! Wie alles andere auch, war es an die Oberfläche des Sees getrieben. Als ob es das Licht des Mondes in sich aufnehmen würde, fing es an zu leuchten.

In dem Moment wachte ich auf.

Tageslicht drang durch den Tunnel in die kleine Höhle. Ich lag nicht länger mit der Decke über den Kopf gezogen auf der Seite, sondern auf dem Rücken, und hatte den Blick direkt auf die Höhlendecke gerichtet. Dort hatte jemand etwas in den Stein geritzt. Für einen Augenblick dachte ich, ich wäre bloß wieder in den nächsten Traum gerutscht und musste mich erst vergewissern, dass ich tatsächlich wach war. Ich hob den Kopf. Neben mir schlief Bridget noch. Ich schaute wieder nach oben und versuchte zu erkennen, was dort an der Decke zu sehen war. Aber näher dran zu sein, half nicht viel. Ich legte den Kopf wieder zurück und musste feststellen, dass die Zeichnung aus diesem Blickwinkel am besten zu entziffern war.

Ich leuchtete sie mit der Taschenlampe an. Die vier Buchstaben konnte ich eindeutig entschlüsseln. Dort stand geschrieben. IDAD. Ich war mir so sicher, weil *idad* im Ogham für Eibe stand. Laut Mog Ruith soll Kevin hier irgendwo eine heilige Eibe gepflanzt haben. Das konnte kein Zufall sein.

»Was tust du da?«, fragte Bridget neben mir, die auch aufgewacht war.

»Schau mal, da ist etwas in die Decke geritzt worden«, sagte ich. Sie rückte näher an mich heran. »Da steht *idad*, Eibe, aber was sollen diese komischen Kringel mit dem Kreis darin sein?« Es waren sieben Stück und sie waren unregelmäßig angeordnet.

»Das Kreuz da markiert wahrscheinlich, wo die Eibe sein soll, die Kevin angepflanzt hat«, erinnerte sich auch Bridget an die Geschichte und zeigte nach oben. »Sieben … sieben … *The seven fonts*«, rief sie laut.

»Die sieben was?«

»Bullaunsteine«, antwortete sie. »Die haben solche runden Vertiefungen. Sie gelten als magische Steine, weil das Regenwasser, das sich in ihnen sammelt, heilende Kräfte haben sein soll. Hier in Glendalough gibt es eine Formation von sieben Bullaunsteinen, auch *The seven fonts* genannt.«

»Woher weißt du das?« Ich war beeindruckt.

»Jedes Dubliner Kind hat schon mal einen Schulausflug nach Glendalough gemacht.«

»Na gut, dass du so schön aufgepasst hast«, meinte ich. »Lass uns versuchen, das aufzumalen und dann nach der Eibe zu suchen.«

Bridget kramte umständlich Papier und Stift aus dem kleinen Rucksack, den wir mitgenommen hatten, und wir versuchten, die Zeichnung zu reproduzieren, was gar nicht so einfach war. Schließlich gaben wir auf, legten ein Blatt Papier über die Zeichnung an der Decke und riffelten mit dem Stift darüber. Der Abdruck war zwar schlecht, aber zumindest stimmten die Abstände zur Markierung. Dann krochen wir aus der Höhle durch den Tunnel, Decken und Schlafsack vor uns herschiebend, und schafften es nach einigen Verrenkungen, aus dem Eingang zu klettern. Die Sonne musste gerade erst aufgegangen sein und Gott sei Dank hatten sich zu dieser frühen Stunde noch keine Touristen hierher verirrt. Wir fanden die Bullaunsteine ziemlich schnell. Auch die Stelle, die auf der Zeichnung mit einem X markiert worden war.

Aber zu unserer Enttäuschung stand dort keine Eibe.

»Na ja, in dem Volkslied geht es ja darum, dass jemand die Eibe abholzt und deshalb verflucht wird. Es ist nur wahrscheinlich, dass nach so vielen Jahren die heilige Eibe abgeholzt wurde«, gab ich zu bedenken.

»Ist ja auch eine ziemlich blöde Idee, in der Menschenwelt einen Baum zu pflanzen, dessen Holz einmal, Tausende von Jahren später, wichtig sein würde. Ist doch klar, dass der nicht überlebt«, fand Bridget.

»Wenn, dann die Eibe. Sie ist der langlebigste Baum Europas, denn eine ungestörte Eibe hat das Potenzial, ewig zu leben«, erzählte ich, was ich von Dr. Brennan erfahren hatte. Schließlich kam in meinem und in Ciaras Namen auch I für *idad* vor. »Wenn die Eibe stirbt, lässt sie Samen wie einen Ring um sich herum fallen. Sie symbolisiert deshalb Tod und Wiedergeburt.«

»Okay ... aber hier ist nichts«, sagte sie und ging auf der Stelle herum, wo die Eibe stehen sollte oder einmal gestanden hatte. Ein paar kahle, buschähnliche Triebe schauten aus dem Boden heraus, aber das war es auch schon.

Wir setzten uns ratlos auf den Rand des nächsten Bullaunsteins. Ich erzählte Bridget eine Zusammenfassung meines Traums und wir fanden beide, dass die Eibe etwas damit zu tun haben musste. Vielleicht konnte man das Seeungeheuer mit der Asche des verbrannten Eibenholzes bekämpfen. Was eine Idee wäre, wenn wir nur eine Eibe hier stehen hätten.

Kurzentschlossen zog ich das Prepaidhandy aus der Tasche. »Avalynn kennt sich mit Baummagie besonders gut aus«, sagte ich. »Sie kannte schließlich das Efeurankenritual.«

In New Mexico war es mal wieder mitten in der Nacht, aber die beiden Druidinnen wussten ja, dass nur wir auf diesem Handy anriefen. Bald hatte ich Avalynn an der Strippe und erklärte ihr, dass wir nach dem Holz einer heiligen Eibe suchten, die leider schon vor langer Zeit gefällt worden war. Ohne Umschweife erzählte ich ihr auch von meiner Vermutung, mit der Eibenasche würde man das Seeungeheuer von Glendalough umbringen können.

Avalynn ließ sich davon überhaupt nicht aus der Ruhe bringen. Als praktizierende Druidin hatte sie schließlich schon einiges erlebt. Zuletzt, als ein Sidhe sich in Efeuranken auflöste, um gleichzeitig in dieser und der Anderswelt zu sein. Sie konzentrierte sich auf das Wesentliche, nämlich, wie sie uns helfen konnte.

»Ist da gar nichts mehr an der Stelle, wo die Eibe sein sollte?«, fragte sie. Ich erzählte von den komischen Ästen, die aus der Erde kamen.

»Wenn ihr dort ein bisschen grabt, dann werdet ihr bestimmt irgendwann auf den alten Baumstamm stoßen. Das, was ihr seht, nennt man Stockausschlag. Einige Baumarten, unter anderem auch die Eibe, können Triebe aus Totholz, wie dem alten Wurzelwerk, sprießen lassen.«

»Also ist da noch Holz, aus dem man Asche gewinnen könnte: Wurzeln, Baumstamm, Stockausschlag«, rief ich erleichtert. »Danke, Avalynn, du bist die Größte.«

»Na ja«, brummelte sie, »das hätte euch auch ein Botaniker sagen können, dafür braucht ihr keine Druidin.«

Trotzdem konnte sie mir noch einige Dinge mitteilen, die mir nur eine erfahrene Druidin hätte sagen können – auch wenn sie noch nie von diesem Seeungeheuer, geschweige denn der Bekämpfung desselben durch Eibenasche gehört hatte.

Nachdem ich aufgelegt hatte, besprachen Bridget und ich, wie wir weiter vorgehen würden. Bald würde das Glendalough Visitor Centre aufmachen und auch wenn es ein kalter Januartag war, konnten wir damit rechnen, dass es hier bald von Besuchern wimmeln würde. Wir warteten also besser bis heute Abend mit dem Ausgraben und Verbrennen der Eibenreste. Und sollte es uns tatsächlich gelingen, das Seeungeheuer an die Oberfläche zu locken, konnten wir auf Zuschauer gut verzichten. In meinem Traum war es Nacht gewesen und Avalynn hatte auch gemeint, Kathleen sollten wir besser nachts rufen.

Wir fuhren also erst einmal in den nächstgelegenen Ort, Laragh, um dort zu frühstücken und weitere Besorgungen zu machen. Bridget und ich waren uns einig, dass wir nicht noch eine weitere Nacht in St. Kevin's Bed nächtigen wollten. Deshalb nahmen wir uns ein Zimmer in einem B&B in Laragh, wo es auch WLAN gab. Wir packten Bridgets Laptop aus und vertrieben uns den Nachmittag mit der Internet-Recherche über St. Kevin und Loch Peist. Viel mehr als die Bestätigung, dass die von Mog Ruith genannten Legenden tatsächlich in der Menschenwelt kursierten, brachte uns das aber nicht. Was ich über die Frau in Rot herausfand, verwirrte mich eher, als dass es mir weiterhalf, weil die Geschichten rein gar nichts mit dem Seeungeheuer zu tun hatten. Immer mal wieder gab es Berichte von Leuten, denen Geister in Glendalough erschienen sind. Unter anderem des Öfteren auch eine Frau in Rot.

Dann las ich noch, dass Kevin einmal eine Frau umgebracht haben soll, deren Geist immer noch in Glendalough ihr Unwesen trieb, und dass es sich dabei um eine in Rot gekleidete Frau handelte. Diese Frau soll wohl versucht haben, Kevin zu verführen, der dafür überhaupt nichts übrig hatte. Zur Strafe peitschte er die Frau mit Brennnesseln aus und warf sie in den See, wo sie ertrank. Auf einer Webseite las ich tatsächlich: Diese Frau hieß Kathleen.

Nirgendwo fand ich einen Zusammenhang zwischen dieser Geschichte und dem Seeungeheuer. Frustriert klappten Bridget und ich schließlich gegen Abend das Laptop zu, packten unsere Sachen zusammen und machten uns auf den Weg zurück nach Glendalough. Es dämmerte. Der Nebel zog in dicken Schwaden über den unteren See, als wir das Auto abstellten. Die nasse, kalte Luft hatte die Touristen alle schon wieder vertrieben. Gut, dass wir noch stärkere Taschenlampen besorgt hatten, denn obwohl es noch nicht ganz dunkel war, konnten wir aufgrund des Nebels kaum sehen, als wir in Richtung der Bullaunsteine gingen. Die milchige Suppe, durch die wir förmlich wateten, war so desorientierend, dass wir eine Weile brauchten, bis wir den Stockausschlag der Eibe wiedergefunden hatten. Dann wechselten wir uns ab, die Taschenlampen zu halten und die Eibenreste mit dem Spaten auszugraben. Wir kamen ziemlich schnell an den Baumstamm, aber an die Wurzeln zu gelangen und diese aus dem Boden zu graben, war gar nicht so einfach. Eine Kettensäge wäre praktisch gewesen, aber aus Angst, damit aufzufallen, hatten wir gar keine gesucht – für so etwas hätten wir eh einen Baumarkt finden müssen –, sondern nur Gartenscheren, eine kleine Stichsäge und eine Axt besorgt.

Das Holz zu verbrennen, war die nächste Herausforderung. Aus Mangel an einer Feuerschale oder Ähnlichem hatten wir die Idee gehabt, die Aushöhlungen der Bullaunsteine dafür zu verwenden. Eigentlich kein schlechter Einfall, aber selbst nachdem wir das gesammelte Regenwasser entfernt hatten, waren sie noch zu nass, um darin ein Feuer zu entfachen. Aber es war so feucht, dass man auch auf dem Boden kein Feuer hätte machen können. Wir gingen zum Auto zurück, um eine Decke zu holen, die wir dafür opferten, das Innere der Bullaunsteine auszureiben. In weiser Voraussicht hatten wir daran gedacht, mehrere Packungen Grill- und Kaminanzünder mitzubringen, mit deren Hilfe es uns endlich gelang, die Feuer in den Steinen in Gang zu bringen und das Eibengestrüpp und die Wurzeln zu verbrennen. Wir konnten nur noch hoffen, dass sie die Asche nicht verunreinigten.

Das Ganze dauerte mehrere Stunden und danach waren wir so

erschöpft, dass wir erst einmal zum Auto zurückgingen und eine Pause einlegten, während das Holz zu Asche abbrannte. Wir hatten uns Proviant eingepackt und mit dem kleinen Wasserkocher im Zimmer des B&B Tee für die Thermoskanne gekocht, wofür wir jetzt sehr dankbar waren. Wir redeten kaum und wären wohl beide am liebsten ins Auto gekrochen, um eine Runde zu schlafen, aber der starke Schwarztee hielt uns wach. Schließlich gingen wir zu den Steinen zurück, in denen tatsächlich mittlerweile nur noch die Asche glühte. Mit einem Löffel transferierten wir die Asche in eine kleine Geldkassette – das Einzige in dem Laden in Laragh, das uns als geeignetes Behältnis für heiße Asche vorgekommen war – und schauten uns dann skeptisch an. Die ganze mühselige Arbeit hatte uns einen winzigen Haufen Asche beschert. »Vielleicht hätten wir doch eine richtige Säge besorgen und den Baumstumpf irgendwie …«

»Das hätten wir nie hinbekommen«, unterbrach ich Bridget, »wo wir schon solche Schwierigkeiten mit etwas Gestrüpp hatten. Nein«, versuchte ich mich selber zu überzeugen, »das muss reichen.«

Als wir schließlich am Ufer des unteren Sees standen, wurde mir bewusst, dass das, was wir gerade hinter uns hatten, der einfache Teil gewesen war. Unser Plan hatte sich in der Theorie recht einfach angehört. Während ich nach Avalynns Instruktionen Kathleen rief, sollte sich Bridget irgendwo positionieren, von wo aus sie Asche auf das Monster herabregnen lassen konnte, sobald sich Kathleen in das Ungeheuer verwandelt hatte. »Wie groß wird das denn?«, fragte Bridget.

Ich starrte auf den nebelverhangenen See und gab mir Mühe, mich in meinen Traum zurückzuversetzen. Ich versuchte mich nicht davon beunruhigen zu lassen, dass der See in meinem Traum anders ausgesehen hatte. Es war eine sternenklare Nacht mit hellem Mondlicht gewesen. Aus meiner Perspektive im Traum waren die Proportionen des Monsters verzerrt gewesen. Wenn ich an die riesigen Mäuler mit den spitzen Zähnen dachte, die direkt vor meiner Nase zugeschnappt hatten, dann kam es mir vor, als ob das Monster enorm sein müsste. Aber so groß war der See gar nicht, als dass er ein solches Ungeheuer beherbergen könnte. Der Schlangenkörper war mir auch nicht so groß vorgekommen, hatte aber mit seinen Bewegungen diese riesigen Wellen verursacht. Ich war mir sehr unsicher. Wie sehr konnte man sich überhaupt auf diesen Traum verlassen?

Wir einigten uns darauf, dass Bridget auf einen höheren Baum klettern sollte, und hofften, dass das ausreichte. Zur Sicherheit taten wir eine kleine Portion der mittlerweile ausgekühlten, kostbaren Asche in eine Plastiktüte, die ich unten bei mir haben sollte – so könnte ich dem Monster zur Not Asche in die Gesichter schleudern.

Als Bridget in Position war, sagte ich immer wieder die Beschwörungsformel auf, die mir Avalynn genannt hatte, um einen Geist zu rufen.

Nichts geschah.

Ich erinnerte mich daran, dass ich im Traum im Wasser gestanden hatte. Das hätte mir auch früher einfallen können, dann hätte ich zumindest Gummistiefel besorgt. Mit einem Seufzer ging ich näher an den See heran, bis mir das Wasser über die Spitzen meiner Turnschuhe schwappte. Alles in mir widersetzte sich, auch nur einen Schritt weiterzugehen. Ich musste meine Füße geradezu dazu zwingen, in das eiskalte Wasser zu steigen. Ich biss die Zähne zusammen und ging einfach hinein, bis mir das Wasser zu den Knien ging. Die Worte wiederholend, die mir Avalynn genannt hatte, versuchte ich die Kälte auszublenden. Es mochte mir nicht ganz gelingen. Bald fühlte es sich so an, als ob mir Eiswasser durch die Adern lief. Meine Zähne klapperten und ich bekam die Worte nicht mehr richtig heraus. Verzweifelt rief ich schließlich einfach nach Kathleen.

Und sie erschien mir.

Sie sah genauso aus wie in meinem Traum. Das rote Kleid, die braunen Haare, das liebliche Lächeln.

Kathleen streckte die Hand aus.

Das Herz klopfte mir bis zum Hals und schien das Einzige in mir zu sein, das noch am Leben war.

Mein Arm war so betäubt von der Kälte, dass ich all meine Willenskraft aufbringen musste, um ihn zu heben. Die Finger meiner anderen Hand krallten sich um die Plastiktüte mit der Asche. Wie in Zeitlupe näherte sich meine Hand Kathleens an. Unsere Fingerkuppen waren nur wenige Zentimeter voneinander entfernt, als ihre Hand plötzlich vorschoss und meine packte.

Erschrocken schaute ich auf.

Vor mir schwebte immer noch Kathleen.

Ich war darauf vorbereitet gewesen, in die schrecklichen Monstermäuler zu blicken.

Die schöne Kathleen lächelte mich an.

Unsicher starrte ich zurück.

Mit einem Ruck zog sie mich plötzlich nach vorne und ich flog über den See.

Nein, das durfte nicht passieren – sie musste doch das Monster werden!

Bevor ich begriff, wie mir geschah, hatte mich Kathleen unter Wasser gezogen.

kapitel neunzehn
alice

In das eiskalte, tintenschwarze Nass einzutauchen war so ein Schock, dass ich beinahe dem Impuls nachgegeben hätte, den Mund aufzureißen und nach Luft zu schnappen. Ich besann mich rechtzeitig und setze meine ganze Energie daran, mich von Kathleen loszumachen. Aber ihre Finger waren wie Schraubstöcke. Viel mehr konnte ich von ihr nicht sehen: Ihre Finger, jetzt, wie im Traum, die eines Skeletts, die sich um meine Handgelenke gelegt hatten. So trüb war das Wasser und so schlecht die Sichtweite, dass ich sie selber nur als vages rotes Etwas wahrnahm, das vor mir herschwamm und mich unerbittlich in die Tiefe zog.

Der See war tief und ich hatte Angst, dass mir die Luft ausgehen würde, bis wir den Grund erreichten. Ich befahl mir, den Anflug von Panik zu verdrängen. Das erforderte meine ganze Konzentration und mir fiel erst gar nicht auf, wie die rote Gestalt vor mir immer größer wurde. Die Schmerzen in meinem Handgelenk wurden immer stärker und als ich darauf blickte, merkte ich, dass es nicht länger Skelettfinger waren, die sich scharf in meine Haut bohrten, sondern Zähne.

Drei ganze Reihen spitze Zähne.

Meine Hand steckte in einem der Seeungeheuer-Mäuler!

Instinktiv wollte ich die Hand zurückziehen, als ich begriff, dass ich mich damit schlimmer verletzen oder gar meine Hand im Rachen des Monsters lassen würde. Das Ungeheuer hielt meine Hand, um mich tiefer in den See zu ziehen, nicht um die Hand abzubeißen – hätte es das vorgehabt, wäre das schon passiert. Wenn ich Widerstand leistete, würde es wahrscheinlich ohne zu zögern den Druck verstärken und seine Zähne sich durch mein Fleisch und meine Knochen bohren.

In meiner anderen Hand hielt ich immer noch die Eibenasche im Plastikbeutel.

Ich hatte keine Zeit nachzudenken, wie mir schmerzhaft von meinen brennenden Lungen in Erinnerung gerufen wurde. Ich stopfte die Plastiktüte in den Rachen des Biestes. Sie riss an den scharfen Zähnen auf und mir kamen sofort Zweifel, ob irgendetwas dieser sowieso schon winzigen Portion Asche in sein Maul gelangt war.

Bevor mich die Zähne losließen, tauchten die anderen beiden Köpfe direkt vor mir auf. Ich blickte in mehrere Paar Drachenaugen, die alle eine Mischung aus Erstaunen und Schmerzen ausdrückten. Das erste Maul ließ meine Hand los, aber gleichzeitig schnappten die anderen beiden nach mir.

Das Ganze ging so schnell, dass ich gar nicht reagieren konnte. Aber bevor die Mäuler mich zerreißen konnten, explodierte ein Licht unter mir. Geblendet kniff ich die Augen zusammen und als ich sie wieder öffnete, war alles um mich herum schwarz. Das Monster war verschwunden.

Ich hatte keine Zeit, mich nach ihm umzuschauen, weil ich dringend an die Oberfläche gelangen musste. In meinen Ohren summte es schon. So schnell ich konnte, schwamm ich nach oben. Meine verletzte Hand behinderte mich dabei und mir kam der Gedanke, dass ich es nicht schaffen könnte. Als ich etwas Helles über mir sah, nahm ich meine letzten Kraftreserven zusammen.

In letzter Sekunde schoss ich mit dem Kopf aus dem Wasser. Ich keuchte. Die kalte Luft fühlte sich wie Eis in meinen Lungen an, aber gleichzeitig tat sie so gut. Der Schock und die Anstrengung waren zu viel und ich konnte nicht mehr paddeln. Ich hatte einfach keine Kraft mehr. Wehrlos ließ ich mich von meinem eigenen Gewicht wieder nach unten ziehen.

Gerade noch rechtzeitig packten mich ein paar Hände: Bridget! Sie war sofort in den See gesprungen, als sie mich hatte auftauchen sehen und war auf mich zugeschwommen. Mit ihrer Hilfe konnte ich mich aus dem See ziehen. Auf allen vieren kroch ich ans Ufer und ließ mich auf den kalten Sand fallen. Immer noch keuchend rollte ich auf den Rücken. Bridget saß ebenfalls schwer atmend neben mir.

»Da unten war ein gleißendes Licht«, schaffte ich es schließlich zu sagen, »vielleicht war das das Lichtschwert, aber ich habe es dann nicht mehr gesehen ... In meinem Traum war alles anders ... da ist es an die Oberfläche des Sees getrieben. Aber ...«, japste ich, »da bin ich auch nicht unter Wasser gezogen und beinahe ertränkt worden.«

Ich schloss wieder die Augen. Mehr konnte ich nicht rausbringen. Erst einmal musste ich wieder zu Kräften kommen, dann würde ich Bridget vielleicht richtig erklären können, was gerade passiert war. So ergab mein Gebrabbel sicher keinen Sinn.

»Meinst du dieses Schwert?«

Mit Mühe drehte ich den Kopf.

Bridget grinste mich an.

Sie hatte das Lichtschwert in der Hand.

***

In der Nacht versuchten Bridget und ich gar nicht erst, einander zu erzählen, wie wir das gerade Geschehene erlebt hatten. Ich wollte so schnell wie möglich weg von Glendalough und Bridget stellte auch keine Fragen. Wir verarzteten meine Hand notdürftig mit Desinfektionsmittel und Verbandszeug aus dem Erste-Hilfe-Koffer im Auto. Bridget fuhr schnurstracks zum B&B, wo wir heiß duschten, uns trockene Kleider anzogen und uns innerlich mit Tee aufwärmten. Dann holten wir extra Decken aus dem Schrank und deckten uns auch noch zusätzlich mit dem Schlafsack aus dem

Auto zu. Ich dachte bloß, welche Ironie es wäre, wenn ich nach der Episode an einer Lungenentzündung sterben würde.

Das Schwert, das wir nicht im Auto lassen wollten, lag neben dem Bett und tauchte das Zimmer in ein schwaches Licht. Mein letzter Gedanke, bevor ich in einen tiefen traumlosen Schlaf versank, war, dass ich es überhaupt nicht glauben konnte. Es war uns tatsächlich gelungen, Nuadas Schwert zu bergen!

Um neun Uhr, nach einer viel zu kurzen Nacht, klingelte der Wecker. Schnell machten wir uns zurecht und packten unsere Sachen zusammen, damit wir noch rechtzeitig zum Frühstück kamen. Nach dem anstrengenden Abenteuer gestern hatten wir einen Bärenhunger und verschlangen das gesamte Full Irish Breakfast. Ich aß sogar den Speck, die Würste und der eigentlich total eklige Black Pudding, gebratene Blutwurst. Wir wurden von den B&B-Besitzern etwas komisch angeschaut, als wir alles in null Komma nichts verputzten und noch nach extra Soda-Bread fragten. Dafür bezahlten wir aber gleich für die Übernachtung und Frühstück mit großzügigem Trinkgeld und wurden mit einem Lächeln verabschiedet.

Wir holten unser Gepäck aus dem Zimmer – das Schwert hatten wir in den Schlafsack gewickelt – und konnten die Wicklow Mountains gar nicht schnell genug hinter uns lassen.

Unser nächstes Ziel war etwa fünf Stunden Autofahrt in Richtung Süden gelegen.

Wir waren halbwegs ausgeschlafen, gut gestärkt, es war heller Tag und unser Plan war von einem ersten Erfolg gekrönt worden. Mit genug Abstand von Glendalough fühlten wir uns beide in der Lage, uns über gestern Abend auszutauschen.

»Hast du das Monster gesehen?«, fragte ich Bridget.

»Nein – ich habe nur gesehen, wie der Geist der roten Frau aufgetaucht ist. Plötzlich hat sie dich unter Wasser gezogen – ich konnte gar nicht so schnell reagieren. Die Oberfläche des Sees war spiegelglatt, so als ob euch der See einfach geschluckt hätte. Auf einmal wart ihr nicht mehr da, als hätte es euch gar nicht gegeben. Ich hab ein paar Sekunden gewartet und nichts ist passiert. Einfach die

Asche in den See schmeißen wollte ich auch nicht – was, wenn das Monster noch auftauchte? Irgendwann hielt ich es nicht mehr aus und bin vom Baum runtergeklettert. Als ich unten war, hatten sich auf einmal Wellen auf dem See gebildet. Sie wurden immer größer. Das Wasser schwappte über das Ufer und neben Treibholz und so weiter schwemmte es auch etwas anderes an: das Schwert.«

»Du standest am Ufer des Sees und auf einmal lag es vor deinen Füßen?«, fragte ich ungläubig.

»Ja. Ich hab es natürlich sofort aufgehoben und es hat angefangen zu leuchten. Auf einmal bist du aufgetaucht. Als ich gesehen habe, dass du beinahe am Ertrinken bist, hab ich das Schwert fallen lassen und bin zu dir rausgeschwommen.«

Ich schüttelte den Kopf. »Ich habe da unten mit einem Monster gekämpft und oben hat man gar nichts davon mitbekommen.« Ich erzählte Bridget, was mir unter Wasser widerfahren war.

»Ein bisschen bin ich schon enttäuscht, dass ich dieses Seeungeheuer nicht gesehen habe«, gab Bridget zu.

»Sei froh«, sagte ich. »Obwohl, ich muss schon sagen, dass ich es selber kaum glauben kann, was ich erzähle und mich fragen muss, ob ich mir das alles nicht nur eingebildet habe. Wenn wir nicht tatsächlich ein leuchtendes Schwert im Kofferraum hätten. Und ich nicht diese schöne Wunde als Beweis mit mir herumtragen würde.« Der dumpf pochende Schmerz in meiner linken Hand erinnerte mich daran.

»Wie geht es deiner Hand denn?«, fragte Bridget.

»Es geht.« Ich machte den Verband auf. Man konnte eindeutig die drei Reihen Zahnabdrücke erkennen. Bridget nahm kurz die Augen von der Straße und schaute rüber. »Oh Mann. Bist du sicher, dass du damit nicht zum Arzt musst?«

»Das wird schon. Lass uns einfach noch an einer Apotheke anhalten. Wir wollen es ja schließlich heute noch zum Bull Rock schaffen.«

Während der Fahrt rätselten Bridget und ich noch ein bisschen, was wohl mit dem Monster passiert war und was der Zusammenhang zwischen Kathleen und dem Seeungeheuer war, konnten uns aber keinen Reim drauf machen. Wir beschlossen, Glendalough abzuhaken. Wir hatten das Schwert und alles andere war nebensächlich.

Als Nächstes wollten wir herausfinden, was der Felsen mit dem Loch, von dem ich geträumt hatte, mit Badb zu tun hatte. Unsere Hoffnung war, dass wir sie dort finden würden – an demselben Ort in der Anderswelt konnte sie ja schließlich nicht sein.

Ich hatte Bridget von meinem Traum erzählt, in dem Morrigan in Tír na nÓg vor verschlossenen Pforten stand. Sie hatte dem Wächter erzählt, dass Badb sich am Felsen des Donn Zugang zum Höllenschlund verschafft hatte. Mir war seitdem immer wieder das Bild eines Felsens in den Kopf gekommen, der einen markanten Tunnel hatte. Es sah aus wie in Loch, das direkt durch den Felsen ging. Auf ihre Bitte hin hatte ich ihn aufgemalt. Sie erkannte den kultischen Felsen als Bull Rock Island wieder. Wir hatten im Hotel in Dublin ein Bild gegoogelt und wusste sofort: Das war der Ort.

Deshalb waren wir jetzt auf dem Weg zur Beara-Halbinsel im County Cork, ganz im Süden Irlands. Vor der Küste der Halbinsel gab es eine kleine Inselgruppe. Mit der Seilbahn konnte man zur kaum noch bewohnten Dursey Insel gelangen. Westlich von Dursey lagen drei ganz kleine Inseln. Eine davon nannte man Bull Rock, ein Felsen, der aus dem Meer ragte und auf dem ein Leuchtturm stand. Bull Rock hieß in der Mythologie auch Tech Duinn, das Haus des Donn.

Donn war einer der sieben Söhne des Míl, die Irland erobert haben. Sie führten die Milesier an, das Volk, das die Túatha Dé Danann in die Anderswelt vertrieben hatte. Als die Milesier mit ihren Schiffen vor der Küste Irlands lagen, versuchten sie mit Zaubersprüchen, die Túatha Dé Danann an Land zu schwächen. Donn war der Erste, der auf einen Mast stieg und die Zauber aussprach. Daraufhin verfluchten die Túatha Dé Danann Donn. Bald wurde den Milesiern klar, dass Donn sterben würde. Donns Brüder fanden, dass es Unglück bringen würde, Donns Leiche mit an Land zu bringen, weil sie befürchteten, sie alle könnten sich bei ihm anstecken. Also schlug Donn vor, dass er zu einer der kleinen Inseln gebracht würde, wo er alleine sterben könnte. Diese Insel war Bull Rock. Seitdem wurde der Felsen auch Tech Duinn genannt. Der Legende nach kamen die Seelen der Nachkommen der Milesier, mit anderen Worten, die Seelen der Iren, nach Tech Duinn, bevor sie weiterzogen. Verfluchte Seelen wie Donn gingen von hier aus in die Hölle.

Bridget und ich übernachteten auf der Beara-Halbinsel und fuhren am nächsten Tag mit der Seilbahn nach Dursey Island. Das Schwert hatten wir im Auto gelassen, auch wenn wir es lieber immer bei uns gehabt hätten. Natürlich würden wir damit viel zu sehr auffallen und wir erwarteten ja auch nicht gerade, dass wir Badb heute direkt in die Arme laufen würden. Unsere schwankende Kabine schwebte etwa zehn Minuten lang über den wilden Wellen des Dursey Sounds, die an den Felsen der Insel brachen und weiße Gischt hoch aufspritzen ließen, bevor wir sicher auf der Insel abgesetzt wurden. Wir hatten schon in Erfahrung gebracht, dass es keine Läden oder Pubs auf der Insel gab und hatten Proviant mitgebracht. Es lebten nur eine Handvoll Menschen auf Dursey Island und an diesem windigen, kalten Morgen liefen wir niemandem über den Weg. Dafür sahen wir umso mehr Schafe. Die Landschaft war winterlich kahl und es gab praktisch nur ein, zwei Wege, die quer über die Insel liefen – verlaufen konnte man sich hier nicht! Die Kapuzen unserer Regenjacken festgezurrt, kämpften Bridget und ich uns gute zweieinhalb Stunden lang gegen den Wind über die Insel, um zum westlichsten Punkt zu kommen. Von dort aus sollte man Bull Rock sehen können. Auf unserem Weg kamen wir an einigen verlassenen und eingestürzten Gebäuden vorbei, die davon zeugten, dass die Insel einmal dichter bewohnt gewesen war. Wir nutzten diese Ruinen, um ein windgeschütztes Plätzchen zu finden, wo wir eine Pause einlegen konnten.

Bevor wir das Ende der Insel erreicht hatten, kletterten wir einen rechteckigen Turm hoch, auf dem wir zu Mittag aßen. Von hier aus konnte man die kleinen Inseln, unter anderem auch Bull Rock schon sehen. Ich erkannte den Felsen wieder – aus meinen Träumen und den Fotos – aber es war nicht gerade ein Aha-Erlebnis. Das Tech Duinn in meinen Träumen hatte natürlich keinen Leuchtturm gehabt. Die kleine Insel war auch weiter weg, als ich gedacht hatte. In meinem Traum stand ich wohl nicht auf Dursey Island, sondern auf dem kleinen Felsen direkt neben Bull Rock, auch Cow Rock genannt. Doch würden wir dort ohne Boot nicht hinkommen.

Bridget und ich hatten unsere Erwartungen niedrig gehalten. Tech Duinn war einfach unser einziger Anhaltspunkt. Trotzdem waren wir beide etwas enttäuscht. Wir machten kehrt und gingen den Weg wieder zurück. Der Wind hatte etwas nachgelassen, doch wir hatten ihn jetzt sowieso im Rücken. Dafür fing es an zu nieseln, was unsere Stimmung nicht gerade verbesserte. Wir hatten uns schon auf dem Hinweg wenig unterhalten. Die anstrengende Wanderung war eine willkommene Entschuldigung gewesen. In Wirklichkeit gab es zu viele Themen, die wir beide besser vermeiden wollten. Uns über Tech Duinn unterhalten und so unsere Erwartungen zu schüren, wollten wir nicht. Den Tod ihrer Eltern hatte Bridget nicht einmal wieder erwähnt, seit wir Dublin verlassen hatten. Ich wollte auch lieber verdrängen, was verschiedene Sidhe in der Anderswelt alles von mir erwarteten. Über Dylan nachdenken wollte ich auch nicht. Es blieb zwischen Bridget und mir sogar unausgesprochen, welche Themen alle tabu waren. Auf dem Rückweg zum nördlichen Punkt der Insel redeten wir gar nicht mehr.

Bis wir zu einem weißen Häuschen kamen, das zwischen den beiden Dörfern lag, wenn man diese noch so nennen konnte. Das nördlichste, wo auch die Seilbahn abfuhr, war Ballynacalagh. Am südlichen Ende gab es noch eine Ansammlung von Gebäuden, die alle zu einer Farm gehörten. Mittig auf der Insel gelegen, gab es noch das Dörflein Kilmichael. Es wäre wohl eher zutreffend zu sagen, dass die Orte mal Dörfer gewesen waren. Jetzt lebte dort kaum noch jemand. Zwischen Ballynacalagh und Kilmichael stand also dieses Häuschen, das frisch renoviert aussah. Neugierig lasen wir das Schild, das davor aufgestellt war. Es handelte sich um das alte Dursey-Schulhaus, das mehrere Jahre nicht mehr benutzt worden war. Jetzt konnte man es als Ferienhaus mieten.

Bridget und ich sahen uns an.

»Um diese Jahreszeit steht das doch bestimmt leer«, meinte Bridget.

Wir spähten durch die Fenster. Tatsächlich sah das Häuschen verlassen aus.

Auf dem Schild stand die Telefonnummer der Leute, die das alte Schulhaus vermieteten.

Ich zog das Handy aus der Tasche. »Sollen wir …?«

Bridget zuckte mit den Schultern. »Ich habe sonst auch keine bessere Idee, was wir als Nächstes machen sollen. Vielleicht fällt uns mehr ein, wenn wir uns hier etwas länger aufhalten. Wir können auch noch mal mit Claire und Avalynn telefonieren. Sie haben dir dringend davon abgeraten, Badb zu rufen, aber wenn uns keine andere Möglichkeit bleibt … Nachts auf dieser Insel, so nahe Tech Duinn, hätten wir vielleicht Erfolg. Und wir haben jetzt das Schwert.«

Ich sagte erst einmal nichts dazu. Noch vor wenigen Wochen hatte Bridget im Krankenhaus, nachdem sie fast daran gestorben war, dass O'Cadhla von ihr Besitz ergriffen hatte, zu mir gesagt, ich solle versprechen, mich vor Badb in Acht zu nehmen. Ich würde den Ausdruck der Angst und des Schreckens in ihren Augen nie vergessen. Jetzt war davon nichts mehr zu sehen. Jetzt war ihr Blick unnachgiebig und kalt, wenn sie von Badb sprach. Sie war an dem Punkt angekommen, an dem sie keine Furcht mehr kannte. Nicht zum ersten Mal fragte ich mich, ob sie je wieder diese Fröhlichkeit und Lebenslust ausstrahlen würde, die sie einmal ausgezeichnet hatte. Allerdings wollte ich ihr auch nicht das nehmen, das sie zu so viel Entschlossenheit anstachelte. Ohne das Ziel vor Augen, Badb zu zerstören, würde sie vielleicht völlig zusammenbrechen.

Doch Badb zu rufen schien mir immer noch zu gefährlich – auch mit dem Schwert. Ihre Heimtücke und ihre Magie sollten wir besser nicht unterschätzen.

»Rufen wir doch erst mal dort an«, sagte ich.

Es stellte sich heraus, dass das Ferienhaus in der Tat gerade nicht vermietet war, und obwohl man es sonst nur für mindestens eine

Woche mieten konnte, erklärten sich die Besitzer bereit, es uns für ein paar Nächte zu überlassen. Ich erklärte, dass wir auf der Insel waren, aber unser Auto mit unserem Gepäck auf dem Parkplatz bei der Seilbahn-Station auf dem Festland stand. Wir machten ab, dass wir mit der ersten Seilbahn zurückkommen würden, welche um halb drei fahren sollte. Die Besitzer sollten uns auf dem Parkplatz treffen, um uns den Schlüssel zu übergeben und unsere Anzahlung entgegenzunehmen. Dann hätten wir gerade noch genug Zeit, um einkaufen zu fahren, bevor wir am Nachmittag die letzte Seilbahn zurück auf die Insel nehmen konnten.

Gegen fünf Uhr abends standen wir wieder vor dem Häuschen. Neben Essen und Getränken für die nächsten Tage hatten wir auch das Schwert mitgeschleppt – wieder eingewickelt in den Schlafsack. Bridget hatte darauf bestanden und so hatte ich es sie auch tragen lassen. Sie tat mir jetzt ein bisschen leid, weil sie völlig erledigt aussah. Erleichtert schlossen wir das Häuschen auf und ließen unser Gepäck im Wohnzimmer fallen. Das renovierte Schulhaus war sehr gemütlich eingerichtet, mit Holzdielen und Holzdecken. Wir gingen hoch ins Dachgeschoss, wo sich vier Einzelbetten in einem kleinen Raum drängten. Die Besitzer hatten uns erzählt, dass man von hier aus Bull Rock sehen könnte – und tatsächlich: Wenn ich meinen Kopf aus dem schrägen Dachfenster steckte, dann sah ich den Felsen, der angeblich einem Elefantenbullen ähnlich sehen sollte. In der Dämmerung sah er schon um einiges ominöser aus als bei Tageslicht. Ich beobachtete, wie der violettgraue Himmel um die kleine Insel herum immer dunkler wurde. Sollte dieser unscheinbare Felsen tatsächlich ein Eingang zur Unterwelt sein?

Ich kochte eine schnelle Mahlzeit – Spaghetti mit einer Fertigtomatensoße – und Bridget schlief schon fast über ihrem Teller ein. Sie ging nach dem Essen direkt nach oben ins Bett. Ich wickelte mich in eine warme Decke und setzte mich auf die Bank vor dem Häuschen, um dem Geräusch der Brandung im Dunkeln zu lauschen. Der Wind hatte merklich nachgelassen. Ich drückte die Daumen, dass das so bleiben würde. Wenn wir Glück hatten, würden wir morgen mit dem Boot nach Bull Island fahren können. Die Besitzer des Ferienhauses hatten uns die Kontaktdaten von jemandem auf der Insel gegeben, der manchmal Touristen mit dem Boot rüberfuhr. Wir hatten mit ihm gesprochen, aber ob er fahren würde oder nicht, würde er vom Wetter abhängig machen.

Als es anfing zu regnen, ging ich wieder ins Haus und machte mir einen Kakao. Nach einigem Zögern rief ich doch noch Avalynn und Claire in den USA an. Sie waren einer Meinung mit mir, dass es viel zu gefährlich war, Badb zu rufen. Man opferte immer etwas, wenn man jemanden mit Magie herbeibeschwor, bot etwas von sich selber an oder öffnete sich zumindest. Jemand mit einer solchen Zauberkraft wie Badb würde die Situation zu ihrem Vorteil ausnutzen. Ganz sicher würde sie uns nicht sozusagen ins offene Schwert laufen.

Obwohl ich immer noch nicht müde war, weil mir zu viele Dinge im Kopf herumgingen, beschloss ich, mich auch hinzulegen. Es hieß ja immer, dass nach dem Aufwachen alles ganz anders aussehen würde – vielleicht brachte der neue Tag auch wieder neue Erkenntnisse. Als ich ins Schlafzimmer kam, lag Bridget noch angezogen auf einem der Betten. Sie schlief tief und fest und hatte eine Hand auf das Schwert gelegt, das neben ihr im Bett lag.

Der Anblick, wie sie sich praktisch ans Schwert kuschelte, hätte mich beinahe zum Lachen gebracht.

Wenn ich mir nicht solche Sorgen um Bridget machen würde.

kapitel zwanzig
alice

Am nächsten Morgen sah tatsächlich alles ganz anders aus.

Erstens wagte sich die Wintersonne hinter den Wolken hervor und tauchte Dursey Island und Umgebung in ein blasses Licht, das sogar dem braunen Gras einen schwachen Goldton verlieh. Es war beinahe windstill – so windstill, wie es auf einer flachen Insel eben sein konnte – und wir machten uns große Hoffnungen, dass unsere Bootsfahrt nach Bull Rock tatsächlich zustande kommen würde. Beim Frühstück kam dann auch der Anruf des Bootsbesitzers. Heute Morgen oder nie war der Tenor, und so packten wir eilig unsere Rucksäcke, nahmen einen letzten Schluck Kaffee und machten uns auf den Weg zur Anlegestelle.

Zweitens hatte ich einen sehr interessanten Traum gehabt, von dem ich Bridget jetzt berichtete.

»Ich habe gestern Nacht davon geträumt, wie Morrigan Badb am Felsen des Donn aus der Anderswelt verbannt hat.«

Abrupt blieb sie stehen. »Was?«

»Ja, es war eindeutig ein Morrigan-Erlebnis. Mittlerweile weiß ich immer sofort, wessen Erinnerung ich träume, an der … sagen wir mal … emotionalen Handschrift. Als Ciara fühle ich mich ganz anders als als Morrigan. Und ich war auch schon mal eine andere Inkarnation von Morrigan, das hat sich auch wiederum anders angefühlt …«

Ich erzählte Bridget von dem Mädchen auf dem Schlachtfeld. Sie hörte mir aufmerksam zu, während wir weitergingen.

»Ich bin mir ziemlich sicher, dass diese Episode direkt vor der Verbannung Badbs stattgefunden haben muss. Ich reime mir das so zusammen. Morrigan war in diesem Mädchen wiedergeboren. Dann hat Badb irgendetwas Schlimmes angestellt. Irgendetwas, das mit dieser Schlacht zu tun hat. Morrigan hat versucht, an die Oberfläche des Bewusstseins dieses Mädchens zu gelangen. Wollte die Soldaten warnen. Niemand hörte auf sie. Als sie auf dem Schlachtfeld ankam, war es schon zu spät. Sie konnte als Menschenmädchen nichts ausrichten. Also nahm sie sich das Leben, um wieder Morrigan zu sein und weiteres Schlimmes zu verhindern. Sie findet Badb am Tech Duinn …«

»Aber dem Tech Duinn der Anderswelt«, unterbrach mich Bridget.

»Genau. Und davon habe ich gestern Nacht geträumt. Um den Felsen herum tanzten Lichter auf den Wellen. Als Morrigan wusste ich, es waren Seelen – die Seelen der jakobitischen Soldaten, die bei der Schlacht ums Leben gekommen waren. Ich habe sie vom nächsten Felsen aus beobachtet. Also Cow Rock.« Wir schauten beide in Richtung der beiden kleinen Inseln, die in diesem Licht so friedlich und harmlos wirkten. »Sie war in der Gestalt einer Krähe, flog zu einem Felsvorsprung direkt über dem Felsentunnel und verwandelte sich in Badb. Eine ganz hässliche alte Frau; du hast ihre wahre Gestalt ja auch schon gesehen.« Bridgets Blick verdunkelte sich und sie zog die Brauen zusammen. Ich sah, dass sie schlucken musste, bevor sie zögerlich nickte. Aha, es gab also doch noch Erinnerungen, die sie nicht völlig kalt ließen.

»Badb sagte einen Zauberspruch und pflückte dann die Seelen von den Wellen. Mir, beziehungsweise Morrigan, wurde bewusst, dass sie die Seelen auffraß, sie in sich aufnahm. Weißt du noch, Bridget, als du mir im Krankenhaus gesagt hast, dass Badb sich von den Seelen der Toten ernährt? Es stimmt tatsächlich.« Ich beobachtete sie, während wir weitergingen.

»Direkt nach dem Erlebnis habe ich versucht, alles zu verdrängen, was ich mit Padraig erlebt hatte«, sagte Bridget schließlich. »Da habe ich ja auch noch gedacht, das Schlimmste hätte ich hinter mir.« Sie lachte bitter. »Wir dachten, ich müsse das Trauma einfach überwinden und das Beste wäre, ich würde alles vergessen. Seit dem Unfall … da versuche ich mir alles bis ins kleinste Detail ins Gedächtnis zu rufen, was ich damals über Badb und Padraig erfahren habe. Es ist nicht so einfach. Man könnte das vergleichen mit einem intensiven Traum. Die meiste Zeit über war ich einfach … nicht da. Und dann bekam ich episodenweise mit, was Padraig tat. Was er dachte. Ich war in seinem Kopf und seine Gedanken mitzuerleben war ganz schlimm für mich. Jetzt wäre es vielleicht nicht mehr so ein Albtraum. Aber damals war ich noch ein naives Mädchen, das mit solchen kranken Gedanken nicht klarkam.«

»Du warst nicht naiv, sondern einfach ein guter Mensch, dem solch kranke Gedanken einfach total fremd waren», sagte ich sanft. »Das ist eigentlich eine gute Sache.«

Bridget zuckte mit den Schultern. »Wie dem auch sei. Ich versuche, mich an alles wieder zu erinnern, aber es ist ein bisschen so, als würde man sich längst vergessene und verdrängte Albträume wieder in Erinnerung rufen. Ich füge vage Gedankenfetzen und verschwommene Bilder zusammen, gegen die sich jede Faser in meinem Körper wehrt. Ich weiß, dass Badb Seelen frisst, aber ich kann nicht mehr sagen, woher ich das weiß und ob ich es tatsächlich selber gesehen habe.« Entschlossen reckte sie das Kinn vor. »Aber mir fällt schon noch alles wieder ein.«

»In meinem Traum bemerkt mich Badb und fliegt auf mich zu. Ich spreche einen Verbannungszauber aus. Als Morrigan weiß ich, dass ich den nur einmal aussprechen kann, im schlimmsten Notfall sozusagen. Badb steuert immer noch auf mich zu und kurz bevor sie bei mir ankommt, wird der Zauber in Kraft gesetzt und sie löst sich quasi in Luft auf. Sie ist aus der Anderswelt verbannt. Beim Tunnel bildet sich ein Strudel und die Seelen werden dort hineingezogen. Sie schreien. Ihre Schreie sind so schrill, dass ich mir die Ohren zuhalte, aber sie immer noch bis ins Mark dringen. Von den Schreien bin ich dann aufgewacht.«

»Und in dem anderen Traum, den du hattest, wurde Morrigan in Tír na nÓg gesagt, dass Badb einen Zugang zur Unterwelt geschaffen hat. Klar, dieser Strudel, dieser Schlund unter Tech Duinn, das muss der Zugang sein«, dachte Bridget laut nach.

Mittlerweile waren wir bei der Anlegestelle angekommen und der Mann, der uns nach Bull Rock bringen würde, wartete schon auf uns. Zu meiner Überraschung hatte er ein modernes Speedboat, keinen alten Fischerkahn, wie ich irgendwie erwartet hatte. Mr Healy war ein schweigsamer Mann von ungefähr Mitte sechzig. Er ließ sich nicht aus der Ruhe bringen, als wir ihn baten, Bull Rock mehrere Male langsam zu umkreisen. Er warf uns nur ein paar komische Blicke zu, als Bridget und ich länger debattierten, ob man es wagen könnte, durch den Felstunnel zu fahren. Schließlich mischte er sich ein. »Da kann man schon durchfahren. Ist gar kein Problem, wenn kein Wellengang ist. Das machen wir bei diesen Bootstouren sonst immer.«

Wir schauten ihn beide verwundert an, bis er rot anlief und wegschaute. »Und da ist noch nie etwas passiert?«, fragte ich schließlich. »Da ist kein ... Strudel oder so? Oder wurden da schon mal komische Lichter gesehen?«

Jetzt war Mr Healy an der Reihe, verwundert drein zu schauen. »Häh? Nee«, brummte er.

Also baten wir Mr Healy, uns durch den Tunnel zu fahren. Ich hatte ein sehr mulmiges Gefühl. Bridget und ich starrten beide nervös über den Rand des Bootes ins Wasser. Mr Healy schüttelte nur mit dem Kopf.

Nichts passierte.

»Noch mal, bitte.«

Mr Healy drehte das Boot und fuhr wieder durch das Loch im Felsen. Diesmal studierte ich die Felswände. Ich konnte überhaupt nichts Auffälliges an dem Tunnel entdecken.

Der arme Mr Healy wurde bestimmt noch zehnmal von uns gebeten, immer wieder durch den Tunnel zu fahren, bis er schließlich meinte, dass es doch jetzt genug sei und er gerne wieder zum Festland fahren würde. Er brummelte etwas von Wolken, die aufziehen würden. Ich fand der Himmel sah noch genauso hell aus wie vorhin, als wir losgefahren waren. Aber wir protestierten nicht.

Als wir wieder an Land waren und Mr Healy bezahlt hatten, konnte ich förmlich sehen, wie ihm eine Last von den Schultern fiel. Er musste uns für sehr komische Mädchen halten und froh sein, uns wieder loszuwerden.

Ich drehte mich noch einmal um, als wir wieder auf dem Weg zum alten Schulhaus waren. Die Mittagssonne blendete mich und ich kniff die Augen zusammen. In dem Moment hätte ich schwören können, Lichter auf den Wellen tanzen zu sehen. Aber wahrscheinlich waren das nur Sonnenstrahlen, die vom Wasser reflektiert wurden. Wenn es dort einen Schlund in die Anderswelt gab, dann war er Bridget und mir nicht ersichtlich. Kein Wunder, wir waren Menschen aus Fleisch und Blut. Vielleicht musste man selber so ein Licht sein, selber eine der armen Seelen, die in Tech Duinn durch den Schlund in die grausame Unterwelt gezogen wurden, um Badbs persönlichen Eingang zur Hölle wahrnehmen zu können. Vielleicht musste man tot sein. Oder Morrigan.

Schnell holte ich Bridget ein und packte sie am Arm. Erschrocken schaute sie sich zu mir um.

Aufgeregt rief ich: »Ich habe eine Idee, wie wir an Badb kommen können. Aber dazu müssen wir in die Anderswelt.«

kapitel einundzwanzig
alice

In dem Saal in Mog Ruiths Burg herrschte eisiges Schweigen. Gerade hatte ich bekannt gegeben, dass Badb eine Priorität für mich war und was ich gegen sie unternehmen wollte.

Der Druide, Fionn, Colleen, Bridget und ich saßen um einen runden Tisch herum. Das Schwert lag in der Mitte des Tisches.

Das Ganze erinnerte mich an die Ritter der Tafelrunde. Nur, dass wir alle ziemlich ungewöhnliche Ritter abgaben.

Fionn entsprach vielleicht am ehesten noch dem Bild. Er saß in voller Kampfmontur da, als ob er erwartet hätte, nach meiner Rückkehr würden wir beide sofort in die Schlacht stürmen. Seine blauen Augen blitzten wütend unter dem rotblonden Haarschopf hervor. Er hatte die Arme vor dem ... tja, am ehesten ähnelte es wohl einem Kettenhemd ... verschränkt, sodass sein Bizeps besonders gut zur Geltung kam. Mir war nicht entgangen, dass Bridget das auch aufgefallen war. Zum ersten Mal richtete sich ihre volle Aufmerksamkeit nicht auf unsere Mission. Ich hielt das für ein gutes Zeichen. Doch schließlich merkte sie wohl selber, dass sie sich ablenken ließ, streckte entschlossen das Kinn vor und setzte ihren unbarmherzigen Blick auf.

Mog Ruith verzog keine Miene. Er wirkte mal wieder wie eine

Figur aus Stein. Colleen, die zwischen dem erhaben wirkenden Druiden und dem riesigen Fionn besonders winzig erschien, war ihre Unsicherheit hingegen deutlich anzusehen. Ihre Emotionen spiegelten sich deutlich in ihrem schmalen Gesicht wider. Sie war entsetzt – bestimmt über die Tragödie, die Bridget widerfahren war –, erstaunt über unsere Abenteuer, die uns nach Glendalough, Tech Duinn und schließlich hierher, nach Dairbhre in die Anderswelt gebracht hatten, verwundert über das Schwert und meinen Plan und auch ein bisschen enttäuscht von mir.

Sie war auch die Erste, die etwas sagte.

»Ich verstehe nicht … Alice … du warst immer so hundertprozentig überzeugt davon, dass du Morrigan Ciaras Seele nicht geben darfst. Du … und einige andere … haben viel durchgemacht, weil Morrigan Ciaras Essenz will und du dich geweigert hast, sie ihr zu geben. Das war immer das, woran du festgehalten hast. Weil du davon überzeugt warst, dass es das Richtige war. Wie kannst du jetzt überhaupt in Erwägung ziehen, Morrigan Ciaras Seele zu überlassen?«

Colleens Reaktion war verständlich und bestätigte meinen Entschluss, dieses Gespräch erst zu führen, nachdem ich Mog Ruith von meinem Hirschkuh-Traum erzählt hatte. Alles war längst vorbereitet, um Morrigan bei ihrer nächsten nächtlichen Verwandlung zu schnappen. Die Fallen im Wald waren ausgelegt, Dean befand sich in Position. Mog Ruith hatte einen Zauber eingefädelt, dank dem Dean und Morrigan direkt nach Dairbhre teleportieren konnten, sobald die verletzte Königin den Heiler gerufen hatte. Ich wusste, dass dieser Plan zu gut war, die Möglichkeit, Morrigan zu schnappen, zu verlockend nah, als dass man alles wieder abblasen würde, nachdem ich verraten hatte, was ich vorhatte. Stattdessen stellte ich mich darauf ein, dass man versuchen würde, mir meine Idee wieder auszureden.

»Ich wollte Morrigan Ciaras Seele nicht geben, weil ich nicht wusste, was sie mit ihr vorhat«, richtete ich meine Antwort an Colleen. »Ich will immer noch wissen, was ihre Intentionen sind. Ich habe lange geglaubt, sie zieht daraus nur ihren eigenen Nutzen.

Das glaube ich mittlerweile nicht mehr. Meine Träume, in denen ich Morrigans Erinnerungen sehe und somit einen Einblick in ihre Gedanken habe, geben mir den Eindruck, dass sie davon überzeugt ist, sie tut ihrem Volk etwas Gutes. Mehr noch, sie muss selber Opfer bringen, im Namen dieser Aufgabe, die sie für ihr Volk erfüllt. Dabei geht sie äußerst kaltherzig vor und stellt Einzelschicksale hintenan. Die der Sidhe und vor allem die der Menschen. Bislang konnte ich noch nicht nachvollziehen, was sie angeblich für die Menschenwelt tut, im Gegenteil, diese angeblich symbiotische Beziehung zwischen den Welten kommt mir sehr parasitisch vor. Morrigan holt sich von den Menschen, was sie braucht, nutzt sie zu ihren Zwecken aus.« Ich holte tief Luft.

»Also ja, Colleen, du hast recht. Ich war und bin der Meinung, ich sollte Ciaras Seele nicht an Morrigan übergeben, damit sie Ciara im Namen dieses Geheimnisses opfern kann, das wir immer noch nicht kennen. Aber in diesem Fall hätte sie mit Ciaras Seele etwas anderes vor. Etwas, das unserer Kontrolle obliegt.«

»Mit anderen Worten, du willst Ciaras Seele einem anderen Zweck opfern, statt ihr Gerechtigkeit und Frieden zu bringen, wie du ursprünglich vorhattest«, meinte Colleen bitter.

»Ich habe immer noch vor, Ciaras Seele nach Tír na nÓg zu bringen«, antwortete ich ruhig. »Und wahrscheinlich ist Morrigan sowieso die Einzige, die sie dorthin bringen kann.«

»Wenn Morrigan sie aus der Unterwelt überhaupt wieder mitbringt … oder mitbringen kann. Erst einmal tust du das genaue Gegenteil: Du schickst sie in die Hölle. Wer weiß, was du Ciaras Seele damit antust«, regte sich Colleen auf. »Und wenn Morrigan sie erst einmal hat, dann hast du doch gar keine Kontrolle mehr darüber, was sie mit Ciara macht. Dann kann sie doch mit ihr machen, was sie will!«

»Diese Diskussion ist nichtig«, mischte sich jetzt Fionn ein. »Badb übt Druck auf dich aus, Alice, damit du Morrigan zerstörst. Du willst deine Freunde und Familie schützen, das ist klar. Du hast Angst um das Leben deiner Eltern. Aber wieso dann versuchen, Badb zu vernichten, die ihr wahrscheinlich niemals zu fassen bekommt, geschweige denn töten könnt. Sie ist viel zu mächtig, nach allem, was du erzählst, mächtiger als Morrigan. Wie lange haben wir gebraucht, um sie ergreifen zu können? Es brauchte dafür dich und Ciaras Erinnerungen. Jetzt stehen wir endlich kurz davor, die Königin zu zerstören. Das ist anscheinend auch das, was Badb will. Sie hat das gleiche Ziel wie wir. Da ist es doch ganz einfach. Tue, was sie will, dann sind deine Eltern nicht mehr in Gefahr. Bald haben wir Morrigan und wir haben ein Schwert, das Sidhe töten kann. Ich verstehe nicht, warum wir unsere Zeit damit verschwenden …«

»Als du deine Muskeln aufgepumpt hast, scheint bei dir wohl das Gehirn geschrumpft zu sein«, unterbrach ihn Bridget. Überrascht schaute Fionn sie an. »Bist du wirklich so dumm, zu glauben, dass es tatsächlich ganz einfach ist? Oder hast du dich vielleicht mal gefragt, *warum* Badb Morrigan vernichten möchte? Dafür bist du wahrscheinlich zu beschränkt. Abgesehen davon haben nicht *wir* das Schwert. Alice und ich haben das Schwert. Es kann nur von uns benutzt werden, weil wir es gefunden haben, und ohne uns kannst du damit überhaupt nichts anfangen.«

Fionn starrte Bridget mit offenem Mund an. So hatte sicherlich noch nie jemand mit ihm, dem Anführer der Rebellen, geredet. Und schon gar keine Frau – normalerweise lagen die ihm zu Füßen. Mog Ruith machte einen Laut, der sich so anhörte, als müsse er ein Kichern unterdrücken. Es war seine erste Reaktion und ich musterte ihn. Ein Lächeln umspielte seine Lippen.

Colleen räusperte sich. »Was Bridget wohl damit sagen will, ist, dass Badb Morrigan sicher nicht zerstört haben möchte, weil sie sich darüber freut, wenn in der Anderswelt gerechtere Zustände herrschen. Wir können davon ausgehen, dass sie Morrigan aus irgendeinem Grund, und keinem guten, aus dem Weg haben will.«

Fionn hatte sich wieder gefangen. »Aber was interessiert es uns, wenn sie doch die Anderswelt gar nicht betreten kann«, wetterte er.

»Morrigan hat Badb aus der Anderswelt verbannt. Was ist, wenn dieser Verbannungszauber durch Morrigans Tod aufgehoben wird«, stellte ich meine Vermutung in den Raum. »Ich glaube,

Badb will Morrigan unbedingt zerstört sehen, weil sie dann wieder in die Anderswelt kann.«

Das brachte erst einmal alle wieder zum Schweigen.

»Es ist offensichtlich, dass ihr alle nur um eure geliebte Anderswelt besorgt seid«, sagte Bridget spitz. »Aber wir Menschen mussten schon erleben, zu was Badb alles in der Lage ist. Glaubt mir, eure angeblich ach so böse Morrigan ist eine Schmusekatze im Vergleich zu ihrer älteren Schwester.« Als Schmusekatze würde ich Morrigan nun wahrlich nicht beschreiben. Ich musste daran denken, wie sie Ciaras Eltern bei lebendigem Leibe hatte verbrennen lassen, um ihre Ziele zu erreichen. Aber ich sagte nichts. Bridget hatte natürlich ganz andere Erfahrungen mit Badb gemacht. Ihr musste es tatsächlich so vorkommen. Und Badb war augenblicklich tatsächlich das größere Übel. Eine böse Anand-Schwester nach der anderen, dachte ich mir und sagte:

»Zumindest wollt ihr doch wohl nicht riskieren, dass ihr Morrigan stürzt, nur um einer noch schlimmeren Tyrannin Tür und Tor zu öffnen, oder? Damit würde eure Revolution nicht wirklich ihren Zweck erfüllen. Oder doch?« Aufmerksam schaute ich Mog Ruith an. War das sein Endgame? War sein wahres Ziel, den Weg für Badb zu ebnen? Oder war er tatsächlich der gutherzige Druide, der die Zukunft gesehen hatte und wollte, dass alles seinen richtigen, einen guten, Weg nahm? Der Druide blieb mir einfach zu undurchsichtig, auch nach der traurigen Geschichte, die mir seine Tochter erzählt hatte. Es gab nur zwei Personen an diesem Tisch, denen ich vertraute, und Mog Ruith gehörte nicht dazu.

Mog Ruith sagte gar nichts, sondern lächelte nur.

Fionn antwortete für ihn. »Natürlich wäre das nicht der Zweck unserer Revolution. Aber diese Revolution wird wohl auch nie zustande kommen, wenn du jetzt auch noch Badb vorne anstellst. Wer weiß, wie lange …«

»Im Gegenteil, du wirst schneller zu deiner Schlacht kommen, wenn ihr meinem Plan zustimmt«, fiel ich ihm ins Wort. Jetzt würde ich das Ass aus dem Ärmel ziehen. Ich wusste, wie ich zumindest Fionn überzeugen konnte. »Überleg doch mal. Morrigan wird euch nicht im Weg sein. Ich gebe ihr Ciaras Seele und sie wird damit beschäftigt sein, Badb in Tech Duinn zu bekämpfen. Der richtige Zeitpunkt für euren Feldzug.«

»Aber du bist dann auch beschäftigt. Du musst schließlich mit«, gab Colleen zu bedenken. »Wie sonst willst du sichergehen, dass Morrigan dort auch hingeht und tut, was du ihr sagst. Das kannst du nur, wenn du sie mit dem Schwert bedrohst. Und wenn Badb getötet werden soll, dann geht das doch wohl auch nur mit dem Schwert.«

»Und laut Prophezeiung sollst du an meiner Seite kämpfen«, stimmte Fionn ihr mit sturem Gesichtsausdruck zu. »Du sollst die Revolution mit mir anführen. Das geht wohl kaum, wenn du in Tech Duinn dein Leben aufs Spiel setzt, um Badb zu töten.«

»Das werde ich auch nicht. Ich werde nicht mitgehen.« Die Verwirrung stand Fionn und Colleen ins Gesicht geschrieben. Selbst Mog Ruith sah für einmal nicht ruhig und gelassen, sondern geradezu gespannt aus. »Bridget wird mit Morrigan mitgehen. Sie ist ebenso Besitzerin des Schwertes. Vielleicht sogar noch mehr als ich. Ich habe das Seeungeheuer bekämpft, aber sie hat das Schwert aus dem See geholt. Es ist ihr geradezu vor die Füße geschwemmt worden. Ich vertraue ihr völlig. Es gibt niemanden, der mehr Interesse daran hat, Badb zu vernichten. Bridget wird sich durch nichts aufhalten lassen. Außerdem schulde ich ihr das auch irgendwie«, sagte ich traurig. Schnell riss ich mich wieder zusammen. Jetzt kam das, was ich den Anti-Royalisten im Gegenzug dazu geben würde, dass sie meinem Plan zustimmten.

»Dafür werde ich mit dir in den Kampf ziehen, Fionn«, sagte ich. »Während Morrigan mit Badb beschäftigt ist, wird endlich der Feldzug stattfinden, dem du und deine Krieger schon so lange entgegenfiebern. Mit Morrigan aus dem Weg und dem Volk hinter uns haben wir eine Chance gegen Maggie und die Adligen. Ich werde deine Revolution mit dir anführen, Fionn, wie es in der Prophezeiung geschrieben steht.«

Die Stille, die folgte, wurde schließlich von lautem Klatschen unterbrochen. Es war Mog Ruith, der seinen Beifall bekundete.

»Bravo«, sagte er.

kapitel zweiundzwanzig
alice

Bridget und ich spazierten über die Insel, während die Anti-Royalisten sich über meinen Vorschlag berieten. Das war mir nur recht. Wir hatten alles gegeben, um so schnell wie möglich hierherzukommen und den anderen unseren Plan zu unterbreiten, den wir auf Dursey Island gemacht hatten. Die fünf Stunden Autofahrt, die wir von der Beara-Halbinsel bis zum Ebereschentor gebraucht hatten, waren uns ewig vorgekommen. Dann war noch weitere kostbare Zeit vergangen, bis uns Tio abgeholt und nach Dairbhre gebracht hatte, nachdem wir zu dem Sidhe gegangen waren, den ich nach meiner Rückkehr in die Anderswelt kontaktieren sollte. Am schlimmsten hatte ich das zermürbende Warten empfunden, bis der richtige Zeitpunkt gekommen war, um den Badb-Plan zu verraten.

Jetzt konnten wir nur hoffen, dass die Anti-Royalisten dem Plan zustimmen würden. Es war ein kalkuliertes Risiko gewesen, ihnen den Hirschkuh-Traum zu erzählen und ihnen damit Morrigan auszuliefern, bevor wir unsere Intentionen offenbarten. Ich hätte die Rebellen zur Not mit dieser Information erpressen können. Doch das Risiko war dabei gewesen, dass es einen Stillstand gegeben hätte, bei dem keiner von seiner Position abweicht. Und ich wollte

Morrigan so schnell wie möglich hier haben – ohne sie kam ich gar nicht weiter, weder mit Badb noch mit Ciara. Schlimmstenfalls hätte dieser Erpressungsversuch vielleicht dazu geführt, dass sie mich gar nicht zu Morrigan gelassen hätten. Machtposition dank des Schwertes schön und gut, ich hätte es ja doch nicht wirklich dafür verwendet, jemanden von ihnen zu verletzen.

Ich schielte zu Bridget rüber, die neben mir herging. Bei ihr war ich mir nicht so sicher. Ich glaubte, sie würde alles dafür tun, um an Badb zu kommen. Als ich ihr gesagt hatte, dass sie Morrigan mit dem Schwert nach Tech Duinn begleiten sollte, hatte sie geweint. Die ersten Tränen, die sie seit der Beerdigung ihrer Eltern vergossen hatte, waren keine Tränen der Trauer gewesen, mit denen sie den schlimmen Verlust verarbeitete, sondern Freudentränen, weil sie eine Chance bekam, sich an Badb zu rächen.

Ich seufzte. Taktisch gesehen, war es der beste Schachzug, Bridget mitzuschicken. Wie ich den anderen gesagt hatte, gab es keinen, der motivierter war und so hatten die Anti-Royalisten mich hier, wo sie mich haben wollten. Sie würden es mir nicht abschlagen können, dass mir hinterher Morrigan zur Verfügung stand, um Ciaras Seele nach Tír na nÓg zu bringen, wenn ich ihnen dabei half, die Revolution zu gewinnen. Und Bridget wollte nichts lieber, als Badb zu zerstören, keine Frage. Ich sagte mir, dass ich es ihr schuldete, ihr diese Möglichkeit zu geben. Aber tat ich damit meiner Freundin auch wirklich einen Gefallen? War ich damit einer gewissen kaltherzigen Königin nicht unähnlich, die alles für das große Ganze opferte? Hatte Morrigans Persönlichkeit mich schon irgendwie beeinflusst, wie ja Ciara mich auch beeinflusst hatte, nachdem ich nach dem Koma mit ihren Erinnerungen aufgewacht war? Bei dem Gedanken schüttelte ich mich.

Nein, das wollte, konnte ich nicht glauben.

Ich durfte nicht an mir zweifeln. Außerdem war es zu spät dafür. Wir mussten das jetzt durchziehen.

Damit meine Gedanken nicht weiter um diese Zweifel kreisten, konzentrierte ich mich auf meine Umgebung. Die Insel war dicht bewachsen mit wintergrünen Pflanzen und Bäumen. So waren die

Lager, welche die Anti-Royalisten aufgeschlagen hatten, gut versteckt. Immer wieder stießen wir bei unserem Spaziergang auf einige von ihnen. Die Krieger waren damit beschäftigt, zu trainieren und ihre Ausrüstung aufzustocken. Waffen wurden geschmiedet und Kampfkleidung hergestellt.

Dairbhre lag vor der Küste Kerrys im Südwesten von Irland. Die Insel war etwa elf Kilometer lang und drei Kilometer breit und in der Anderswelt gehörte sie Mog Ruith ganz allein. Sie war ein magisches Bollwerk – unzählige Schutzzauber verhinderten, dass jemand mit dem Boot anlegen oder die Insel betreten konnte, den Mog Ruith nicht hier haben wollte. Ich hatte den Verdacht, dass er sehr wenige Sidhe auf diese Insel gelassen hatte, bevor er sie den Anti-Royalisten als Zufluchtsort angeboten hatte. Es war sicherlich keine einfache Entscheidung gewesen, seinen eigenen, privaten Rückzugsort, an dem er so viele Jahre lang in Ruhe die Sterne studiert hatte, mit den vielen Rebellen zu teilen, die jetzt seine Insel belagerten. Wenn ich jetzt darüber nachdachte, dann war es der eindeutigste Beweis dafür, dass Mog Ruith sich öffentlich auf die Seite der Anti-Royalisten stellte.

Mog Ruith selber lebte auf einer Burg, die mir sehr altmodisch vorkam. Aber wenn ich es mir recht überlegte, war Mog Ruith auch ein altmodischer Kerl. Es schien mir, als ob er zur Nostalgie neigte. Schließlich benutzte er immer noch das vor Tausenden von Jahren gebaute Roth Ramach. Ich fragte mich, wo seine Sternwarte war und ob die so aussah wie Realtas. Irgendwie konnte ich mir ihn eher in einem alten viktorianischen Observatorium vorstellen, aber weder das noch eine moderne Sternwarte hatte ich bislang auf der Insel entdeckt.

Bridget und ich hatten einen Weg eingeschlagen, der sich an der Küste entlangschlängelte. In unserer Welt gab es eine Brücke, welche die Insel mit dem Festland verband. Hier musste man den Nordatlantischen Ozean überwinden, um zum Festland zu kommen. Ich würde es sicher nicht wagen, ein Boot über die wogenden Wellen zu steuern. Wahrscheinlich wirkten die Schutzzauber auch umgekehrt. Wir waren auf Mog Ruiths Insel genauso gefangen, wie es Morrigan sein würde. Dabei schienen die grauen, schroffen Klippen der Küste Kerrys so nah. Angeblich war Dairbhre auch eine teleportierfreie Zone.

Ich blieb stehen und schloss die Augen. *Dylan*, rief ich in Gedanken. *Komm zu mir.* Ich strengte mich an und dachte an Dylan, so fest ich konnte.

Nichts geschah.

Als ich meine Augen wieder aufmachte, liefen mir die Tränen über die Wangen.

Bridget sah mich besorgt an.

»Was ist denn?«

»Ich habe mir das erste Mal wieder erlaubt, richtig an Dylan zu denken, seit wir getrennte Wege gegangen sind«, erklärte ich. »Ich habe mir erlaubt, mir zu wünschen, dass er hier wäre.« Ich lachte abgehackt und wischte mir hektisch die Tränen weg. »Dieser Anti-Teleportier-Zauber scheint zu wirken.« Oder er wollte nicht kommen. Den Gedanken sprach ich lieber nicht laut aus.

Bridget schüttelte entschlossen den Kopf. »Du darfst dir so etwas auch nicht erlauben, glaub mir. Weil es dir nichts anderes einbringt als Tränen. Tränen, die deine Sicht vernebeln.«

Ich beobachtete Bridget, die stur geradeaus die Klippen von Kerry anstarrte, das Kinn vorgestreckt, die Locken im Wind zerzaust. Ich würde es wagen. »Ist das der Grund, warum du seit der Beerdigung nicht mehr um deine Eltern geweint hast?«, fragte ich leise.

»Ich darf nicht zulassen, dass ich keine klare Sicht habe. Denn im Moment zählt nur eins: Badb zu vernichten. Wenn ich mich nicht hundertprozentig darauf konzentrieren kann und mich irgendwie von Kummer und Schmerz benebeln und betäuben lassen, dann haben wir keine Chance gegen sie.« Ihr Blick blieb unnachgiebig.

»Ich glaube, irgendwann muss man ihn zulassen, den Kummer und Schmerz. Man muss sich ihm öffnen, denn wenn man sich dauernd verhärtet, dann wird das zur Gewohnheit. Dann öffnet man sich für nichts mehr und bleibt kalt und hart.« Ich sagte das nicht nur zu Bridget, sondern auch zu mir selber. »Ich verstehe, was du sagst, aber wir müssen aufpassen, nicht unsere Menschlichkeit zu verlieren, Bridget. Das ist nämlich das, was wir Badb und auch Morrigan voraushaben. Wenn sie uns das nehmen, dann haben sie gewonnen.«

Bridget nickte nur, aber ich sah, dass sich ihr Kiefer anspannte und sie schlucken musste.

Wir starrten noch eine Weile auf die Gischt hinab, die unter uns die Felsen hinaufspritzte.

Dann kehrten wir um und gingen zur Burg zurück, um uns der Entscheidung der Anti-Royalisten zu stellen.

***

Es geschah schon in derselben Nacht – dass es so schnell gehen würde, hatte ich wirklich nicht gedacht.

Ich hatte bisher kein Auge zugetan, weil mir so viele Gedanken im Kopf herumgingen.

Die Anti-Royalisten hatten meinem Plan zugestimmt. Das bedeutete nicht nur, dass ich Ciaras Seele an Morrigan abgeben musste, sondern auch, dass ich in den Krieg ziehen musste. Beides machte mir Angst. Bislang waren beides abstrakte Ideen gewesen, Taktiken, die wir für unser Endziel in Erwägung gezogen haben. Jetzt ließ ich die Emotionen zu, die beide Entscheidungen in Praxis mit sich brachten. Und Bridget hatte natürlich recht: Sie lähmten mich. Hätte ich meine Gefühle einfach ausgeschaltet, dann wäre ich in der Lage gewesen, zu schlafen und frisch ausgeruht an die nächste Aufgabe heranzugehen.

Stattdessen ließ ich mich jetzt von meinen Zweifeln plagen. Prophezeiung hin oder her, ich war keine Kriegerin. Wie sollte ich eine Armee anführen? Jetzt, wo ich im Dunkeln allein im schmalen Bett lag, in einem kargen, mönchzellenartigen Raum in Mog Ruiths Burg, da kam es mir wie Selbstmord vor. Worauf hatte ich mich da bloß eingelassen?

Schlimmer noch war, dass sich Ciara in mir zu Wort meldete. Oder besser gesagt zu Bild. Zu Gefühl. Wie immer man es nennen wollte. Auf jeden Fall spürte ich Ciaras Essenz in mir, wie ich sie schon lange nicht mehr gespürt hatte. Nach dem Koma war es mir schwer gefallen, meine eigene Persönlichkeit von Ciaras zu unterscheiden. Ciara hatte mich beeinflusst, und zwar zu einem solchen Extrem, dass mich meine Familie und Freunde nicht mehr wiedererkannten. Wir entfremdeten uns voneinander und ich traf wichtige Entscheidungen im Leben, wie die Wahl meines Studienfachs, weil Ciara Teil von mir war. Nach und nach hatte ich gelernt, Ciaras Seele von meiner zu trennen und wieder zu mir zurückzufinden. Ich war nicht mehr die alte Alice, sondern jemand, der von bestimmten Erfahrungen geprägt worden war und sich dementsprechend weiterentwickelt hatte, aber ich war wieder Alice. Es gelang mir mehr und mehr, mich von Ciara zu dissoziieren und trotzdem zu akzeptieren, dass sie in mir und Teil von mir war. Nach einer Weile war ein Punkt erreicht, an dem sie sich nur noch über Träume und Visionen ausdrückte.

Jetzt wunderte ich mich, ob das nicht alles allein meine Leistung war, sondern auch irgendwie von Ciara gesteuert wurde. Schließlich hatten wir ein gemeinsames Ziel, bei dem sie mir half. Sie wollte Gerechtigkeit und Frieden. In Träumen konnte sie mir etwas am unmissverständlichsten zeigen. Sie bemühte sich, an Erinnerungen zu kommen, die tiefer in ihr begraben waren. Was sie zu Lebzeiten nicht konnte, schaffte sie als wiedergeborene Seele in mir: zuzugeben, dass eine dunkle, andere Persönlichkeit in ihr schlummerte, nämlich die Phantomkönigin der Sidhe, Morrigan. Nachdem einmal das Trauma aufgedeckt worden war, das der Tod ihrer Eltern gewesen war, konnte sie weitere Erinnerungen zulassen, ja, mir praktisch zeigen, was Morrigan ihr unwissentlich gezeigt hatte. Ich konnte mich des Gefühls nicht erwehren, dass Ciara das alles für mich überwunden hatte, damit unsere Informationen den Anti-Royalisten dabei helfen konnten, Morrigan gefangen zu nehmen. Weil sie mir dabei helfen wollte, ihr zu helfen, nach Tír na nÓg zu kommen. Hatte Ciaras Seele in mir tatsächlich so einen eigenen Antrieb?

Ich fragte mich das jetzt alles, weil ich mir sicher war, dass Ciara sich gegen den Plan wehrte, den Bridget und ich geschmiedet hatten. Anfangs hatte ich es noch ausblenden können, als meine eigenen Zweifel abtun können. Aber ihre Abwehrhaltung war mittlerweile so stark, dass es mir beinahe vorkam, als würde sie in meinem Körper Protest schreien.

Nachdem ich mich die ganze Nacht im Bett hin und her geworfen hatte, musste ich zugeben: Ciara wollte nicht, dass ich Morrigan ihre Seele gab. Für welchen Zweck auch immer. Sie wollte nicht wieder mit Morrigan vereint sein. Sie wehrte sich sozusagen mit Händen und Füßen dagegen.

Ich war beinahe froh, als ich den Tumult im Flur hörte, weil er mir einen Vorwand gab, aufzustehen. Ich schlüpfte mit den nackten Füßen in die Stiefel, die neben dem Bett standen – der nackte Steinfußboden war eiskalt – und legte mir einfach die flauschige Decke um die Schultern. Als ich die Tür aufmachte, lief gerade Colleen vorbei.

»Sie haben Morrigan«, rief sie.

Ich folgte ihr zu dem Saal mit dem runden Tisch, an dem wir gestern gesessen hatten. Vor der Tür waren einige Krieger postiert, die uns durchließen, anderen, die aufgeregt hinter uns herliefen, aber den Eintritt verwehrten.

Es hatte sich schnell herumgesprochen, dass die Königin gefangen genommen worden war. Darauf hatten alle gewartet. Darauf hatten sich alle vorbereitet. Es war ein Teilsieg für die Anti-Royalisten und entsprechend war die Stimmung.

Im Saal fanden wir Fionn und ein paar Krieger aus dem Kreis seiner engsten Vertrauten vor. Jemand hatte ein Feuer im Kamin angezündet und es war angenehm warm hier.

»Deine Informationen waren Gold wert, Alice.« Der Rebellen-Anführer strahlte wieder vor Selbstbewusstsein, wie ich es von ihm gewohnt war. Es schien ihm eindeutig zu gefallen, dass sich alles so gefügt hatte, wie er erwartet und proklamiert hatte. Ich hatte tatsächlich mit einem Ciara-Traum geholfen, Morrigan zu schnappen. Und jetzt würde ich auch noch an seiner Seite kämpfen. Er könnte zufriedener nicht sein. »Wir waren auf längeres Warten eingestellt, aber Morrigan scheint regelmäßig nachts als Hirschkuh in den Wäldern Connemaras unterwegs zu sein. Und sie lief uns direkt in eine Falle. Ein Geheimgang führt von diesem Saal aus in die Kellergewölbe, wo Morrigan jetzt mit Dean und Mog Ruith ist«, informierte uns Fionn. »Wir warten hier, bis uns einer von ihnen holt. Morrigan muss erst wieder das Bewusstsein erlangen und verarztet werden. Doch du solltest noch mit ihr sprechen, bevor ihre Schmerzen abklingen und vor allem, bevor sie sich Gedanken über ihre Situation machen kann, Alice.«

Ich nickte. Es galt, den Moment der Schwäche auszunutzen. Das war von Anfang an mein Plan gewesen. Nur dass ich den Moment dafür hatte ausnutzen wollen, Ciara zu ermöglichen, Frieden in Tír na nÓg zu finden.

Jetzt schickst du mich in die Hölle, sagte Ciara in meinem Kopf. *Und gibst Morrigan auch noch, was sie will. Nachdem sie mein Leben zerstört hat. Verräterin.*

Ich hielt mir die Ohren zu. Colleen sah mich komisch von der Seite an.

»Alles klar?«, flüsterte sie. Ich schüttelte nur den Kopf und winkte dann ab. Colleen legte die Stirn in Falten, sagte aber nichts, nachdem ich mit dem Kinn auf Fionn und die Krieger gezeigt hatte.

Das Warten war unerträglich, besonders weil Ciara mich einfach nicht in Ruhe lassen wollte. Immer wieder schickte sie mir Bilder von Morrigans Gräueltaten, die unweigerlich vor meinem inneren Auge abliefen. Wie sie ein Streichholz entfachte und es auf den Fußboden fallen ließ. Wie Ciaras Eltern vor Schmerzen schrien, während sie verbrannten. Wie Morrigan das arme Mädchen, das die jakobitischen Soldaten warnte, zum Selbstmord zwang. Und andere Bilder, die ich nicht zuordnen konnte, weil ich sie noch nie gesehen hatte. Wie sie zusammen mit anderen Menschen irgendwo eingesperrt war, wo allen die Luft ausging und wie sie ungerührt dabei zusah, wie die Leute um sie herum erstickten, zum Beispiel.

Nervös ging ich im Saal hin und her und versuchte immer wieder, diese Bilder abzuschütteln. Ich war beinahe froh, als Fionn mich ablenkte und fragte: »Deine Freundin Bridget … hat die immer eine solch spitze Zunge? Sie äh …«, er räusperte sich, »mag mich wohl nicht besonders, was?«

Ich sah Fionn streng an.

»Sie hat gerade ihre Eltern verloren. Nachdem sie selber Schreckliches durchmachen musste. Ich glaube nicht, dass sie augenblicklich viele Gedanken daran verschwendet, ob sie dich mag oder nicht. Ich würde das an deiner Stelle nicht persönlich nehmen.«

»Mach ich ja nicht«, brummelte er. Ich hätte schwören können, dass er enttäuscht aussah. Hmm. Interessant. Mir fiel auf, dass er seit meiner Rückkehr nicht einmal nach Dylan gefragt oder sonst wie gestichelt hatte. Und obwohl er immer noch darauf beharrte, dass ich mit ihm die Revolution anführen sollte, hatte er keine weiteren Andeutungen gemacht, in welchen anderen Lebenslagen wir noch Seite an Seite bleiben sollten. Konnte es vielleicht sein, dass …

Bevor ich den Gedanken zu Ende denken konnte, öffnete sich die Wand neben dem Kamin wie von Zauberhand und Mog Ruith kam in den Saal.

»Zündet eine Lampe an und gebt sie Alice«, befahl er. Einer der Krieger kam seiner Aufforderung nach.

Mog Ruith machte eine einladende Handbewegung. »Bitte, hier entlang. Immer die Treppen hinunter und dann dem Gang folgen. Du kannst sie nicht verfehlen.«

Ich trat durch das Loch in der Wand, die sich hinter mir schloss. *Moment*, wollte ich rufen. *Soll ich allein da runter?* Aber ich riss mich zusammen. Ich wollte ein Zwiegespräch mit Morrigan und jetzt hatte ich es. Ich durfte mich nicht so anstellen.

Langsam und mit mulmigem Gefühl ging ich die staubige, uneben in den Stein gehauene Treppe hinunter. Sie schien endlos. Ciara in meinem Kopf machte es nicht einfacher. Ich wurde immer nervöser. Unten angekommen, folgte ich dem Gang. Rechts und links von mir sah ich im Schein der Laterne leere Kerker. Ich fragte mich, warum es hier so viele von denen gab.

Endlich sah ich andere Lichter. Dort musste Morrigans Zelle sein. Eilig ging ich darauf zu.

Plötzlich wurde Ciara still. So als ob sie sich zurückzog, gleich einem scheuen Tier, das seinem Feind, dem Raubtier, nicht zur Beute fallen wollte.

Ich atmete befreit ein. Ohne Ciara würde ich besser mit Morrigan sprechen können.

Der Kerker wurde von zwei Laternen erhellt. Dean stand davor und späte mit kritischem Blick durch die Gitterstäbe. Als er mich kommen hörte, drehte er sich zu mir um.

»Alice«, sagte er. Ich nickte ihm zu. »Ich lasse euch allein. Ich habe ihr etwas gegeben, damit sie sich während des … Transports und der Behandlung ihrer Wunden nicht wehren kann. Die Wirkung sollte jetzt nachgelassen haben. Aber sie rührt sich nicht. Ich habe den Verdacht, dass sie wach ist, es aber nicht zeigen will. Wenn du willst, kann ich noch mit dir warten …«

»Nein, ist schon gut. Du kannst hochgehen. Ich will allein mit ihr sprechen und bestimmt wird sie sofort hellwach werden, wenn sie hört, was ich zu sagen habe.«

Dean nahm eine der Laternen und verabschiedete sich. Ich sah ihm nach. Es war unheimlich hier unten und ich hätte ihn natürlich lieber in der Nähe gehabt. Ich holte tief Luft und drehte mich zu Morrigans Zelle um.

Die Königin lag auf einer Pritsche. Die langen schwarzen Locken umrahmten ihr schönes Gesicht. Sie trug ein weißes Nachthemd, das man ihr übergezogen haben musste und das ihr ein bisschen zu groß war. Darin sah sie zierlich und zerbrechlich aus wie eine Puppe.

Es dauerte nicht lange, bis sie die Augen öffnete.

Beinahe wäre ich zusammengezuckt, schaffte es aber, jeden Impuls, wegzulaufen, zu unterdrücken.

»Hallo Alice«, sagte sie und streckte sich. »Was man nicht alles durchmachen muss, um dich mal wieder unter vier Augen sprechen zu dürfen.«

kapitel dreiundzwanzig
alice

»Deine Spielchen kannst du dir sparen«, sagte ich so bestimmt wie möglich. »Du wirst mir nicht weismachen können, dass du das hier gewollt oder irgendwie eingefädelt hast.« Bevor sie darauf reagieren konnte, fuhr ich schnell fort. »Ich habe deine Erinnerungen gesehen. Ciara hat sie mir gezeigt. Es hat eine Weile gebraucht, bis sie zugelassen hat, sich einzugestehen, dass sie sich deiner bewusst war. So wusste ich, dass du dich gerne nachts in eine Hirschkuh verwandelst und durch die Wälder Connemaras läufst. Ich wusste, dass du dieses Gefühl der Freiheit liebst und ihm nicht widerstehen kannst. Ich kenne dich, Morrigan. Ich weiß, wer du bist und was du willst.«

Morrigan erhob sich anmutig von der Pritsche und kam näher. In dem Nachthemd, das bis auf den Boden ging, sah es aus, als ob sie auf mich zu glitt. Sie blieb direkt vor den Gitterstäben stehen. Ich wich keinen Millimeter zurück. Ich blinzelte nicht einmal, als sie mich mit ihren großen grauen Ciara-Augen durchdringend ansah. Schließlich breitete sich ein Lächeln auf ihrem Gesicht aus.

»Wenn du wüsstest, wer ich bin und was ich will, dann hättest du mich nicht herholen lassen und hier eingesperrt. Wenn du mich kennen würdest, dann hättest du mir Ciaras Seele gegeben.«

»Ich werde dir Ciaras Seele geben.«

Echte Überraschung zeichnete sich auf ihrem Gesicht ab. Morrigan schwankte. Sie drehte den Kopf, sodass die schwarzen Locken vors Gesicht fielen und ihren Ausdruck verbargen. Dann ging sie langsam zur Pritsche zurück. Als sie sich wieder umdrehte, hatte sie sich gefangen und war wieder die alte, selbstsichere Morrigan. Mit einer übertrieben tänzerischen Bewegung ließ sie sich auf der Pritsche nieder, legte sich auf die Seite und stützte den Kopf auf die Hand auf, so als ob sie ihre Unterkunft als sehr gemütlich empfinden würde.

Aber ich hatte es gesehen. Einen Riss in ihrer Fassade. Ermutigt sagte ich:

»Zuerst möchte ich mit dir über deine Schwester sprechen.«

»Maggie? Keine Angst, sie wird unsere kleine Unterhaltung nicht stören. Auch sie kann es mit Mog Ruiths Magie nicht aufnehmen und hierher …«

»Nicht Maggie«, unterbrach ich sie. »Badb.«

»Hmmm«, sagte sie langgezogen. »Badb. Ich habe davon gehört, was sie mit deiner kleinen Freundin angestellt hat. Ja, unsere Badb lässt sich immer etwas besonders Gemeines einfallen.«

»Sie hat jetzt auch die Eltern meiner Freundin umbringen lassen. Und sie droht damit, dass meinen Eltern dasselbe widerfahren wird, wenn ich nicht schnellstens das tue, worauf sie die ganze Zeit gewartet hat.«

»Worauf hat sie denn gewartet?«

»Dass ich dich mit Ciaras Hilfe vernichte.«

Morrigan lachte. »Badb traut dir und diesen Rebellen zu viel zu. Ihr könnt mich vielleicht geraume Zeit hier einsperren, aber vernichten könnt ihr mich nicht. Und Badb kann nicht in die Anderswelt kommen. Was soll ihr das bringen?«

»Ich könnte dich vernichten, wenn ich wollte.« Morrigan zog eine Augenbraue hoch. »Auch eine viertausend Jahre alte zauberkundige Königin ist, wenn es darauf ankommt, eine gewöhnliche Sidhe.«

»Was soll das bitte bedeuten? Vielleicht hast du vergessen, dass wir unsterblich sind. Gewöhnliche Sidhe müsste man gegen ihren

Willen zur Wiedergeburt in einem Menschen zwingen, um sie zu vernichten. So lange ich lebe, kann Badb in der Anderswelt gar nichts anrichten. Und im Gegensatz zu gewöhnlichen Sidhe sterbe ich nicht am Ende des Menschenlebens, sondern kehre immer wieder hierher zurück, weil ich das Geheimnis …«

»… von Leben und Tod kenne«, unterbrach ich sie. »Ja, ja, die alte Leier. Auf dieses Geheimnis kommen wir noch mal zurück. Und wie ist das, wenn du *als Sidhe* umgebracht wirst? Kannst du dann auch zurückkehren?«, fragte ich gespielt unschuldig.

»Was soll die Frage, Sidhe können nicht getötet werden«, winkte sie ab und gab sich dabei betont gelangweilt.

»Doch, mit dem Schwert des Nuada. Wenn du mit dem Lichtschwert getötet wirst, erwachst du dann etwa auch wieder zum Leben?«

Morrigan wurde blass. Wieder versteckte sie ihr Gesicht hinter den langen schwarzen Haaren.

»Nuadas Schwert ist seit Jahrtausenden verschollen.« Ihre Stimme hörte sich brüchig an.

»Es war verschollen, bis ich es gefunden habe.«

Stille.

Dann lachte Morrigan glockenhell. »Du bluffst doch. Wieso solltest ausgerechnet du …« Sie brach ab, stand auf und ging in der Zelle hin und her. Plötzlich blieb sie stehen und wandte sich mir zu. »Ha. Natürlich. Du.« War das etwa Resignation, die ich in ihren Augen aufblitzen sah? Sie war so schnell wieder verschwunden, wie sie gekommen war. Morrigan breitete die Hände aus und drehte die Handflächen nach oben. »Zeig es mir.«

»Du wirst es noch früh genug zu Gesicht bekommen«, sagte ich und wartete.

Schließlich seufzte sie theatralisch. »Na gut. Ich tu dir den Gefallen. Reden wir über Badb, wenn dich das glücklich macht.«

»Wie kam es dazu, dass Badb dich am Tag der blutigen Schlacht ausgespielt hat? Erzähl mir, warum sich der Schlund in die Unterwelt geöffnet hat.«

Morrigan verzog das Gesicht. »Anscheinend weißt du schon alles.

Du kennst mich doch so gut, kennst meine Erinnerungen. Dann hast du doch schon alles gesehen, nicht wahr?«

»Wie gesagt, tu mir einfach den Gefallen.« Ich öffnete die Tür einer benachbarten Zelle und zog die Pritsche heraus, die darin stand. Dann setzte ich mich vor Morrigans Zelle darauf. »Ich höre.« Sie tat es mir nach und ließ sich auf ihrer eigenen Pritsche nieder. So lag ihr Gesicht im Schatten und ich konnte den Ausdruck in ihren Augen nicht lesen. Ich musste mich mit den Worten begnügen und lauschte gespannt.

»Nachdem unser Volk in die Anderswelt vertrieben wurde«, begann Morrigan, »gab es bestimmte Aufgaben, die erfüllt werden mussten, damit die Sidhe hier auch leben konnten. Was diese Aufgaben sind, kann ich dir nicht verraten, aber meine Wiedergeburten sind ein wichtiger Bestandteil davon. Wir sind von der Menschenwelt abhängig und ihr Menschen helft uns sozusagen dabei, diese Aufgaben zu erfüllen. Im Gegenzug tun wir etwas für die Menschen.«

Ich rollte mit den Augen. Diese symbiotische Beziehung der Welten, von der ich bislang nur die eine Seite gesehen hatte. Ich wollte gerne mal wissen, wie die Menschen angeblich von den Sidhe profitierten. Aber ich beschloss, Morrigan nicht zu unterbrechen.

»Die Götter haben mich zur Königin bestimmt. Natürlich war nicht allen klar, warum ausgerechnet mir und nicht einer meiner Schwestern diese Ehre zuteilwurde. Besonders Badb, als Älteste, war darüber wenig erfreut. Dabei hat meine Schwester nicht bedacht, dass es nicht nur Ehre, sondern auch Pflicht und Verantwortung mit sich bringt, Königin der Sidhe zu sein.« Sie hörte sich bitter an. »Aber das tut jetzt nichts zur Sache. Auch Badb und Macha haben Rollen zugewiesen bekommen. Sie sollten mich unterstützen. Schließlich war ich jeweils immer gut zwanzig Jahre als Königin in der Anderswelt abwesend, wenn ich als Mensch lebte. Badb sollte mich in der Zeit hier vertreten. Macha sollte mich in der Menschenwelt beschützen und für meinen frühzeitigen Tod sorgen. Na ja, Letzteres war eher unsere eigene Idee. Ich wolle nicht dauernd in der Menschenwelt sein, sondern hier, in der Anderswelt als Königin regieren. Da starb ich lieber früher als später. Und außerdem«, sie strich langsam und betont über ihren Körper, »wäre es doch eine Schande, zu verschwenden, dass ich als die Schönste reinkarniert werde. Ich nehme gerne die Gestalt eines jungen Mädchens an – warum sollte ich warten, bis dieser Körper verwelkt ist? Macha hilft nach, damit ich in der Blüte meines Lebens als Mensch abtreten kann.«

»Und du brauchst Maggie dafür, weil du Selbstmord nicht begehen kannst. Das verstößt gegen die Regeln«, konnte ich mir nicht verkneifen zu sagen. Ich wollte Morrigan gerne im Glauben lassen, dass ich das meiste von dem, was sie erzählte, bereits wusste, damit ich möglichst viel erfahren würde.

»Es gab aber wie gesagt auch noch etwas anderes, das wir für die Menschenwelt taten. Sagen wir einfach, es hatte mit euren Auseinandersetzungen zu tun. Mit Kriegen. Wir halfen dabei, dass diese so ausgingen, wie sie ausgehen sollten.«

Ich wusste nicht, wie ich diese Informationen einordnen sollte. Colleen und ich hatten einmal darüber gerätselt, was es bedeutete, dass die drei Anand-Schwestern als Túatha Dé Danann – und somit noch in der Mythologie – Kriegsgöttinnen waren.

»Es wird dir sicher nicht entgangen sein, dass in den Zyklen der altirischen Mythologie, die nach dem kommen, der sich mit den Túatha Dé Danann beschäftigt, Macha, Badb und ich des Öfteren auftauchen. Meist in anderer Gestalt und im Zusammenhang mit Schlachten und Kriegen. Dort kann man auch nachlesen, dass Badb ... hmmm ... vielleicht etwas zu viel Freude an ihrer Aufgabe hatte. Dass sie für ... besonders viel Blutvergießen und Chaos sorgte. Das nahm irgendwann überhand. Besonders da sie ja eigentlich hauptsächlich in der Anderswelt bleiben sollte. Macha war diejenige, der die besondere Fähigkeit gegeben wurde, den Ausgang von Schlachten zu prophezeien und zu beeinflussen. Ihre magischen Kräfte waren besonders stark im Zustand der Schwangerschaft. Aber das hast du sicherlich schon mit meinen Augen gesehen, wie sie mir als Mensch damit half, deshalb langweile ich dich besser nicht mit Details.«

Ich horchte auf und versuchte, mir nicht anmerken zu lassen, dass diese Informationen neu für mich waren. Aber ich hatte Maggie in der Tat in Morrigans Erinnerungen schwanger gesehen. Und Colleen hatte sie eine Fruchtbarkeitsgöttin genannt. Das ergab jetzt etwas mehr Sinn. Aber ... Fast wäre mir entgangen, was Morrigan als Nächstes sagte. Ich musste diese Überlegungen erst einmal gedanklich in eine Schublade stecken und später darauf zurückkommen, sonst verpasste ich hier noch etwas Entscheidendes.

»... schließlich mussten wir Badb etwas Einhalt gebieten, was ihr natürlich nicht gefiel. Sie fand, wir hätten das Potenzial, gemeinsam als Göttinnen in das Geschehen der Welten einzugreifen. Sie verstand nicht, warum ich mich an Regeln hielt. Dabei konnte ich ihr das Geheimnis nicht verraten, das ich in mir trage. Macha blieb mir gegenüber loyal und vertraute darauf, dass ich tat, was ich tun musste. Badb nicht. Sie grenzte sich immer mehr von uns ab. Jetzt wissen wir natürlich, womit sie sich beschäftigt hat. Mit schwarzer Magie. Mit ihrem Plan, sich gegen mich zu erheben.« Sie hob den Kopf und der Lichtschein einer der Laternen fiel nun über ihr Gesicht. Sichtlich stolz sagte sie: »Nun, sie hat sich wirklich Mühe gegeben, aber ich habe es nicht so weit kommen lassen.«

»Aber fast wäre es so weit gekommen und was passiert ist, war schlimm genug«, sagte ich nach einem Moment des Schweigens, um sie zum Weitereden zu animieren.

»Immerhin haben wir es geschafft, bis ins siebzehnte Jahrhundert eurer Zeitrechnung die Ordnung zu bewahren, wie sie uns die Götter aufgetragen haben. Und es war wirklich nicht einfach. Euer dunkles Mittelalter. Das Christentum. Wir mussten einiges aufgeben, unter anderem unseren Versuch, Menschen das Druidentum näherzubringen, damit vielleicht eines Tages Anders- und Menschenwelt in Harmonie existieren können. Und dann hätte Badb beinahe alles zerstört, wofür wir so lange gearbeitet hatten.«

Ich hatte Morrigan noch nie so traurig gehört. Fast wie in Trance fuhr sie fort:

»Die Schlacht von Aughrim hätte von den Jakobiten gewonnen werden sollen. So war es prophezeit. Badb hat sich diese Schlacht ausgesucht, um Geschichte umzuschreiben, ein Gemetzel zu veranstalten und dann die Seelen der toten Soldaten für ihre schwarze Magie zu benutzen. Damit sie Herrscherin über alle Welten werden konnte. Natürlich hat sie darauf gewartet, bis ich als Mensch reinkarniert bin, damit ich ihr nicht in die Quere komme. Es hat ihr sicherlich besondere Genugtuung bereitet, dass ich in der Nähe lebte, als schwaches Menschenmädchen, das nichts gegen sie ausrichten kann. Badb hat einen der jakobitischen Soldaten, Henry Luttrell, zum Verräter gemacht. Die Jakobiten hatten sich auf die Burg zurückgezogen und waren dort im Vorteil, bis ihnen die Munition ausging. Die Wilhemiten überquerten den Damm und erreichten das Dorf Aughrim. Eigentlich sollte eine Einheit der jakobitischen Kavallerie unter Henry Luttrell genau diese Flanke schützen. Doch Luttrell zog sein Regiment stattdessen zurück. Durch seinen Verrat konnten die Wilhemiten die Schlacht gewinnen.«

Vor Henry Luttrells Verrat hatte das Mädchen den jakobitischen Soldaten und seinen Diener gewarnt, erinnerte ich mich.

»Über siebentausend Soldaten ließen bei dieser Schlacht ihr Leben, die meisten davon Jakobiten, die eigentlich als Helden hätten gefeiert werden sollen. Und so ging die Schlacht als Eachdhroim an áir, das Gemetzel von Aughrim, in die Geschichte ein. Ich konnte das nicht verhindern. Maggie konnte es nicht verhindern. Sie hatte mich gewarnt, aber sie war zu schwach, um selber zu agieren. Sie hatte eine Vision, dass Badb nach Tech Duinn geht, was Sinn ergab, denn dort würde sie die Seelen der toten Soldaten finden, für welche sie selber verantwortlich war. Ich weiß nicht genau, was sie mit den Seelen vorhatte, aber als ich in Tech Duinn ankam, sah ich, dass sie die Seelen aß. Sie benutzt ihre Energie für ihre schwarze Magie, so viel ist sicher. Das tut sie heute noch.«

»Du konntest sie davon abhalten, dass sie das Ritual, für das sie die Energie dieser Seelen benötigte, zu Ende führen konnte, indem du sie aus der Anderswelt verbannt hast. Aber der Schlund zur Unterwelt hat sich geöffnet. Und du hast gegen die Regeln verstoßen und als Menscheninkarnation Selbstmord begangen. Hättest du für all das nicht die Konsequenzen tragen müssen?«, versuchte ich zu sticheln. Ich wollte, dass sie weiterredete. Ich musste wissen, was die Konsequenzen gewesen waren – für Badb und für Morrigan.

Morrigan lachte bitter und sprang von ihrer Pritsche auf.

»Ja, die Götter haben mir eine zweite Chance gegeben. Haben den Sidhe eine zweite Chance gegeben. Aber die Konsequenzen trage ich sehr wohl. Die tragen wir alle.« Sie ging wieder in ihrer Zelle auf und ab.

»Maggie und ich können unseren Aufgaben in der Menschenwelt kaum mehr nachgehen. Maggie hat alle Hände damit zu tun, mich als Menschenmädchen zu beschützen, damit Badb mir nichts antun kann. Sie verwendet all ihre Magie darauf. Und Badb kann auf Erden ihr Unwesen treiben und sich schön in Kriege einmischen. Ihr macht es ihr aber auch zu einfach. Ganze Völkermorde füttern sie mit Seelen. Die armen Seelen kommen direkt in die Hölle – sie haben keine Chance darauf, nach Tír na nÓg zu gelangen.«

»Mit anderen Worten: Ihr habt die Menschenwelt sich selber und Badbs höllischen Einflüssen überlassen und *wir Menschen* tragen jetzt die Konsequenzen«, sagte ich leise.

Sie sah mich scharf an. »Auch mein Volk muss darunter leider. Man nennt mich jetzt eine despotische Tyrannin, wie du weißt«, meinte sie spöttisch. »Dabei sind die Regeln und die strenge Herrschaft notwendig, um mein Volk zu schützen. Bislang haben sie das nicht hinterfragt. Jetzt habe ich ihr Vertrauen verloren. Wenn sie nur wüssten, was sie damit anstellen, was sie damit riskieren …« Sie schüttelte verzweifelt den Kopf.

»Dann sag es ihnen doch«, flüsterte ich und stand auch von meiner Pritsche auf. »Damit sie verstehen, was du für sie tust.« Ich wartete gespannt. Würde ich jetzt endlich ihr Geheimnis erfahren? Doch Morrigan schüttelte stur den Kopf. »Das kann ich nicht. Aber wenn du weißt, was es ist, dann gibst du mir Ciaras Seele. Du hast gesagt, du überlässt sie mir. Dir kann die Anderswelt nicht ganz egal sein. Du willst doch auch nicht, dass Dylan, dass Colleen, alle deine Freunde hier …« Sie blieb stehen und schaute mich aufmerksam an. Ein Lächeln breitete sich auf ihrem Gesicht aus.

»Du weißt es nicht«, sagte sie zuckersüß. *Was?*, wollte ich fragen. *Was wird mit Dylan und Colleen, mit den Sidhe passieren, wenn ich dir Ciaras Seele nicht gebe?*, wollte ich schreien. Aber ich wusste, dass ich damit nicht weit kommen würde.

»Du wolltest die Seele des Mädchens von Aughrim in Tír na nÓg abliefern«, sagte ich stattdessen ruhig. »Man hat dich nicht durch das Tor gelassen. Du und die Sidhe hättet dafür bezahlen sollen, dass du gegen die Regeln verstoßen und dich als Mensch selber getötet hast. Du hast die Götter gebeten, dir eine zweite Chance zu geben. Heißt das, dass du die Seele des Mädchens schließlich doch abgeben durftest?« Mit klopfendem Herzen stellte ich die Frage, auf die ich unbedingt eine ehrliche Antwort haben wollte. »Heißt das, dass du Ciaras Seele auch in Tír na nÓg abgeben müsstest? Hast du mittlerweile wieder Zutritt?«

»Ja, ich muss sie dorthin bringen.« Ich glaubte, dass Morrigan mir die Wahrheit sagte, mir aber etwas vorenthielt.

»Aber …«, forderte ich sie dazu auf, das Unausgesprochene zuzugeben.

»Aber ich habe keinen Zutritt zu Tír na nÓg mehr. Ich muss die Seelen am Tor abgeben.«

»Hmmm. Wenn ich dir also Ciaras Seele geben würde, dann würdest du sofort nach Tír na nÓg gehen, wo du sie abgibst und Ciara ihren Frieden bekommt?«, fragte ich misstrauisch nach. Wenn es so einfach wäre, warum hatte sie mir das dann nicht einfach gesagt und mich damit dazu überredet?

Morrigan rang mit sich. Das konnte ich sehen.

Als sie nach einer Weile immer noch nicht geantwortet hatte, entschloss ich mich zu einem riskanten taktischen Zug. Ich stellte die Pritsche wieder in die andere Zelle und nahm die Laterne in die Hand.

»So kommen wir nicht zu einer Einigung.« Ich wandte mich ab.

Als ich ein paar Schritte den Gang hinuntergegangen war, rief sie zu meiner Erleichterung: »Warte!« Ich drehte mich um und ging zurück. »Nein, ich gebe die Seele immer erst ab, wenn sie das Lebensalter erreicht hat, das ihr vorherbestimmt war«, beantwortete sie meine Frage so ausweichend wie möglich.

»Warum?«

»Damit ich weitere sechzig Jahre oder so hier in der Anderswelt leben kann, bis der nächste Reinkarnationszyklus beginnt.«

Ich runzelte die Stirn. »Warum kannst du sie nicht sofort abgeben und dann trotzdem hier als Morrigan bis zur nächsten Wiedergeburt leben?«

»So sind die Regeln. Ich nehme an, weil ich sonst vergesse. Ich vergesse das Menschsein. Was es bedeutet, eine kurze Lebensspanne zu leben und wie man das Leben dann sieht, wie man erlebt. Ich kann es nicht erklären«, rief sie frustriert. »Aber Badb ist das beste Beispiel dafür, was passiert, wenn man ein langes, langes Leben lebt. Unsere alten Adligen sind die besten Beispiele dafür. Ich, als Königin, die Aufgaben in der Anders- und Menschenwelt hat, darf nicht vergessen, was *Menschlich sein* bedeutet.«

Ich konnte verstehen, was Morrigan sagte. Vieles an ihr blieb für mich im Dunkeln, aber etwas kannte ich sie mittlerweile doch. Ich verstand, dass sie ganz besonders von einer Künstlerseele wie Ciara zehrte, die Schönheit in kleinen Dingen sehen konnte. Etwas, das Morrigan, die immer nur das große Ganze im Auge hatte, sonst verborgen blieb. Aber das war doch nur ein Teil dessen, was Menschlichsein ausmachte. Ich bezweifelte, dass sie sich das hatte bewahren können – nein, ich hatte gesehen, dass sie es sich nicht hatte bewahren können.

»Ciara ist neunzehnhunderteinundfünfzig gestorben«, sagte ich. »Sie wäre jetzt über achtzig. Wie viele Jahre stünden ihr denn bis zu ihrem vom Schicksal vorherbestimmten Lebensabend noch bevor? Und sei ehrlich mit mir.«

Morrigan zögerte. Wieder wandte ich mich zum Gehen.

»Keine«, sagte sie schließlich. »Am ersten Februar müsste ich sie in Tír na nÓg abgeben.«

Ich zuckte zusammen. Am ersten Februar? Meinem Geburtstag. Und ich hatte Mog Ruith und Fionn hören sagen, dass sie bis zu meinem Geburtstag Zeit hatten, Morrigan zu stürzen. Das konnte doch kein Zufall sein.

Entweder hatten sich alle gemeinsam gegen mich verschworen oder … es gab doch so etwas wie Schicksal.

kapitel vierundzwanzig
alice

»Ich traue einfach der Sache nicht so ganz«, sagte ich zu Bridget. »Warum hat sie einfach nicht längst zu mir gesagt: Ich bringe Ciaras Seele in den Himmel, wo sie in Frieden ruhen kann.«

»Hättest du ihr denn geglaubt?«

»Hmm. Wahrscheinlich nicht.«

»So bist du selber drauf gekommen. Ziemlich klug von ihr.«

Ich schaute Bridget mit großen Augen an. »Aber du kannst doch nicht damit andeuten wollen, dass sie das hier alles von langer Hand geplant hat. Da gibt es doch viel zu viele Variablen. Sie kann doch nicht wissen, dass und an was sich Ciara als Morrigan erinnert. Und auch sonst … die Kette der Ereignisse, die bislang passiert sind …« Ich schüttelte den Kopf. Wir hatten schon herausgefunden, dass Morrigan eine sehr geschickte Puppenspielerin war. »Nein, so viele Fäden kann auch Morrigan nicht in der Hand halten.«

»Eins ist sicher«, meinte Bridget. »Wie wir aus der Geschichte mit Badb gelernt haben, ist Morrigan sehr darauf bedacht, die Regeln einzuhalten. Sie hat eine zweite Chance bekommen, was immer das auch bedeutet, und sie muss Ciaras Seele abgeben. So hast du es auch in dem Traum gesehen, als sie die Seele des Mädchens von

Aughrim in Tír na nÓg abliefern will. Wenn wir ihr glauben, dass Ciaras Seele sozusagen am ersten Februar fällig ist, dann steht ihr das Wasser bis zum Hals. Dann wird sie alles tun, um die Seele bis dahin zu bekommen. Hoffentlich beinhaltet das auch, gegen Badb zu kämpfen.«

Ich nickte. Ich hatte Morrigan noch nicht gesagt, dass das der Grund war, warum ich ihr Ciaras Seele geben wollte. Erst wollte ich mir durch den Kopf gehen lassen, was sie mir alles erzählt hatte. Aber es nützte alles nichts. Ich würde nie hundertprozentig herausfinden, ob ich ihr vertrauen konnte oder nicht. So etwas gab es bei Morrigan einfach nicht. Sie war zu undurchsichtig. Ich musste wohl ins kalte Wasser springen.

Vorher gab es aber noch etwas anderes, das ich herausfinden wollte.

Nachdem ich mit Bridget auf ihrem Zimmer gesprochen hatte, gingen wir zurück in den runden Saal, wo Mog Ruith, Fionn und andere auf mich warteten. Man hatte in der Zwischenzeit Frühstück gebracht. Gut, eine Stärkung konnte ich dringend gebrauchen. Alle warteten geduldig, während ich meinen Teller mit Obst, Brot und Aufstrichen füllte und mir ein Glas Ziegenmilch eingoss.

»Mog Ruith«, sagte ich, während ich mich an den Tisch setzte. »Hast du eigentlich Brieftauben?«

Ich schob mir eine Scheibe Brot in den Mund und kaute genüsslich. Besonders amüsierte ich mich über Fionns Gesichtsausdruck.

»Ich würde gerne Realta von den Maumturk-Bergen eine Nachricht überbringen. Du kennst sie doch, nicht wahr? Ich würde sie gerne schnellstmöglich hierherbringen lassen.«

»Was soll denn das jetzt schon wieder?«, wetterte Fionn. »Hast du jetzt doch Zweifel an deinen Plänen und brauchst eine Sterndeuterin? Oder geht es um die Prophezeiung? Wenn du dein Angebot, mit mir den Feldzug gegen die Adligen anzuführen, wieder zurücknehmen willst …«

»Das will ich nicht«, unterbrach ich ihn. »Es hat damit nichts zu tun. Ich werde mein Versprechen halten.«

»Ja, ich habe Brieftauben«, antwortete Mog Ruith jetzt. »Nachdem du aufgegessen hast, werde ich dich zu dem Taubenschlag führen. Dann kannst du Realta eine Nachricht schreiben.«

Als ich berichtete, dass ich Fortschritte mit Morrigan gemacht, ihr aber den Badb-Plan noch nicht unterbreitet hatte, entstand Unruhe im Saal.

»Auch ich weiß, dass sie lieber früher als später hier wieder wegsollte«, versuchte ich sie alle zu beruhigen. »Je schneller wir den Moment für uns ausnutzen, desto besser. Aber in diesem Fall wird es zu unserem Vorteil sein, wenn sie dort etwas schmort – denn auch für sie wird die Zeit knapp. Ich bin mir sicher, sie wird sich auf meinen Plan einlassen.« Ich versuchte, selbstsicherer zu klingen als ich war. »Ihr solltet die Zeit nutzen, euch auf den Feldzug vorzubereiten, damit wir sofort losmarschieren können, wenn Morrigan und Bridget nach Tech Duinn reisen.« Das ließen sich Fionn und die Krieger nicht zweimal sagen.

Ich atmete erleichtert aus. Ich fühlte mich schon genug unter Druck gesetzt, ohne dass sie mir dauernd im Nacken saßen.

***

»Hat Morrigan irgendwas zu dir über Dylan gesagt?«, fragte Colleen, als wir später zum Hafen gingen. Ich hatte Realta eine Nachricht geschrieben, dass sie die Sternenkonstellation für meinen Geburtstag am 1. Februar deuten sollte und nach Absprache mit Mog Ruith mitgeteilt, dass Tio sie abholen würde. Jetzt begleitete ich Colleen zum Hafen, um Tio zu verabschieden.

»Nein. Und ich habe sie auch nicht gefragt.« Ich brannte natürlich darauf, Morrigan nach Dylan zu fragen. Aber ich wusste, dass das meine Position schwächen würde und deshalb hatte ich es bislang nicht getan.

Ich schluckte meinen Stolz runter und sagte zu Colleens Freund: »Tio, ich weiß, ich habe gesagt, du sollst dich mit Realta beeilen, aber kannst du versuchen herauszufinden, was mit Dylan ist, wenn du schon mal in Connemara bist? Vielleicht weiß Realta ja auch was …«

»Ich werde es versuchen … aber zum Palast zu fahren, ist zu riskant.« Ich nickte. Ich war vielleicht zu großer Hoffnung, aber …
»Wir wollten uns eigentlich an meinem Geburtstag am Ebereschentor treffen. Wenn er noch bei Morrigan im Palast war, weiß er mittlerweile von ihrem Verschwinden. Vielleicht geht er ja zum Tor … Oder versuch, bei Coimeádaí vorbeizuschauen, dort könnte er auch sein.«

Tröstend legte mir Tio die Hand auf die Schulter. »Ich werde ihn schon finden.«

Ich nickte tapfer und versuchte, die Tränen zu unterdrücken, die mir in die Augen schossen.

Colleen nahm mich in den Arm. Wir winkten Tio zum Abschied zu, bevor er in das seltsame kleine U-Boot stieg, das wie ein großer Haifisch aussah. Als ich von Maggie in die Anderswelt entführt worden war, waren wir auf der verzauberten Insel vor Roundstone gelandet und dort auch mit einem solchen U-Boot ans Festland transportiert worden. Auch der Transport von und nach Dairbhre geschah mit diesen U-Booten – natürlich nur mit denen, die Mog Ruiths Schutzzauber zuließen –, es sei denn, man wurde von dem Druiden persönlich auf dem Roth Ramach befördert. Auf der anderen Seite, am Festland, wo die U-Boote anlegten, waren ein paar Anti-Royalisten-Krieger stationiert. Bislang war noch niemand auf die Idee gekommen, diese Anlegestelle zu belagern. Vielleicht hatte sich noch nicht herumgesprochen, dass die Anti-Royalisten auf Dairbhre waren. Mit der Gefolgschaft, die sie mittlerweile hatten, wäre das nur noch eine Frage der Zeit. Und jetzt, wo Morrigan verschwunden war und man sicher die Rebellen dafür verantwortlich machte, würde es nicht mehr lange dauern, bis Maggie den Aufenthaltsort der Anti-Royalisten herausgefunden hatte. Wir wollten auf dem Festland sein und unsere Armee gen Connemara führen, bevor Maggie die ihre mobilisiert hatte. Es blieb uns wirklich nicht viel Zeit und ich musste mit Fionn über die Logistik des Feldzuges sprechen. Auch wenn ich mich bislang davor gedrückt hatte, weil ich mich selber einfach nicht als Anführerin einer Armee sah und auch schlichtweg keine Ahnung hatte.

Auf dem Rückweg zur Burg erzählte ich Colleen von meinem Gespräch mit Morrigan. Weil ich gerade Maggie im Kopf hatte, sprach ich die sonderbare Sache mit ihrer Schwangerschafts-Magie an. Es interessierte Colleen, da sie doch gerade Maggies Tochter, Rosie, kennengelernt hatte. Weil ihr Vater ein Mensch war, hatte sich Rosie als Spionin ins Menschenflüchtlingslager am Lurigethan positionieren können. Sie hatte das getan, um die Liebe ihrer Mutter Maggie zu gewinnen.

»Ich dachte immer, es wäre nicht möglich, dass Sidhe und Menschen gemeinsam ein Kind zeugen«, meinte Colleen. »So wird es allgemein erzählt. Fionn hat mich aufgeklärt, dass es durchaus möglich, aber verpönt und verboten ist. Ich habe trotzdem gedacht, Rosie sei eine Ausnahme …« Sie zog nachdenklich die Brauen zusammen. »Und habe mich dabei gewundert, dass eine Mutter so unheimlich kaltherzig sein kann, ihre Tochter zu manipulieren und mit Liebesentzug zu erpressen. So wie sich das anhört, muss Maggie dann unzählige Kinder geboren haben. Vielleicht so viele, dass sie gar keine Liebe mehr für sie übrig hat.«

»Wieso gehst du davon aus, dass es immer Halblinge sind?«, fragte ich. »Der Vater könnte doch auch ein Sidhe sein.«

»Aber es werden so wenige neue Sidhe geboren. Unsere Fruchtbarkeitsrate ist unheimlich niedrig im Vergleich zu den Menschen.«

Das hatte ich schon häufiger gehört. »Ihr lebt ja auch viel länger. Wenn man unsterblich ist, dann braucht man nicht so viele Nachkommen«, gab ich zu bedenken.

»Wir leben länger – die Zeit vergeht bei uns anders. Aber sie korrespondiert schon mit der Zeit in der Menschenwelt. In deiner Welt bin ich was, fünfzehn? Hier bin ich hundertundsiebzig. Dylan ist was?«

»Etwa zweihundertfünfzig, hat er mal gesagt.«

»Also zweiundzwanzig in eurer Zeitrechnung. Das kommt dadurch zustande, dass die Túatha Dé Danann viel länger gelebt haben als Menschen. Unsterblich wurden wir allerdings erst als Sidhe. Aber auch hier gebären Frauen höchstens so viele Kinder, wie Menschen in ihrer Lebenszeit, was, wenn es hoch kommt, ein

Zehntel davon ist. Die Fruchtbarkeit ist in der Anderswelt noch herabgesetzt. Meine Mutter hat in ihren ganzen fünfhundert, sechshundert Jahren vier Kinder geboren, was einem Wunder gleicht. Viele gebären gar keine Kinder. Maggie ist aber schon so alt, dass sie mittlerweile gar keine Kinder mehr gebären können sollte. Schon seit Tausenden von Jahren nicht mehr.«

»So wie es Morrigan erzählt hat, muss es auch etwas mit Magie zu tun haben. Mit dieser Aufgabe, die Macha angeblich für die Menschenwelt erledigen soll. Was das ist, hat mir Morrigan ja nicht verraten. Aber es hat etwas mit Kriegen zu tun. Mit der Prophezeiung und der Beeinflussung von Schlachten. Durch die Schwangerschaft und das Gebären hat Maggie besonders starke Magie, die sie dort in der Menschenwelt einsetzen kann.«

»Eben«, meinte Colleen. »In der Menschenwelt für die Menschen. Da ergibt es doch Sinn, dass die Väter dieser Kinder Menschen sind.«

»Hmmm.« Ich fand es ziemlich unheimlich, dass Maggie die Mutter so vieler Halb-Sidhe-Kinder war, die auf der Erde herumgelaufen sind. Und unvorstellbar, dass sie so viele geboren hat. »Auf jeden Fall klärt das auf, wieso sie mit Fruchtbarkeit in Verbindung gebracht wird. Sag mal, wo ist diese Rosie eigentlich?«

»Hier auf Dairbhre, eingesperrt«, antwortete Colleen.

»Meinst du, wir können sie irgendwie gegen Maggie einsetzen?«

»Ich weiß nicht. Nachdem, was wir jetzt über Maggie wissen, ist ihr da ein einzelnes Kind nicht egal? Wahrscheinlich kann man es ihr gar nicht übelnehmen«, seufzte Colleen. »Sie kann ja die ganzen Halblinge nicht behalten. Halblinge altern und sterben wie Menschen – wie viele ihrer eigenen Kinder hatte sie beerdigen müssen? Und immer wieder musste sie zu einem bestimmten Zweck, nicht aus Liebe, ein neues Kind in die Welt setzen. Ich kann mir gut vorstellen, dass sie irgendwann alle Gefühle für diese Kinder abgeblockt hat. Dass sie sich antrainiert hat, nichts für sie zu empfinden.« Wenn es Colleen so ausdrückte, dann konnte Maggie einem ja fast leidtun. Dann musste ich daran denken, wie Maggie Ciara in den Selbstmord getrieben hatte und wie sie sich sonst so verhielt.

»Oder sie war immer schon so kaltherzig, dass es ihr von Anfang an nichts ausgemacht hat«, warf ich ein.

Colleen sah nachdenklich aus. »Vielleicht. Vielleicht fällt mir aber auch noch etwas ein, wie man diese Informationen und Rosie bei dem Feldzug gegen Maggie verwenden kann.«

Mittlerweile standen wir vor der Tür zu dem Saal, in dem der Geheimgang zu Morrigans Kerker verborgen war. »Tu das. Aber überlege schnell. Ich werde jetzt mit Fionn die Taktiken für den Feldzug besprechen. Auch wenn es mir wirklich davor graut.« Ich verzog das Gesicht. »Da würde ich ein weiteres Gespräch mit Morrigan vorziehen. Aber ich hab versprochen, die Armee mit anzuführen und muss mich jetzt auch irgendwie einbringen.«

»Du machst das schon«, sprach mir Colleen Mut zu. »Ich hatte dieselben Bedenken, als ich mich den Anti-Royalisten anschloss. Als Kriegerin war ich sicher nicht geeignet. Aber ich habe meine Rolle gefunden, indem ich auf meine eigenen Stärken vertraut habe. Du hast vielleicht keine Ahnung vom Kämpfen, aber du hast deine eigenen Qualitäten.«

Sie verabschiedete sich mit einem Winken und ich hätte ihr gerne nachgerufen: *Ja, welche denn?*

Schließlich war ich keine Sidhe mit irgendwelchen besonderen Fähigkeiten, sondern ein Mensch. Der einzige Vorteil, den wir Sidhe gegenüber hatten, war, dass sie uns nicht direkt umbringen konnten.

Als ich in den Saal eintrat, fand ich dort nur Bridget und Fionn vor. Ich merkte sofort, dass die Luft vor Anspannung knisterte und schaute von einem zum anderen. Man hatte einen ausgestopften Sack aufgehängt, an dem Fionn Bridget wohl beibrachte, wie man mit dem Schwert umging. Aus mehreren Einstichstellen quoll Stroh hervor. Bridget stand mit dem Schwert davor und hatte diese bestimmte, kühle Miene aufgesetzt, die ich seit dem Tod ihrer Eltern an ihr kannte. Aber ihre Augen ... man konnte wirklich nicht sagen, dass sie so funkelten wie früher, doch sie glichen auch nicht mehr dunklen, unheimlichen Seen. Fionn hingegen sah aus wie ein begossener Pudel, stand etwas abseits und wippte auf den Zehenspitzen auf und ab. So unsicher hatte ich ihn noch nie gesehen. Natürlich fing er sich schnell wieder, als ich reinkam.

»Fionn, ich habe gerade an etwas gedacht«, kam ich sofort zur Sache. Er schien froh darüber. »Was ist eigentlich mit den Menschensklaven, die halbwegs rehabilitiert sind? Zum Beispiel denen aus Higgins Flüchtlingslager. Man hat wohl in letzter Zeit niemanden in die Menschenwelt geschleust, wo die Anti-Royalisten andere Prioritäten hatten?«

»Die meisten sind hier«, antwortete Fionn interessiert. »Higgins hat ein Lager am anderen Ende der Insel aufgeschlagen. Es gibt mittlerweile noch ein paar weitere Lager im Land.«

»Die ehemaligen Menschensklaven müssten doch am meisten motiviert sein, gegen die Adligen zu kämpfen, die sie so lange misshandelt haben.«

Fionn wiegte den Kopf hin und her. »Eigentlich sind sie am meisten motiviert, wieder in die Menschenwelt zu kommen. Und sie sind schwach. Du magst dich erinnern, wie unterernährt und krank die meisten waren.«

»Ja, aber Sidhe können sie nicht umbringen. Egal wie schwach sie sind, kein Sidhe dürfte sie direkt angreifen. Und sie hätten noch einen Vorteil.«

»Und der wäre?«

»Sie könnten mit den Waffen hantieren, die Sidhe tatsächlich verletzen können. Waffen aus Eisen.«

Fionn schien meine Idee zu gefallen. »Ich gebe die Organisation dafür an jemanden weiter. Ich bin gleich wieder zurück.« Er verließ den Raum.

Bridget übte immer noch – meines Erachtens beachtliche – Handgriffe mit dem Schwert. Als sie merkte, wie ich sie ansah, sagte sie seelenruhig: »Ich war mal eine Zeit lang in einem Fechtclub.«

Das überraschte mich überhaupt nicht. Allein in der Freshers' Week an der Uni war Bridget unzähligen Clubs beigetreten.

»Sag mal, was ist denn hier gerade passiert?«

»Was meinst du?«, war ihre unschuldige Gegenfrage.

»Mit Fionn!«, flüsterte ich und schaute zur Tür. Er konnte jeden Moment wieder reinkommen.

»Ach, der eingebildete Muskelprotz hat fälschlicherweise angenommen, dass ich momentan Zeit und Energie auf etwas anderes verschwenden würde als auf unsere Mission«, sagte sie wie beiläufig.

»Für was wollte er deine Zeit und Energie denn in Anspruch nehmen?« Ich wusste natürlich schon, was die Antwort darauf sein würde.

»Herumzumachen.« Für einen kurzen Augenblick umspielte ein Lächeln ihre Lippen. Das erste Lächeln, seit ich sie in Dublin auf der Beerdigung ihrer Eltern abgeholt hatte. Auch wenn es nur ein Anflug eines Lächelns war, zählte es für mich. Mein Herz machte einen Sprung. Wenn Fionns ungewollte Avancen wieder Leben in meine Freundin brachten, dann war es mir egal, was für ein Idiot er war, wenn es um Frauen ging. Vor allen Dingen, wenn das gleichzeitig bedeutete, dass er von der Idee abkam, er und ich seien ein ideales Paar. Am liebsten hätte ich ihn umarmt, als er wieder in den Saal trat.

Er merkte nichts davon, weil er in Gedanken woanders war. »Ich glaube, deine Idee ist ganz gut, Alice. Meine Männer arbeiten daran. Vielleicht kannst du auch noch bei anderen Taktiken helfen. Komm doch mal mit in unsere Waffenkammer. Da kann ich dir zeigen, was wir bislang geplant haben.«

»Komm doch bitte auch mit, Bridget.« Als sie zögerte, warf ich ihr einen bedeutungsvollen Blick zu. »Du hast bestimmt genug trainiert. Mach eine Pause. Du willst ja nicht, dass morgen dein Arm lahm ist.«

Das schien sie zu überzeugen. »Na gut.«

Wir folgten Fionn nach draußen.

Er führte uns etwa einen Kilometer von der Burg entfernt zu einer Lichtung, auf der mehrere Felsen unscheinbar nebeneinander standen. Bridget und ich schauten uns fragend an. Weit und breit konnten wir nichts sehen, das ein Waffenarsenal beherbergte.

Fionn ging zu den Felsen und schob einen beiseite. So sah es zumindest aus – wenn jemand die Statur hatte, einen Felsen zu bewegen, dann war es Fionn. Wir staunten nicht schlecht. In Wirklichkeit hatte er einen Mechanismus betätigt, der den breiten Eingang zur unterirdischen Waffenkammer öffnete. Eine Rampe führte uns mehrere Meter unter die Erde.

Mit großen Augen sahen wir uns um. Es war unmöglich, dass diese Kammer erst gebaut worden war, nachdem die Anti-Royalisten auf Dairbhre angekommen waren. Sie musste vorher schon existiert haben. Denn der Untergrund hier war Stein – wie die meisten Inseln war auch Dairbhre einfach ein bewachsener Felsen – und die Waffenkammer eine sidhegemachte riesengroße Höhle. Es musste ein ausgeklügeltes Ventilationssystem geben, denn die Luft kam mir weder abgestanden noch dünn vor. Mir war auch nicht ersichtlich, was für eine Lichtquelle die Waffenkammer erleuchtete, aber es war taghell hier unten.

Etwa ein Dutzend Anti-Royalisten waren damit beschäftigt, sich um die Ausrüstung zu kümmern, die hier unten lagerte. Sie beachteten uns gar nicht, so vertieft in ihre Arbeit schienen sie. Schmieden für Schwerter und Ähnliches sowie Schneidereien für die Bekleidung der Krieger hatte ich bei meinem gestrigen Spaziergang mit Bridget schon überall auf der Insel gesehen. Die Produktion für derartige Ausrüstungsgegenstände schien hier nicht stattzufinden, obwohl ich sah, dass diese Dinge hier auch gelagert wurden. Ich bezeichnete die Produktionsstätten als Schmieden und Schneidereien, weil mir keine bessere Bezeichnung dafür einfiel – dabei wirkten sie so altmodisch für das, was dort wirklich hergestellt wurde. Wahrscheinlich bestanden die Waffen aus Materialien, die ich gar nicht kannte. Und hinter den Textilien, einschließlich dieser sonderbar leichten, engmaschigen Kettenhemden, steckten sicherlich wieder biomimetische Technologien, von denen man in der Menschenwelt noch nichts gehört hatte. Was hier hergestellt wurde, wirkte allerdings noch fortschrittlicher.

»Was ihr hier seht, sind allerneueste Technologien«, bestätigte Fionn meinen Verdacht. »Da wir als Sidhe nie gekämpft haben, gibt es auch keine Militärtechnologien per se. Das hier sind also alles unsere eigenen Erfindungen.« Er klang mehr als nur ein bisschen stolz. »Das Grundtraining, dem sich die Krieger unterzogen haben, beruht auf alten Kampftechniken der Túatha Dé Danann. Es ist einer militärischen Ausbildung in der Menschenwelt nicht unähnlich. Im Kampf Mann gegen Mann wie auch Sidhe gegen Sidhe gewinnt am Ende derjenige mit der meisten Kraft, Schnelligkeit und Ausdauer. Der größte Unterschied zwischen den militärischen Technologien und Strategien in unserer Welt und der Menschenwelt sind die Waffen.« Fionn war in seinem Element. Man merkte ihm an, wie begeistert er von dem Thema war. »Ihr habt Waffen entwickelt, die über Distanzen funktionieren. Von Schusswaffen bis hin zu euren Massenvernichtungswaffen. Das Prinzip dabei ist, dass aus sicherer Entfernung zum Feind getötet werden kann. Mal davon abgesehen, dass wir nicht die Zeit gehabt hätten, so etwas in der Anderswelt zu entwickeln und herzustellen – vielleicht hätten wir es sogar aus der Menschenwelt importieren müssen –, funktioniert dieses Prinzip hier nicht. Denn Sidhe sind unsterblich. Verletzen wir unseren Feind aus der Distanz, dann hat er die Chance, sich zu entfernen und zu heilen, bevor wir zu ihm gelangen. Nur im Nahkampf kann es uns gelingen, ihn so zu immobilisieren, dass wir die Kontrolle über ihn haben und ihn zum Beispiel gefangen nehmen können.«

Das ergab für mich Sinn, aber seine Ausführungen machten mir auch deutlich, dass wir keine Ahnung hatten, was uns erwartete. Maggie hatte wahrscheinlich eine Armee ausgebildet, um gegen einen Angriff der Anti-Royalisten gewappnet zu sein. Wer wusste schon, was sie sich ausgedacht hatte? Vielleicht fand sie Massenvernichtungswaffen ganz wunderbar und hatte die Technologien dafür schon lange entwickelt? Außerdem hatte sie doch noch eine ganz andere Waffe in ihrem Arsenal: Magie.

»Das alles wird uns aber gar nichts nutzen, wenn irgendwelche großen magischen Geschütze gegen uns aufgefahren werden«, sprach ich meine Gedanken laut aus. »Kraft, Schnelligkeit und Ausdauer im Nahkampf bringen wenig, wenn die Krieger durch einen Immobilisierungszauber gelähmt werden.«

Fionn winkte ab. »Magie ist Mog Ruiths Domäne. Vergiss nicht, dass er einer der zauberkundigsten Druiden in der Anderswelt ist. Er wird dafür sorgen, dass solche Zauber unserer Armee nichts anhaben können. Aber dein Einwand bringt unsere Strategie auf den Punkt. Wir glauben, dass sich unsere Gegner auf Magie verlassen werden. Zu sehr verlassen werden. Damit üben Maggie und die einflussreichen Sidhe schließlich ihre Macht aus. Die Adligen sind alt. Sie sehen durch Verjüngungszauber nicht so aus, aber in Wirklichkeit könnten sie es in einem Nahkampf nicht mit uns aufnehmen. Wir dagegen haben junge, kräftige, ausgebildete Krieger. Das ist unsere Stärke. Unsere Hauptstrategie ist daher, uns so gut wie möglich gegen den Feind zu schützen. Und zwar gegen ihre Magie als auch gegen ihre Waffen – was immer diese sein werden. Wenn sie uns keine Verletzungen zufügen können, werden sie uns nicht aufhalten können. Wenn sie uns nicht aufhalten können, kommt es zu einem Nahkampf, den wir gewinnen werden.« Fionn klang unheimlich selbstbewusst, aber er hatte auch das Talent, mit Worten zu überzeugen.

Ich hatte einfach nur Angst. Ich bekam Gänsehaut, wenn ich daran dachte, diese Krieger anzuführen und an vorderster Front gegen einen unberechenbaren Feind zu kämpfen. Ich musste an das blutige Schlachtfeld von Aughrim denken und wie ich – das Mädchen – Morrigan – traumatisiert zwischen den Leichen und Körperteilen der Soldaten umhergestolpert und auf dem schmierigen Gras ausgerutscht war. Würde mich so etwas erwarten? Oder etwas ganz anderes? Welche linken Tricks hatte Maggie auf Lager? Ich traute ihr alles zu, weil ich schon am eigenen Leibe erlebt hatte, wozu sie fähig war. Nur weil ich ein Mensch war, den sie nicht umbringen konnte, war ich nicht vor ihr sicher. Sie könnte mich dazu bringen, mich selber zu ertränken, wie sie es mit Ciara gemacht hatte. Oder sie könnte mich zur Salzsäule erstarren lassen, sodass ich das Gemetzel um mich herum hilflos mit ansehen musste, bis alles vorbei war. Sie hatte mir schon einmal die Fähigkeit genommen, zu sprechen. Könnte sie mir beispielsweise auch die Fähigkeit nehmen, zu atmen? Die magischen Möglichkeiten waren endlos. Trotz der angenehmen Temperatur hier unter der Erde fing ich an zu frösteln. Ich schlang die Arme um mich. Ich sah zu Bridget rüber, die Fionns Ausführungen interessiert gelauscht hatte. Fast beneidete ich sie darum, dass sie nicht bei diesem Feldzug dabei war, sondern Morrigan zum Höllenschlund begleitete. Sie war zu den Kampfanzügen hinübergegangen, die hier produziert wurden und strich über die Oberfläche eines Anzugs.

»Das ist jetzt also unser Herzstück«, sagte Fionn und strich ebenfalls darüber. Fast berührten seine Finger Bridgets. Dann zog sie ihre schnell weg. »Unsere Kampfanzüge«, fuhr Fionn fort, »sollen uns vor allem schützen, was der Feind auffahren wird. Sie sind den Skeletten von Tieren nachempfunden, vor allem den Schädeln von Vögeln. Kurz gesagt, sie sind hart, für Waffen undurchdringlich, aber vollkommen beweglich. Sie sind so konstruiert, dass sie bei einem Aufprall den Körper darunter schützen. Man kann also hundert Meter durch die Luft geschleudert werden und wird beim Aufprall nicht verletzt. Der Stoff, der diese skelettartigen Komponenten miteinander verwebt, ist aus bestimmten Pflanzen gemacht und wurde von Mog Ruith in Ritualen so präpariert, dass der Anzug selber eine Art Schutzzauber gegen jegliche Magie darstellt.«

Fasziniert musterte ich den grünen Kampfanzug, der von außen so … einfach wirkte. Eher wie ein dicker Taucheranzug mit integriertem Helm und Stiefeln und gar nicht wie die klobige Kampfmontur in meiner Welt oder gar roboterartigen Anzügen aus Science-Fiction-Filmen.

»Leider haben wir nur eine begrenzte Anzahl solcher Anzüge, obwohl wir seit der Entwicklung des Prototyps fieberhaft hergestellt haben.« Fionn verzog das Gesicht. »Alle, die sich uns noch anschließen und nicht an vorderster Front mitkämpfen, müssen mit dieser Kampfmontur vorliebnehmen.« Er zeigte auf das Kettenhemd und die Hose, die er selber trug.

»Bridget, du solltest selber so einen Anzug tragen, wenn du mit Morrigan mitgehst«, schlug ich vor. »Wir wissen zwar nicht, ob die Schutzzauber auch gegen Badbs schwarze Magie wirken, aber du kannst jeden Schutz gegen sie gebrauchen.«

»Ich suche dir gerne deine Größe heraus«, sagte Fionn beflissen. »Möchtest du gleich einen anprobieren?«

Bridget zog eine Augenbraue hoch. »Wohl nicht hier. Ich sehe keine Umkleidekabine. Oder dachtest du, ich ziehe mich vor dir aus?«

»Äh, nein … natürlich nicht«, stotterte Fionn und schaute sich verlegen um. »In einem der Wagen vielleicht?« Er zeigte auf die Gefährte, die in Reihe und Glied hinten in der Höhle geparkt waren. Bridget nickte. Fionn suchte einen Anzug für sie heraus. »Das sind eigentlich Panzer, nach dem gleichen Stoßdämpfer-Prinzip entwickelt wie die Anzüge, aber wir haben noch Probleme mit ihnen. Wir wissen nicht, ob wir sie für den Feldzug verwenden können. Wir haben Technologien aus unserer und eurer Welt kombiniert. Der Antrieb funktioniert durch die organische Batterie, wie der Rest unserer Wagen. Aber die Steuerung beruht auf eurer Computertechnologie und wir haben unterschätzt, wie kompliziert die ist.«

»Vielleicht kann ich helfen?«, meinte Bridget und nahm den Anzug, den Fionn ihr hinhielt. »Ich studiere Computer-Ingenieurwissenschaften … na ja, ich habe es studiert«, fügte Bridget nachdenklich an.

»Bridget ist ein Computergenie«, rief ich schnell.

»Wirklich?« Fionn schaute Bridget bewundernd an.

»Ich kann's mir ja mal ansehen.« Sie zuckte mit den Schultern.

»Dann lass ich euch mal alleine«, sagte ich. Die beiden waren schon auf dem Weg zu den Panzern und schenkten mir keine Beachtung mehr. Als ich zur Rampe zurückging und einen der Anti-Royalisten bat, mich rauszulassen, konnte ich mir ein zufriedenes Lächeln nicht verkneifen. Bridget interessierte sich wieder für etwas anderes als ihren Kampf gegen Badb. Obwohl sie meinte, sie könnte sich keine Ablenkung leisten und müsse hundertprozentig darauf konzentriert sein, hielt ich das für eine gute Sache. Ich freute mich, wieder Züge der alten Bridget zu erkennen, nachdem ich befürchtet hatte, sie ganz verloren zu haben. Und Fionn interessierte sich eindeutig für Bridget. Ich wusste noch nicht, was ich davon halten sollte, hatte aber den Verdacht, dass Bridget der Sache nicht so abgeneigt war, wie sie ihm gegenüber tat.

kapitel fünfundzwanzig
ciara

Die Insel war immer vor mir, kam aber nie näher, so sehr ich mich auch bemühte. Meine Gliedmaßen waren so taub von der Kälte und der Anstrengung, dass ich sie nicht mehr spürte. Ich wusste nicht, wie lange ich schon geschwommen war. Es war egal, ich musste mein Ziel erreichen. Die Insel. Dylan. Es gab kein Zurück. Doch meine kraftlosen Arme und Beine wollten mir nicht mehr gehorchen. Immer wieder sank ich, sodass das Wasser über meinem Kopf zusammenschlug. Panisch strampelte ich dann, bis ich prustend wieder auftauchte. Irgendwann tauchte ich nicht wieder auf. Ich sank immer tiefer und gab schließlich auf, mich nach oben zu kämpfen. Um mich herum war nichts als Dunkelheit, die mich unbarmherzig verschluckte.

Kurz vor dem Ende wehrte ich mich noch einmal. Mein Kopf fühlte sich an, als ob er gleich dem Druck des Wassers nachgeben würde. Die Schmerzen in meinem Brustkorb waren unerträglich. Meine Lungen, mein Herz, alles tat mir weh. Dann war es vorbei.

Erleichterung. Frieden. Ruhe.

Viel zu schnell wurde ich aus diesem Zustand herausgerissen und befand mich wieder im Wasser.

Und alles ging von vorne los.

Endlos.

***

alice

Ein Geräusch ließ mich aufschrecken. Ich war völlig desorientiert. Es war dunkel und kalt. Ich brauchte einen Augenblick, bis ich wusste, wo ich war. In der kleinen Kammer in Mog Ruiths Burg. Das Geräusch war ein Klopfen an der Tür. Immer noch benommen stand ich auf.

Nach Fionns Waffenkammer-Führung war ich zur Burg zurückgegangen und hatte mich hingelegt. In der vergangenen Nacht hatte ich kein Auge zubekommen und musste dringend Schlaf nachholen. Erholsam war dieser Schlaf aber leider nicht gewesen. Ciara wehrte sich immer noch vehement gegen meinen Plan. Immer wieder hatte ich miterleben müssen, wie sie ertrank.

Ich öffnete die Tür und blinzelte verschlafen.

Dylan!

Sofort war ich hellwach. Ich warf mich stürmisch in seine Arme, sodass er fast die Laterne fallen ließ.

»Ich kann nicht glauben, dass Tio dich gefunden hat! Ist Realta auch da? Wie habt ihr es so schnell hierher zurückgeschafft?«, plapperte ich vor lauter Aufregung drauf los.

»Lass mich mal los, damit ich dich anschauen kann«, lachte er. Er zog mich ins Zimmer, stellte die Laterne ab und machte die Tür hinter uns zu. Dann nahm er mein Gesicht in seine Hände.

»Ich habe dich so vermisst«, flüsterte er heiser. Ich verlor mich in seinen moosgrünen Augen. Alle Sorgen, alle Ängste, alle Anspannung waren für diesen einen Moment vergessen. Dylan war zu mir zurückgekommen! Ich fuhr mit der Hand durch sein sandblondes Haar. Sanft legte er seine Lippen auf meine. Der zärtliche Kuss wurde schnell leidenschaftlicher. Wir ließen uns auf das schmale Bett sinken und Dylans Hände wanderten über meinen Körper. Ein Feuer loderte in mir auf, das die letzten Reste von Kälte und Dunkelheit, die mich in letzter Zeit nie so richtig verließen, vertrieb. Es fühlte sich so gut an. Ich hatte Dylan gerade wieder und wer wusste schon, was morgen sein würde? Alles war so ungewiss. Ob Morrigan und Bridget Badb besiegen konnten, wie die Schlacht ausgehen würde … ob die Menschen, die ich liebte, übermorgen noch am Leben sein würden oder ob ich sie je wieder sehen würde … Nur im Hier und Jetzt, in Dylans Armen hatte ich Gewissheit. Nichts anderes zählte in diesem Moment als seine Hände auf meinem Körper, seine Lippen auf meinem Mund. Ich gab mich ihm voll und ganz hin.

Hinterher lagen wir für eine Weile einfach schweigend und glücklich da. Es gab so viel zu bereden, aber ich wollte den Moment einfach noch auskosten und ich glaubte, Dylan ging es ähnlich. Schließlich räusperte er sich. Ich seufzte. Wir hatten keine Zeit, um in unserem Liebesglück zu schwelgen.

»Zu deiner vorherigen Frage«, sagte er grinsend und stützte sich auf dem Ellenbogen ab. »Tio und Realta sind noch nicht hier. Ich bin allein gekommen. Tio ist auf dem Weg zu den Maumturks bei Coimeádaí vorbeigefahren, wo ich nämlich gerade war. Ich bin unverzüglich hierhergekommen, während er weiter nach Connemara gefahren ist, um Realta abzuholen.«

»Du warst bei Coimeádaí, nicht in Morrigans Palast?«, fragte ich voller Hoffnung.

»Als Morrigan verschwunden ist, hat Maggie mich sozusagen entlassen«, meinte Dylan zynisch. »Ich hatte meinen Nutzen wohl verloren. Dann bin ich direkt zu Coimeádaí.«

»Weiß Maggie, was mit Morrigan passiert ist?«

»Sie kann sich denken, dass die Anti-Royalisten dahinterstecken. Und sie hält mich natürlich für einen Spion. Ich soll euch die Nachricht überbringen, dass sie das als Kriegserklärung versteht und dass ihr es bitter bereuen werdet. Sie hat von der Prophezeiung gehört, die mittlerweile im Land herumgeht. Stimmt es, dass du den Stein von Fal berührt hast und er aufgeschrien hat?«

Mit mulmigem Gefühl dachte ich an dieses Erlebnis zurück. Ich nickte.

»Alice, es scheint, als sei das Volk tatsächlich bereit, dich zu akzeptieren. Die Anti-Royalisten haben gute Vorarbeit geleistet. Überall im Land bejubelt man die neue Königin.«

Ich schüttelte den Kopf. »Das verstehe ich nicht. Ich bin doch ein Mensch.« Ich war immer noch nicht bereit, mich mit diesem Teil der Prophezeiung auseinanderzusetzen.

»Maggie nimmt die Prophezeiung mittlerweile auf jeden Fall ernst. Als sie erfahren hat, dass du in Tara warst, während ich Morrigans Aufruf gefolgt bin und zu ihr in den Palast gekommen bin, war sie natürlich vollends davon überzeugt, dass ich spionieren oder sie ablenken wollte. Wie bist du überhaupt nach Tara gekommen? Als wir uns getrennt haben, warst du doch auf dem Weg nach Dairbhre.«

»Ich habe noch ein paar andere Umwege genommen, bis ich hier angekommen bin. Eine lange Geschichte und ich erzähle sie dir später. Wie war denn jetzt deine Volksheld-Mission? Konntest du etwas erreichen?« Gespannt sah ich ihn an.

Er schenkte mir ein gequältes Lächeln. »Nein. Leider hattest du recht. Obwohl man Morrigan und Maggie natürlich angesehen hat, wie enttäuscht sie waren, dass ich alleine gekommen bin, haben sie die Fassade aufrechterhalten. Morrigan begrüßte mich überschwänglich, brachte mich auf ein luxuriöses Gästezimmer und ließ mir ein vorzügliches Abendessen und leckeren Wein bringen. Maggie war von Anfang an etwas zurückhaltender. Na ja, es fällt ihr wohl schwer zu verbergen, wie sehr sie mich eigentlich hasst, weil ich ihre Pläne immer wieder durchkreuzt habe und sie hinterher die Scherben aufsammeln musste. Erst mit Ciara – eigentlich bin ich ja an allem schuld. Wenn sich Ciara nicht in mich verliebt hätte … Dann mit dir – Maggie hat mich in die Anderswelt geholt, weil ich gesagt habe, ich kann dich davon überzeugen, Ciaras Seele abzugeben. Das Versprechen konnte ich nicht einhalten. Jetzt war ich auch noch derjenige, der das Potenzial von mehr magischen Fähigkeiten entdeckt hat. Das Volk mag mich und um sich beim Volk lieb Kind zu machen, musste sie sich bei mir anbiedern. Das passte ihr natürlich gar nicht. Ich glaube, ein Teil von ihr war froh, als Morrigan gefangen genommen wurde, weil sie somit die Scharade nicht mehr aufrechterhalten musste und das machen konnte, was sie schon die ganze Zeit wollte: offen gegen die Anti-Royalisten, dich und mich zu kämpfen.«

Dylan hatte damit bestimmt recht. Maggie war Morrigan gegenüber loyal, aber sie war ungeduldiger und impulsiver als Morrigan und sie war es gewohnt, ihrer Schwester mit Tatkraft zur Seite zu stehen. Wenn man es sich genau überlegte, hatte sie immer die Drecksarbeit für Morrigan erledigt und die Königin gerettet – mit allen Mitteln, die nötig waren. Das Ganze war ziemlich beunruhigend, weil es mit ziemlicher Sicherheit bedeutete, dass Maggie sich auf einen Kampf vorbereitet hatte und bereit war, in den Krieg zu ziehen.

»Aber Morrigan hat doch dieselben Gründe, dich zu hassen«, gab ich zu bedenken.

»Morrigan ist da anders. Aber ehrlich gesagt ist mir offene Abneigung lieber, als die Spielchen, die Morrigan treibt. Man kann bei ihr nie sicher sein, woran man ist.«

»Was für Spielchen hat sie denn mit dir getrieben?« Meine Stimme hörte sich unnatürlich hoch an. Ich merkte, wie das hässliche Gefühl der Eifersucht in mir aufstieg. Es wäre nicht das erste Mal, dass Morrigan ausgenutzt hatte, dass sie wie Ciara aussah, um Dylan zu bezirzen.

Dylan beugte sich über mich und gab mir einen Kuss auf die Nasenspitze. »Keine Sorge. Ich finde es immer noch verstörend, dass Morrigan wie Ciara aussieht, aber ich weiß, dass nichts mehr von Ciara in Morrigan steckt. Ich habe Ciara schon vor einer ganzen

Weile gehen lassen, glaub mir. Mein Herz gehört nur dir allein. Ich liebe dich.« Er sah mich mit einer solchen Ernsthaftigkeit an, dass ich mich dafür schämte, seine Gefühle infrage zu stellen. Aber ich konnte nicht anders. Wenn Ciara nämlich wieder in Morrigan steckte, wenn Morrigan von außen und innen wieder seine erste große Liebe war, würde er dann nicht vielleicht wieder ein kleines bisschen Platz in seinem Herzen für sie machen? Ich schob den Gedanken schnell beiseite.

»Morrigan war also deinen Reformvorschlägen gegenüber erst einmal offen?«, fragte ich.

Dylan setzte sich auf und lehnte sich mit dem Rücken gegen die Steinmauer. Traurig schüttelte er den Kopf. »Richtige Gespräche kamen nie zustande. Morrigan war immer beschäftigt. Im Palast herrschte ein Kommen und Gehen der einflussreichen und mächtigen Sidhe in der Anderswelt. Die Königin ließ ihren ganzen Charme spielen, damit diese Sidhe auf ihrer Seite blieben. Bei diesen Festbanketten und Bällen war ich natürlich auch immer dabei. Sie führte mich vor, um meinen Nutzen zu demonstrieren. Wieder musste ich zeigen, was ich alles konnte. Es war nicht viel anders als das, was Fionn mit mir gemacht hat. Aber da konnte ich wenigsten dem Volk zeigen, zu was es in der Lage war, ihnen etwas beibringen, das nützlich für sie sein konnte. Die Adligen und andere mächtige Sidhe bestaunten mich nur auf herablassende Art und Weise wie eine billige Jahrmarktsattraktion. Es war entwürdigend.«

Ich legte meine Hand auf seinen Arm. »Das tut mir leid. Ich weiß, du hast dir mehr versprochen.«

»Eines Abends waren auch Sidhe aus dem Ältestenrat da. Ich schlug vor, dass wir, Morrigan, die Ältesten und ich, uns zusammensetzen, um zu besprechen, welche Veränderungen man im Land vornehmen könnte, um den gewöhnlichen Sidhe mehr Selbstbestimmung zu erlauben. Ich schlug vor, dass es so etwas wie Dorfräte geben sollte, die auf kleiner Ebene eine bestimmte Entscheidungsfreiheit haben und die dann Anträge der Bevölkerung an den Ältestenrat weitertragen könnten. Ich trug auch meine Idee vor, dass es so etwas wie Berufungsmärkte auf regionaler Ebene geben sollte, wo festgelegt wurde, welche Berufungen wo gebraucht werden und wo man hingehen könnte, wenn man mit seiner Berufung nicht zufrieden war und gerne etwas anderes machen will. Sie hörten mir alle mit einem amüsierten Lächeln zu und nickten höflich. Wunderbare Ideen, fanden sie, aber erst einmal müsse wieder Stabilität im Land einkehren. Sie wollten eine Art Tour für mich organisieren, damit ich Sidhe im ganzen Land sagen könnte, dass es ein Fehler von mir gewesen war, die Anti-Royalisten zu unterstützen und dass ich trotz meiner neu erlernten Fähigkeiten immer noch an die Königin glaube. Nach langem Hin und Her stimmte ich zu und eine solche Tour wurde organisiert. Morgen sollte es losgehen. Gestern Abend, bevor Morrigan verschwunden ist, hatte ich aber schon für mich entschlossen, dass ich nicht gehen werde. Ich fand nämlich einen Entwurf für ein Mitteilungsblatt mit einem Artikel, der angeblich von mir geschrieben worden war. Ich wollte Morrigan am nächsten Morgen damit konfrontieren, aber dann verschwand sie in der Nacht. In aller Frühe ließ mich Maggie aufwecken und schmiss mich, wie gesagt, aus dem Palast.«

Dylan sah mich traurig an. »Du hattest recht, Alice. Sie haben mich glauben machen wollen, dass ich irgendwas zu sagen hätte. Aber ich saß nie wirklich am längeren Hebel. Sie wollten mich einfach nur benutzen.«

»Einen Versuch war es wert.« Ich nahm seine Hand in meine. »Ich kann absolut nachvollziehen, dass du gerne eine gewaltfreie Lösung durchsetzen wolltest und deine Chance gesehen hast, als man dich zum Volkshelden erklären wollte. Denn ich bin auch nicht davon überzeugt, dass dieser Krieg das Richtige ist. Aber die Anti-Royalisten sind es und Mog Ruith auch. Er sagt, der Adel muss ein für alle Mal zerstört werden. Und das Volk muss einen greifbaren Sieg für die Anti-Royalisten sehen. Sonst rückt einfach jemand nach auf Morrigans Thron, wahrscheinlich Maggie. Außerdem …«, gab ich zerknirscht zu, »war meine Teilnahme an diesem Feldzug, der uns bevorsteht, eine Art Einsatz in einem Deal. Und jetzt geht deshalb ein Teil dieser blöden Prophezeiung auch noch in Erfüllung …«
Ich versteckte mein Gesicht in meinen Händen.

Dylan nahm sie wieder weg und sah mir tief in die Augen. »Alles wird gut werden, Alice. Aber jetzt musst du mir erst einmal erklären, von was für einem Feldzug du da redest und welchen Deal du eingegangen bist.«

Ich holte tief Luft. »Also …«

»Moment«, unterbrach er mich. »Eins fällt mir ein, wo du von der Prophezeiung redest, und bevor ich es wieder vergesse: Du sollst doch mit dem Ebereschenzauber Königin werden, so heißt es in der Prophezeiung. Das Letzte, das Maggie zu mir gesagt hat, ist, dass sie alle Ebereschen im Land abholzen lassen will, angefangen mit den Ebereschen in Connemara.«

**

Der Streifen Himmel, den wir durch das schmale Fenster in meiner Kammer sehen konnten, färbte sich schon hellgrau, als Dylan und ich endlich alles besprochen hatten, was seit unserer Trennung passiert war. Erschöpft schliefen wir schließlich ein, bis ich wenig später von meinem hungrigen Magen geweckt wurde. Ich hatte seit dem Frühstück gestern nichts mehr gegessen.

Ich weckte Dylan auf und wir machten uns auf den Weg zum Saal, wo man wieder für Fionns inneren Kreis aufgedeckt hatte. Während Colleen, Bridget und Dean Dylan begrüßten, bediente ich mich am Büffet. Fionn hatte Dylan gestern schon gesehen, als er nach Dairbhre gekommen war. Er war also nicht so überrascht wie die anderen, ich konnte aber an seinem Gesichtsausdruck sehen, dass die Rivalität zwischen den beiden noch nicht ganz überwunden war und Fionn sich nicht sicher war, was er von Dylans Anwesenheit hier halten sollte. Wie immer ließ er sich damit besänftigen, dass ein nützlicher Beitrag zu seinem Krieg gemacht wurde.

Nachdem ich ein Rosinenbrötchen hinuntergeschlungen hatte, schlug ich vor: »Dylan könnte heute in die Lager gehen und den Anti-Royalisten, deren magische Fähigkeiten schon mit Energie zu tun haben, weitere Energie-Magie beibringen. Das könnte bei dem Kampf doch bestimmt von Vorteil sein.« Fionn nickte zustimmend. »Außerdem solltet ihr heute alles startklar machen. Was Dylan mir heute Nacht über Maggie erzählt hat, hat mich davon überzeugt, dass wir lieber früher als später losziehen sollten. Spätestens morgen früh, je nachdem, wie lange es dauert, Ciaras Seele zu transferieren. Ich muss darüber heute mit Mog Ruith sprechen …« Ich schaute mich um.

»Er kommt im Laufe des Vormittags«, erklärte Fionn.

»Wie dem auch sei«, fuhr ich fort, während ich karamellisierte Apfelspalten über einem Dinkelpfannkuchen verteilte, »ich nehme an, es braucht einige Zeit, bis ihr die Ausrüstung auf dem Festland habt?« Ich dachte an die Panzer, die ja irgendwie an Land gebracht werden mussten.

»Das lass mal unsere Sorge sein«, antwortete Fionn. »Wir stehen dann ab heute Abend parat. Also, komm mit mir mit«, er zog Dylan hoch, der gerade Ziegenquark und Honig auf eine Scheibe Brot geschmiert hatte. »Es gibt viel zu tun.«

Dylan schnappte sich sein Brot, gab mir einen Kuss und grinste mich an. »Bis später.«

Bridget und ich tauschten uns über die Panzer aus, die sie gestern noch geholfen hatte zu reparieren. Zu gerne hätte ich sie nach Fionn gefragt, aber ich wusste natürlich, dass hier vor den anderen nicht der richtige Zeitpunkt dafür war und verkniff es mir.

»Was hast du gestern den Rest des Tages gemacht?«, fragte ich Colleen.

»Ich habe mich mit Rosie beschäftigt«, sagte sie mit einem Seufzer. »Aber es war vielleicht nicht besonders produktiv. Mich hat nicht mehr losgelassen, was du gestern über Maggie gesagt hast und ich habe im Gefühl, dass Rosie irgendwie nützlich sein könnte. Ich habe nur bei ihr gesessen und versucht, ihr … zuzuhören … also, ihrer inneren Stimme, wenn du weißt, was ich meine.« Ich nickte.

»Du hast praktisch versucht, dich bei ihr einzutunen.«

»Genau. Aber ich weiß selber noch nicht, was das bringen soll. Es ist, wie gesagt, nur so ein Gefühl«, fuhr Colleen unsicher fort.

Dean legte ihr seine Hand auf die Schulter. »Verlass dich auf deine Intuition, Schwesterherz. Du machst das schon.«

Colleen strahlte. »Ach, da fällt mir ein, Dean und ich haben uns noch eine ganz tolle Sache überlegt. Es hat mit den Heilern zu tun. Wir haben es vorhin mit Fionn besprochen und Dean wird heute ans Festland gehen und dort alle Heiler im Land zusammenrufen. Wie du weißt, müssten die ja eigentlich zu Hilfe kommen, wenn jemand verletzt ist …«

In dem Augenblick ging die Tür auf und Tio und Realta kamen in den Saal. »Ich erzähl später mehr«, rief Colleen und sprang auf, um Tio zu begrüßen. Ich konnte es ja verstehen. Im Moment war jede Reise nach Connemara ein Risiko und Colleen hatte bestimmt nervös darum gebangt, dass Tio heil wieder hier ankam.

Ich stand auf, um Tio und Realta zu begrüßen. »Mögt ihr was essen?«, ich zeigte aufs Frühstücksbuffet. Tio nickte und lief direkt darauf zu, aber Realta schüttelte den Kopf. »Ich würde am liebsten sofort mit dir alleine sprechen.«

Nachdem ich Colleen Bescheid gegeben hatte, wo ich war, falls Mog Ruith nach mir fragte, ging ich mit Realta auf mein Zimmer.

Die Fee mit den kurzen schwarzen Haaren packte die Rolle mit der Sternenchart aus und kam gleich zur Sache. »Du hast mich gebeten, die Sterne für deinen Geburtstag zu deuten und dabei bin ich auf ein paar interessante Dinge gestoßen.«

Na toll. Mein Verdacht hatte sich bestätigt. Es war kein Zufall, dass Mog Ruith und Morrigan von meinem Geburtstag als einer Art Stichtag geredet hatten. Schon wieder stand etwas über mich in den Sternen. So langsam hatte ich genug von diesen Prophezeiungen und Anzeichen. Aber ignorieren konnte ich sie wohl auch nicht länger. Und ich hatte Realta extra deshalb hierher gebeten.

»Du magst dich vielleicht daran erinnern, dass ich bei eurem Besuch auf der Sternwarte davon gesprochen habe, wie ihr Menschen Zeit nach dem Sonnenkalender berechnet. Wir berechnen die Tage aber nach dem Lunarkalender und beziehen auch den Solarkalender mit ein. Das Mondjahr ist einige Tage kürzer als das Sonnenjahr. Um die beiden Kalender zu synchronisieren, hat man einen Lunisolarkalender.«

Ich nickte verwirrt. Was hatte das mit meinem Geburtstag zu tun?

»Langfristig kann man einen Lunisolarkalender alle neunzehn Jahre synchronisieren. Neunzehn Sonnenjahre sind gleich lang wie zweihundertfünfunddreißig Mondmonate. Alle neunzehn Jahre kommen Sonnenzeit und Mondzeit sozusagen zusammen. Das ist dann ein Zeitzyklus. In der Menschenwelt nennt man das Meton-Zyklus. Hast du davon schon mal gehört?«

Ich verneinte. Mit Astronomie hatte ich mich bislang so gut wie gar nicht beschäftigt.

»Es herrscht eine besondere kosmische Energie, wenn solch ein neuer Zyklus beginnt«, erklärte mir Realta. »Die alten Steinkreise in eurer Welt, gewissermaßen die ersten astronomischen Observatorien, waren genau darauf ausgelegt. Die Steine waren so aufgestellt, dass die Positionen von Mond und Sonne festgestellt werden und die kosmische Energie verwendet werden kann, beispielsweise für besondere Rituale. Nun …« Sie runzelte die Stirn. »Wir hatten ja die Aufzeichnungen zu deiner Geburt erst letztens in der Hand. Da habe ich mich an ein paar Dinge erinnert.« Sie schaute mich mit ihren silbernen Augen forschend an.

»Zwischen deiner Geburt und deinem neunzehnten Geburtstag liegt genau ein Lunisolarzyklus. Mit anderen Worten: An dem Tag, an dem du geboren bist, ist ein neuer Zyklus angebrochen und jetzt geht dieser Zyklus gerade zu Ende. Der erste Februar, an dem du neunzehn wirst, ist aber nicht nur der Beginn eines neuen Meton-Zyklus. Die Ebereschen-Königin-Prophezeiung hat mich darauf gebracht, etwas in den Archiven zu wühlen. Morrigans allererste Reinkarnation, nach deren Erfolg ihre Krönung zur Königin der Anderswelt stattfand, liegt am ersten Februar genau 4115 Jahre und 4,8 Monate zurück. In Menschenzeit umgerechnet sind das ganz genau neunzehn mal neunzehn Lunisolarzyklen.«

Mir schwirrte der Kopf vor lauter Zahlen.

»Äh … okay … Dann …? An meinem Geburtstag herrscht eine ganz besonders starke kosmische Energie, oder was?«

»Ja, das auch, aber … erinnerst du dich, dass ich dir gesagt habe, wie die Sterne und die Natur auf Erden zusammenhängen? Dass Konstellationen zu bestimmten Zeitpunkten mit Pflanzen und Bäumen korrespondieren?«

Ich nickte. »Du hast gesagt, ich wäre unter dem Zeichen der Eberesche geboren.«

»Was für kurze Zeitspannen wie Mondmonate in einem Jahr gilt, lässt sich auf große Zeitspannen wie ganze Zeitalter ausweiten. Das Zeitalter, in dem Morrigan als Königin die Anderswelt regiert, das vor über viertausend Jahren begonnen hat, steht unter dem Zeichen der Eiche.«

»Deshalb zieht Morrigan auch ihre Kraft und Magie aus der heiligen Eiche«, meinte ich aufgeregt. »Und Druiden sind Eichenweisen.«

»Mog Ruith hat prophezeit, dass du die rote Königin sein wirst, nicht wahr? Rot, wie die Beeren der Eberesche.« Realta schaute mich bedeutungsvoll an.

»Ja, er hat so etwas gesagt wie: *Die Magie der Ebereschen wird dein sein.* Aber …« Ich runzelte die Stirn. »Ich glaube, er meinte damit das Eberschentor in Connemara, durch das angeblich nur ich in die Anderswelt gelangen kann. Was das mit Königin sein und irgendwelchen Zeitaltern zu tun hat, ist mir schleierhaft.«

»Am ersten Februar bricht ein neues Zeitalter an. Das Zeitalter der Ebereschen. Die Eichenzeit geht damit zu Ende.« Ich erinnerte mich, dass Mog Ruith schon mal Ähnliches gesagt hatte.

»Okay … Ich kann verstehen, dass man dann daraus schließen kann, dass Morrigans Regierungszeit zu Ende geht und es eine neue Königin geben wird. Aber was hat das mit meinen Sternenkonstellationen zu tun? Und irgendwelchen Sonne-Mond-Zyklen?«

»Die Eichenzeit ist genauso lang wie neunzehn mal neunzehn Meton-Zyklen. An deinem Geburtstag sind nicht nur sozusagen Sonne und Mondzeit synchron, sondern auch Menschen- und Sidhezeit. Am ersten Februar bricht ein neues Zeitalter an, das Zeitalter der Ebereschen.«

Ich merkte, wie mir das Blut aus dem Gesicht wich.

»Willst du damit behaupten, dass ich in wenigen Tagen …« Ich brach ab, weil ich den Gedanken nicht laut aussprechen wollte. Realta tat es für mich.

»… Morrigan als Königin ablösen wirst. Und du wirst mit der Magie der Ebereschen die Menschen- und Anderswelt zusammenbringen und damit das Zeitalter der Ebereschen einläuten.«

»So steht es … tatsächlich … in den Sternen?«, stotterte ich. Lange hatte ich mich dagegen gewehrt, dass mein Schicksal, irgendjemandes Schicksal irgendwo geschrieben stehen sollte. Geschweige denn in den Sternen. Wer sollte es denn bestimmt haben? Der Kosmos? Irgendwelche Götter? Ich hatte es so satt, dass mir jemand anders sagte, wie mein Leben auszusehen hatte. Ob Menschen, ob Sidhe oder dieses ominöse Schicksal. Ich wollte von nichts und niemandem die Marionette sein. Ich wollte frei sein.

Aber was Realta hier sagte, hörte sich so überzeugend an. Kein Wunder, dass Sternendeuter an ihre Berechnungen glaubten. Zu viele Dinge kamen da zusammen, als dass es Zufall sein konnte. Oder doch? Konnte das alles am Ende nicht doch einfach nur Zufall, nur Interpretation sein? Ich erinnerte mich an das, was Tlachtga über Mog Ruiths Forschung gesagt hatte. Manchmal traten Prophezeiungen nicht ein. Sie änderten sich. Weil es eine Variable gab. Den freien Willen.

Sollten doch alle an diese Prophezeiungen glauben … Und es glaubten tatsächlich alle daran, fiel mir dabei ein. Mog Ruith, bei dem ich immer gerätselt hatte, was seine Motive waren und auf wessen Seite er tatsächlich stand, glaubte daran. Fionn – der Selbstbestimmung aller Sidhe predigte – glaubte daran. Badb glaubte daran und hatte bis zu ihrem Erpressungsversuch tatsächlich darauf vertraut, dass alles so kam, wie es in den Sternen stand. Egal, was sie sich alle davon versprachen, wenn die Prophezeiung eintrat. Vielleicht glaubten sie tatsächlich, dass damit die richtige Ordnung im Kosmos bestehen würde. Vielleicht hielten sie mich für leichter lenkbar als Morrigan oder eine viel schwächere Gegnerin, die man dann besiegen konnte. Egal, sie glaubten daran. Selbst Morrigan glaubte daran … doch sie wollte es verhindern! Sie wollte ihre Position nicht aufgeben, wollte das nicht aufgeben, was sie Jahrtausende lang aufrechterhalten hatte. Morrigan und ich hatten etwas gemeinsam, wenn wir uns gegen das Schicksal stellen wollten. Wollte ich das? Wollte ich riskieren, dass ich mich gegen das Schicksal stellte?

Während mir diese Überlegungen durch den Kopf schossen, hatte Realta schon weitergesprochen. Ihre silbernen Augen glitzerten und sie nahm meine Hände in ihre.

»Alice, in wenigen Tagen, am ersten Februar wird sich dein Schicksal erfüllen und du wirst zur Königin gekrönt werden.«

kapicel sechsunözwanzig
alice

Nachdenklich ging ich mit Realta zum Saal zurück.

Bis zu meinem Geburtstag war noch eine Woche Zeit. Ich wusste nicht genau, was Ciaras Seele damit zu tun hatte, ob und wie die Prophezeiungen in Erfüllung gingen, aber es gab keinen Zweifel daran, dass Morrigan daran gelegen war, ihre Seele bis zum ersten Februar zurückzubekommen. Mein Verdacht war daher, dass sie sich davon versprach, die Prophezeiung würde irgendwie nicht erfüllt werden und sie müsste ihre Krone nicht abgeben.

Eigentlich wäre das Schlaueste, ich würde bis nach meinem Geburtstag damit warten, ihr Ciaras Seele zu geben. Ja, am besten ich schloss mich ein paar Tage auf mein Zimmer ein, schob auch den Feldzug bis dahin hinaus, dann war mein Geburtstag vorbei und die Prophezeiung nicht in Erfüllung gegangen und dieser furchtbare Druck, den alle damit auf mich ausübten, wäre nicht mehr da.

Andererseits wusste ich nicht, was passieren würde, wenn Morrigan gegen die Regeln verstieß und Ciaras Seele nicht rechtzeitig in Tír na nÓg abgab. Vielleicht würden wir dann keine Chance mehr haben, Ciara zurück in Morrigan zu transferieren oder Morrigan könnte nicht mehr in die Unterwelt und Badb bekämpfen. Das konnten wir nicht riskieren.

Außerdem war da noch Maggie, die in über einer Woche vielleicht längst mit ihrer Armee vor der Küste Kerrys war und die Insel samt allen Bewohnern zerstört hatte. Nein – bis nach meinem Geburtstag auszuharren war keine Option. Im Gegenteil, ich musste alles so schnell abwickeln, dass Morrigan Badb in einer Woche längst besiegt hatte und auch die Schlacht gefochten und gewonnen war – so konnte Morrigan Ciara in Tír na nÓg abgeben und ich eine eigene Entscheidung treffen, was diese Krönungssache betraf.

Entschlossen trat ich in den Saal und ließ Mog Ruith, der mittlerweile dort war, gar keine Gelegenheit, Realta zu begrüßen. »Was muss geschehen, damit ich Morrigan Ciaras Seele geben kann?«, fragte ich ihn. »Du hast gesagt, ich muss sie ihr freiwillig geben, aber gibt es da ein Ritual oder so etwas?«

Ich musste mich sehr konzentrieren, Mog Ruiths Antwort zu verstehen, so ohrenbetäubend war Ciaras Stimme in mir, die vehement Protest schrie. Laut Mog Ruith konnte man mit einem Ritual nachhelfen, das er schon längst vorbereitet hatte.

»Dann legen wir los«, sagte ich mit zusammengebissenen Zähnen – weil ich irrationalerweise irgendwie das Gefühl hatte, Ciara könnte an meiner statt antworten. »Ich werde gleich mit Bridget zu Morrigan gehen.« Ich winkte Bridget herüber. »Hast du dein Schwert? Gut. Zieh doch bitte auch deinen Kampfanzug an und bereite dich vor. Ich möchte, dass du Morrigan nach dem erfolgreichen Seelentransfer nicht von der Seite weichst.« Bridget nickte nur und verließ den Saal, um sich umzuziehen. Währenddessen besprach ich mit Mog Ruith die Einzelheiten des Rituals und bat einen der Krieger, Dylan zu holen – ich wollte ihn gerne bei dem Ritual dabei haben. Außerdem sollte Fionn gesagt werden, dass der Zeitplan vorgezogen wurde.

Anschließend gingen Bridget und ich durch die geheime Tür neben dem Kamin. Sobald ich Morrigan dazu gebracht hatte, einzuwilligen, würde Bridget wieder hochkommen und Mog Ruith und Dylan holen – so hatten wir es mit dem Druiden abgesprochen, der derweil die Utensilien für das Ritual zusammensuchte.

Wie am vorigen Tag zog sich Ciara in mir auch jetzt zurück, als ich mich Morrigans Zelle näherte.

Morrigan hatte uns kommen gehört und stand mitten in ihrem Gefängnis. Ihr Blick fiel sofort auf das Schwert in Bridgets Hand und eine Mischung aus Angst und Ehrfurcht blitzte in ihren grauen Augen auf. Tatsächlich gab es etwas, das Morrigan fürchtete, das Einzige, das ihr wahrhaft Tod bringen könnte. Einen Tod, von dem sie wohl nicht wieder zurückkehren würde. Anders war ihre Furcht nicht zu erklären. Denn Morrigan, die Phantomkönigin, Hüterin des Geheimnisses von Leben und Tod, fürchtete sich eigentlich vor nichts.

»Mit einer menschlichen Seele in dir kannst du zu den Orten gehen, wo Seelen nach dem Tod hinkommen, und von diesen Orten kannst du dann wieder zurückkehren, habe ich recht?«, sagte ich unvermittelt zu ihr, während sie noch das Lichtschwert anstarrte.

Ich hatte sie mit der Frage überrascht. »Zu den Orten? Du meinst Tír na nÓg?«

»Aber es gibt noch einen anderen Ort, an den Seelen nach dem Tod gelangen. Die Unterwelt.«

Morrigan sah mich schweigend an. Ich wartete. Schließlich antwortete sie: »Die Mädchen, in denen ich wiedergeboren werde, alle Menschen, in denen Sidhe wiedergeboren werden, kommen nach Tír na nÓg.«

»Aber es gibt keine Regel, die besagt, dass du nicht auch in die Unterwelt gehen und von dort zurückkehren könntest? Theoretisch wäre es möglich?«

Sie nickte knapp. Ihre Augen verengten sich.

»Ich gebe dir Ciaras Seele. Aber bevor du sie nach Tír na nÓg bringst, gehst du mit ihr nach Tech Duinn. Bridget hier wird dich mit dem Schwert begleiten, damit du unterwegs nicht auf dumme Gedanken kommst. Außerdem kann Badb mit dem Schwert getötet werden.«

Langsam schüttelte Morrigan den Kopf.

»Das kann doch nicht dein Ernst sein.« Ihre Stimme hörte sich heiser an. »Du glaubst wirklich, dieses Menschenmädchen könnte

Badb töten?« Ein bitteres Lachen blieb ihr im Halse stecken. »Du hast keine Ahnung von Badbs Magie.«

»Du hast doch auch Magie. Du bist stark. Du konntest sie aus der Anderswelt verbannen. Selbst wenn Badbs Magie stärker ist, musst du sie mit deiner ablenken, damit Bridget sie töten kann.«

Auf Morrigans blassen Wangen bildeten sich kreisrote Flecke. So hatte ich sie noch nie gesehen. »Ich habe sie aus der Anderswelt verbannt. Ich muss aber durch das Tech Duinn der Anderswelt gehen. Wie soll Bridget sie da töten?« Sie sprach immer schneller. »Ich müsste den Bann aufheben, damit sie hervorkommt …«

»Perfekt«, unterbrach ich sie, bevor sie hysterisch wurde. »Du lockst sie damit heraus, dass du den Bann aufhebst. Wenn sie aus dem Schlund kommt, bringt Bridget sie um.«

Morrigan schüttelte wild den Kopf und fuhr sich mit den Fingern durch die Haare, während sie in ihrer Zelle auf und ab tigerte. »Du bist ja wahnsinnig. Das ist doch alles viel zu riskant. Vielleicht komme ich aus der Unterwelt nicht zurück. Oder nur ohne Ciara, hast du daran schon mal gedacht?« Ich ließ mir nicht anmerken, dass mich Letzteres auch beunruhigte. »Oder Bridget kann sie nicht töten und dann ist sie in der Anderswelt und kann mit ihrer schwarzen Magie anstellen, was sie will.«

»Dann birgt dieser Plan für uns beide ein Risiko. Das ist doch nur fair«, stellte ich ruhig fest.

Insgeheim hinterfragte ich meinen eigenen Plan fieberhaft. Konnte ich Ciaras Seele so aufs Spiel setzen? War das der Grund, warum sie nicht wollte, dass ich sie an Morrigan zurückgab? Was, wenn Ciara statt im Himmel in der Hölle endete?

Ich sah Bridget an. In ihrem grünen Anzug und dem Schwert in der Hand sah sie aus wie eine moderne Amazone. Badb hatte nicht nur das Leben der Menschen zerstört, die ich liebte, sondern hatte laut Morrigan auch noch einen großen Anteil an Blutbädern und Gemetzeln in der Menschenwelt. Sie verdammte die Seelen von Soldaten dazu, für ihre schwarze Magie benutzt zu werden und auf ewig im Höllenfeuer zu schmoren. Badb musste zerstört werden. Mit einem Mal sah ich die Dinge aus Morrigans Perspektive.

Manchmal ging es um das große Ganze – ich verstand, warum sie bereit dafür war, Einzelschicksale dafür zu opfern. Es war kaltherzig, moralisch falsch und auch nicht fair und der Gedanke daran gefiel mir nicht – aber ich konnte es verstehen.

In diesem Fall tröstete ich mich damit, dass ich Ciaras Seele nur aufs Spiel setzte und keine Gewissheit hatte, dass ich sie damit opferte. Außerdem gab es nur so die Chance, dass ihre Seele hinterher nach Tír na nÓg kam. Blieb sie bei mir, gab es diesen Fahrschein in die Freiheit nicht. Zumindest wollte ich mir das einreden.

Ich holte tief Luft. »Ich will keine Königin werden«, sagte ich.

Morrigan blieb abrupt stehen. Langsam drehte sie sich zu mir um. Wie eine Puppe sah sie aus, mit den schwarzen Haaren über dem weißen Nachthemd, den großen Augen und den immer noch geröteten Wangen.

»Alles, was ich für Ciara tun kann, ist, dafür zu sorgen, dass sie Frieden findet. Wenn du sie nach Tír na nÓg bringst, dann hat sie das«, fuhr ich fort.

»Ich mag mich daran erinnern, dass du ihr einmal Gerechtigkeit verschaffen wolltest. Dass du die Wahrheit wissen wolltest, damit die Welten erfahren konnten, was ihr für ein Unrecht zugestoßen ist.« Morrigan schaffte es auch im aufgelösten Zustand noch, ihren spöttischen Ton beizubehalten.

Ich zuckte traurig mit den Schultern. »Das will ich auch. Aber du wirst mir dein Geheimnis nicht verraten. Ich glaube immer noch, dass ihr den Menschen damit Schlimmes antut, indem ihr sie für eure Zwecke benutzt. Dass die einzelnen Menschen, die ihr wie Parasiten ausnutzt, darunter leiden müssen und dass das nicht rechtens ist. Ich wünschte, dass das aufhört. Aber das kann ich alleine nicht ändern. Ich nehme einen kleinen Sieg und bringe Ciara lieber Frieden, als gar nichts zu erreichen. Vielleicht werden die Anti-Royalisten den Krieg gewinnen, die Sidhe-Gesellschaft wird sich ändern und die Menschen …«

»Nein«, unterbrach mich Morrigan scharf. »Ich kann dir das Geheimnis nicht verraten, aber ich kann dir sagen, dass es keinen Mittelweg gibt. Entweder ich bringe Ciara bis zum ersten Februar nach Tír na nÓg und alles geht so weiter wie bisher. Dann habe ich mein Volk gerettet, ohne dass es davon weiß. Die Anti-Royalisten können machen, was sie wollen. Sollen sie diesen Krieg doch führen, versuchen, mich zu stürzen ... «, sie winkte ab, »ich werde weiter die Macht haben. Ich werde weiterhin als das schönste, schwarzhaarige Mädchen wiedergeboren werden. Wir werden euch weiterhin als ...« Sie schürzte die Lippen. »Wie hast du es genannt? Als Parasiten benutzen.«

»Oder?« Ich sah sie misstrauisch an.

»Oder du behältst Ciara. Ich gebe ihre Seele nicht rechtzeitig ab. Alles in der Anderswelt wird sich verändern. Mein Volk wird ... darunter leiden. Du wirst Königin. Es gibt keine Wiedergeburten in der Menschenwelt mehr.«

Mit anderen Worten, die Eichenzeit ging weiter wie bisher und nichts veränderte sich. Oder die Ebereschenzeit würde anbrechen und ich konnte damit verhindern, dass die Menschen weiterhin ausgebeutet wurden. Aber irgendwie würden die Sidhe dann bezahlen müssen – was meinte sie damit, alles in der Anderswelt würde sich verändern? Wie würde das Dylan und Colleen betreffen?

Ich schüttelte den Kopf, um diese Gedanken abzuschütteln.

Wir hatten einen Plan. Eine Mission. Ich sollte mich nicht von Morrigans Worten einwickeln lassen. Wer wusste schon, ob sie überhaupt die Wahrheit sagte. Vielleicht gab es doch einen Mittelweg. Es gab immer noch den freien Willen. Ich konnte an meinem Geburtstag immer noch weitere Entscheidungen treffen. Sollte Morrigan erst einmal Badb zerstören. Ich erinnerte mich daran, was ich gesagt hatte, bevor Dylan und ich durch das Ebereschentor in die Anderswelt gegangen waren. Man konnte immer nur einen Schritt nach dem anderen tun. Ich musste das machen, was ich jetzt gerade für richtig hielt, da ich nicht alle möglichen Variablen der Zukunft kannte. Auch wenn man mir weismachen wollte, dass man die Zukunft kannte, indem man in die Sterne schaute. In ein paar Tagen würde die Zukunft anders aussehen. Dann würde ich die Entscheidung treffen, die ich dann für richtig hielt.

»Nun, da ich keine Königin werden will«, versuchte ich gelassen zu klingen, »überlasse ich dir gerne das Zepter, wenn du meinst, dass du es gegen die Anti-Royalisten verteidigen kannst. Ich möchte Ciara wenigsten die Chance geben, frei zu sein, Frieden zu finden. Das kannst du ihr geben. Dann sehen wir weiter.«

Morrigan musterte mich. Ich hatte keine Ahnung, was hinter ihrer Stirn vor sich ging. Minuten vergingen im Schweigen. Schließlich riss mein Geduldsfaden.

»Schau mal, das hier ist dein Entweder-oder: Entweder ich gebe dir Ciaras Seele und du besiegst Badb. Dann kannst du ihre Seele vor dem ersten Februar in Tír na nÓg abgeben. Oder ich gebe sie dir nicht.«

Ein Lächeln breitete sich auf Morrigans Gesicht aus. Es sah in keiner Weise gequält aus. Eher so wie eine Katze, die gerade Sahne geschleckt hatte. Mir wurde etwas schlecht. Sie nickte kaum merklich.

»Hol Mog Ruith«, sagte ich zu Bridget. »Es geht los.«

***

Dylan hatte eine zweite Pritsche in Morrigans Zelle geschoben. Jetzt lag ich neben ihr. Zwar hatte sie einen Trunk bekommen, der sie bewusstlos machte, aber dennoch war mir nicht sonderlich wohl dabei, mit Morrigan zusammen eingesperrt zu sein. Ich wusste, es war nur eine Vorsichtsmaßnahme, falls irgendetwas schief gehen würde. Mog Ruith hatte mir versichert, dass er wisse, was er tue. Aber schließlich hatte es eine solche Situation in Praxis noch nie gegeben. Und was mich besonders beunruhigte: Irgendwie beruhte das doch alles hier wieder auf seinen Prophezeiungen. Es war Morrigan vorherbestimmt gewesen, sich in Ciara zu reinkarnieren. Deshalb ginge ihre Seele auch zurück zu Morrigan, wenn ich sie losließ. Was, wenn Ciara in Dylans, Bridgets oder Mog Ruiths Körper ging? Wenn sie etwas dazu zu sagen hätte, dann würde sie ganz bestimmt nicht Morrigan wählen, das hatte sie mir schon klargemacht. Vielleicht würden die Symbole, die Mog Ruith um die Pritschen herum auf den Steinfußboden gemalt hatte, sie davon abhalten. Die Symbole waren mit Morrigans und meinem Blut gemalt worden, das uns Mog Ruith vorhin entnommen hatte, und ich erkannte unter anderem den Kessel der Wiedergeburt und die Buchstaben des Namens Ciara in Ogham wieder.

Na ja, seufzte ich innerlich, wenn Ciaras Seele tatsächlich zu Morrigan ging, hatte ich hiernach einen weiteren Beweis, ob an dieser Schicksalssache etwas dran war – bislang wehrte ich mich ja immer noch dagegen, den Schrei des Steins von Fal als solchen zu deuten.

Ich drehte den Kopf und schaute ängstlich zu den anderen hinüber. Dylan stand direkt vor den Gitterstäben und lächelte mich ermutigend an. Ich war so froh, dass er da war. Bridget stand etwas abseits, das Schwert in der Hand, Blick und Gesichtszüge verhärtet. Dieser Hauch von Leichtigkeit, den sie in den letzten Tagen auf Dairbhre zurückgewonnen hatte, war wieder wie verflogen. Sie war völlig auf ihre Mission konzentriert. Einerseits machte mich das traurig, andererseits bestätigte es, dass Bridget die Richtige dafür war, Morrigan zu begleiten und Badb ein Ende zu setzen. Ich hatte vorhin wieder überlegt, ob ich Ciaras Seele aufs Spiel setzen konnte. Wenn ich Bridget ansah, wusste ich, dass wir das tun mussten. Was hatte Bridget nicht alles geopfert – und auch sie war nicht gefragt worden. Die Konsequenz war, das jetzt durchzuziehen, damit das nicht umsonst gewesen war und nicht noch weitere Menschen leiden mussten.

Der Duft von verbrannten Kiefernnadeln stieg mir in die Nase. Mog Ruith hatte auch noch weitere, mir unbekannte Pflanzen in die Feuer gegeben, die er um Morrigan und mich herum aufgestellt hatte. Seiner Aussage nach sollte mich das in einen bestimmten Zustand versetzen, der es mir erleichterte, Ciara abzugeben. Falls er von einem Zustand der Entspannung redete, dann hatte das bislang noch keinen Erfolg.

»Schließ die Augen«, sagte Mog Ruith. Er stand noch weiter weg als Bridget, aber es hörte sich so an, als ob er direkt in mein Ohr flüsterte. Er sprach Worte, die sich wie Irisch anhörten, aber einer älteren Sprache angehören mussten, denn ich verstand sie nicht.

Dennoch vermochten sie mich in eine Art Trance zu versetzen. Sie waren sehr melodiös und irgendwann hatte ich das Gefühl, dass er mir eine Geschichte vorlesen würde. Ich wusste immer noch nicht, was die einzelnen Worte bedeuteten, dennoch verstand ich die Geschichte, so als ob die Bedeutung der Erzählung Grammatik und Semantik transzendierte. Emotionen wurden von der Melodie getragen, wie es manchmal auch Liedern in einer fremden Sprache gelang.

Mog Ruith erzählte mir von einem Mädchen, das unsterblich war. Das Mädchen war Morrigan – oder war es Ciara? Ich sah sie vor meinem inneren Auge. Das Mädchen stand am Strand von Connemara und hielt das Gesicht in die Brise. In der Ferne sah man eine Insel. Sie warf den Kopf in den Nacken und lachte ihr glockenhelles Lachen. Das schwarze Haar wehte im Wind und glänzte wie die Federn eines Vogels. In ihren grauen Augen spiegelte sich der blaue Himmel wider, sodass sie fast unnatürlich hell und leuchtend wirkten.

Das Mädchen war so glücklich, ja, fast ekstatisch, weil sie, die Unsterbliche, sterben durfte. Eine große Last war von ihren Schultern gefallen. Endlich durfte sie all ihre Verantwortung abgeben, durfte frei sein.

Jetzt spiegelten sich die grauen Augen des Mädchens im Himmel, wurden zu Wolken. Ein Sturm zog auf. Auch das Meer wurde grau und die Wellen peitschten immer höher. Bald konnte man nicht mehr erkennen, was Himmel und was Meer war. Die Insel wurde vom Horizont verschluckt. Als sich die Wogen glätteten, war die Insel verschwunden.

Jetzt war das Mädchen traurig. Es setzte sich an den Strand, zog die Knie hoch und weinte Tränen, so salzig wie das Meer. Wenn sie sterben durfte, dann mussten alle sterben.

Das Mädchen wartete auf das weiße Pferd, das aus den Wellen kommen sollte, um sie zu holen. Aber das Pferd kam nicht.

Während ich der Geschichte lauschte, merkte ich, wie mir selber die Tränen kamen. Wie das Mädchen, konnte auch ich sie nicht stoppen. Ich bildete mir ein, dass sich die Tränen um uns herum sammelten, dass sich ein Meer aus Tränen bildete und unsere Pritschen wie eine einsame Insel im Ozean standen.

Ich nahm Morrigans Hand. Als ich ihre kühlen Finger in meinen spürte, waren wir beide in dem Moment todtraurig und gleichzeitig ekstatisch glücklich. Wir waren eins. Ciara und Morrigan waren eins.

Es gab keinen Widerstand, wie ich erwartet hatte.

Wir waren eine Energie, eine Emotion, eine Person, ein Schicksal.

Von dem Moment an, als Mog Ruith angefangen hatte, mir die Geschichte ins Ohr zu flüstern, war alles … geflossen. Und ich hatte mich mittreiben lassen.

»Alice, lass sie los«, befahl mir Mog Ruith.

Jetzt wusste ich, was er damit gemeint hatte, als er gesagt hatte, ich müsse sie freiwillig abgeben. Ich musste mich von dieser Energie trennen. Und das war Arbeit, es verursachte Schmerzen. Es war tatsächlich im besten Sinne des Wortes ein Willensakt.

Das Mädchen am Strand drehte sich zu mir um. Ihre Augen weiteten sich vor Entsetzen. Ich sah noch mehr in ihrem Blick. Enttäuschung, Zurückweisung, Angst. Die pure Angst. Als sie diesmal den Kopf in den Nacken legte, schrie sie auf. Ein markerschütternder Schmerzensschrei. So laut, dass er im weiten, grauen Himmelszelt widerhallte und ein Echo warf.

Ich riss die Augen auf und merkte, dass ich das Echo war. Ich schrie. Neben mir schrie Morrigan.

Mit einem Ruck setzte ich mich auf und schaute mich hektisch um. Es gab kein Tränenmeer, in dem unsere Insel untergehen würde. Wir waren auf unseren Pritschen, in der Gefängniszelle.

Ich keuchte und blickte zu den anderen rüber. Dylan hatte die Gitterstäbe umklammert, als wolle er sie herausreißen, um zu mir zu gelangen. Sein Gesichtsausdruck verriet mir, dass er Qualen ausstand.

»Alice, geht es dir gut?«, rief er.

Ich nickte nur und ließ mich erschöpft wieder auf die Pritsche sinken, wo ich liegen blieb, bis sich mein Atem wieder normalisiert hatte. Dann horchte ich in mich hinein.

Die Absenz von Ciaras Seele hinterließ eine Leere, die ich beinahe lokalisieren konnte. Wie Phantomschmerzen.

Aber es war eine Wohltat, nur ich zu sein.

Ich war nur noch Alice.

Ich war frei.

kapitel siebenundzwanzig
ciara

Der Horizont war einfach verschwunden. Aus grauem Himmel wurde graues Wasser. Bis ich begriffen hatte, dass das Wasser über meinem Kopf zusammengeschlagen war und ich sank, war es zu spät. Ich hatte keine Kraft mehr in meinen Gliedmaßen. Die Kälte hatte mich bis auf die Knochen betäubt. Aus Grau wurde Schwarz. Die Dunkelheit hatte mich einfach verschluckt. Aus Schwarz wurde Grün. Das Grün von Dylans Augen!

Da stand er, das Gesicht gegen die Gitterstäbe gepresst. Seine Stirn war gefurcht, Sorgenfalten umspielten seine geschwungenen Lippen. Und seine Augen ... so grün wie Moos, so grün wie die See, so grün wie die Hoffnung.

Ich war zu der Insel geschwommen, um zu Dylan zu gelangen. Die Frau mit den roten Haaren hatte es mir versprochen. Ich war untergegangen und war gefangen gewesen in der Dunkelheit. Aber jetzt war ich wieder aufgetaucht und ich war angekommen.

Ich war auf der Insel und ich war bei Dylan.

Ich wollte aufspringen und auf ihn zulaufen, als ich merkte, dass seine Augen nicht mich ansahen. Sein besorgter, liebevoller Blick galt dem Mädchen, das neben mir auf einer Art Feldbett lag und sich auch gerade aufgesetzt hatte.

Ein gewöhnliches Mädchen mit langweiligen braunen Haaren. Keine Schönheit. Wieso schaute er sie so an?

Alice. Das Mädchen war Alice.

Etwas drang an die Oberfläche meines Bewusstseins: Da war etwas gewesen, in der Dunkelheit, zwischen dem Untertauchen und dem Auftauchen. Es war ... nicht alles Dunkelheit ... nicht alles Meer und Wasser.

Da war ... ein anderes Leben, in dem ich manchmal zugegen gewesen war. Alices Leben. Ich hatte in den Spiegel geschaut und dieses Gesicht gesehen. Einmal war ich in einem Krankenhaus aufgewacht.

Ich hatte auf einer Brücke gestanden, eine Brücke mit einem weißen schmiedeisernen Geländer und Laternenbögen. Ich hatte Dylan geküsst.

Nein – Alice hatte Dylan geküsst.

Ich zog die Brauen zusammen und beobachtete, wie Alice aufstand und zu den Gitterstäben ging. Sie legte ihre Finger über Dylans und küsste ihn durch den Spalt. »Mir geht es gut«, sagte sie. »Es hat geklappt.«

Hass und Wut kamen in mir hoch wie ein Brechreiz. Ich ballte die Hände zu Fäusten.

Das durfte nicht sein! Dylan liebte mich.

Wie bei einem Déjà-vu begriff ich auf einmal, dass ich diesen Moment schon durchlebt und ihn verarbeitet hatte.

Irgendwie, irgendwann in dieser Dunkelheit hatte ich akzeptiert, dass Alice und Dylan einander liebten.

Ich hatte akzeptiert, dass mein Leben, meine Liebe Vergangenheit waren.

Ich hatte Alice nicht gehasst, sondern wir waren eins gewesen. Sie hatte mir geholfen. Gemeinsam hatten wir daran gearbeitet, dass ich befreit wurde von der dunklen Macht, die mich besitzen wollte, dass ich frei sein konnte, mein Leben, meine Liebe loslassen konnte und ewigen Frieden fand.

Dann hatte sie mich verraten.

Ich sah an mir herunter. Ich trug ein schneeweißes, langes Nachthemd. Mein schwarzes Haar war offen und anscheinend schon länger nicht mehr gekämmt worden. Ich hielt meine Hand an meine Wange, fuhr damit über meine Nase, meine Lippen.

Ich war ich.

Mein Körper, mein Geist, mein Leben, meine Liebe waren Gegenwart. Ich war aus der Dunkelheit wieder aufgetaucht. Und habe Dylan gefunden.

***

moRRIgan

Ich kam ganz langsam zu mir. Mein Herz pumpte diese menschliche Lebensenergie, die menschliche Essenz, in meine Adern und mein Körper füllte sich nach und nach damit. Ich konnte es spüren, wie warmer, flüssiger Sonnenschein, der mich von innen aufweckte. Es kribbelte bis in meine Zehen, bis in meine Fingerspitzen. Alle Nervenbahnen wurden reaktiviert und das Gefühl war so intensiv, dass ich einen Moment brauchte, um mich wieder daran zu gewöhnen.

Trotzdem verbot ich mir, zu große Erwartungen zu haben, wenn ich die Augen öffnete. Ich hatte über sechzig Jahre lang ohne menschliche Seele existiert – ohne Ciaras Seele – und konnte nicht annehmen, dass alles auf Anhieb so sein würde wie früher. Als ich es schließlich wagte, die Lider zu öffnen, hätte ich vor Freude einen Jubelschrei ausstoßen können. Obwohl ich mir bewusst war, dass wir in einem dreckigen, grauen Keller waren, war die visuelle Stimulation fast zu viel für meine Augen.

Ich sah wieder Farben.

Mir war vorher nicht aufgefallen, was für ein sattes, waldiges Grün Dylans Augen hatten, wie viele Blondschattierungen in seinem Haar zu finden waren. Das Laternenlicht zauberte Glanzpunkte auf sein Haupt, die wie Sandkörner im Sonnenlicht glitzerten. Überhaupt faszinierte mich die Komposition des Bildes auf der anderen Seite der Gitterstäbe, die sich wie ein symmetrisches Muster davorschoben. Der Druide mit seinem langen wallenden weißen Haar und Rauschebart, ein altes, in Leder gebundenes Buch in der Hand, aus dem er vorgelesen hatte. Jetzt stand er still wie eine Statue, an der jemand stunden-, tage-, wochenlang gearbeitet hatte, um die vielen kleinen Fältchen in sein uraltes Gesicht zu meißeln. Bridget in einem enganliegenden tannengrünen Ganzkörperanzug, das schwach wie Mondlicht leuchtende Schwert in der Hand. Ihre Gesichtszüge wirkten scharfkantig, jeder einzelne eine Kriegserklärung, ihre Augen dunkel wie die Nacht. Einzig die blonden Locken, die unter der Kopfbedeckung hervorlugten und sich verspielt kringelten, waren weich und weiblich, und bildeten einen interessanten Kontrast. Dylan vorne, zwischen den beiden anderen, die Finger so fest um die Stäbe gekrallt, dass die Knöchel weiß waren. Ich taufte das Bild Magier, Amazone und Adonis und riss mich davon los.

Meine Augen wanderten zu Alice neben mir, die im Vergleich zu den anderen blass und uninteressant wirkte, und dann zu mir. Mein Nachthemd war weiß, meine Locken schwarz, aber was für ein Weiß! Was für ein Schwarz! Ich hätte mich stundenlang an mir selber nicht sattsehen können und ich hatte noch nicht einmal einen Spiegel.

Ich zwang mich dazu, meine Augen wieder zu schließen, mich nicht diesem Sinnesrausch hinzugeben, auch wenn es so verlockend war. Es gab Wichtigeres zu bedenken.

Ich hatte es geschafft. Ich hatte erreicht, dass Alice mir Ciaras Seele zurückgab.

Ich würde nicht sterben müssen, mein Volk würde nicht sterben müssen.

Ich hatte uns mal wieder gerettet.

Wenn diese undankbaren Sidhe wüssten, was ich alles für sie tat.

Langsam hatte ich mich an die Seele gewöhnt, die wieder in mir wohnte. Ciara.

Aber etwas war anders als vorher.

Ich konnte es nicht ganz genau einordnen, was es war, das mich störte.

Etwas war … wacher? Lebendiger?

Aber wahrscheinlich musste ich mich erst wieder richtig an sie gewöhnen – und bald musste ich sie schon wieder abgeben.

Ich beschloss, dieses sonderbare, beunruhigende Gefühl zu ignorieren und mich auf das Wesentliche zu konzentrieren. Im Ausschalten von störenden Emotionen hatte ich jahrtausendelang Übung und auch die bevorstehenden Aufgaben würden mir keine Schwierigkeiten bereiten.

Schließlich war ich Morrigan, Phantomkönigin der Sidhe.

Keiner konnte es mit mir aufnehmen.

Ich machte die Augen wieder auf und mein Blick fiel auf Alice, die jetzt zu Dylan ging und ihn küsste.

Sie konnten es gerne versuchen – und dabei sterben.

kapitel achtundzwanzig
alice

Es war eine beachtliche Armee, die sich an der Küste Kerrys versammelt hatte. Ich staunte nicht schlecht über das, was Fionn in den letzten Wochen erreicht hatte. Trotz seiner Fehler konnte man nichts Nachteiliges über seine Fähigkeiten als Stratege und Heerführer sagen. Trotzdem hatte ich ein mulmiges Gefühl, als ich mich umsah und in die unzähligen hoffnungsvollen Gesichter blickte, die ich in eine siegreiche Schlacht führen sollte.

Tio fuhr einen der Panzer, die die Spitze der Armee bildeten. Colleen, Fionn, Dylan und ich fuhren bei ihm mit. Andere aus Fionns innerem Kreis besetzten die anderen Panzer. Darauf folgte der Rest der Anti-Royalisten, die sich auf Dairbhre versammelt hatten. Die meisten trugen die Schutzanzüge mit der speziellen Technologie, die uns Fionn gezeigt hatte und die wir auch anhatten. Der Rest trug die gewöhnliche Kampfmontur mit den Kettenhemden. Begleitet wurde die Armee von normalen Sidhe-Wagen unterschiedlicher Größen, in denen die Ausrüstung transportiert wurde. Wir wussten nicht, wann wir auf Maggies Armee stoßen würden – ob wir überhaupt auf eine Armee stoßen würden – aber sicherlich würde sie es uns nicht so einfach machen und uns entgegenkommen. Vielleicht hatten wir Glück und sie war schon länger unterwegs. Aber wenn sie schlau war, dann würde sie es uns überlassen, die langsame, kräftezehrende Reise auf uns zu nehmen, statt sie selber zu unternehmen.

Ich schaute von der hohen, grau-weiß gemaserten Klippe, auf der wir standen, zur Insel Dairbhre hinüber. Von hier aus sah sie so klein aus. Und doch hatte sie all diese Krieger beherbergt. Sie wirkte so idyllisch, sicher und autark. Ich beneidete Bridget, Morrigan und Mog Ruith, die noch dort waren. Bridget und Morrigan würden zur relativ kurzen Reise nach Tech Duinn aufbrechen, sobald die Armee losgezogen war. Mog Ruith würde mit dem Roth Ramach zu uns stoßen, sobald der Kampf begann, um uns mit all seiner Zauberkraft zu unterstützen.

Fionn gab ein Zeichen und es ging los. Die Panzer setzten sich in Bewegung. Ich drückte Dylans Hand und er lächelte mich ermutigend an. Er war nur wegen mir hier, wurde mir bewusst. Obwohl Mog Ruiths und Fionns Argumente für den Kampf nachvollziehbar waren – das Volk musste die Anti-Royalisten siegen sehen und es durfte keiner der Adligen auf die Idee kommen, einfach Morrigans Platz einzunehmen – wusste ich, dass er bis zum Ende für eine gewaltfreie Lösung plädiert hatte.

Colleen sah aus wie die Ruhe in Person. Sie sollte der Erlenschild sein und die Krieger schützen; an ihrer Stelle wäre ich sehr nervös gewesen, dieser Rolle gerecht zu werden. Aber sie hatte im Vorfeld schon gute Arbeit geleistet – meine Idee mit den Menschensklaven und Eisenwaffen war dagegen richtiggehend einfallslos. Zusammen mit ihrem Bruder Dean hatte sie den Pakt der Heiler in die Wege geleitet.

Eigentlich würden bei einer solchen Schlacht, wie sie Fionn vorschwebte und ich mir nicht richtig vorstellen konnte, Heiler aus dem ganzen Land auf die Rufe der Verletzten hin zum Schlachtfeld teleportieren. Massen an Verletzten würden ebenso Massen an Heilern bedeuten, die sich dann alle mitten im Kriegsgeschehen wiederfänden. Die Berufung der Heiler, so hatte es Dean erklärt, würde es ihnen nicht erlauben, tatenlos dabei zu stehen, wenn Sidhe verletzt würden. Sie würden heilen müssen. Das würde nicht nur das Leben der Heiler selber in Gefahr bringen – die Schlacht würde endlos weitergehen, weil alle, die kampfunfähig gemacht worden waren, bald wieder in den Kampf einsteigen könnten. Dean hatte alle verfügbaren Heiler im Land zu einer Notversammlung zusammengerufen und einen Pakt erreicht. Die Heiler würden in dieser bisher noch nie dagewesenen Situation tatsächlich nicht in den Kampf eingreifen, bis ein klarer Sieg erreicht war. Sie würden die Verletzten erst heilen, wenn der Kampf vorbei war. So gingen Kämpfende auf beiden Seiten das gleiche Risiko ein, bleibende Schäden davonzutragen. Dean hatte lange gebraucht, bis er die Heiler zu einer Ausnahmeregel überredet hatte. Am Ende hatte sie wohl überzeugt: Wer würde die Heiler heilen, denen im Krieg etwas zustieß?

Durch schlimme Verletzungen für ihre Berufung unfähig gemachte Heiler waren langfristig das größte Übel, weil sie nicht nur unfähig wären, in der Schlacht zu helfen, sondern lange danach den Hilferufen kranker Sidhe nicht nachkommen könnten. Ein Dominoeffekt würde entstehen, infolgedessen viele Sidhe unter lebenslangen Behinderungen würden leiden müssen. Und so hatten die Heiler beschlossen, sich aus der Schlacht herauszuhalten, bis sie vorbei war und hinterher, bei Waffenstillstand, all ihre Heilkünste einzusetzen.

Außerdem hatte Colleen Rosie mit an die Front bringen lassen. Das Mädchen war gefesselt und wurde in einem der Wagen transportiert, die uns folgten. Ich wusste zwar nicht, wie genau Colleen Rosie gegen Maggie einsetzen wollte – Colleen war sich wohl selber noch nicht ganz sicher –, aber ich vertraute voll und ganz auf die Intuition meiner Freundin.

Die kleine Fee hatte ihre langen, weißblonden Haare zu einer am Kopf anliegenden Flechtfrisur hochgesteckt und sah selbst in dem imposanten Kampfanzug noch klein und zierlich aus. Trotzdem legte ich mein Leben lieber in ihre Hände, als mich auf einen der großen, muskulösen Krieger zu verlassen. Andererseits – Fionn an meiner Seite zu haben, machte mich auch nicht ganz unglücklich. Ehrlich gesagt konnte ich gar nicht genau abschätzen, in welcher Gefahr ich mich persönlich befand. In einen Krieg zu ziehen, kam mir so unwirklich vor. Und Sidhe durften Menschen auch gar nicht umbringen. Aber ich hatte mittlerweile oft genug erlebt, wie sie mit Unfällen nachgeholfen hatten, wenn ihnen jemand im Weg war. Würde mich bei dieser Schlacht auch so ein Unfall zur Strecke bringen oder gar tödlich verletzen? Auch mich durften die Heiler nicht behandeln, sollte mir etwas zustoßen, denn für die am Kampf teilnehmenden Menschen galten natürlich dieselben Regeln. Am besten, ich dachte gar nicht daran.

Vielleicht gab es gar keine gegnerische Armee, wagte ich zu träumen. Vielleicht spazierten wir direkt in Morrigans Palast, ohne dass uns jemand aufhielt. Nahmen Maggie und andere mächtige Sidhe, die auf ihrer Seite standen, gefangen, trommelten die Adligen ohne Schwierigkeiten zusammen und sperrten sie ein. Dann würde alles ohne Blutvergießen ablaufen. Als ich Dylan ins Gesicht sah, wusste ich, dass er dasselbe hoffte.

Je weiter wir die Küste hinauf reisten, desto mehr beschäftigte mich ein anderes Problem: unser schleichendes Vorankommen. Als die erste Nacht hereinbrach und wir unser Nachtlager aufschlugen, sahen wir immer noch die Dingle-Halbinsel zu unserer Rechten. Am Tag darauf ging es genauso langsam weiter. Natürlich dauerte es, bis all die Sidhe, von denen die meisten schließlich zu Fuß gingen, geschlossen vorankamen. Die Mehrzahl bestand aus ausgebildeten Kriegern, für die Marschieren kein Problem war. Allerdings hatten sich uns weitere Sidhe angeschlossen und zusätzlich waren auch weitere entlaufene Menschensklaven zu uns gestoßen. Damit hatte keiner gerechnet. Wir hatten gehofft, die rehabilitierten Sklaven aus den Flüchtlingslagern könnten uns helfen. Von denen gab es nicht viele, denn Menschen, die in die Anderswelt entführt wurden, mussten erst willenlos gemacht werden, bis sie sich als Sklaven eigneten. Folglich kamen sie nicht auf die Idee, ihren adligen Herrschaften davonzurennen. Anscheinend hatte sich jedoch herumgesprochen, selbst unter den durch Gehirnwäsche willenlos gemachten Menschensklaven, was in der Anderswelt vor sich ging. So viele von ihnen hatten nie Kraft und Willen dazu aufgebracht, zu flüchten. Doch jetzt verließen sie die Häuser der Adligen, um sich uns anzuschließen, als ob die Aussicht, sich an Adligen zu rächen, sie dazu bewegt hatte, ihre letzten Kraft- und Willensreserven zusammenzusuchen.

Das Problem war, dass viele von ihnen unterernährt und schwach waren. Sie verlangsamten unser Vorwärtskommen noch mehr – obwohl die meisten in Ausrüstungswagen mitgenommen wurden. Meine Frustration wuchs, je dämmeriger es wurde. Fast wünschte ich mir, dass ich den Einfall, Menschensklaven mit in den Kampf einzubeziehen, nie gehabt hätte.

Meine Meinung dazu änderte sich aber, als ich drei Nächte später im County Clare einen von ihnen persönlich kennenlernte. Auf der flachen Ebene – Clare kommt von dem irischen Wort Chlair, was so viel wie Brett heißt – wehte ein heftiger Wind, aber wir schlugen unser Lager im Schutze einer sich windenden Steinmauer auf den sich anscheinend endlos erstreckenden, winterlich braunen Wiesen auf. Ich hatte mittlerweile erfahren, dass die rehabilitierten Menschensklaven aus Higgins' Lager sich um die anderen Menschen kümmerten und sie mit Decken und Nahrung versorgten. Die Menschen hielten anscheinend zusammen und die Gruppe kampierte irgendwo weiter weg von uns. Aber einige von ihnen geisterten im Lager herum. Einem Mann, der aussah wie fünfzig, in Wirklichkeit aber wahrscheinlich keine dreißig war, gab ich an diesem Abend fast drei Viertel meiner Essensration. Ich hatte sie gerade von einem der Wagen abgeholt und war damit zurück auf dem Weg dem Lagerfeuer neben unserem Zelt, wo Dylan auf mich wartete. Mit seinem ausgemergelten Gesicht und dem skelettartigen Körper erinnerte mich der Menschensklave an die Bilder von KZ-Häftlingen. Er hatte nur noch vereinzelte Büschel Haare auf dem Kopf. Ich hätte gerne gewusst, was für eine Arbeit er für die Sidhe verrichtet hatte, aber er redete nicht, als ich ihm sagte, wo er sich Wasser und noch mehr zu essen abholen konnte. Er sah mich einfach nur an, aus hungrigen Augen, die zu groß für sein ungewaschenes Gesicht erschienen. Ich schüttelte den Kopf und flüsterte auf Englisch, und mehr zu mir selber, als zu ihm:

»Woher hast du bloß die Kraft genommen, dich uns anzuschließen?«
Ich war schon am Weitergehen, als er hinter meinem Rücken antwortete: »Die Menschenwelt hat uns nicht vergessen. Sie verschließt nicht länger die Augen vor der Sidhewelt und tut so, als ob wir nicht existieren. Du bist gekommen, um uns zu retten.«

Als ich mich umdrehte, war der Mann schon weg. Ich hatte mich getäuscht. Es war nicht der Gedanke an Rache, der diese geistig und körperlich versklavten Menschen dazu veranlasste, sich gegen ihr Schicksal zu erheben, sondern die falsche Annahme, die Menschenwelt hätte mich gesandt, um ihnen zu helfen. Mit schlechtem Gewissen dachte ich daran, wie meine Zusage, an diesem Feldzug überhaupt teilzunehmen und ihn mit Fionn anzuführen, zustande gekommen war und wie weit entfernt von der Wahrheit die Annahme der Menschensklaven war, die ihnen jetzt so viel Hoffnung gab. Doch dann beschloss ich, dass mein schlechtes Gewissen nichts zur Sache tat. Zwar war mir schleierhaft, wie dieser Mann die Kraft dazu aufbringen würde, ein Eisenschwert in der Hand zu halten, aber ich war froh, dass er dabei war. Er erinnerte mich daran, was für gute Gründe es gab, gegen Morrigans Regime zu kämpfen. Zwar hatte ich die Wahrheit gesagt, als ich Morrigan versicherte, dass ich keine Königin sein wollte. Dafür kämpfte ich nicht. Und ich hätte es wie Dylan bevorzugt, wenn sich die Dinge in der Anderswelt ohne diesen Krieg geändert hätten.

Morrigan behauptete, es gäbe keinen Mittelweg, doch ich beschloss an einen zu glauben. Die Anti-Royalisten würden ihr Regime stürzen und Menschen müssten nicht mehr unter den Sidhe leiden. Dafür würde ich kämpfen. Dafür hatte ich Ciaras Seele aufs Spiel gesetzt, hatte riskiert, sie zu opfern. Jetzt würde ich alles dafür tun, dass dieses Risiko nicht umsonst gewesen war. Sie war zwar nicht mehr Teil von mir, aber ich fühlte immer noch Verantwortung für Ciara. Vergessen konnte ich sie nicht – da, wo ihre Seele gewesen war, war so etwas wie eine Wunde, die nur langsam vernarben und mich immer an sie erinnern würde.

Am Lagerfeuer angekommen, erzählte ich Dylan von dem Menschensklaven und von meinem neuen Vorsatz. Er gab mir natürlich die Hälfte seiner eigenen Essensration ab, damit ich nicht hungrig schlafen gehen musste. Was ich nicht laut aussprach, war meine Sorge, ob wir bei diesem Tempo bis zu meinem Geburtstag überhaupt Connemara erreicht hatten, wenn wir so weit marschieren mussten. In Gedanken stellte ich mir die Route vor, die noch vor uns lag. Nachdem wir an Galway vorbeigezogen waren, würden wir gen Nordwesten weitermarschieren. Von Galway aus wäre es bestimmt noch ein ganzer Tagesmarsch bis zu Morrigans Palast – mir wurde bewusst, dass wir es nicht bis Imbolc schaffen würden, wenn uns Maggie nicht entgegenkam. Mir wurde ganz heiß – und es lag nicht an der Hitze des Lagerfeuers, in das ich starrte.

Jetzt blieb mir nichts anderes übrig, als auf einen Krieg zu hoffen. Sonst würde die Zeit nicht reichen, Ciaras Seele zu retten.

kapitel neunundzwanzig
alice

Meine Sorge war mehr als berechtigt, wie sich herausstellte. Es schlossen sich uns immer mehr Sidhe und Menschen an, womit unsere Armee immer größer wurde, unser Vorankommen aber verlangsamte.

Am Morgen des 31. Januar wäre ich fast in ein erleichterndes Jubelgeschrei ausgebrochen, als uns im Süden Connemaras – Lettershinna nannte man diese Gegend – Maggies Armee entgegenkam.

Unsere Panzer an der Spitze der Armee hatten gerade den Gipfel eines Hügels erreicht, als Fionn den Befehl gab, anzuhalten. Fionn, auf dem Panzer neben uns, deutete in die Ferne. Jetzt bemerkten auch Colleen und Dylan, die mit mir auf Tios Panzer standen, die Gestalt auf einem Hügel in der Ferne. Ich hörte, wie beide scharf die Luft einsogen, während ich meine Augen nicht von Maggie abwandte. Ihr rotes Haar flatterte im Wind, sonst hätte ich sie gar nicht erkannt, so weit weg war sie. Zwischen unseren beiden Hügeln erstreckte sich ein weites, kahles Tal. Es bot sich geradezu als Schlachtfeld an.

Jetzt gesellten sich ein paar weitere Gestalten zu Maggie auf die Spitze des Hügels. Genauso wenig, wie wir sehen konnten, was für eine Armee sich hinter dem Hügel verbarg, konnte auch Maggie nicht ausmachen, wie zahlreich wir waren und mit welchen Waffen wir gewappnet waren. Ich fragte mich, was sie von unseren sonderbaren Panzern hielt. Sie selber thronte gleich einer alt-keltischen Kriegerin in ihrer Rüstung auf dem Rücken eines Pferdes. Die Sidhe, die sie begleiteten, waren ebenfalls zu Pferde und trugen ähnliche, rotgold glänzende Rüstungen, Schwerter und Schilder. Unsere Ausrüstung kam mir auf jeden Fall jetzt schon moderner vor.

Gleich würde ich die bittere Erfahrung machen müssen, dass moderner nicht immer besser war.

Als wenn sich die Armee-Führer abgesprochen hatten, zogen wir uns im gleichen Moment hinter unsere Hügel zurück. Fionn besprach mit seinen vertrautesten Krieger die Taktik und sandte sie aus, damit sie die riesige Armee informierten und die Waffen verteilen ließen.

Nervös schaute ich mich um. Wo blieb Mog Ruith? Er hätte mit seinem Roth Ramach längst hier sein sollen. Von oben hätte er einen guten Blick auf den Feind gehabt und wir hätten gewusst, was uns erwartete. Aber der alte Druide zeigte sich nicht.

Glücklicherweise hatten wir Colleen. Mit geschlossenen Augen versuchte sie auszumachen, wer und wie viele sich hinter dem gegenüberliegenden Hügel verbargen.

»Sie sind so weit weg«, sagte sie schließlich frustriert. »Es kommt mir wie ein weit entferntes Gemurmel vor. Aber ich glaube, es sind tatsächlich Adlige.« Das war eine gute Nachricht und Fionn sah erleichtert aus. Die Adligen waren alt und hatten Jahrtausende auf der faulen Haut gelegen. Rein kampftechnisch waren wir ihnen überlegen. »Ich habe nicht das Gefühl, dass sie besonders motiviert sind«, fuhr Colleen fort, »sonst würde ich sie deutlicher spüren.« Noch besser. Wahrscheinlich waren sie von Maggie dazu gezwungen worden, am Kampf teilzunehmen.

Colleen runzelte die Stirn.

»Aber etwas anderes kommt immer näher. Es sind Sidhe, eine Menge Sidhe. Nicht die Adligen. Ich kenne die Gedankensignatur. Ich komme nur nicht drauf … Aber es wird immer deutlicher. Sie haben nur ein Bedürfnis. Im Namen der Königin zu kämpfen …«

Colleen riss die Augen auf. »Die Leibgarde.«

Das war übel. Schnell erklärte Colleen Fionn, der unsere entsetzten Gesichter bemerkt hatte, über die Leibgarde auf.

»Sie sind schnell wie der Blitz und wenn sie einen anfassen, ist man wie betäubt und kann sich nicht mehr rühren. Sie können sich optisch verdoppeln, was unsere Krieger verwirren wird.«

Ich hatte die Leibgarde in Morrigans Palast graue Männer genannt, nicht nur, weil sie alle die gleichen grauen Mäntel trugen, sondern auch irgendwie sonst grau wirkten, abgesehen von ihren schwarzen Häuptern. Man hatte den Eindruck, sie alle hätten die gleichen Gesichtszüge – Gesichter, die man leicht wieder vergaß. Jeder hatte die Haare zur gleichen schwarzen Kurzhaarfrisur geschnitten. Sie waren unheimlich.

»Nur«, sagte Colleen jetzt und wurde blass, »sind es nicht ein Dutzend wie im Palast, sondern viel mehr. Hundert vielleicht. Sie sind schon unten im Tal.«

Fionn verlor keine Zeit. Schnell bellte er Befehle in alle Richtungen und die Armee machte sich bereit.

Ich hingegen stand da wie gelähmt. Was würde jetzt geschehen? Was sollte ich tun? Jemand drückte mir einen Degen aus Eisen in die Hand. Verwirrt schaute ich Dylan an. Ich hatte überhaupt keine Ahnung, was ich machen sollte, aber er sah genauso hilflos aus. Unsere Blicke trafen sich. Er gab mir einen festen Kuss auf den Mund und zog mich auf Tios Panzer.

Auf Fionns Kampfschrei hin rasten wir den Hügel wieder hoch und die Krieger stürmten hinterher. Tio fuhr volle Fahrt voraus – und blieb auf dem Gipfel abrupt wieder stehen.

Überall im Tal brannten Feuer. Man konnte den gegenüberliegenden Hügel, auf dem Maggie gestanden hatte, schon gar nicht mehr sehen, so viel Rauch produzierten sie.

Unvermittelt tauchte Mog Ruith auf seinem Roth Ramach über uns auf. Ich wäre beinahe vom Panzer gefallen, wenn Dylan mich nicht festgehalten hätte. »Feuer aus Ebereschenholz«, rief er zu uns herunter. »Druidische Kampfmagie.« Ich konnte nicht hören, was er danach sagte, denn ein plötzlicher starker Wind kam auf, gegen den wohl auch das Roth Ramach nicht ankam. Mog Ruiths Luftgefährt trieb von uns weg. Gleichzeitig wehte dieser Wind den Rauch in unsere Richtung.

Fionn stand vor der Entscheidung, vorwärts zu marschieren oder den Rückzug anzuordnen. Es war uns gesagt worden, dass Mog Ruith so zauberkundig war, dass er gegen Maggie ankam. Ich nahm daher an, dass Fionn sich darauf verließ, als er den Befehl gab, sich nicht von Rauch und Wind beirren zu lassen. Wie ich hoffte er wohl darauf, dass sich dieses Problem schnell in Luft auflösen würde.

Im schnellen Tempo ging es den Berg runter, mitten in den grauen Rauch hinein. Man konnte überhaupt nichts sehen und der Rauch brannte sofort in den Augen. Ich fing unweigerlich an zu husten. Maggies Taktik schien mir so offensichtlich, dass ich mich wunderte, wieso es keiner vorausgesehen hatte. Vielleicht war es zu einfach und vorhersehbar. Die Túatha Dé Danann hatten ihre Invasion Irlands mithilfe der magischen fíth-fáth-Wolken gewonnen, die drei Tage lang die Sonne mit Dunkelheit bedeckt hatten und in deren Schutze sie unbemerkt von den Fir Bolg in Irland landen konnten. Jetzt hatte Maggie Ebereschen, welche sie hatte abholzen lassen, dafür benutzt, einen grauen Rauch zu erzeugen, in dem wir unseren Feind nicht sehen konnten.

Dylan sagte mir ins Ohr. »Ich teleportiere zu der Gruppe Krieger, mit denen ich heute Morgen Energie-Magie geübt habe. Vielleicht können wir zumindest etwas gegen den Wind unternehmen, der den Rauch in unsere Richtung bläst. Sie haben den gleichen Gedanken und rufen mich.«

Ich wollte nicht, dass er mich allein ließ, aber ich nickte tapfer. »Ich liebe dich«, sagte ich nur.

Dylan legte die Hand, mit der ich mich an ihm festgehalten hatte, auf Colleens Schulter. »Wir sehen uns wieder, das hier ist kein Abschied«, sagte er und verschwand. Ich musste mir auf die Zunge beißen, um nicht vor Angst zu schreien. Ich ließ meinen Tränen freien Lauf – meine Augen tränten sowieso schon vom beißenden Rauch. Mittlerweile mussten wir das Tal erreicht haben, denn ich konnte den Schein der Feuer im grauen Rauchnebel ausmachen.

»Colleen«, rief ich laut, obwohl sie direkt neben mir war. »Wo sind sie alle?« Für mich würde es unmöglich sein, die grauen Männer im grauen Rauch zu entdecken, aber Colleen konnte zumindest ihre Anwesenheit spüren.

Das Feenmädchen schüttelte den Kopf. Jetzt erst merkte ich, wie sehr sie zitterte. »Sie sind überall.« Ihre helle Stimme überschlug sich fast. »Ich weiß nicht, was ich machen ...«

Ein lauter Knall folgte einem weiteren. Dann kam noch einer, diesmal näher. Bei einem der Feuer rechts von uns brannte es auf einmal heller. Da verstand ich, dass es Explosionen waren, die wir hörten. Sie schienen irgendwas mit den Feuern zu tun zu haben. Ich hoffte, dass Tio in der Fahrkabine des Panzers verstand, dass er die Feuer meiden sollte. Gerade wollte ich das Colleen sagen, als ein ohrenbetäubender Knall ertönte. Ich wurde in die Luft geschleudert. Es ging so schnell, dass ich noch nicht mal schreien konnte. Unsanft kam ich auf dem Boden auf. Für einen Moment blieb mir die Luft im Halse stecken. Ich bewegte mich nicht, aus Angst, dass jeder Knochen in meinem Körper gebrochen war. Ich wartete darauf, dass mein Körper die Schmerzsignale empfing. Aber nichts passierte. Vorsichtig rührte ich mich.

Ich war noch ganz. Langsam begriff ich, dass ich mich überhaupt nicht verletzt hatte. Fionns Kampfanzug hatte mir tatsächlich das Leben gerettet. Aber die Frage war, wie lange ich am Leben bleiben würde. Der Eisendegen war mir aus der Hand geflogen und der Rauch war immer noch so dicht, dass ich nichts um mich herum sehen konnte. Ich kroch auf allen vieren vorwärts und taste mit den Händen um mich herum, in der Hoffnung, etwas Nützliches zu fassen zu bekommen. Irgendeine Waffe. Ich stand Todesängste aus, dass mich gleich einer der grauen Männer schnappen würde.

Mittlerweile hatte sich der Wind, der den Rauch vorantrieb, geändert. Statt in eine Richtung zu wehen, drehte er sich jetzt ständig und es entstanden Wirbel von Rauchnebel. Vielleicht war es das Resultat des magischen Kampfes zwischen Dylan und Maggie. Für mich machte das alles gerade noch schlimmer, weil ich nicht mal wusste, in welche Richtung ich kroch. Ich glaubte, in den Wirbeln von Rauch die Gestalten der grauen Männer zu sehen, die sich dann aber wieder auflösten, gerade, als mir das Herz vor Angst stehen zu bleiben drohte.

Ich rief nach Colleen. Nach Tio. Nach Fionn. Niemand antwortete mir. Hätte es nicht noch mehr Knalle und Explosionen gegeben – diesmal weiter weg – wäre ich mir so vorgekommen, als ob ich ganz allein in dieser Rauchsuppe umhertappte. Wo waren alle? Ich spürte eine Hand auf meiner Schulter und stieß einen spitzen Schrei aus.

»Ich bin es«, rief Colleen. »Ich habe dich gefunden.« Erleichtert klammerte ich mich an das kleine Feenmädchen.

»Komm, wir müssen weiter, Tio finden«, sagte sie und zog mich mit sich, »ich kann spüren, dass er mich braucht.«

Ich ließ mich einfach von Colleen ziehen, froh, ihr die Entscheidung zu überlassen, wo es langging. Sie würde graue Männer oder andere Feinde spüren und bei ihr war ich sicher. Selbst der Rauch machte mir nicht mehr so viel aus. Es war, als ob meine Lungen sich daran gewöhnt hätten. Er brannte nicht mehr so. Vielleicht lag es daran, dass es magischer Rauch war. Oder Mog Ruith tat etwas dagegen. Hoffnung und Erleichterung machten sich in mir breit.

Sie hielten nicht lange an, als Colleen verzweifelt aufschrie und nach vorne stürzte. Ich musste aufpassen, sie nicht zu verlieren.

»Nein, nein, nein«, schluchzte sie. Erst jetzt merkte ich, dass das Etwas, neben dem sie kniete, ein jemand war. Tio. Ein Windstrudel kam und der Rauch um uns lichtete sich etwas. Ich sah, dass um uns herum Wrackteile eines Panzers lagen. Unseres Panzers.

Ein Wrackteil hatte sich in Tios Rücken gebohrt. Durch den Anzug, der sich vom vielen Blut dunkel gefärbt hatte. Tios Gesicht war schmerzverzerrt.

Ich kniete mich an Tios andere Seite. Colleen war viel zu erschüttert, um klar denken zu können. Gerade hatte mich meine Freundin gerettet. Jetzt musste ich mich zusammenreißen, um ihr und Tio zu helfen.

»Du musst Dean rufen«, sagte ich zu Tio.

»Er kann nicht …«, brachte Tio kaum heraus. »Pakt.«

Ich sah Colleens gequälten Gesichtsausdruck. »Egal. Ruft ihn. Ruft ihn beide«, sagte ich mit Nachdruck. Sidhe konnten vielleicht nicht sterben, aber was für Qualen würde Tio erleiden müssen, was für Langzeitfolgen würde diese Verletzung haben? Das Wrackteil spießte ihn praktisch auf und steckte gefährlich nah bei seiner Wirbelsäule. Ich verstand nicht viel von Medizin, aber ich wusste, ich fühlte, dass Tio geholfen werden musste, weil es zu spät sein würde, wenn wir warteten, bis die Heiler wieder heilten.

»Ich rufe ihn, ich rufe ihn um Hilfe«, weinte Colleen.

Ich hatte kein Zeitgefühl und ich konnte nicht sagen, wie lange wir dort in dem gespenstischen Rauch ausharrten, Colleen, Tio und ich, und auf Dean warteten. Es kam mir wie eine Ewigkeit vor.

Tio schwand das Bewusstsein.

Colleen schluchzte leise.

Ich sah mich immer wieder panisch um, aus Angst, der Feind würde uns hier entdecken.

Dean kam nicht.

kapitel dreissig
morrigan

Ich betrachtete das Mädchen Bridget aus dem Augenwinkel. Zielstrebig marschierte sie neben mir her, immer eine Hand auf dem Knauf des Lichtschwerts, welches sie an der Hüfte trug. Das Schwert des Nuada war recht klein und anscheinend auch nicht besonders schwer. Trotzdem hatte ich große Ehrfurcht davor.

Wenn ich mir das Mädchen so ansah, dann bezweifelte ich, dass sie das Schwert überhaupt einsetzen würde. Alice – Alice hätte ich es zugetraut. Tötete sie mich mit dem Schwert, ginge ich für immer nach Tír na nÓg und Ciara gleich mit mir. Eine Win-win-Situation für das lästige Menschenmädchen. Aber diese Bridget … Alles an ihr schrie danach, Badb zu töten. Jeder Muskel in ihrem Körper war darauf vorbereitet. Dafür brauchte sie mich.

Mal ganz davon abgesehen gab es andere Möglichkeiten, mich ihr zu widersetzen, Schwert hin oder her. Der Weg von Dairbhre bis Tech Duinn, welcher uns einmal quer über den südwestlichsten Zipfel des Landes führte, dauerte keine zwei Tagesmärsche und ich hatte den ganzen gestrigen Tag damit verbracht, hin und her zu überlegen, ob ich Magie einsetzen sollte. Angeblich sollte dieser lächerliche grüne Anzug sie davor schützen. Ich war gewarnt worden. Zu gerne hätte ich es mal ausprobiert, um zu wissen, ob Mog

Ruith mich tatsächlich mit seiner Magie aufhalten konnte. In der Nacht, als auch Bridget schlief, wäre das doch zu einfach gewesen. Vielleicht hätte ich ihr das Schwert sogar entwenden können. Aber ich ließ es bleiben.

Ich würde brav bei dem Plan mitmachen, den Alice und ihre Freundin ausgeheckt hatten. Alice hatte mir damit unwissentlich eine Chance auf dem Tablett präsentiert, wieder gutzumachen, was vor über 300 Jahren fast mein Untergang gewesen wäre – und der meines Volkes. Die einzige Frage war, ob der Plan erfolgreich sein würde und es sich lohnte, kostbare Zeit dafür zu verschwenden. Ich hatte beschlossen, dass ich das Risiko eingehen würde.

Es stand geschrieben, dass meine Zeit in wenigen Tagen vorbei sein würde. Bislang hatte es so ausgesehen, als ob ich es nicht schaffen würde, Ciaras Seele rechtzeitig in Tír na nÓg abzugeben, nachdem Dylan sich damals bei Ciaras Tod eingemischt hatte – Dylan! Warum konnte ich nicht aufhören, an ihn zu denken? Eigentlich müsste ich ihn hassen. Ich hatte gedacht, es müsste mir nur gelingen, die Seele von Alice zurückzubekommen und solange ich sie vor dem 1. Februar abgab, könnte ich die Katastrophe verhindern. Jetzt, wo ich Ciara wiederhatte, glaubte ich, dass es nicht so einfach war. Vielleicht würde meine Zeit tatsächlich zu Ende gehen, auch wenn ich Ciara menschliche Essenz jetzt zurückgab. Tötete ich Badb und brachte damit das Ungleichgewicht, in das sie damals nach Aughrim das Schicksal und die Welt gebracht hatte, wieder in Ordnung, würden die Götter mir gegenüber sicherlich sehr versöhnlich gestimmt sein. Diese Heldentat wäre ein Verdienst, das mich und mein Volk retten könnte.

Ich hatte in meinem langen Leben schon viele wichtige Aufgaben gemeistert. Ich hatte mich öfter für mein Volk geopfert, als es jemals erfahren würde. Und die Sidhe dankten es mir, indem sie sich jetzt gegen mich erhoben. Sie schrien nach Selbstbestimmung wie kleine Kinder, die Süßes wollten. Pff! Als ob es mir Spaß machen würde, sie zu regieren. Als ob ich mir insgeheim die Hände reiben würde, wenn ich ihnen vorschrieb, etwas zu tun, was sie vielleicht nicht tun wollten. Ich musste einen Überblick über das gesamte

Geschehen in der Anderswelt haben und dafür sorgen, dass das Gefüge funktionierte. Ich hatte eine geordnete Gesellschaft geschaffen, in der es allen gutging und alle genug hatten, ohne dass sich Einzelne um etwas streiten mussten. Aber das war ja anscheinend nicht genug.

Das gesamte Volk wäre doch längst untergegangen, wenn ich in den letzten paar Jahrtausenden auf Selbstbestimmung beharrt hätte. Ich hätte meine Magie und meine Macht genauso missbrauchen können wie Badb. Die Ironie war, dass mein Volk all das nie erfahren würde, weil ich das Geheimnis meiner Macht für mich behalten musste.

Das hier war jetzt vielleicht die wichtigste Aufgabe in meinem Leben.

Eigentlich hätte ich so fokussiert sein müssen wie Bridget. Fokussierter noch. Mein Leben, der Fortbestand meines Volkes hing davon ab, dass ich meine Aufgabe meisterte. Aber meine Gedanken schweiften immer wieder ab. Meine Füße trugen mich nur widerwillig in Richtung Süden. Am liebsten wäre ich umgedreht und den anderen nachgerannt. Dylan nachgerannt.

Ich schüttelte mich. Bridget sah mich komisch von der Seite an.

Hatte meine Unkonzentriertheit ihre Ursache darin, dass ich so lange ohne Menschenseele gelebt hatte? Hatte ich Schwierigkeiten, mich wieder daran zu gewöhnen? Sicher waren diese Gefühle für Dylan jene von Ciara. Sie sollte, durfte nicht solche Kontrolle über mich haben. Ich erlaubte es nicht.

Ich stand darüber, Dylan zu hassen, für den dicken fetten Strich, den er mir 1951 durch die Rechnung gemacht hatte. Dylan war unwichtig. Höchstens als Spielzeug eignete er sich. Aber seine süßen Grübchen, sein unwiderstehliches schiefes Lächeln wollten mir einfach nicht aus dem Kopf gehen. Der Gedanke, ihn auf seine weichen, sanft geschwungenen Lippen zu küssen, beschäftigte mich so sehr, dass mir fast entgangen war, als wir an der Küste vor Tech Duinn angekommen waren. Bridget hatte während der gesamten Reise kaum ein Wort zu mir gesagt und ihre Stimme riss mich aus den Gedanken.

Als ich den Mann sah, begriff ich, dass sie nicht mit mir redete.
»Ich hatte gehofft, dich hier anzutreffen.« Eiskalte Blitze schossen aus ihren Augen.

Interessiert schaute ich den Sidhe an. Er hatte schlohweißes Haar, blasse Haut und sah auch sonst ... irgendwie krank aus. Untypisch für einen Sidhe. Hätte ich nicht durch seinen Gestaltenzauber hindurchgesehen, der seine Sidhe-Züge menschlich machte, hätte ich ihn fast für einen Menschensklaven gehalten.

Er lachte bitter, als er meinen Blick bemerkte. »Ihr wisst noch nicht einmal, wer ich bin, stimmt's, Eure Hoheit?« Seine Stimme triefte vor Sarkasmus, aber er konnte damit nicht verstecken, wie verletzt er war.

»Sollte ich dich kennen?«, spielte ich mit.

»Du hast mich glauben lassen, dass ich dafür belohnt werde, wenn ich für dich meine Berufung verrate und meine Ehre aufs Spiel setze. Jahrelang habe ich alles getan, was du von mir verlangt hast, um deine Gunst zu verdienen. Als du bekommen hast, was du wolltest, hast du mich fallen lassen.«

»Ich kann mich nicht erinnern, dich je um einen Gefallen gebeten zu haben.«

Er wurde noch blasser, wenn das überhaupt möglich war.

»Ich war der Garda, der Alice an Maggie ausgeliefert hat«, versuchte er hochnäsig zu klingen. »Padraig O'Cadhla in der Menschenwelt.«

Ich zuckte betont gleichgültig mit den Schultern. »Ich habe noch nie von dir gehört.«

Es war die Wahrheit – Maggie kümmerte sich um solche menschenweltlichen Angelegenheiten und belästigte mich damit nicht. Als Garda konnte er gut unterscheiden, ob jemand log oder nicht. Selbst seine Königin konnte er durchschauen, wenn sie es ihm erlaubte.

Er tat alles, um den Ausdruck der Verletztheit in seinen grünen Augen zu verbergen. Ich sah es natürlich trotzdem. Es verschaffte mir Genugtuung. Nach diesen ganzen verwirrenden, mir gar nicht ähnlich sehenden Gedanken um Dylan, hielt ich an dem Überlegenheitsgefühl fest wie an einem Anker. Ich war Morrigan. Ich stand über den gewöhnlichen Sidhe, wie Dylan und diesem Garda, und würde es sie auch nicht vergessen lassen.

»Padraig hat Badb seine Dienste angeboten, nachdem du ihn hast fallen lassen wie eine heiße Kartoffel«, äußerte sich Bridget spöttisch dazu.

»Na, damit hast du es mir aber gezeigt.« Ich lächelte ihn liebenswürdig an.

Er wurde abwechselnd blass und rot im Gesicht. Verzweifelt wandte er sich Bridget zu.

»Du hast aber nicht so abschätzig über mich geredet, als du wegen mir deine Eltern beerdigen musstest.«

Eine Sekunde lang schwiegen beide und sahen sich an. Eigentlich hätte der Garda bemerken müssen, was Bridget im Begriff war zu tun. Ich fühlte, wie sich ihre Muskeln anspannten, und wusste, es würde passieren. Aber entweder hätte er es dem Mädchen noch weniger zugetraut als ich oder er war immer noch davon abgelenkt, uns seine Überlegenheit beweisen zu müssen.

Bridget zog das Lichtschwert aus der Scheide und schlug mit einer einzigen, schnellen und eleganten Bewegung dem Garda den Kopf ab. Wie ein Messer durch warme Butter glitt es widerstandslos durch Haut und Halswirbel. Der Kopf plumpste auf den Boden und rollte über die Klippe. Der Körper des Garda leuchtete auf, so als ob das Schwert ihn mit Licht gefüllt hätte. Dann sackte er in sich zusammen und zerkrümelte knisternd zu einem Haufen schwarzer Asche.

Das Ganze ging so schnell, dass auch Bridget sichtlich überrascht war – die einzige Emotion, die ich, abgesehen von dem Hass, den sie dem Garda entgegengebracht hatte, seit Beginn unserer Reise in ihrem Gesicht gesehen hatte. Überraschung wandelte sich in Entsetzen. Klar – das Mädchen hatte bestimmt noch nie zuvor jemanden getötet. Rachefantasien waren eine Sache. Deren Umsetzung in der Realität etwas ganz anderes.

»Reiß dich zusammen«, herrschte ich sie an. »Moralische Bedenken kannst du dir für später aufsparen. Ich brauche jetzt die Bridget, die gerade so zielstrebig und entschlossen nach Tech Duinn marschiert ist und diesem Clown den Kopf abgeschlagen hat. Morgen kannst du gerne zu deinem heulsusigen Menschenmädchenselbst zurückkehren. Aber nicht jetzt. Sag mir nicht, dass du deine Entschlossenheit an ihn hier verschwendet hast. Wir brauchen sie noch für Badb. Badb ist wichtiger. Wir sind noch nicht fertig.«

Ich war motivierter denn je. Denn nun hatte ich guten Grund, anzunehmen, dass es Bridget tatsächlich gelingen würde, Badb zu töten. Selbst wenn sie nicht so einfach umzubringen war wie der Garda, so schien das Schwert sich geradezu dafür anzubieten, Sidhe zu töten. Es tat die ganze Arbeit praktisch von alleine. Es war das Schwert des Nuada und damit würden wir Badb vernichten. Mein Enthusiasmus steckte Bridget an und ich schaffte es, sie aus ihrem Schockzustand zurückzuholen.

Wir nahmen ein Boot zum Felsen des Donn. Ich hätte teleportieren können, sogar Bridget die kurze Strecke zur Insel mitnehmen können, aber sie weigerte sich, den blöden Anzug auszuziehen. Wenigstens konnte ich meine Magie dafür verwenden, schnell und heile in der Nussschale am Felsen anzukommen. Schließlich standen wir auf der Felsinsel. Der Wind peitschte mein langes Haar in alle Richtungen und ich flocht es schnell zu einem Zopf.

Ich hatte keine Ahnung, wie sich der Höllenschlund für mich öffnen würde. Ich erwartete kein weißes Pferd. Und Badb konnte mich schließlich auch nicht persönlich abholen. Aber ich sprach die gleichen Worte und benutzte dieselbe Magie, wie ich es tat, um nach Tír na nÓg gebracht zu werden. Als sich das Wasser unter mir zu einem Strudel formte, der sich immer schneller und schneller drehte, bis ein Sog entstand, erinnerte ich mich an die Seelen der Soldaten von Aughrim, die in den Strudel hineingezogen worden waren. Ich folgte dem unbändigen Bedürfnis, das von mir Besitz ergriff, und sprang ins Wasser.

Sofort wurde ich vom Sog erfasst und in den Tunnel gezogen, wo sich das Zentrum des Strudels befand. Die Zentrifugalkraft war so groß, das Wasser wurde so sehr nach außen gedrückt, dass sich in der Mitte des Sogs ein Loch befand. Ich musste an das Auge eines

Wirbelsturms denken. Hier schwebte ich für einen Augenblick. Es fühlte sich so an, als ob mein Körper auseinandergerissen würde, als ob jede einzelne Zelle meines Körpers ebenfalls dieser Zentrifugalkraft ausgesetzt wäre.

Es riss mich in Stücke, nein, Partikel so klein, dass sie nie wieder zusammengefügt werden könnten. Der Schmerz war unerträglich und ich schrie.

Der Schrei erlöste mich und die Kräfte ließen mich los.

Ich fiel.

kapitel einunddreissig
alice

Fieberhaft überlegte ich, was wir machen sollten. Wir konnten hier nicht ewig so neben Tio verharren. Schließlich sollten wir an der Schlacht teilnehmen – welche Form auch immer diese annahm, wenn alle anderen Anti-Royalisten auch so isoliert waren wie wir gerade. Wir hörten nichts, wir sahen nichts. Außer Rauch. Und Colleen hatte doch eigentlich die Aufgabe, die anderen zu schützen. Stattdessen hockte sie hier zitternd, den Kopf zwischen den Schultern eingezogen, die Augen, aus denen immer noch Tränen hervorquollen, geschlossen. Sie erinnerte mich an ein kleines Vögelchen, das aus dem Nest gefallen war, jetzt völlig die Orientierung verloren hatte und nicht mehr wusste, wo es war und was es tun sollte. Sie schien außerstande, klar zu denken. Panik und Angst standen ihr ins Gesicht geschrieben. Ich würde sie nie dazu überreden können, Tio allein zu lassen. Und ich wollte ihn doch auch gar nicht allein lassen!

Gerade als ich kurz davor war, Dylan zu rufen – er leistete vielleicht gerade wertvolle Arbeit und konnte uns hier mit Tio auch nicht helfen, aber wenigstens wären wir dann nicht allein – sah ich eine Gestalt im sich immer mehr lichtenden Rauch auf uns zukommen. Ich sprang auf und schaute Colleen an. War es ein grauer

Mann? Doch in ihrem Gesicht konnte ich gar nichts ablesen, sie hatte anscheinend ihre Intuition völlig abgeschaltet. Wenn es ein Feind war, waren wir ihm völlig ausgeliefert. Ich schnappte mir eins der Panzergehäuseteile, die überall herumlagen und hielt es hoch.

Dann ließ ich es erleichtert wieder sinken, als ich die Gestalt im Rauchnebel erkannte. Blonde Haare, bernsteinfarbene Augen, Heilerkluft: Es war Dean.

»Gott sei Dank, du bist doch gekommen«, rief ich ihm zu. »Du musst uns helfen, Tio ist schwer verletzt.«

»Colleen?«, sagte Dean nur und legte seiner Schwester die Hand auf die Schulter. Endlich löste sie sich aus ihrem Schockzustand, richtete sich auf und fiel ihrem Bruder in die Arme.

»Bitte rette ihn«, flüsterte sie.

Ich wusste, was Dean sagen würde, bevor er es aussprach, und es brach mir das Herz. Der gequälte Ausdruck in seinen Augen war kaum zu ertragen. »Das kann ich nicht«, presste er mühsam zwischen zusammengebissenen Zähnen hervor.

Colleen riss sich wieder von ihm los und starrte ihn ungläubig an. »Es ist Tio, Dean.«

»Ich muss mich an den Pakt halten, Colleen. Ich darf nicht helfen. Niemandem. Nicht Tio, nicht dir. Bitte versteh doch«, beschwor Dean seine Schwester.

Sie schüttelte wild den Kopf. »Nein, nein. Er leidet ganz furchtbar. Du verstehst nicht, wie schlimm es ist.«

Dean warf einen Blick auf Tio. Ich sah, wie sich alle Muskeln in seinem Körper anspannten und konnte nur ahnen, wie sehr er sich anstrengen musste, Tio nicht zu helfen. »Ich verstehe, es ist schlimm«, sagte er nur.

Ich fühlte mich so hilflos und kniete mich wieder neben Tio. »Wenn du ihn nicht anfassen kannst, selber nichts für ihn tun kannst, sag mir wenigstens, wie wir ihm helfen können«, bat ich ihn verzweifelt.

Dean ballte seine Hände zu Fäusten. »Leg die Wunde frei, damit ich sehen kann, wo genau das Wrackteil eingetreten ist.«

Ich schob den zerfetzten Stoff des Kampfanzugs zur Seite. Er war nass und klebrig vom Blut. Teile des Unterbaus des Anzugs, die wie winzige Knochen aussahen, hatten sich in Tios Haut gebohrt. Ich entfernte einige der Splitter. Diese Wunden schienen nur oberflächlich, bereiteten Tio aber natürlich Schmerzen. Er erlangte wieder das Bewusstsein und stöhnte auf. Colleen war sofort bei ihm und nahm sein Gesicht in ihre kleinen Hände.

»Tut mir leid, tut mir leid«, flüsterte ich.

Das scharfkantige Teil des Panzergehäuses hatte sich direkt neben seiner Wirbelsäule in den Rücken gebohrt. Vorsichtig drehte ich Tio zur Seite und tastete seinen Bauch ab.

»Es kommt auf der anderen Seite nicht heraus und ich kann das Ende auch nicht fühlen. Vielleicht ist es gar nicht so tief drin? Soll ich es herausziehen?«, fragte ich voller Hoffnung.

»Nein, auf keinen Fall«, antwortete Dean schnell. »Eine Wirbelsäulenverletzung ist schlimm genug, aber wenn er jetzt noch ausblutet …«

»Bitte tu doch etwas gegen seine Schmerzen.« Colleen sah flehend zu Dean auf.

»Ich darf nicht. Ich hätte noch nicht mal herkommen dürfen. Es war ein Fehler, aber ich habe gespürt, wie sehr du mich brauchst, und ich …« Ein Schluchzer blieb Dean im Halse stecken und er brach ab.

»Und wenn du mir etwas gibst, damit ich es dann Tio verabreichen kann?« Ich verstand ja, dass er sich an seinen Ehrenkodex gebunden fühlte, aber Tio und Colleen waren mir im Augenblick wichtiger.

»Ich kann es nicht verantworten, den Pakt zu brechen. Er muss für alle gelten«, insistierte Dean nach kurzem Überlegen.

»Kannst du es verantworten, dass Tio sich so quält? Dass er sein Leben lang unter der Verletzung leiden muss?«, schrie Colleen. So hatte ich sie noch nie erlebt. »Du bist doch mein Bruder, Dean. Zählt das denn gar nichts?«

Die Stille, die folgte, schien sich ewig auszudehnen. Ich hätte nicht sagen können, wer aussah, als müsse er mehr leiden – Tio,

Colleen oder Dean. Es war nicht fair, was Colleen von Dean verlangte, aber ich wusste, wenn Dylan hier liegen würde, würde ich mich ganz genauso verhalten. Ich konnte meiner Freundin keinen Vorwurf machen, dass sie von Dean verlangte, den Pakt zu verraten. Aber Dean war in einer schwierigen Situation und ich rechnete es ihm hoch an, dass er gekommen war, um sich ihr zu stellen, statt einfach wegzubleiben. Was er jetzt auch tat, er würde sein Leben lang ein schlechtes Gewissen haben, entweder seiner Berufung und den anderen Heilern gegenüber oder Colleen und Tio. Ich traute mich nicht, das auszusprechen, weil Colleen es in diesem Zustand als Verrat auffassen würde, wenn ich Dean unterstützte. Später würde sie es nachvollziehen können, aber gerade jetzt konnte ich ihr das nicht antun. Gott sei Dank wusste Tio das Richtige zu sagen.

»Er hat recht, Colleen«, keuchte er. Erschrocken schaute Colleen ihren Freund an. »Er darf … mir nicht … helfen.«

»Was? Doch er muss dir helfen, Tio, deine Wirbelsäule ist vielleicht verletzt und du könntest für immer gelähmt sein …«

Mit letzter Kraft schüttelte Tio den Kopf. »Gleiches Recht für alle«, brachte er mühsam hervor und versuchte zu grinsen.

Colleen fing wieder leise an zu weinen und streichelte Tios Gesicht.

Ich verstand, dass Tio nicht zulassen konnte, als Einziger geheilt zu werden, wenn alle anderen Anti-Royalisten die Folgen ihrer Verletzungen würden tragen müssen. Das fand ich bewundernswert. Keine Ahnung, ob ich in einer solchen Situation so selbstlos sein würde.

»Colleen, du musst jetzt so tapfer sein wie Tio«, sagte ich zaghaft.

Gequält schaute sie mich an. »Aber ich kann doch nicht …«

»Was du tun kannst, ist mitzuhelfen, diese Schlacht baldmöglichst zu Ende zu bringen. Damit Dean Tio so schnell wie möglich heilen kann«, versuchte ich ihr Mut zuzusprechen, obwohl ich selber kaum welchen hatte. Wie sollten wir überhaupt helfen? Wo war der Feind? Wo waren die anderen? Ich hatte keine Ahnung, was wir tun sollten. Aber ich ließ es mir nicht anmerken.

»Ich werde hier bei ihm bleiben«, sagte Dean leise. »Ich werde über Tio wachen, Schwester. Sobald der Kampf vorbei ist, tue ich für ihn, was ich kann, ich verspreche es dir.« Jetzt quollen auch bei ihm Tränen aus den Augenwinkeln hervor.

Colleen rang mit sich.

»Erlenschild«, krächzte Tio. Seine haselnussbraunen Augen blickten Colleen bewundernd an. »Ich glaube an dich. Das hier ist … wichtig.«

»Aber nicht wichtiger als du«, begehrte Colleen fast trotzig auf.

»Doch«, sagte Tio ernst. »Tu das Richtige«, brachte er gerade so heraus. »Ich … liebe dich. Was immer passiert … das wird sich nicht ändern.« Das Reden hatte ihn so angestrengt, dass er kurz davor war, wieder das Bewusstsein zu verlieren. Colleen sah das auch. Sie küsste ihn sanft auf die Stirn. »Ich werde ganz schnell wieder zurück sein«, versprach sie ihm und verzog das Gesicht zu einer Grimasse. »Ich muss nur eben dafür sorgen, dass wir einen Krieg gewinnen.« Tio lächelte, als er wieder bewusstlos wurde.

Colleen streichelte ihm noch einmal über das Gesicht und legte Tios Kopf sanft wieder ab. Dann sprang sie auf. Ihr Gesichtsausdruck erinnerte mich an Bridget. Noch nie hatte ich Colleen so bestimmt gesehen. »Lass uns keine weitere Zeit verlieren«, sagte sie zu mir. Dann umarmte sie Dean schnell. »Bitte pass auf ihn auf.« Ihr Bruder nickte ernst.

Ohne einmal zurückzublicken entfernten wir uns schnell. Ich hatte Mühe, mit Colleens schnellem Schritt mitzuhalten. Der Rauch hatte sich tatsächlich etwas gelichtet. Es war mittlerweile fast windstill und langsam trieben einzelne Schwaden um uns herum. Hier und dort sah ich die Glut der Ebereschenfeuer rot aufblitzen. Trotzdem konnte ich nichts sehen; weder unsere eigenen Truppen noch den Feind. Auf fast unwirkliche Weise schienen wir allein auf dem Schlachtfeld zu sein. Colleen schien genau zu wissen, wo es langging. Wahrscheinlich hatte sie ihre intuitiven Fühler wieder ausgestreckt. »Wohin jetzt?«, sagte ich außer Atem, während ich Colleen hinterherlief.

»Rosie«, antwortete sie nur.

Ich hatte schon gemerkt, dass wir bergauf liefen und ich nahm an, dass Colleen uns zu dem Wagen führen wollte, in dem Rosie war. Auf einmal verdichtete sich der Rauch wieder wie eine Wand. Ich griff nach Colleens Hand, aus Angst, sie darin zu verlieren, aber nach mehreren Metern war der Rauch plötzlich weg. Wir hatten wieder freie Sicht.

Jetzt wusste ich auch, warum es mir so vorgekommen war, als ob wir auf dem Schlachtfeld in dem Rauch allein gewesen wären. Anscheinend waren wir das tatsächlich gewesen, denn unsere Armee schien sich größtenteils hinter den Hügel zurückgezogen haben. Unfairerweise hielt ich es für einen feigen Rückzug. Doch als wir zielstrebig unseren Weg durch die Truppen bahnten, wurde mir klar, dass ich den Anti-Royalisten damit Unrecht tat. Die Hälfte der Krieger in ihren Kampfanzügen lag leblos herum. Aber ich konnte kaum Verletzungen erkennen. Ich packte Colleen am Arm, die das anscheinend gar nicht bemerkt hatte.

»Warte«, sagte ich. Ungeduldig sah sie mich an. »Es kann uns doch nur zugutekommen, zu erfahren, was passiert ist«, meinte ich beschwichtigend. Colleen zögerte und nickte dann kurz.

»Was ist geschehen?«, fragte ich einen der Krieger. »Was haben die denn alle? Warum seid ihr nicht auf dem Schlachtfeld?«

Selbst nach den Explosionen, bei denen einige schwer verletzt worden waren, hatten sie sich weiter durch den Rauch kämpfen wollen, erklärte mir der Krieger. Aber dann waren überall wie aus dem Nichts Männer in Grau aufgetaucht und hatten die Krieger einfach nur berührt. So schnell wie die Männer gekommen waren, waren sie auch schon wieder weg. Aber sobald sie die Krieger angefasst hatten, fielen diese um wie tote Fliegen. Sie hatten noch einen Puls, waren aber ansonsten völlig leblos.

Der großen Gruppe an Kriegern hinter dem Hügel nach zu urteilen, war der Trupp Anti-Royalisten, mit dem ich gerade sprach, nicht der einzige gewesen, der beschlossen hatte, ihre leblosen Männer aufzusammeln und sich zurückziehen.

»Wir haben einfach gehofft, dass sie bald wieder aufwachen und wir dann erneut angreifen können«, sagte der Mann jetzt. »Aber ...«

Hilflos blickte er auf die vielen bewegungslosen Körper, die im Gras lagen und so aussahen, als würden sie friedlich schlafen.

Stirnrunzelnd blickten Colleen und ich uns an. Wir wussten, dass die Männer in Grau die Fähigkeit hatten, einen zu lähmen, wenn sie einen anfassten. Ich hatte es am eigenen Leibe erlebt. Aber ich war nicht in eine Art Koma gefallen. Das hier war neu. Starke Magie, gegen die anscheinend die Schutzanzüge auch nicht ankamen. Ich konnte verstehen, dass die Krieger vor einem solchen Gegner schnell die Flucht ergriffen hatten.

»Was sagt Fionn dazu, ist der auch hier?« Der Krieger schüttelte den Kopf. Entweder hatte man Fionns Panzer auch in die Luft gejagt, der Rebellen-Anführer war verletzt oder er war tatsächlich noch auf dem Schlachtfeld. Von hier aus konnte man nichts sehen. Der Rauch stand wie eine hohe Wand und schirmte die Sicht aufs Tal ab. »Mog Ruith?«, fragte ich weiter. Wieder ein Kopfschütteln.

Während Colleen und ich weitergingen, um Rosie zu finden, versuchte ich den Druiden zu rufen. Vielleicht konnte er etwas tun.

Schließlich kamen wir bei einem Wagen an und Colleen riss hinten die Tür auf. Darin hatte sich neben Rosie einmal auch Ausrüstung befunden, aber jetzt saß das Mädchen ganz allein auf der großen Ladefläche. Vom plötzlichen Sonnenlichteinfall geblendet, als die Tür aufging, drehte sie schnell den Kopf weg. Das schwarze glatte Haar fiel ihr vors Gesicht. Sie war in schwere Ketten gelegt, die offensichtlich nötig waren, damit sie nicht abhaute.

»Was hast du mit ihr vor«, fragte ich Colleen.

»Wir nehmen sie mit und finden mit ihrer Hilfe Maggie. Ich glaube, es gibt ein Band zwischen den beiden, und dem muss ich nur folgen. Es wird uns zu Maggie führen, egal wie blind wir in dem Rauch sind.«

»Aber wie willst du sie mitnehmen«, fragte ich zweifelnd. »Die Ketten sind viel zu schwer. So können wir sie nicht mitschleppen.«

Colleen kaute unschlüssig auf ihrer Unterlippe herum.

»Ich kann sie an Colleen binden«, hörte ich eine vertraute Stimme hinter mir. Mog Ruith! »Dann wird sie an deiner Seite bleiben müssen. Aber dann bist du für sie verantwortlich, Colleen, und wirst sie nicht wieder los, bis ich den Bindungszauber aufgelöst habe. Willst du das?«

»Ja, wir brauchen sie«, antwortete Colleen.

Mog Ruith sprang für sein Alter äußerst behände auf die Ladefläche und reichte Colleen die Hand, um sie hochzuziehen. Die beiden gingen zu Rosie, die sich dagegen wehrte, als Mog Ruith ihr die Hand auf die Stirn legte. Sie warf den Kopf hin und her, doch bevor sie den Druiden abschütteln konnte, hatte er auch schon ein paar Worte gesprochen, die anscheinend den Bindungszauber in Kraft treten ließen. Seine andere Hand lag auf Colleens Stirn und als er sie wegnahm, sagte er: »Ihr könnt die Ketten jetzt losmachen.«

Ich sprang auch auf den Wagen, um Colleen zu helfen. »Was ist mit den Kriegern passiert?«, fragte ich Mog Ruith. »Sie scheinen durch irgendeinen Zauber ins Koma gefallen zu sein. Kannst du das wieder rückgängig machen?«

»Leider nicht«, sagte der Druide. »Die Leibgarde der Königin hat etwas dazugelernt. Aber nur einige von ihnen beherrschen diese Fähigkeit und sie haben sich so verausgabt, dass sie keine Kräfte mehr haben. Sie haben sich vom Schlachtfeld zurückgezogen. Viele der anderen sind nur Leibgarde im Training und sind dabei, damit sie wie eine größere Gefahr wirken, als sie es sind. Die Wenigsten können mit einer Berührung lähmen. Sie können euch nicht viel anhaben.«

»Woher weißt du das?«, fragte ich mit gerunzelter Stirn, während ich die schweren Ketten mit Mühe von Rosie löste.

»Ich war auf der anderen Seite des Schlachtfeldes«, sagte er ruhig. »Es hat auch für mich eine Weile gedauert, bis ich es dahin geschafft hatte und wieder zurückkehren konnte. Gegen den Rauch konnte auch ich nichts ausrichten und der Wind machte es schwierig, voranzukommen. Dylan und seine Krieger sind außen um das Tal herum gegangen und haben sich dort verteilt. Mit vereinten Kräften gelang es ihnen, den Wind umzulenken. Maggies Druidinnen und Dylans Krieger lieferten sich ein Kräftemessen, von dem sie sich beide gerade erholen. Ich schaffte es auf die andere Seite, konnte mir jedoch nur einen kurzen Überblick verschaffen, um nicht bemerkt zu werden. Aber es ist bezeichnend, dass Maggie eine solche Methode gewählt hat, um unsere Truppen zu verwirren und den Kampf zu vermeiden. Denn ihre Armee besteht tatsächlich hauptsächlich aus Adligen. Sie ist viel kleiner als unsere.« Colleen und ich hatten Rosie befreit und zerrten sie aus dem Wagen. Das Mädchen hatte das Gesicht zu einer hässlichen Fratze verzogen und kämpfte dagegen an, mit uns mitkommen zu müssen. Doch tatsächlich schien sie an Colleen gebunden und konnte gar nicht anders, als mit ihr mitzugehen. In ihren grünen, katzenartigen Augen spiegelte sich der pure Hass.

Als wir aus dem Wagen kletterten, sahen wir, dass sich viele Sidhe und Menschen um uns herum versammelt hatten. Anscheinend war ihnen nicht entgangen, dass Mog Ruith zurückgekommen war. Die Menschen, die das Schlusslicht unserer langen Armee gebildet hatten, hatten es noch nicht mal in die Rauchzone im Tal geschafft, als die ersten Krieger schon entmutigt zurückgekommen waren. Folglich waren die Menschensklaven mit ihren Eisenwaffen noch alle hier. Jetzt sollten sie zum Einsatz kommen, meinte Mog Ruith.

»Ich glaube wirklich, dass deine Idee, die Menschensklaven gegen die Adligen zum Einsatz zu bringen, uns helfen könnte. Die Adligen müssen verletzt werden, damit Maggie sich geschlagen fühlt und nur die Menschen mit Eisenwaffen sind dazu in der Lage. Die Sidhe-Krieger können sich gegen sie zur Wehr setzen, aber nicht mit tödlicher Kraft angreifen. Da die Adligen den Kampf scheuen, wird es einen Angriff dieser Art nicht geben. Maggie, die mächtigen Sidhe und Druidinnen, die auf ihrer Seite kämpfen, werden einfach so lange Magie einsetzen, bis unsere Armee dezimiert ist, oder uns weiter aufhalten, schlimmstenfalls zurücktreiben. So lange, bis wir uns schachmatt gesetzt fühlen. Das darf nicht passieren.«

»Aber wir müssen es irgendwie auf die andere Seite schaffen, um Maggie und die Adligen überhaupt zu finden«, gab ich zu bedenken.

»Ich führe euch alle mit Rosie dorthin«, meinte Colleen selbstbewusst.

Die Menge teilte sich und ein großer, rotblonder Krieger bahnte sich seinen Weg zu uns.

»Fionn«, rief ich ihm erleichtert zu. Er hinkte und hatte unzählige Schnittwunden, aus denen das Blut floss. Seine linke Gesichtshälfte war fast vollständig abgeschürft. Sein Grinsen wirkte deshalb eher wie eine Grimasse.

»Auch eine Explosion kann mich nicht aufhalten«, meinte er. »Leider waren einige andere von uns nicht so glücklich. Es gibt viele Verletzte dort draußen. Sehen wir zu, dass wir die Schlacht gewinnen, damit ihnen geholfen werden kann.«

Ich berichtete ihm von unserem Plan. Er nickte zustimmend.

»Zieht den Kriegern, die von der Leibgarde berührt worden, die Kampfanzüge aus und gebt sie den Menschen«, brüllte er. »Sie werden vornewegmarschieren und gegen die Adligen antreten.«

So lädiert Fionn auch aussah, er vermochte immer noch, seine Anti-Royalisten zu motivieren.

»Und beeilt euch«, rief er. »Von ein bisschen fíth-fáth-Magie lassen wir uns nicht unterkriegen. Jetzt fängt die Schlacht erst richtig an.«

***

Wenig später standen wir vor der grauen Rauchwand. Der Wind hatte wieder zugenommen. Anscheinend hatten die Druidinnen wieder Kräfte gesammelt. Wir konnten nur hoffen, dass auch Dylan und seine Krieger wieder bei Kräften waren, um mit vereinter Energie gegen die Druidinnen anzukommen.

Fionn hatte den Befehl gegeben, uns aneinander festzuhalten und einfach Colleen zu folgen, die uns durch den Rauch führen würde. Als ich Fionns Hand nehmen wollte, zog er sie schnell weg. Jetzt sah ich erst, dass sie gebrochen war. Bestimmt nicht der einzige Knochen an seinem Körper, der nicht mehr heil war, dachte ich jetzt, als ich ihn näher ansah. Er hob das Kinn und grinste. »Für den Kampf bin ich nicht mehr zu gebrauchen. Aber, wie du siehst, als Anführer schon.«

Auch Maggies Armee hatte wohl die Zeit unseres kurzen Rückzugs genutzt, denn die Feuer brannten wieder und schnell hatte sich der dicke Rauch ausgebreitet.

»Weißt du, wo die Explosionen herkamen«, fragte ich Fionn. »Ich hatte das Gefühl, sie sind in der Nähe der Feuer passiert.«

»Es war irgendwas im Feuer«, antwortete er mir. »Jetzt, wo die Feuer wieder brennen, laufen wir natürlich Gefahr …«

Er hatte den Satz noch nicht ausgesprochen, da gab es schon den ersten Knall. Alle gingen in Deckung und das Gefühl von Panik verbreitete sich schnell.

»Die Feuer unbedingt vermeiden«, rief Fionn. »Weitersagen. Los, weiter geht es.« Er ließ nicht zu, dass wir uns von den Explosionen einschüchtern ließen und tatsächlich schien sich die Panik zu legen. Ich konnte es natürlich nicht sehen, glaubte aber, dass uns alle weiter folgten.

Nach ein paar ohrenbetäubenden Knallen herrschte wieder Ruhe. Was auch immer in den Feuern war, das die Explosionen erzeugte, schien schnell entzündet zu sein – auch vorhin war es so gewesen. Aber statt allein und in gespenstischer Stille durch den Rauch zu irren, hatte ich eine ganze Armee hinter mir.

Für längere Zeit hatte Rosie versucht, sich dagegen zu wehren, dass sie zwischen Colleen und mir mitgezogen wurde, aber schließlich begriff sie, dass körperlicher Widerstand zwecklos war. Stattdessen beleidigte sie uns und versuchte uns zu provozieren.

»Was habt ihr überhaupt mit mir vor, ihr Idioten?«, giftete sie. »Ihr glaubt doch nicht im Ernst, dass ihr gegen Maggie und ihre Sidhe ankommen werdet? Und dass ich euch noch dabei helfe.«

Ganz ruhig erklärte Colleen ihr, dass sie an ein Band zwischen Mutter und Tochter glaubte, auch wenn es uns bisher so erschienen war, als sei Maggie eine kaltherzige Mutter, die ihre Tochter nicht wirklich liebte und Rosies Bedürfnis nach Zuneigung nur ausnutzte.

»Ich habe in letzter Zeit ein paar Dinge über Maggie erfahren, die mich glauben lassen, dass sie ihre Halbling-Kinder lieben würde, wenn sie könnte.«

»Ihre Kinder? Was redest du da für einen Unsinn. Ich bin ihre einzige Tochter.« Rosie lachte hämisch. Sie glaubte wohl, alles über ihre Mutter zu wissen. »Und mit solchen Gefühlsduseleien halten wir uns auch gar nicht auf.«

Colleen erklärte ihr, dass Maggie viele Kinder geboren hatte und warum. Das verschlug Rosie natürlich die Sprache. Sie versuchte, sich nichts anmerken zu lassen.

Erst hatte ich gedacht, es wäre vielleicht ein Fehler von Colleen, Rosie das alles zu erzählen, aber jetzt merkte ich, dass es schlau war. Hatte Colleen recht, dann war die Aussicht, dass ihre Mutter sie doch lieben könnte, aber nur verhärtet war, doch nur Antrieb für Rosie, noch mehr an ihre Mutter zu denken und an sie zu glauben. Dieses Band, von dem Colleen redete, würde dadurch bestimmt verstärkt werden.

Das konnte allerdings nur stimmen, wenn sozusagen auch von der anderen Seite etwas kam und Colleen ebenfalls damit recht hatte, dass Maggie trotz ihres kalten Verhaltens Rosie gegenüber tief in ihrem Inneren etwas für ihre Tochter empfand. Etwas, das sie so tief vergraben hatte, weil sie es sonst nicht ausgehalten hätte, ihre Kinder immer wieder abzugeben. Jetzt hoffte auch Rosie, dass dem so war.

Unsere Hoffnung wurde nicht enttäuscht. Dieses Band schien tatsächlich zu existieren. Colleen war ihm gefolgt und hatte uns aus dem Rauchfeld hinausgeführt. Wir hatten das Tal durchquert und kamen am anderen Hügel an. Als wir durch die Rauchwand am anderen Ende gingen, standen wir Maggie direkt gegenüber.

kapitel zweiunddreissig
alice

Maggie und ihre Druidinnen hielten sich an den Händen und wiederholten eine Zauberformel, die vermutlich Wind und Rauch kontrollierte.

Sie hatten wohl nicht damit gerechnet, dass wir auf ihrer Seite auftauchen würden. Und Rosie hatte Maggie schon gar nicht erwartet. Es verschlug ihnen die Sprache und der Zauber löste sich. Damit löste sich auch die Rauchwand auf. Bevor sich der Rauch im ganzen Tal verflüchtigt hatte, würde noch eine Weile vergehen, aber hier am Rand lichtete er sich so, dass Maggie sehen konnte, was für eine Armee wir im Rücken hatten. Auch die Rebellen waren sprachlos. Wir hatten es tatsächlich durch das Tal geschafft! Sekundenlang standen wir uns schweigend und reglos gegenüber.

Keiner reagierte so schnell wie ich.

Ich nutzte das Überraschungsmoment und stürzte mich mit einem Eisendolch auf Maggie. Ich dachte an Ciara und ihren Tod. Ich dachte an meine Entführung in die Anderswelt. An all die Menschensklaven. An Bridget und die O'Tools, an meine Eltern, an Dylan, an Claire und Avalynn. Für sie alle nahm ich meine ganze Kraft zusammen und rammte Maggie den Eisendolch in den Hals. Ich hätte ihn ihr liebend gerne ins Herz gestoßen, erkannte ihre altmodische Rüstung aber schnell als Hindernis. Ihr Hals hingegen war frei. Außerdem hatte meine Tat den herrlichen Nebeneffekt, dass sich mit einem Dolch im Kehlkopf nicht mehr reden ließ. Sie konnte also keine Zaubersprüche mehr sagen.

Allerdings hielt auch ein Dolch aus Eisen in der Kehle Maggie nicht davon ab, sich wie eine Wildkatze gegen mich zu wehren und ich musste mich regelrecht an ihrer Rüstung festkrallen, um nicht abgeschüttelt zu werden. Meine andere Hand umklammerte immer noch den Schaft des Dolches. Ich wollte nicht, dass sie ihn wieder rausriss. Ihr Gesicht war so dicht vor meinem, dass sich unsere Nasenspitzen berührten. Maggies Augen waren nicht mehr kalt wie Eis, sondern hatten dieselbe Intensität und Hitze wie das Blaue einer Flamme.

Fionn reagierte ebenfalls schnell und bellte einen Befehl. Etwas spritze in mein Gesicht. Erst nach einigen Sekunden begriff ich, dass es Blut war und wo es herkam. Fionns Krieger hatten Maggie mit ihren Schwertern kurzerhand die Hände abgeschlagen. Ich sah die abgetrennten Hände im braunen Gras liegen. Blut spritzte aus den Armstümpfen. Ich dachte, ich müsste mich übergeben.

Stattdessen wurde ich ohnmächtig.

Als ich wieder zu mir kam, hatte man mich von Maggies Körper weggezerrt. Ich drehte den Kopf zur Seite. Sie lag einfach still da, etwas abseits von mir. Ich getraute mich gar nicht, sie mir genauer anzuschauen. Ich richtete mich auf und sah mich um. Auf der anderen Seite des Hügels war der Kampf in vollem Gange. Die Anti-Royalisten-Krieger standen etwas untätig herum. Sie konnten nicht viel machen, außer die kämpfenden Adligen zu umzingeln und sie davon abzuhalten, wegzulaufen. Es gab auch einige ausgebildete Krieger, die Leibgarde, die es mit den Anti-Royalisten-Kriegern aufnahmen, aber wir waren eindeutig in der Mehrzahl.

Die Menschen kämpften gegen die Adligen. Die Schutzanzüge schienen sie tatsächlich vor deren Magie zu schützen. Obwohl auch die Adligen Gewalt anwandten und die meisten der Menschen viel weniger Kraft hatten, bestand der Unterschied darin, dass die ehemaligen Menschensklaven es wirklich darauf abgesehen hatten, ihre ehemaligen Herren zu töten. Sie gingen wie Tiere auf sie los. Es war schrecklich und ich war versucht, den Blick abzuwenden.

Nicht weit von mir entdeckte ich Fionn. Durch seine Verletzungen kampfunfähig gemacht, konnte er nicht viel tun. Er bemerkte, dass ich aufgewacht war und nickte mir zu. Er zeigte mit dem Kopf auf etwas, das im Gras lag. Ich sprang auf und trat näher. Es war ein Eisenschwert. Einen Augenblick hielt ich inne. Dann hob ich es auf.

Ich hatte mich in diesen Kampf eingebracht, auch wenn es nur ein Mittel zum Zweck gewesen war, mich den Rebellen anzuschließen. Es war mein Vorschlag gewesen, die Menschensklaven zu involvieren. Und die entlaufenen Sklaven, die sich uns auf dem Weg hierher angeschlossen hatten, sahen mich als Hoffnungsträgerin. Ob ich das so gewollt hatte oder nicht. Es stand mir nicht zu, mich voller Abscheu vor der Brutalität, welche die Menschen zur Schau stellten, abzuwenden und mich herauszunehmen.

Ich schluckte und nahm meinen ganzen Mut zusammen, bevor ich mich mit dem Schwert in der Hand in den Kampf stürzte. Doch ich musste hier die Angreiferin sein, was mich wieder zögern ließ. Wie konnte ich einfach auf jemanden losgehen und …

Dann schlug ein Mann neben mir einem Adligen mit einer Eisenstange ins Gesicht. Der Adlige, ein kräftiger Sidhe, erholte sich schnell und zog sein Schwert. Die Arme des Menschen zitterten. Er brachte die Stange kaum hoch. Schnell sprang ich zwischen die beiden und parierte den Angriff des Adligen.

Alles, was ich danach tat, war purer Instinkt. Ich hatte gedacht, ich wäre nicht zu Gewalt fähig, aber ich hatte mich getäuscht. Jegliches Zeitgefühl kam mir abhanden. Plötzlich stand ich mit dem Schwert da, ohne einen weiteren Feind mehr in meinem Radius entdecken zu können. Der rauschartige Zustand, in den ich versetzt worden war, nachdem die ersten Hemmungen überwunden waren, verflüchtigte sich so schnell, wie er gekommen war. Jetzt bemerkte ich, wie mein Körper schmerzte und wie ich um Atem rang. Keuchend ließ ich das Schwert sinken und schaute mich um.

Maggies Armee, dezimiert und geschwächt von den Verletzungen durch das für sie giftige Eisen, gab sich geschlagen.

Der klare Sieg der Anti-Royalisten war erreicht.

Euphorisch fühlte ich mich aber nicht, als ich das Gemetzel um mich herum sah.

Bald wimmelte es auf dem Schlachtfeld von Heilern. Sie waren instruiert worden, zu warten, bis die Adligen in Eisenketten gefesselt worden waren, die eilig herbeigeschafft wurden. Die Wagen kamen, um die Gefangenen abzutransportieren.

Colleen rannte an mir vorbei. Rosie, ohne es zu wollen und Protest schreiend, hinterher. Ich folgte ihnen. Der Rauch im Tal hatte sich jetzt fast vollständig aufgelöst, aber ich musste nicht sehen können, um zu wissen, wohin Colleen wollte.

Dean war schon dabei, Tio zu behandeln, als wir bei ihm ankamen.

Colleen ging neben ihm auf die Knie und legte seinen Kopf in ihren Schoß.

»Er schläft jetzt«, erklärte Dean. »Ich habe ihm etwas gegen die Schmerzen gegeben.«

Colleen nickte. Die Tränen standen ihr in den Augen.

Rosie lachte hämisch. »Das nenne ich Karma. So wie es aussieht, wird dein geliebter Freund genauso wenig wieder richtig zusammengeflickt werden wie meine Mutter.«

Streng genommen war ich für die Verletzungen ihrer Mutter verantwortlich gewesen, aber aufgrund ihrer Vorgeschichte mit Colleen und weil das Feenmädchen sie dazu benutzt hatte, Maggie zu finden, gab sie augenscheinlich Colleen die ganze Schuld daran. Ich befürchtete, Colleen hatte sich eine Feindin fürs Leben gemacht.

Dean und Colleen ignorierten Rosie völlig. Dean nahm die Hand seiner Schwester in seine.

»Colleen«, sagte er. »Du musst jetzt stark sein. Ich weiß, du hasst mich dafür, dass ich Tio nicht gleich gerettet habe. Aber bevor du entscheidest, dass du mich nie wiedersehen willst, lass mich für Tio als Heiler da sein.«

Colleen schüttelte traurig den Kopf. »Ich hasse dich nicht. Und du bist mein Bruder, den ich gerade erst wiedergefunden habe. Ich werde dich nicht verstoßen. Du hast getan, was du tun musstest. Ich könnte dich niemals hassen.«

Dean nahm Colleen in den Arm. »Ich werde alles dafür tun, damit Tio geheilt wird.«

Eine Weile schwiegen wir. Selbst Rosie unterließ es, die Stille mit höhnischen Kommentaren zu unterbrechen.

Schließlich holte Colleen tief Luft. »Wie schlimm ist es?«, fragte sie ihren Bruder.

»Das Teil des Panzergehäuses hat seine Wirbelsäule beschädigt. Momentan ist Tio von der Hüfte abwärts gelähmt. Und es besteht die Möglichkeit, dass er nie wieder laufen kann.«

***

morrigan

Vor vielen Jahren hatte ich eine Ausbildung genossen, die es mir erlaubte, körperliche Schmerzen auszublenden, um sie zu ertragen. Es war schon lange her, seit ich das letzte Mal auf die Prinzipien, die ich damals gelernt hatte, zurückgreifen musste.

Mein Leben als Sidhe-Königin und als ewig junges, schönes Mädchen hatte mich verweichlicht. Dafür war ich Expertin darin geworden, Emotionen zu kontrollieren. Nicht nur, um meinen Pflichten als Königin nachkommen zu können, sondern auch, weil ich einen beachtlichen Teil meiner Zeit, nämlich während meiner Menscheninkarnationen, sozusagen im Geiste und nicht im Körper wohnte.

Jetzt musste ich mich wieder an meine Ausbildung erinnern. Bestimmt hatte ich noch nie so schlimme körperliche Schmerzen ertragen müssen. Statt mich irgendwo zu verkriechen, mich zu einem

Ball zusammenzurollen, mich den Qualen hinzugeben und die Götter anzuflehen, mich mit dem baldigen Tod zu erlösen, blieb mir nichts anderes übrig, als diese beschwerliche Reise irgendwie zu ertragen.

Bei jedem Schritt protestierte mein ganzer Körper. Wir kamen nur im Schneckentempo voran. Dabei war es essenziell, vor Ende des Tages in Connemara anzukommen, wenn ich das alles nicht umsonst mitgemacht haben wollte. Warum kam mir kein Heiler zu Hilfe? Unzählige Male hatte ich schon nach einem gerufen.

Eine der Methoden zum Ertragen von körperlichen Schmerzen, war es, sich auf etwas anderes zu konzentrieren. »Erzähl mir doch noch mal ganz genau und in allen Einzelheiten, was passiert ist«, bat ich Bridget.

»Das habe ich doch bereits zehnmal getan«, stieß sie ungeduldig hervor.

»Erzähl es noch einmal.« Mein Ton ließ keine Widerrede zu. Dass ich ihn immer noch hinbekam, selbst in diesem Zustand, hob meine Laune.

Bridget seufzte. Sie fing an zu erzählen, schaute mich dabei aber nicht an.

»Du bist ins Wasser gesprungen. Der Strudel zog dich in den Tunnel und damit bist du aus meinem Blickfeld verschwunden. So schnell, wie dieser Sog entstanden war, war er auch wieder weg. Dann passierte eine Weile lang gar nichts. Die Nacht brach an. Ich hatte schon Sorge, ich würde Badb im Dunkel nicht aus dem Tunnel herauskommen sehen. Angespannt wartete ich darauf, dass etwas passierte. Plötzlich begann das schwache Licht des Schwertes heller zu leuchten. So intensiv, dass es taghell war auf Tech Duinn. Ich wusste, dass sie kam, bevor ich das Geräusch hörte. Es war ein ganz hohes, schrilles Kreischen, das mir in den Ohren wehtat. Das Wasser um den Tunnel herum fing an zu blubbern. Dann spuckte es Badb aus wie ein Geysir. Sie wurde in die Luft geschleudert, sodass sie direkt vor mir war, als ich mich auf sie stürzte. Ich rammte ihr das Schwert in die Brust.«

»Wie hat es sich angefühlt?«, unterbrach ich das Mädchen.

Bridget verengte die Augen.

»Es ging ganz leicht, wie bei Padraig. Es war einfach eine automatische Vorwärtsbewegung, in die ich keine extra Kraft stecken musste. Es war, als ob es keinen Widerstand gab, als ob sich das Schwert in ihre Brust bohren wollte.« Sie brach ab, offensichtlich unsicher, wie sie das werten sollte. Ich nicht. »Und dann?«

»Wir fielen. Nur …« Bridget kräuselte die Nase. »Es kam mir vor wie in Zeitlupe. Wir verharrten einen Moment lang in der Luft und schwebten dann gen Wasser. Dabei sah ich ihr direkt in die Augen, in ihr hässliches Gesicht. Ich hatte Zeit, mir jeden einzelnen ihrer Gesichtszüge einzuprägen, während sie realisierte, dass es vorbei war.« Badb war tatsächlich so hässlich wie ich schön war. Nein, wie ich schön gewesen war, verbesserte ich mich gedanklich. Hakennase, Warzen, Augen wie Stecknadeln, schüttere graue Haare, die sie zu rattenschwanzdünnen Zöpfen flocht. Ich war mir sicher, dieses Gesicht würde Bridget noch lange in ihren Albträumen verfolgen.

»Ihre Augen waren wie Feuer«, fuhr Bridget nachdenklich fort. Das hatte sie in den letzten Tagen, als sie die Geschichte erzählt hatte, nicht erwähnt. »Sie wollte mich mit ihrem Blick verbrennen.«

Mein ganzer Körper fing an zu zittern. Ich musste stehen bleiben, zwang mich aber, nicht zu Boden zu sinken.

Bridget hielt inne und drehte sich zu mir um. »Vielleicht hätte sie das getan, wenn ich sie nicht getötet hätte. Wenn sie sich nicht in schwarze Asche verwandelt hätte, bevor wir auf den Wellen ankamen. Ich tauchte in das kalte Nass und kühlte sofort ab. Badbs Asche wurde von den Wellen in alle Richtungen getragen, spülte weg. Ich zog mich an einem Felsvorsprung hoch und kletterte wieder hinauf. Das Schwert hatte ich immer noch in der Hand, so als ob es mich nicht loslassen wollte.« Sie musterte mich mitleidig. Ich hasste sie für diesen Blick. »Sieht so aus, als ob du Opfer ihrer Feueraugen geworden bist.«

»Ich … kann mich nicht … erinnern«, presste ich mühselig zwischen den Zähnen hervor. Tatsächlich hatte ich keine Ahnung, ob Badb mit ihren Augen Funken sprühen konnte oder ob es so etwas wie Höllenfeuer in der Unterwelt gab, denen ich ausgeliefert gewesen war. Ich hatte keine Ahnung, wie ich die schrecklichen Brandwunden erlitten hatte, die meinen ganzen Körper übersäten. Auf ihnen hatten sich Blasen gebildet, die aufplatzten. Meine Kleidung klebte an den nässenden Wunden und reizte sie noch mehr. Meine ganze linke Gesichtshälfte war rotes, rohes Fleisch. Das früher schönste Gesicht musste jetzt einer Fratze gleichen.

Bridget zuckte mit den Schultern.

»Was immer du dort unten auch getan hast, dass du so zugerichtet wurdest, was immer dir Badb auch angetan hat: Es muss dir gelungen sein, deine Schwester davon zu überzeugen, dass es keine Falle ist, wenn du den Bann aufhebst. Es muss dir gelungen sein, sie hochzulocken, um festzustellen, dass sie die Anderswelt wieder betreten kann. Und du musst es irgendwie geschafft haben, den Weg wieder zurückzufinden. Kurz nachdem ich Badb getötet hatte, kamst auch du zurück. Wieder blubberte das Wasser. Dein Körper flog wie eine leblose Puppe in die Luft. Ich habe dich aus dem Meer gezogen. Es dauerte eine Weile, bis du wieder aufgewacht bist. Du hast geschrien.«

Weil das Salz des Meerwassers wie ätzende Säure in meinen offenen Wunden gebrannt hatte. Ich biss die Zähne zusammen und zwang mich, mir Connemara vor Augen zu halten und mich wieder vorwärts zu schleppen.

Ich war nicht glücklich über die Gedächtnislücke. Wie konnte man stolz auf eine Leistung sein, an die man sich nicht erinnerte? Ich hätte gerne die Unterwelt gesehen und gewusst, wie ich wieder von dort zurückkam. Andererseits hatte ich nicht vor, noch einmal dorthin zurückzukehren.

Wenn die Wunden schon so schmerzten, wer wusste, wie unerträglich es gewesen war, als man sie mir zugefügt hatte. Vielleicht war es eine gute Sache, dass ich mich nicht erinnerte. Eine Schutzfunktion meines Geistes. Trotzdem blieb ein mulmiges Gefühl, wie ein dunkler, ominöser Fleck in meinem Kopf, dort, wo eigentlich die Erinnerung sein sollte.

Es war jetzt wichtig, dass ich vorwärts schaute und nicht zurück.

Badb war tot. Der Aughrim-Vorfall war wieder gutgemacht. Jetzt musste ich es rechtzeitig nach Tír na nÓg schaffen. Und wenn ich auf allen vieren kriechend, vor Schmerzen schreiend in Connemara ankommen würde.

Wir hatten etwa die Hälfte unseres Weges zurückgelegt und meine Hoffnung schwand immer mehr. Ich konnte es noch so wollen, es war ein Wettlauf mit der Zeit, in dem mein geschundener Körper verlieren würde. Ich hatte keine Kraft für Magie, und Morrigan, Königin der Eiche zu sein, half mir gerade wenig. Ich war ein Mädchen, dessen Körper mit Brandwunden übersät war, mehr nicht.

Endlich tauchte ein Heiler auf. Ich hätte den Boden unter seinen Füßen küssen könne. »Was hat dich so lange aufgehalten?«, herrschte ich ihn stattdessen an.

Er beachtete mich gar nicht und flüsterte stattdessen mit Bridget. Ich erkannt ihn als den Heiler, der mich im Wald hinter meinem Palast mit entführt hatte und mich später bei den Anti-Royalisten behandelt hatte. Jetzt, wo die Heilung meiner Wunden kurz bevorstand, konnte ich die Schmerzen nicht länger aushalten. Ich ließ das Brennen zu und heulte vor Pein auf. Eine tiefe Ohnmacht erlöste mich.

Als ich wieder zu mir kam, hatte der Heiler mir einen Trunk gegen die Schmerzen eingeflößt und meine Brandwunden eingecremt und verbunden. Die Creme war herrlich kühlend. Vom Schmerz blieb noch ein dumpfes Pochen übrig, das durch meinen Körper vibrierte. Das Gefühl der Erleichterung war unbeschreiblich. Mühsam richtete ich mich auf. Der Heiler hatte mich einfach an den Wegrand auf eine Decke gelegt. Etwas weiter weg saß Bridget auf einem Felsen. Irgendwoher hatte sie etwas zu essen bekommen. Es roch köstlich. Schwankend stand ich auf.

»Wie lange war ich ohnmächtig? Wir müssen weiter, dürfen keine Zeit mehr verlieren …«

»Entspann dich und iss was«, sagte Bridget ruhig. »Dean organisiert uns einen Wagen. Wir werden gleich abgeholt. Ich torkelte zu ihr rüber – das Schmerzmittel in meinem Blut ließ wohl keine koordinierten Bewegungen zu – und riss ihr das Stück Brot aus der Hand. Gierig stopfte ich es in mich hinein. Ich wusste nicht, wann ich das letzte Mal gegessen hatte. Bridget schaute mich nur amüsiert an, sagte aber nichts. Es war mehr als genug für uns beide da. Gerade als wir die letzten Reste der Mahlzeit verzehrt hatten, kam der Wagen.

Ich war geheilt, gestärkt und hatte ein Transportmittel. Dem Sonnenstand nach zu urteilen würden wir es heute Abend noch nach Connemara schaffen. Gerade noch rechtzeitig würde es mir gelingen, Ciara nach Tír na nÓg zu bringen.

***

CIARA

Das Mädchen trug ein leuchtendes Schwert vor sich her, das wie eine Fackel die Nacht erhellte.

Die Lichtträgerin.

Es war Alices Freundin Bridget, die wie die heilige Bridged an Imbolc das Licht brachte. Imbolc – 1. Februar – Alices Geburtstag. Und irgendwie auch mein Geburtstag, der Tag, an dem ich wiedergeboren wurde. Heute würde ich passenderweise erneut wiedergeboren werden, am Imbolc-Tag, dem keltischen Fest, an dem das Ende des Winters zelebriert wurde, an dem die Reinigung oder Waschung von der dunklen, toten Jahreszeit und mit dem ersten Milchgeben der Schafe ein Neubeginn gefeiert wurde. Die Natur hatte einen Zyklus abgeschlossen und ein neuer begann. Alles wunderschöne Symmetrien, ineinander verflochtene Kreise wie keltische Flechtmuster, die mir nicht entgingen.

Ich war in meiner Heimat, in Connemara, dort, wo ich einmal als Ciara Buchanan geboren wurde. Ich liebte das Land hier, das selbst Ende Januar noch ein Farbenschauspiel war. Regen, Wolken und Sonne wechselten sich immer schnell ab, der Lichteinfall änderte sich ständig und die Farben der Natur waren so andauernd in Bewegung. Die Landschaft stand nie still, besonders nicht an der Küste, wo das Meer als zusätzliche Naturgewalt mitmischte.

Nicht weit von hier waren Dylan und ich uns begegnet, an dem Strand, an dem sich die Wege des Schicksals für uns beide kreuzten. Dylan stand jetzt da, neben Alice, und erwartete uns. Die Rebellen waren um sie herum versammelt. Sie hatten den Krieg gewonnen – aber das waren jetzt schon alte Neuigkeiten. Gespannt warteten sie darauf, zu erfahren, ob wir einen ganz anderen Krieg gewonnen hatten, den aussichtslosen Kampf gegen das Böse.

Wir brachten glorreiche Neuigkeiten und man würde uns wie Heldinnen feiern.

Bridget und Morrigan hatten beide ihr Kreuz zu tragen – die Folgen dieser Tat, die Schmerzen und Albträume – die sie glauben ließen, sie hätten genug Opfer gebracht. Dabei hatten sie keine Ahnung davon, welche Opfer in Wirklichkeit gebracht worden waren. Ich hatte nicht zu Badbs Zerstörung beigetragen, indem ich Badb schlau und gerissen von einer schwesterlichen Versöhnung überzeugt hatte wie Morrigan, oder ihr tapfer das Schwert in die Brust gestoßen hatte wie Bridget. Ich hatte nichts getan, außer mich selbst zu zerstören. Ich hatte die Arme ausgestreckt und das Feuer begrüßt, dass mich auffraß. Das Feuer hatte mich mit unzähligen Rot- und Gelbtönen gefüllt. Es brannte, bis alles an mir weggebrannt war – erst Haut, dann Fleisch, dann Knochen, als ob meine Seele wieder in meinem eigenen Körper gewesen und schließlich endgültig von ihm befreit worden wäre. Das, was übrig geblieben war, nachdem alles andere versengt war, war Liebe.

Meine Liebe zu Dylan, die einzige Liebe, die ich je gekannt hatte. Nichts anderes zählte.

Nicht mein schönes Gesicht, das jetzt entstellt war.

Nicht die Kunst, die mir im Leben so wichtig gewesen war.

Nicht Rache oder Gerechtigkeit, die Alice mir verschaffen wollte. Nicht Frieden und ewige Ruhe, die ich für erstrebenswert gehalten hatte.

Nicht das Leben selber. Mein Leben oder das anderer.

Nicht mein eigener Seelenfrieden.

Da stand er und erwartete mich, mein Liebster.

Alice lächelte Bridget an und fiel ihr in die Arme. Das Mädchen erzählte, wie Badb zerstört worden war und alle lauschten ihr gebannt. Die Krieger kamen näher. Jetzt erst sah ich die Käfige hinter ihnen. Sie waren aus einem Bastmaterial geflochten und darin drängten sich Sidhe, die mit Verbänden übersät waren. Die Adligen, wurde mir bewusst. In einem, direkt hinter Dylan, erkannte ich Maggie. Maggie mit dem roten Haar. Sie hatte keine Hände mehr. Die Armstümpfe waren verbunden. Auch sie zählte nicht. Ich hasste sie nicht dafür, dass sie mich in den Tod gelockt hatte. Letztendlich hatte sie mich zu ihm geschickt, auch wenn es nicht ihre Intention gewesen war. Ich war hier angekommen, bei Dylan.

Ich lächelte sie an. Sie sah nur Morrigans Lächeln und musste sich bestimmt darüber wundern.

Ich trat neben Dylan und nahm seine Hand. Alice, die mit Bridget beschäftigt war, merkte es gar nicht.

Er musterte mich überrascht, ließ aber meine Hand nicht los.

Ich wusste, dass ich entstellt war, doch Dylan würde mich trotzdem als das wunderschöne Mädchen sehen, in das er sich verliebt hatte. In seinen Augen sah ich keine Abscheu, sondern nur Zuneigung. Durch Morrigans Körper, der einmal meiner gewesen war und es jetzt wieder sein konnte, durch ihre Hand, ihren Blick, sendete ich ihm all meine Liebe.

Seine Pupillen weiteten sich.

»Ciara?«, flüsterte er heiser und drückte meine Hand.

Das reichte.

Es war alles, was ich brauchte.

Ich hatte keine Chance gehabt, richtig zu leben und zu lieben.

Erst war eine fremde Macht in meinem Körper gewesen, dann war ich in einem anderen Menschen wiedergeboren worden. Ich wollte ganz ich sein, Ciara. Jetzt hatte ich meinen Körper wieder, obwohl Morrigan glaubte, ihn für sich beanspruchen zu können. Mein Leben lang hatte ich mich fremdbestimmen lassen. Aus Angst vor dem, was Dunkles in mir war, hatte ich nie zugelassen, ganz ich selbst zu sein. Ich hatte keine Angst mehr. Die Angst war auch weggebrannt worden, dort unten, im Feuer.

Ich war stärker, meine Liebe war stärker.

Was ich in Dylans Augen sah, was ich in seiner Berührung fühlte, gab mir den letzten Impuls, den ich brauchte, um die Kontrolle zu übernehmen.

Ich war Ciara.

Ich war frei.

kapitel dreiunddreissig
alice

Wir hatten Bridget und Morrigan schon sehnsüchtig erwartet, nachdem Dean uns ihre ungefähre Ankunft mitgeteilt hatte. Als sie schließlich hier waren, hatte Morrigan keine Zeit verloren, sich dem Meer zuzuwenden und die Worte auszusprechen, die ihr zweifelsohne der Weg nach Tír na nÓg öffnen sollten.

Ich hielt sie nicht davon ab – ich war froh, dass sie sich an ihr Wort hielt – konzentrierte mich aber erst einmal auf Bridget. Sie strahlte im Schein des Schwertes und als ich sie sah, wusste ich, dass Dean nicht übertrieben hatte. Sie hatte es geschafft! Ich umarmte sie und bat sie, uns von Badbs Tod zu erzählen.

Als sie ihre unglaubliche Geschichte beendet hatte, bemerkte ich, dass Morrigan nicht mehr mit ausgebreiteten Armen am Strand stand. Ich drehte mich um und sah sie neben Dylan stehen. Ich kniff die Augen zusammen.

Sie hielt seine Hand.

Bevor ich zu den beiden hingehen und in Erfahrung bringen konnte, was sich dort abspielte, zog das laute Gemurmel der Krieger meine Aufmerksamkeit auf sich. Sie alle schauten angestrengt in Richtung Strand und ich folgte ihrem Blick. Der Kopf eines Pferdes tauchte mit den Wellen auf und ab. Ich wusste sofort, dass es ein weißes Pferd war. Das Pferd, das Morrigan nach Tír na nÓg bringen würde. Es rannte an den Strand und blieb stehen, sodass die Wellen seine Hufe umspielten. Es schüttelte seine nasse Mähne, blähte die Nüstern auf und wieherte auffordernd.

Während alle wie gebannt auf das Pferd starrten und einige sogar schon darauf zugingen, drehte ich mich wieder zu Morrigan um. Auch sie hatte das Pferd bemerkt, doch sie rührte sich nicht. Sie stand dort, wie gelähmt, ein verzweifelter Ausdruck in ihrem Gesicht. Ich ging zu ihr rüber. Sie hielt immer noch Dylans Hand.

Ich warf ihm einen scharfen Blick zu, doch er hatte nur Augen für Morrigan. Er schien äußerst um sie besorgt ... nein, mehr als besorgt. Bestürzung lag in seinem Blick, als hätte er etwas Furchterregendes in ihr gesehen, etwas, vor dem man sich nicht verstecken oder weglaufen konnte. Ich legte meine Hand auf seine Schulter und stupste ihn an. Als ob sich ein Bann gelöst hätte, schaute er mich an und ließ Morrigans Hand los.

»Das weiße Pferd ist gekommen«, sagte ich zur Sidhe-Königin, obwohl ich wusste, dass sie es gesehen hatte. »Worauf wartest du?«

»Ciara ... lässt mich ... nicht«, presste sie hervor.

Meine Brauen zogen sich zusammen. Ich verstand nicht, was dieses Spielchen hier sollte. Angeblich war Morrigan doch selber so versessen darauf gewesen, Ciara nach Tír na nÓg zu bringen. Hatte sie mich getäuscht? Wollte sie Ciara jetzt behalten? Wieso hatte sie dann überhaupt das Pferd gerufen?

»Wir hatten eine Abmachung, wage es ja nicht ...«

Morrigan unterbrach mich mit einem bitteren Lachen. »Glaub mir, es gibt nichts Wichtigeres für mich, als nach Tír na nÓg zu gehen. Ciara ...« Sie presste die Lippen zusammen. »Hilf mir«, sagte sie. Ich sah ihr an, wie viel Stolz es sie kostete, das zu mir zu sagen. Morrigan hatte Angst und war verzweifelt. So hatte ich sie noch nie gesehen. Ihre Verzweiflung schien aufrichtig zu sein. Ich war verwirrt. Wieso sollte Ciara sie davon abhalten, das zu erreichen, was Ciara selber um alles in der Welt wollte? »Bring mich zum Strand«, ächzte Morrigan.

Ich wusste nicht, was ich von dieser ganzen Sache halten sollte, aber wenn ich dabei helfen konnte, Ciara zu erlösen, dann war ich bereit, Morrigan zum Strand zu tragen. Da sie sich kaum zerren ließ, lief es am Ende auch beinahe darauf hinaus. Völlig erschöpft kam ich mit ihr schließlich am Strand an. Das Pferd trabte in der Brandung auf und ab. Als Morrigan sich in den Sand fallen ließ, blieb es stehen und hob den Kopf. Ich wollte hingehen, um es zu holen, aber es ließ mich gar nicht in seine Nähe kommen. Leichtfüßig tänzelte es vor mir weg.

»Steh auf, Morrigan«, rief ich schließlich frustriert. »Es wartet auf dich.«

Sie sagte nichts und ich ging zu ihr hin. Morrigan starrte das Pferd an und Tränen liefen ihr aus den geweiteten, rotgeränderten Augen. Sie versickerten in dem weißen Verband, der eine Hälfte ihres Gesichtes bedeckte, wie bei einer Mumie. Dean hatte uns von den schlimmen Brandwunden erzählt. Die schwarzen Locken, die sich aus ihrem halbversengtem Zopf lösten, sahen wirr aus. Ihre Lippen waren aufgesprungen und verkrustet. Sie hatte keinerlei Ähnlichkeit mehr mit Morrigan, Phantomkönigin der Sidhe. Sie sah aus wie ein Mädchen, das in eine Nervenheilanstalt gehörte.

Ich ging zu ihr und setzte mich neben sie in den Sand.

»Was ist denn los«, fragte ich mit so viel Sanftheit und Geduld, wie ich aufbringen konnte.

»Ich kann nicht, ich kann nicht nach Tír na nÓg gehen. Ciara lässt mich nicht.«

»Warum sollte sie dich denn nicht lassen?«

Morrigan schüttelte nur verwirrt den Kopf. »Ich weiß es nicht. Ich kann sie nicht … fühlen … hören. Sie … lässt mich nicht. Aber sie hat die Kontrolle über mich gewonnen.«

Ich dachte kurz nach. Ich konnte bis zu einem gewissen Grad nachvollziehen, was Morrigan sagte, weil Ciaras Seele Teil von mir gewesen war. Sie hatte meine Persönlichkeit beeinflusst, ohne dass ich die Ursache gekannt hatte und selbst als ich mir Ciara bewusst gewesen war, war ich darauf angewiesen gewesen, dass sie mir Antworten gab. Sie entschied, wenn sie mir etwas mitteilen wollte und ich konnte sie nicht immer fühlen oder hören, wie Morrigan es ausdrückte. Allerdings hatte ich immer den Eindruck gehabt, dass sie keine große Wahl hatte, sondern Momente nutzte, in denen sie sozusagen wach in mir war. Und als ich merkte, wie Ciara mich beeinflusste, konnte ich gegensteuern, ihre Persönlichkeit identifizieren und wieder zu mir zurückfinden. Dass sie mich davon abhielt, etwas Physisches zu tun, wie meinen eigenen Körper irgendwo hinzubewegen, hatte ich noch nie erlebt.

»Ist dir das schon einmal passiert mit einer Menschenseele in dir?«, fragte ich Morrigan.

»Nein«, rief sie. »Ich habe immer die Kontrolle. Ich bin *Morrigan*.«

»Ich habe keine Ahnung, warum sie so etwas tun sollte«, sagte ich langsam. Es war mir wirklich schleierhaft. Sie hatte sich so dagegen gesträubt, wieder mit Morrigan vereint zu werden. Es sollte doch in ihrem Interesse sein, das die Sidhe-Königin ihre Seele jetzt wieder abgab. Dafür hatten wir schließlich die ganze Zeit gekämpft: dass Ciara nach Tír na nÓg kam. »Aber dann wehre dich. Zeig ihr, wer du bist«, versuchte ich Morrigan zu motivieren.

Ich konnte förmlich spüren, wie Morrigan sich anstrengte.

»Ich werde kämpfen. Ich werde nicht aufgeben«, sagte sie immer wieder. Ein paar Mal stand sie auf, um sich dann wieder fallen zu lassen. Das Pferd schaute ihr dabei aufmerksam zu. Es schien alle Zeit der Welt zu haben und wartete geduldig.

Morrigan hingegen wurde zusehends frustrierter, dafür aber immer versessener. Ich versuchte, sie anzuspornen, bis meine Stimme heiser wurde. Es ging Stunden so. Zwischendurch kam erst Dylan, den ich wieder wegschickte, dann Colleen, die ich um Hilfe bat. Sie konnte nicht viel sagen oder gar tun. »Es ist wie ein Tauziehen. Sie hat das unbändige Bedürfnis, auf das Pferd zu steigen, aber gleichzeitig den Zwang, hierzubleiben«, war ihre Analyse. Auch Colleen ging wieder und man ließ uns in Ruhe.

Morrigan fing an, mit Ciara zu reden, die natürlich keine Antworten gab; ich vermutete, noch nicht mal in Morrigans Kopf.

Der Himmel begann sich schon rot zu färben, als sie genervt rief: »Ist es, weil du hierbleiben willst? Am Leben bleiben willst? Verstehst du denn nicht? Wenn ich nicht gleich gehe, dann werde ich sterben. Dieser Körper wird sterben. Es wird dir gar nichts nützen.«

Das ließ mich aufhorchen. »Was?« Ich packte Morrigan am Arm. »Was redest du da? Wieso wirst du sterben?«

Am Horizont wurde es immer heller und Morrigan beobachtete voller Entsetzen, wie der Tag anbrach. Die grauen Augen waren ganz weit aufgerissen, als sie sagte: »Unsterblichkeit, Alice. Dafür lasse ich mich immer wieder als Mensch reinkarnieren. Nicht nur für mich. Für mein Volk.« Fast tonlos fuhr sie fort, so als ob jetzt egal wäre, was sie mir verriet: »Unsere Göttin, Danu, wollte uns nicht untergehen lassen. Sie liebte uns zu sehr. Unsere magischen Fähigkeiten, unsere Intelligenz, unser Verständnis von und unsere Verbundenheit mit der Natur waren zu einzigartig. Sie gab uns die Anderswelt, die auf gewisse Weise ein Spiegel der Menschenwelt war. Nur konnten wir uns hier nicht so gut fortpflanzen. Wir hätten keine Chance gehabt, die Anderswelt erfolgreich zu kolonisieren. Danu und die anderen Götter beschlossen, dass wir eine Zeit lang unsterblich sein sollten, bis sich mein Volk in der Anderswelt eingelebt hatte und genug Sidhe lebten, um den Fortbestand zu sichern. Für diese Zeit sollte ich als Königin regieren. Sie nannten es die Eichenzeit.«

Wie Realta es auch genannt hatte! Sie hatte mir gesagt, das Zeitalter der Eichenzeit würde zu Ende gehen. »Mein Geburtstag«, entschlüpfte es mir. »Heute soll die Eichenzeit zu Ende gehen. War es dir deshalb so wichtig, Ciara bis heute nach Tír na nÓg zu bringen? Hat ihre Seele etwas mit dem Ende der Eichenzeit zu tun?«

Morrigan sagte nichts, sondern starrte weiter den Horizont an. Ich bereute schon, sie unterbrochen zu haben, als sie schließlich doch weitersprach: »Teil des Geheimnisses von Leben und Tod, das ich hüten sollte, ist, dass sich alles in der Natur nach gewissen Kreisläufen richtet. Es muss immer ein Gleichgewicht geben, der Kreis muss sich immer wieder schließen. Es entsteht kein völlig neuer Kreis, sondern ein Teil des Alten lebt immer wieder im Neuen weiter. Ich hatte als Königin die Verantwortung für dieses Gleichgewicht. Unsterblichkeit durfte nicht zu Überbevölkerung führen. Ältere Sidhe konnten freiwillig in den Tod gehen. Dafür brauchten wir die Menschen, denn nur in Menscheninkarnation können wir ein letztes Leben auf Erden leben und dann so mit ihnen sterben. Menschen- und Sidheseele erhielten damit sofortigen Zugang zu Tír na nÓg und einen speziellen Platz dort. Ich selber musste immer wieder für mein Volk sterben und wiedergeboren werden, damit sie unsterblich sein konnten. Ich wurde als Mensch wiedergeboren und meine Seele lebte im Menschen. Wenn der Mensch starb, kehrte ich auf der Schwelle des Todes um, ging wieder in die Anderswelt und ließ dort den Menschen in mir weiterleben. Diese Menschenseele lieferte ich am für sie vorherbestimmten Lebensabend selber in Tír na nÓg ab. Dann war es Zeit für eine neue Wiedergeburt in dem schönen, schwarzhaarigen Mädchen, dessen Schicksal es war. So musste sich der Zyklus immer wieder erneuern.«

Mir war nicht entgangen, dass sie in der Vergangenheitsform sprach, so als ob die Eichenzeit schon vorbei war. Ich verstand jetzt, was sie sagen wollte:

»Du musst Ciaras Seele in Tír na nÓg abgeben. Sonst erneuert sich der Zyklus nicht. Du stirbst. Die Sidhe sind nicht mehr unsterblich.« Was bedeutete das für Dylan? Für Colleen? Würden sie alle sterben? Ich sprang auf. »Los, wehre dich gegen sie. Geh! Du musst nicht daran glauben, dass das Schicksal vorherbestimmt hat, wann deine Zeit als Königin vorbei ist. Du kannst es selber bestimmen, wenn du wirklich willst. Mir soll vorherbestimmt sein, nach dir Königin zu werden. Auch ich kann mich dagegen wehren. Wir können uns dagegen wehren. Steh auf!« Ich zerrte sie hoch und versuchte, sie zum Pferd zu schleppen.

Morrigan hielt sich an mir fest. »Die Sidhe-Zeit ist anders als die Menschen-Zeit. Unsere Lebensspanne ist immer noch länger. Doch für mich ist es zu spät. Meine Zeit ist vorbei. Deine Zeit ist angebrochen. Die Ebereschenzeit.« Ich versuchte sie immer noch in Richtung Pferd zu zerren, doch sie riss mich mit ungeahnten Kräften herum, sodass ich ihr ins Gesicht sehen musste. Ihr Blick war magnetisch und ich konnte nicht wegschauen. »Versprich mir, dass du gut auf mein Volk aufpassen wirst«, hauchte sie.

»Was?«

Aus dem Augenwinkel sah ich, wie sich das Pferd umdrehte und ins Meer zurücklief.

»Nein«, rief ich ihm nach, als ob ich es zurückholen könnte. Verzweifelt drehte ich mich wieder Morrigan zu. »Ich will keine Königin sein. Und was passiert mit Ciaras Seele?«

Sie antwortete nicht. Das weiße Pferd verschwand in den Wellen. Ich blieb mit Morrigan in der Brandung stehen. Sie hing an meinem Arm. »Es ist zu spät, Alice«, flüsterte sie schließlich kraftlos. »Dein freier Wille hat dafür gesorgt, dass sich das Schicksal so gefügt hat, wie es in den Sternen stand. Ciaras freier Wille. Sie wollte nicht gehen.« Morrigan lächelte matt.

»Wo gehst du hin, wenn du tot bist? Auch nach Tír na nÓg? Wird Ciara mit dir gehen?« Morrigan mochte bereit sein, aufzugeben und sich dem Schicksal zu fügen, ich noch lange nicht.

Wir schauten uns an. In den grauen Augen blitzte ein letztes Mal dieser überlegene Ausdruck auf, der Morrigan so eigen war. »Ich verspreche es, Ciara dorthin zu bringen, komme, was wolle. Wenn du mir versprichst, meinem Volk eine gute Königin zu sein.«

Was auch immer mein Schicksal sein sollte oder wie ich mich dagegen wehren wollte, ich schuldete es Ciara, dieses Versprechen zu geben. Ich hatte einmal eine Entscheidung getroffen, als ich geschworen hatte, Ciara Gerechtigkeit und Frieden zu verschaffen. Stattdessen hätte ich Dylans Plan zustimmen, meinen Kopf im Sand vergraben und mir nicht anmerken lassen können, dass ich von Ciara in mir wusste. Die Sidhe hätten mich in Ruhe gelassen, wenn ich sie in Ruhe gelassen hätte. Die Konsequenzen dieser Entscheidung waren weitreichend. Ich hatte daran festgehalten und viele hatten dafür bezahlen müssen. Das hier war die letzte Konsequenz. Ich würde auch diese tragen müssen. Ich hätte fast gelächelt, als ich auf einmal verstand, was freier Wille wirklich bedeutete.

»Versprochen«, flüsterte ich, als sich die Dämmerung zum Tag wandelte.

Mein Geburtstag. Morrigans Todestag.

Der Ausdruck in ihren Augen wurde fast friedlich, als sie in meinen Armen starb. Dann wurden die Augen milchiger und ich verstand, dass Morrigan im Sterben alterte. Tiefe Falten durchzogen ihr Gesicht. Die Wangen fielen ein. Der Verband fiel von ihrem Gesicht ab, sodass man die große Brandwunde sah. Sie schrumpfte. Nur ihr Haar blieb schwarz wie die Nacht. Nicht eine einzige graue Strähne. Ich strich die Locken glatt und musste lächeln. Selbst als alte, alte Frau war Morrigan bestimmt immer noch die Schönste.

Sie war so leicht, dass ich keine Mühe hatte, sie den Strand hochzutragen, wo die anderen warteten. Die Sidhe, die sich dort versammelt hatten, waren alle noch am Leben. Ich sah Dylan und hätte Morrigan vor Erleichterung fast fallen gelassen. Ich entdeckte auch Colleen, Dean und Fionn unter den Sidhe, die sich um die Käfige drängten.

Es hatte noch gar keiner bemerkt, dass ich die Leiche ihrer ehemaligen Königin in den Armen trug.

»Was ist los?«, rief ich.

Man machte mir den Weg frei. Jetzt hatte ich ihre Aufmerksamkeit. Fasziniert starrten sie alle auf die alte Frau, die einmal die schöne, junge Morrigan gewesen war.

In den Käfigen lagen die Adligen, die jetzt alt und verschrumpelt aussahen. Maggie erkannte ich nur noch daran, dass sie keine Hände mehr hatte. Selbst ihr Haar war schütter und grau.

Die Sidhe in den Käfigen waren alle tot.

kapitel vierunddreissig
alice

Fionn stellte einige seiner Krieger ab, um all die Leichen zu begraben. Dieser Küstenstreifen im Connemara der Anderswelt würde ein Massengrab werden.

Wir brachten die Königin in ihren Palast. Dort trafen wir weder Dienstboten noch jemanden von den vielen mächtigen Sidhe an, die laut Dylans Aussage hier in letzter Zeit residiert hatten. Entweder waren diese Maggie in die Schlacht gefolgt oder sie waren über alle Berge. Der große verlassene Palast wirkte jetzt schon wie ein Mausoleum. Durch die atmenden Wände und das organische Baumaterial hatte das Gebäude immer etwas Lebendiges gehabt – jetzt kam es mir regelrecht tot vor.

Wir begruben Morrigan bei der heiligen Eiche im Eichensaal. Ich legte meine Hand auf die raue Borke des gewaltigen Baums. Auch die Eiche lag im Sterben.

Fionn hatte mir schon gesagt, was unser nächstes Ziel sein würde, und wir machten uns auf den kurzen Weg dorthin, so als ob es das Natürlichste wäre, mit der ganzen Prozession, die auch mit zum Palast gekommen war, als Nächstes dorthin zu ziehen. Für mich selber ergab es Sinn, zum Ebereschentor auf der anderen Seite des Ballynahinch Sees zu gehen, schon allein um zu sehen, ob es noch stand. Schließlich waren die vielen Ebereschenholzfeuer während der Schlacht Beweis dafür, dass Maggies Ankündigung, die Ebereschen im ganzen Land zu fällen, keine leere Drohung gewesen war.

Aber ich war mir schon bewusst, was ich damit signalisierte. Schließlich hatte Fionn vor allen anderen verkündigt, dass Mog Ruith dort auf uns wartete. Der Druide hatte ausrichten lassen: »Wenn Alice bereit ist, zur Königin gekrönt zu werden, kommt zum Ebereschentor, wo ich euch empfangen werde.«

Ich hatte Morrigan ein Versprechen gegeben, auch wenn es mich im Nachhinein reute. In dem Moment, in dem die Zeit fast abgelaufen war, hätte ich wohl alles gesagt, nur damit Ciaras Seele doch noch gerettet werden und Frieden finden konnte. Jetzt kam es mir so vor, als ob ich in eine Falle getappt wäre, obwohl mir unklar war, in welche. Morrigan hatte alles unternommen, um Königin zu bleiben und um zu verhindern, dass ich sie ablösen würde. Auch wenn sie am Ende den Tod akzeptiert hatte, hielt sie mich doch immer noch für ein unbedeutendes, schwaches Menschenmädchen. Wieso sollte ihr plötzlich so viel daran gelegen haben, dass sie mich praktisch in letzter Sekunde noch erpresste, auf ihr Volk aufzupassen?

Heute Morgen am Strand von Connemara hatte mir Morrigan einiges von ihrem Geheimnis verraten, das sie als Sidhe-Königin hüten sollte, und ich hatte sogar das Gefühl gehabt, dass ich sie verstand. Im Nachhinein schien mir vieles wieder obskur, sodass auch Morrigan im Nachhinein undurchsichtig blieb. Zu viele Fragen blieben mir unbeantwortet, als dass ich nicht zum Ebereschentor hätte gehen können. Ich erwartete, dass Mog Ruith etwas Licht ins Dunkel bringen würde. So war es in Wirklichkeit nicht mein fester Entschluss, Königin zu werden, der mich zustimmen ließ, zum Ebereschentor zu gehen, sondern reine Neugier.

Kurz nachdem wir aufgebrochen waren, stieß Dean zu uns, der sich vergewissert hatte, ob es Tio gutging. Nach der Schlacht hatte er Tio zu Coimeádaí gebracht, wo er sich in Ruhe von seinen Verletzungen erholen konnte. Natürlich hatten wir alle die Vermutung, dass nur Sidhe über einer bestimmten Altersgrenze gestorben waren – und Morrigans kryptischer Kommentar zu Sidhe-Zeit und Menschen-Zeit, mit dem Hinweis, dass die Lebensspanne der Sidhe anders war, ließ auch darauf schließen.

Dennoch war Colleen spürbar erleichtert, als Dean mit der Nachricht zurückkam, dass ihr Freund am Leben war. Plötzlich kam ich mir sehr selbstsüchtig vor. Nicht nur ich hatte schwierige Entscheidungen zu fällen gehabt. So etwas wie eine Krönungszeremonie war völlig unbedeutend im Vergleich zu dem, was Colleen und Tio im Moment durchmachten. Wenigstens hatte Colleen eine Sorge weniger: Mog Ruith musste Rosies Bindungszauber aufgelöst haben, denn heute Morgen, als wir alle mit den verstorbenen Sidhe beschäftigt gewesen waren, war sie plötzlich verschwunden.

Ich ließ Dylans Hand los und legte meinen Arm um Colleens Schulter, während wir weiter nebeneinanderher gingen. »Wie geht es dir?«, fragte ich besorgt.

»Am liebsten wäre ich natürlich bei Tio«, antwortete sie und legte die Stirn in Falten. »Aber Dean versichert mir, dass Coimeádaí sich toll um ihn kümmert und Tio momentan sowieso nur schläft, wegen der starken Schmerzmittel. Und – obwohl der Krieg vorbei ist, und ich meine Aufgabe als Erlenschild erfüllt habe – zurzeit brauchst du mich immer noch mehr als er.« Sie lächelte mich an.

»Ach Colleen, natürlich brauche ich dich. Ich wüsste nicht, was ich ohne dich machen würde. Aber wenn du lieber bei Tio sein willst, kann ich das natürlich verstehen«, sagte ich aus ganzem Herzen.

Sie schüttelte bestimmt den Kopf. »Du bist dir immer noch nicht sicher, ob du dir wünschst, dass die Prophezeiung in Erfüllung geht.« Natürlich konnte ich meine Gefühle vor Colleen nicht verstecken, aber es wunderte mich, dass sie in Anbetracht ihrer eigenen Sorgen damit beschäftigt war. »Wünschst du es dir denn?«, fragte ich sie.

Sie zog die Augenbrauen hoch. »Was meinst du, wofür ich gerade gekämpft habe?« Colleens Ausdruck wurde ganz ernst. »Wofür Tio gekämpft und seine Gesundheit geopfert hat?«

»Ihr habt dafür gekämpft, dass die Anderswelt eine bessere Welt wird«, antwortete ich erstaunt. Es war nicht nur so, dass ich die Schuldgefühle nicht zulassen wollte, die mich unweigerlich übermannten, wenn ich den Gedanken zuließ, Tio und Colleen hätten all das nur für *mich* getan. »Aber es könnte doch auch jemand anders regieren … Vielleicht braucht es gar keine Königin …«

»Nein«, unterbrach mich Colleen. »Wir haben dafür gekämpft, dass alle Welten bessere Welten werden. Vergiss nicht, du sollst Menschen- *und* Anderswelt regieren. Hinter deiner Versessenheit, Ciara Seelenfrieden zu bringen, steckt doch dein Bedürfnis, allen Menschen, die unter den Sidhe leiden mussten, zu helfen. Vielleicht gab es bislang keine andere Wahl für uns, wenn wir als Volk überleben wollten … Vielleicht hatte Morrigan tatsächlich keine andere Wahl, als die Menschen auf diese Weise auszunutzen.« Sie runzelte die Stirn, als sie darüber nachdachte. Ich hatte Colleen auf dem Weg zum Eichenpalast Teile von meinem Gespräch mit Morrigan wiedergegeben. »Aber jetzt gibt es sie. Wir haben dafür gekämpft, dass Morrigans Zeit vorbei ist – auch wenn niemand von uns sich darüber bewusst gewesen ist, wie wortwörtlich das zu nehmen ist. Jetzt geht es nicht nur darum, dass bessere Zeiten für die Sidhe anbrechen sollen. Auch die Zeiten für die Menschen ändern sich. Die Welten sollten voneinander lernen. Wir brauchen dich, denn jemand muss Verantwortung dafür übernehmen, dass das passiert. Und ich habe vollstes Vertrauen in dich, dass du für diese Aufgabe geboren wurdest.« Sie sah mich schief von der Seite an und lächelte schelmisch. »Jetzt müssen wir nur noch dafür sorgen, dass du selber Vertrauen in dich fasst.«

Den ganzen Weg über ließ ich mir Colleens Worte durch den Kopf gehen. Das Feenmädchen erstaunte mich. Noch vor kurzer Zeit hatte ich sie als schüchterne, naive Dienerin kennengelernt. Wie unglaublich reif sie in kürzester Zeit geworden war. Und in Menschenjahre umgerechnet war sie noch nicht einmal sechzehn. Ich glaubte, dass Colleen in ihrem Leben noch zu viel Größerem fähig sein würde, als sie bislang schon geleistet hatte. Wenn ich Königin sein würde, wollte ich Colleen unbedingt als rechte Hand an meiner Seite haben. Aber erst einmal würde ich ihr eine Auszeit »verordnen«. Sie sollte Tio dabei helfen, so gesund wie möglich zu werden – vielleicht würde er mit ihrer Hilfe tatsächlich irgendwann wieder laufen lernen – und Zeit mit Tio und Dean verbringen. Ich wusste, wie unglaublich glücklich es Colleen machte, ihre Familie gefunden zu haben und sie sollte dieses Glück genießen – sie hatte es sich verdient.

Toll, jetzt denke ich tatsächlich schon darüber nach, was ich mache, wenn ich Königin werde, dachte ich kopfschüttelnd. Doch als ich dem Gedanken erst einmal erlaubt hatte, Fuß zu fassen, konnte ich nicht mehr aufhalten, dass er mich weiterhin beschäftigte.

Als wir den See umrundet hatten und dem Eberschentor immer näher kamen, klopfte mir das Herz bis zum Hals. Dylan strich mir beruhigend über den Rücken. Wenn Maggie die Ebereschen abgeholzt hatte, war das dann ein Zeichen, dass an der Prophezeiung nichts dran war? Oder umgekehrt, wenn sie noch standen: Sollte ich Königin werden?

Schließlich erblickten wir sie. Der Anblick raubte mir den Atem. Als Bridget und ich vor zwei Wochen durch das Ebereschentor gekommen waren, hatten die Ebereschen wie gewöhnliche Bäume ausgesehen. Jetzt wirkten sie wie im Märchen. Eigentlich war es noch viel zu früh dafür, dennoch standen die beiden Bäume in voller Blüte. Unzählige kleine, schneeweiße, zarte Blüten hoben sich vom blauen Himmel ab. Es war, als ob hier, am Ebereschentor, der Frühling eingezogen wäre.

Unter den Bäumen sah ich zwei Gestalten. Eine hatte sich auf dem Boden niedergelassen, die andere im Arm. Als wir näher kamen, erkannte ich Realta und Mog Ruith. Der leblos wirkende Körper des alten Druiden veranlasste mich dazu, auf die beiden zuzurennen.

»Was ist passiert?«, keuchte ich, als ich in Realtas Hörweite war.

»Er ist heute Morgen friedlich eingeschlafen.« Die Haut der Fee wirkte im Tageslicht so weiß wie die Blüten am Baum. Ihre silbernen Augen schimmerten, als ich ihr erklärte, was mit Morrigan und den anderen alten Sidhe passiert war. »Dann stimmt es also«, kam ich zum Ende. Mittlerweile waren die anderen zu mir aufgeschlossen. »Ihr Sidhe seid nicht mehr unsterblich.« Ein Raunen ging durch die Menge. Ich drehte mich zu ihnen um. »Morrigan hat mit ihren Reinkarnationen dafür gesorgt, dass auch ihr ewig lebt. Jetzt werdet ihr sterben, wenn eure Lebensspanne vorbei ist.«

Auch wenn ich mir noch so viel Mühe gab, laut zu reden, waren uns so viele Sidhe und ehemalige Menschensklaven zum Ebereschentor gefolgt, dass sie mich unmöglich alle hören konnten. Aber die Nachricht würde wahrscheinlich bald im ganzen Land herumgehen wie ein Lauffeuer. Ich erinnerte mich daran, was Morrigan über Sidhe-Zeit und Menschen-Zeit gesagt hatte. »Ich glaube, ihr werdet so lange wie eure Túatha Dé Danann Vorfahren leben, aber da hier, in der Anderswelt die Zeit anders vergeht, beträgt das bei euch …« Ich war unsicher, was diese ganze Zeitsache anging. Was mir Realta über die Zeitzyklen erzählt hatte, war mir zu abstrakt. Mittlerweile hatte sich Fionn neben Mog Ruith gekniet und hatte ihn in seine Arme genommen. Seinem verstörten Blick nach zu urteilen konnte er gar nicht fassen, dass sein Mentor nicht mehr am Leben war. Realta war aufgestanden und kam mir zu Hilfe.

»Etwa neunhundert Jahre.« Leiser, zu mir, sagte sie: »Mog Ruith hat mir einiges erklärt, in der vergangenen Nacht. Er wusste, dass er sterben würde.«

Fionn, der sie gehört hatte, schaute erstaunt auf. »Wieso hat er mir nichts gesagt? Was soll ich denn jetzt … ohne ihn …« Seine Augen glitzerten verdächtig, während er hilflos auf den alten Druiden hinabsah. Ungleich den Adligen hatte sich Mog Ruith kein jüngeres Erscheinungsbild zugelegt und sah aus wie immer. Er wirkte, als würde er nur schlafen. Bridget trat heran und legte ihre Hand auf Fionns Schulter. »Ich weiß, wie schwierig es ist, wenn man auf einmal auf sich gestellt ist und diejenigen nicht mehr da sind, auf deren Rat man sich immer verlassen hat. Auch wenn man auf andere nicht so gewirkt hat, als ob man auf irgendwen angewiesen wäre«, fügte sie leise hinzu. Fionn sah zu ihr auf und lächelte sie dankbar an. »Na, das hättest du wohl nicht gedacht, dass dir jemand dabei auf die Schliche kommt, dass du die Weisheit nicht mit dem Löffel gegessen hast? Ich verrat es keinem, versprochen«, flüsterte sie verschwörerisch. Bridgets Augen funkelten. Da war sie wieder. Für einen kurzen Moment sah ich unter dem schwebenden weißen Blütenmeer meine alte Freundin Bridget stehen. Kampfanzug und Schwert existierten nicht. In dem Moment wusste ich, dass ich mir keine Sorgen um Bridget machen musste: Auch wenn sie noch einen langen Weg vor sich hatte, um den Tod ihrer Eltern, das, was ihr zugestoßen war und was sie seitdem kompromisslos getan hatte, zu verarbeiten – und wenn ich mir Fionn nicht wirklich als Bridgets Freund vorstellen konnte. Hauptsache, Bridget wurde wieder glücklich.

Ich wandte mich Realta zu. »Was hat er dir erzählt? Kannte Mog Ruith Morrigans Geheimnis?«

»Nicht von Morrigan. Und alles, was ihr Geheimnis vom Leben und Tod ausmachte, wusste er auch nicht.« Dann hatte Morrigan dieses Wissen mit in ihr Grab genommen, dachte ich traurig. Jetzt konnte niemand nach Tír na nÓg und ich würde niemals erfahren, ob Ciaras Seele es dorthin geschafft hatte. »Aber er hat vieles gelernt, indem er Jahrtausende lang den Sternenhimmel beobachtet und gedeutet hat«, fuhr Realta fort. »Die Menschenwelt hat ihn immer besonders interessiert und so erkannte er die Verbindung zwischen den Welten.«

So etwas hatte Tlachtga, seine Tochter auch gesagt. Sie und die anderen Ältesten mussten auch gestorben sein, fiel mir ein.

»Wusste er denn nun, was die Sidhe angeblich für die Menschen getan haben?«, fragte ich. Morrigan hatte mir das nie verraten.

»Morrigan, Macha und Badb sollten das Schicksal der Menschen so lenken, dass diejenigen, denen es vorherbestimmt war, Helden zu werden, auch welche wurden. Für lange Zeit bedeutete das, Kriege zu beeinflussen, in denen Männer und Frauen heldenhafte Taten vollbrachten, die sie damit unsterblich machten. Denn sie lebten in den Legenden, im Gedächtnis der Menschen weiter. Das war Unsterblichkeit für die Menschen. Mog Ruith kam darauf, nachdem mit Badbs Verbannung aus der Anderswelt sich die Vorfälle häuften, in denen der Ausgang von Kriegen und Schlachten von Prophezeiungen abwich.«

Ich runzelte die Stirn. Das klang aber nicht gerade wie ein guter Tausch. Echte Unsterblichkeit kam mir besser vor. Außerdem waren für mich Kriegshelden nicht gleich Helden. Aber andere Zeiten, andere Sitten, dachte ich. Und vielleicht war einer der Gründe, warum ein neues Zeitalter anbrechen sollte, der, weil dieses altmodische Modell ausgedient hatte. In der heutigen Zeit war es nicht so schwierig, unsterblich zu sein – selbst talentlose Reality-TV-Stars schafften das. Aber ein Held zu sein, war heute wohl eine ganz andere Herausforderung.

»Er hat lange vor mir erkannt, wie Anders- und Menschenwelt verbunden und wie die Zeiten miteinander verknüpft waren. Er hat gesehen, dass es eine neue Königin geben wird, ein Menschenmädchen, das als Einzige durch das magische Ebereschentor gehen kann. Diesem Mädchen soll es bestimmt sein, nicht nur die Zeiten, sondern auch die Welten miteinander zu vereinen. Dieses Mädchen bist du, Alice«, sagte Realta feierlich.

»Halt, stopp.« Ich zog die Brauen zusammen. »Ich dachte, das Ebereschentor ist nur magisch, weil ich aufgrund von Schutzzaubern sonst nicht in die Anderswelt kann. Hätte Mog Ruith das nicht alles so eingefädelt, dann könnte ich doch auch durch ganz normale Portale, wie andere auch …«

Realta unterbrach mich. »Die Magie des Ebereschentors ist eine andere. Mog Ruith hat mir aufgetragen, sie dir zu erklären, wenn du bereit bist, Königin zu werden.«

Ungeduldig nickte ich, was die Sterndeuterin wohl als Zeichen auffasste, dass ich tatsächlich dazu bereit war.

»Du kennst doch die Legende des ersten Ebereschenbaums in der Menschenwelt? Wir haben schon einmal darüber gesprochen, wenn du dich erinnern magst.« Ich nickte.

»Dr. Brennan hat sie mir damals an der Uni erzählt, als wir die Bedeutung von Maggies Hexenbeutel herausfinden wollten. Die erste Vogelbeere soll von den Feen aus der Anderswelt nach Irland gebracht worden sein. Die Beere fruchtete auf irischem Boden, wuchs zu einem Baum und jeder, der die Früchte dieses Baumes kostete, blieb auf ewig jung. Wir habe die Legende damals als unwichtig abgetan, weil wir dachten, das l für *luis* in Alice und die Vogelbeeren und das Ebereschenholz im Hexenbeutel hatten mit der Bedeutung des Holzes zu tun, das vor der Entführung durch Sidhe schützt.«

Realta lächelte. »Die Legende stimmt auch nicht wirklich so, wie sie erzählt wird. Erstens war es ein Zweig Vogelbeeren, aus dem zwei Bäume wuchsen.« Sie sah zu den beiden blühenden Ebereschen rüber und wir alle schauten die Bäume erstaunt an.

»Heißt das, die Früchte ...«, begann Bridget verzückt.

»Nein. Man wird nicht unsterblich, wenn man die Früchte isst«, stellte Realta klar. »Aber wer durch dieses Portal von einer Welt in die andere geht, erlebt die Zeit so, wie sie in der anderen Welt tatsächlich vergeht.«

»Wie bitte?«, sprach Fionn unverblümt aus, was wir wohl alle dachten.

»Wenn Alice von der Menschenwelt in die Anderswelt geht, altert sie hier nicht wie in der Menschenwelt, sondern wie wir Sidhe in der Anderswelt. Dasselbe gilt für die Menschen, die sie durch das Portal nimmt.«

Bridget und ich starrten uns an. Wir waren vor zwei Wochen beide durch das Portal gegangen. »Aber, ich habe gar nicht gemerkt ... ich meine ...«

»In zwei Wochen sind wir ja nun auch nicht nennenswert gealtert, auch wenn man das meinen könnte, bei dem, was wir alles erlebt haben«, gab Bridget zu bedenken.

Ich würde Realtas Aussage wohl erst richtig glauben können, wenn Dylan und mein Altersunterschied in den nächsten paar Jahren sich nicht äußerlich bemerkbar machte. Während ich noch über diese total absurde Vorstellung nachdachte, hatte Colleen schon verstanden, was diese Information auch sonst bedeutete.

»Und nur Alice kann durch das Tor. Es ergibt Sinn, dass das Menschenmädchen, dem es prophezeit ist, die Anders- und Menschenwelt zu regieren, auch das vergleichsweise längere Leben bei uns leben kann. Sonst würde deine Regierungszeit in der Anderswelt für uns sehr kurz ausfallen. Wenn tatsächlich nur du durch dieses Tor gehen kannst, Alice, dann ist das ein ziemlich starker Beweis dafür, dass es tatsächlich in deinen Sternen steht, unsere rote Königin zu werden.«

Das war mir alles etwas zu viel.

»Wieso hat er mir denn von all dem nichts gesagt«, rief ich frustriert und funkelte wütend den alten Druiden an, der so friedlich unter den Bäumen lag. »Das wäre doch alles viel einfacher gewesen.« Und ich hätte nachhaken können und vielleicht Antworten auf Fragen bekommen, die für mich noch offen waren.

»Hmm, ich kenne ihn von euch allen am allerwenigsten persönlich, aber wenn ich bedenke, was mir Alice über ihn erzählt hat, kommt es mir fast so vor, als ob es ein Experiment für ihn war«, meinte Dylan. »Würdest du dich freien Willens so entscheiden, dass sich das Schicksal so fügt, wie es in den Sternen steht?« Colleen wiegte nachdenklich den Kopf hin und her. Fionn schaute Dylan irritiert an, so als ob er es für undenkbar hielt, dass sein Mentor die Sache der Anti-Royalisten für ein Experiment auf Spiel gesetzt haben sollte. Aber ich hatte den Verdacht, dass das zu Mog Ruiths verborgener schelmischer Seite passte, die es für mich immer so schwierig gemacht hatte, ihn richtig einzuschätzen.

»Oder er vertraute darauf, dass das Schicksal seinen Lauf nahm und wollte nur eingreifen, wo es nötig war«, schlug Realta sanft vor. »Er hat schließlich gewusst, dass du kommst. Das soll ich dir von Mog Ruith geben.« Realta drückte mir einen rötlichen, runden, handtellergroßen Stein in die Hand, in den ein Symbol geritzt worden war. »Was siehst du«, fragte sie. Ich kannte das Symbol sehr gut, da es mir im Zusammenhang mit meiner Recherche zu den Eichenweisen begegnet war und mir Dr. Brennan das Ogham-Alphabet beigebracht hatte. Es war ╡, der Ogham-Buchstabe für *dair*.

»Dair – die Eiche«, antwortete ich also.

»Wirklich? Weißt du, was ich sehe?« Verwirrt schüttelte ich den Kopf. »Dann dreh doch den Stein mal um, sodass das Symbol auf dem Kopf steht.«

Das tat ich und schaute wieder auf den Stein in meiner Hand.

Jetzt verstand ich, worauf sie hinaus wollte. Jetzt sah ich das Symbol ⊢, ein Ogham-Buchstabe, der mir ebenso gut bekannt war. »*Luis* – die Eberesche«, sagte ich und lächelte Realta an. Sie nickte mir ermunternd zu.

Ich drehte den Stein in der Hand. Er passte genau in meine Handfläche. Die glatte Oberfläche fühlte sich angenehm kühl an. Ich wünschte mir, Mog Ruith wäre am Leben und könnte mir mehr Antworten geben. Oder dass Morrigan früher angefangen hätte zu reden und mir ihr ganzes Geheimnis erzählt hätte. Ich wünschte mir, ich hätte die ganze Wahrheit kennengelernt. Doch in diesem Moment verstand ich, dass sie sich mir immer entziehen würde. Ich könnte mein Leben lang von einem Hinweis zum nächsten durch die Welten hechten, trotzdem würde ich nie das Geheimnis von Leben und Tod kennen – und niemals wissen, was mit Ciaras Seele passiert war. Ich würde niemals erfahren, wer mein Schicksal bestimmte und was meine wahre Bestimmung sein sollte. Die Wahrheit war so einfach wie ein simples Symbol, das man in einen Stein schnitzen konnte. Und genau so kompliziert.

Mein Blick wanderte über die vielen Sidhe und Menschen, die sich hier, am Ebereschentor versammelt hatten. Ich wusste, worauf sie warteten. Sie waren wegen mir hier und ich würde sie nicht enttäuschen. Als ich in ihre Gesichter blickte, war mir plötzlich egal, ob es Schicksal oder freier Wille war, der mich dazu geführt hatte, die Verantwortung zu erkennen, die ich für sie hatte und die ich wahrnehmen musste. Vielleicht hatte es etwas mit dem Stein zu tun, den ich immer noch in der Hand drehte, aber in dem Moment konnte ich Morrigan verstehen und wusste, wieso ich ihr das Versprechen hatte geben sollen, ihrem Volk eine gute Königin zu sein.

Ich warf mich Dylan um den Hals, der neben mir stand, so befreind fühlte sich die Entscheidung an, die ich gerade getroffen hatte – oder die für mich getroffen worden war? Er schwankte und lachte vor Überraschung. »Was ist denn in dich gefahren?«

»Ich möchte, dass du deine Ideen zu den Gesellschaftsreformen, die du Morrigan und Maggie unterbreitet hast, in die Tat umsetzt. Organisiere einen neuen Ältestenrat und Räte auf kommunaler

Ebene, wie du vorgeschlagen hast. Du hast dir viele Gedanken darüber gemacht, kennst die Sidhe-Gesellschaft besser als ich, das Volk vertraut dir und vor allen Dingen – ich vertraue dir.«

Dylan löste sich von mir, um mir ins Gesicht zu sehen. »Willst du damit sagen, dass du …«, begann er erstaunt.

Ich grinste und gab ihm einen Kuss auf die Nasenspitze. »Ich weiß nicht, ob die Prophezeiung das so vorausgesagt hat, aber meine erste Amtshandlung wird es sein, euch Sidhe tatsächlich erst einmal das Zepter der Selbstbestimmung in die Hand zu geben. Denn ich muss als Erstes nach Hause. Ich muss mich versichern, dass es meinen Eltern gutgeht. Dann muss ich mit Avalynns und Claires Hilfe die Menschheit darauf vorbereiten, dass es Feen tatsächlich gibt. Endlich können die ganzen ehemaligen Menschensklaven hier dann nach Hause kommen, in eine Welt, in der sie das, was sie erlebt haben, vor anderen nicht länger verstecken müssen. Es wird ganz sicher nicht einfach werden, aber es ist an der Zeit, dass sich Sidhe- und Menschenwelt nicht mehr voneinander abgrenzen. Vielleicht wird dadurch auch euer Fruchtbarkeitsproblem gelöst«, fügte ich nachdenklich hinzu.

Dylan gab mir einen langen Kuss, von dem ich mich schließlich löste – ungern und auch nur, weil ich mir bewusst war, dass uns alle anstarrten.

Ich schaute in die vielen erwartungsvollen Gesichter.

»Der Ebereschenzauber ist mein«, rief ich. Diesmal war ich mir sicher, dass mich alle hörten, egal wie weit sie wegstanden. »Ich erkenne ihn an und läute damit das Zeitalter der Ebereschen ein.« Ich nickte Realta zu, die eine Krone aus weißen Ebereschenblüten und roten Vogelbeeren in der Hand trug. Erst jetzt bemerkte ich, dass die Ebereschen statt weißer Blüten nun rote Früchte trugen. Sie setzte mir die Krone auf den Kopf.

Die Menge jubelte schon, als sie sagte:

»Hoch lebe die rote Königin.«

Immer noch nicht genug von der CONNEMARA-SAGA? Es gibt noch die Novelle ERLENSCHILD, in der das Feenmädchen Colleen die Hauptrolle spielt, sowie die Kurzgeschichte ESPENGEIST, ein Morrigan-Prequel. Die beiden Geschichten, die vormals nur im eBook-Format zu lesen waren, sind jetzt auch als Taschenbuch erhältlich! (ISBN: 9783746059112)

Dunkle und geheimnisvolle keltische Sagen, wilde irische Landschaften und eine verbotene Liebe: In der spannenden Romantic-Fantasy-Saga DAS GEHEIMNIS VON CONNEMARA erfährt Alice, dass ihr Schicksal mit dem eines alten irischen Volkes verwoben ist.

Band 1: EICHENWEISEN
Band 2: EFEURANKEN
Band 3: EBERESCHENZAUBER
CONNEMARA-SAGA: ERLENSCHILD und ESPENGEIST –
Novelle und Kurzgeschichte in einem Band

Mehr zu der Serie auf www.felicitygreen.com/Connemara-Saga

Wenn dich mein Buch begeistert hat, dann kannst du mir damit den größten Gefallen tun, indem du eine gute Bewertung abgibst oder eine schöne Rezension schreibst.
Natürlich freue ich mich auch über persönliches Feedback. Auf meiner Website www.felicitygreen.com kannst du mich direkt kontaktieren und ich bin auf Facebook (/felicitygreenauthor), Twitter (@feligreen) und Instagram (@felicitygreenauthor) vertreten. Ich freue mich darauf, von dir zu hören.

Wer keine Neuerscheinungen und News von mir verpassen möchte, der sollte Mitglied im Felicity-Green-Leserclub werden! Hier gibt es auch exklusive Angebote und Give-Aways. Melde dich auf felicitygreen.com/leserclub für den Newsletter an.

Bis zum nächsten Mal!
Deine Felicity Green

danksagung

Liebe Leserinnen und Leser, als ich meinen Debütroman EICHEN-WEISEN geschrieben habe, hätte ich mir nie träumen lassen, dass sich so viele für meine Bücher begeistern würden. Über jeden Face-book-Kommentar, jeden Tweet, jede E-Mail, jede Empfehlung, jede Rezension freue ich mich unheimlich. Eure Unterstützung bedeutet mir sehr viel und spornt mich jeden Tag dazu an, mehr und besser zu schreiben. Ein ganz großes Dankeschön an euch!

Weiterhin möchte ich mich bei all denen bedanken, die zum Erfolg der CONNEMARA-Saga beigetragen haben: Meine Beta-Leser Yannic, Rebecca, Carmen und Ascari und meine Korrektorin Wolma Krefting sowie den Bloggern und Rezensenten, die so viele schöne positive Worte für meine Bücher gefunden haben.

Felicity Green

Felicity Green wurde in der Nähe von Hannover geboren und zog nach dem Abitur nach England. In Canterbury studierte sie Literatur und Schauspiel. Später tingelte Felicity mit diversen Theatergruppen durch England, Irland und Schottland, besuchte eine Schauspielschule in L. A. und trat in Indie-Filmen auf.

Nachdem sie ihre eigene One-Woman-Show für das Brighton Festival geschrieben hatte, packte sie die Schreibwut. An der University of Sussex schloss sie einen MA in Kreativem Schreiben ab.

Die Liebe holte sie nach Deutschland zurück. Mit ihrem Mann Yannic, Tochter Taya und Kater Rocks lebt sie an der Schweizer Grenze. Zwei Jahre lang arbeitete Felicity Green bei Kleinverlagen in Zürich, bevor sie sich als Übersetzerin und Autorin selbstständig machte.

Weitere Bücher von Felicity Green:

Paranormal Mystery in den schottischen Highlands: Die magischen HIGHLAND-HEXEN-KRIMIS von Felicity Green.

Band 1, DER TEUFEL IM DETAIL, ist überall im Handel erhältlich.

Im malerischen Städtchen Tarbet in den schottischen Highlands führt eine mysteriöse Gruppe Frauen etwas Böses im Schilde. Davon ist Dessie McKendrick überzeugt, deren Mann Connor während der Flitterwochen am Loch Lomond spurlos verschwand. Zehn Jahre später ist Dessie immer noch dort, als wieder ein junges Paar im unheimlichen Thistle Inn übernachtet und die Frau am nächsten Morgen allein aufwacht …

ISBN: 9783844800104

AVERAGE ANGEL: Ein gewöhnliches Mädchen – mit dem Job eines Engels.

Die Urban-Fantasy-Reihe mit den Geschichten STERNSCHNUPPENWUNSCH, WEIHNACHTSWUNSCH und WUNSCHBRUNNEN ist als Taschenbuch-Gesamtausgabe erhältlich.

Stella Martens ist ein gefallener Engel. Nur wusste sie ganze 17 Jahre nichts davon – bis Zack, ein sexy Engel der Apokalypse, auftaucht und sie aufklärt.

Jetzt soll sie Wünsche erfüllen. Allerdings ganz ohne magische Engel-Superpower. Und wenn sie ihre Aufgaben nicht erfüllt, droht eine Katastrophe apokalyptischen Ausmaßes.

ISBN: 9783744836692

Mehr zu den Serien auf www.felicitygreen.com